Editora
Charme

A HERDEIRA
Rebelde
OS PRESTON - 3

LUCY VARGA

CB005694

Copyright © 2021 por Lucy Vargas
Copyright © 2022 por Editora Charme

Todos os direitos reservados.
Nenhuma parte deste livro pode ser reproduzida, digitalizada ou distribuída de qualquer forma, seja impressa ou eletrônica, sem permissão. Este livro é uma obra de ficção e qualquer semelhança com qualquer pessoa, viva ou morta, qualquer lugar, evento ou ocorrência é mera coincidência. Os personagens e enredos são criados a partir da imaginação da autora ou são usados ficticiamente.

1ª Impressão 2022

Produção editorial: Editora Charme
Conteúdo Visual: © agefotostock
Código da Imagem: TIL-areto0048
Fotografo: Andreea Retinschi
Collection: Trigger Image/agefotostock
Capa e produção gráfica: Verônica Góes
Revisão: Equipe Charme

FICHA CATALOGRÁFICA ELABORADA POR
Bibliotecária: Priscila Gomes Cruz CRB-8/8207

V297h   Vargas, Lucy

A Herdeira Rebelde/ Lucy Vargas;
Capa e produção gráfica: Verônica Góes;
Produção editorial: Editora Charme.
– Campinas, SP: Editora Charme, 2022.
392 p. il.

ISBN: 978-65-5933-071-3

1. Romance Brasileiro. 2. Ficção Brasileira -
I. Vargas, Lucy. II. Góes, Verônica. III. Editora Charme. IV. Título.

CDD - B869.35

www.editoracharme.com.br

Editora **Charme**

A HERDEIRA Rebelde

OS PRESTON - 3

LUCY VARGAS

Dedicatória

Para você que se apaixonou pelos Preston desde que a casa estava em reforma.

Para todos que sentiram medo de uma grande decisão, que, um dia, não souberam o que seria de seu futuro ou que ainda estão tentando descobrir o próximo passo. Acredite mais nos seus instintos.

E para a matriarca, que me ajuda a continuar acreditando.

O GRUPO DE DEVON E CONHECIDOS

Lady Lydia Preston: Srta. Esquentadinha/Endiabrada/Herdeira Rebelde

Ethan Crompton, Lorde Greenwood: Lorde Murro

Eric Northon, Lorde Bourne: Diabo Loiro

Srta. Bertha Gale: Srta. Graciosa

Lady Janet Jones: Srta. Amável

Jeremy Becket, Lorde Deeds: Lorde Pança

Lady Ruth Wright: Srta. Festeira

Graham Courtin, Lorde Huntley: Lorde Garboso

Lady Eloisa Durant: Srta. Sem-Modos

Eugene Harwood, Lorde Hosford: Herói de Guerra

Owen, Lorde Glenfall: Lorde Vela

Sr. Sprout: Sr. Querido

Lorde Keller: Lorde Tartaruga

Lorde Latham: Lorde Bigodão

Lorde Hendon: Lorde Sobrancelhas

Lorde Richmond: Lorde Apito

Lorde Cowton: Lorde Soluço

Rowan, Lorde Emerson: Lorde Desavergonhado

Lady Cecilia Miller: Srta. Libertina

Lady Hannah Brannon: Srta. Insuportável

Sr. Duval: Sr. Malévolo

6   LUCY VARGAS

CAPÍTULO 1

Devon, 1817

Finalmente chegava um dia limpo e agradável em Devon; as crianças já estavam entediadas com o clima nublado ali no campo. Apesar do tamanho da casa, não era espaço suficiente para gastarem energia. Era óbvio que, ao pensar nisso, o marquês estava se referindo a Lydia e Nicole.

— Ele chegou — avisou Henrik, enquanto ia para a entrada.

Nicole continuava pequena. Desconfiavam que, do ano anterior até aquele momento, ela só havia crescido cerca de cinco centímetros. Mas parecia ter sido apenas nas pernas, pois estava correndo mais rápido e ultrapassou o pai rapidamente, passou pelo Sr. Roberson, que mantinha a porta aberta, e... rolou pelos degraus. Caiu sentada no solo batido que formava um quadrado e um caminho envolto em grama.

— Sequer me deu tempo de avisar — disse Henrik, ao pegá-la por baixo dos braços e levantá-la. Ele se abaixou, limpou suas mãos e ajeitou seu vestido.

Nicole fez uma expressão magoada de quem ia chorar, e ele checou para ver se havia algum machucado.

— Vamos, foi apenas um tombo. — Ele a pegou no colo e avançou para a carruagem que estava parando na entrada.

Ouviram passos rápidos atrás deles e o som de sapatos descendo. Henrik esperou muito que sua outra filha não caísse também. Lydia já tinha batido sua cota de tombos naqueles degraus durante a infância. E, pelo que sabia, o lanche estava com ela, então seria um desastre.

A porta da carruagem se abriu antes que ela parasse totalmente e dali pulou um vulto loiro, e foi tudo que viram de tão rápido que aconteceu.

— Papai! Papai! — gritava.

Aaron jogou-se contra o pai, nada preocupado em ter certeza de que ele aguentaria segurar os dois filhos ao mesmo tempo.

— O que eu falei sobre esperar os veículos pararem antes de pular deles? — perguntou Henrik, entre divertimento e preocupação. — Vocês têm que parar com isso!

Com a carruagem parada, a ama que o acompanhou do colégio até ali desceu calmamente, com uma valise nas mãos, e entregou ao lacaio, que a ajudou a descer.

Henrik se abaixou, colocando as duas crianças no chão.

— Aaron! — Nicole abraçou o irmão pelo pescoço.

— Eu consegui sentir até a sua falta, baixinha! — disse o garoto, apertando a irmã que, sendo dois anos mais nova, batia bem abaixo do pescoço dele. Diferente dela, Aaron já demonstrava que seria alto como o pai e a irmã mais velha.

— Você é como uma girafa! — devolveu Nicole. — Seu girafão!

— Quem lhe ensinou isso? — quis saber Aaron. — Não sou nada disso. Lá na escola não sou tão maior.

Nicole olhou para a culpada por ter ensinado a ela alguns insultos para se defender. Lydia ria ao se abaixar e apertar o irmão entre os braços, pegando-o pelas costas.

— Girafinha loira! Pensei que não chegaria a tempo do piquenique!

Aaron fingiu que estava tentando se soltar do abraço da irmã mais velha, mas não durou. Ele a adorava e deixou até que ela o levantasse um pouco antes de soltá-lo e dar uma das risadas que o contagiavam e o faziam se sentir de volta.

— Nós vamos mesmo? — Os olhos dele brilharam. — E a mamãe? Ela virá conosco dessa vez? Ela está bem?

Ele olhou em volta, dando-se conta de que a mãe não estava junto à carruagem, e girou no lugar, com os olhos arregalados por um momento. Mas logo saiu correndo para a porta e subiu tão rápido que pulou o degrau do meio.

— Mamãe!

Ele abraçou a cintura de Caroline, e ela se inclinou para abraçá-lo de volta.

— Fez uma boa viagem? Fico feliz que tenha chegado cedo.

Aaron continuou abraçando-a e inclinou a cabeça para olhá-la.

— Já ficou curada, mamãe? Está aqui fora!

— Acalme-se, estou bem. — Ela acariciou seu cabelo e o ajeitou ao mesmo tempo. — Senti muito a sua falta.

— Eu também! E o bebezinho?

— Está bem. — Ela se abaixou um pouco para ver seu rosto de perto e o acariciou. — Agora vá com seu pai e suas irmãs, tenho certeza de que está com fome.

— Venha também, mãe! — Ele apertou sua mão.

— Eu vou precisar alimentar o seu irmão. — Ela lhe deu um sorriso leve e acariciou seu ombro ao se endireitar.

Aaron assentiu, mas, antes de descer, perguntou:

— Mais tarde posso ficar com vocês, não é? Já está melhor!

— Claro que pode.

Ele ficou contente com isso e voltou correndo, felizmente não caindo também, e alcançou Henrik. Só parou quando pegou na mão dele.

— Vamos, pai! Mamãe me deixou ficar com ela quando voltarmos.

Henrik olhou por um momento para a entrada da casa, onde a esposa havia ficado, e depois sorriu para o filho.

— Sabe que aqui não é o mesmo sem você?

Ele foi andando com Aaron ao seu lado. Nicole correu e agarrou a outra mão de Henrik.

— Não vou poder ir com vocês para Londres? — Aaron parecia preocupadíssimo com essa possibilidade.

— Você tem que estudar, garoto! Não admitimos gente boba na família — provocou Lydia, seguindo logo atrás deles com uma cesta de lanche.

— Eu não sou bobo! Papai, você viu que tirei notas boas? — Ele lançou um olhar emburrado para a irmã, que se divertia muito em tê-lo por perto para atormentar.

— Eu também não sou boba! — intrometeu-se Nicole. — Não é, papai?

Aaron se inclinou um pouco para olhar a irmã.

— É, sim. Muito boba. Só melhora se crescer.

— Não sou!

— Miúda! — implicou ele.

— Pai! — Nicole os obrigou a parar quando não quis soltar a mão de Henrik, mas, ao mesmo tempo, se lançou à frente dele, tentando pegar o irmão.

Aaron riu, desviando-se dela, e Lydia deu um cascudo na cabeça dele.

— Ela não é boba, também está estudando — defendeu.

— E você estudou? — perguntou o irmão.

— Claro que sim. Como acha que a Sra. Jepson chegou aqui? Algum filho tinha que sair inteligente — declarou Lydia.

— Lydia, pare de confundi-los — pediu o pai.

Henrik pegou Nicole no colo e tornou a dar a mão a Aaron, assim progrediriam mais rápido.

— Eu sou inteligente, papai? — indagou Nicole.

— Claro que sim — disse ele. — Todos vocês são.

— Então eu posso ir para a cidade? — insistiu Aaron.

Henrik olhou para uma das árvores da beira do bosque e mudou o caminho para lá.

— Vamos lanchar ali embaixo.

Ele deixou os dois filhos menores ali e pegou a cesta que Lydia trazia.

— Se vamos ficar tão perto, mamãe poderia ter vindo — comentou Aaron, pois, às vezes, eles saíam para fazer piqueniques e iam tão longe que a casa ficava pequena à vista.

Lydia ficou olhando para o pai e, dessa vez, não disse nada, apenas estendeu a toalha, mas empurrou o irmão para se sentar logo.

— Nós não devemos ir à temporada agora. — Henrik concentrava-se em tirar pratos da cesta. — Talvez sua irmã queira ir mais tarde.

— Não irei sem vocês. Não tem a menor graça. Prefiro ficar — declarou Lydia.

— Não seja teimosa, poderá ir — disse Henrik.

— Não ficarei com outros só por algumas semanas de festas. Posso ver meus amigos aqui.

O cardápio do piquenique que faziam com as crianças costumava ser mais simples, fácil de comer e à prova de acidentes. Henrik serviu em um prato pequenos bolos doces, nozes, queijo e pãezinhos para Nicole, que esticou as pernas e manteve suas guloseimas sobre o vestido. Ela mastigava lentamente enquanto prestava atenção em todos eles.

— Eu posso ir às festas no lugar dela, já sou um cavalheiro — declarou Aaron.

— Você vai voltar para o colégio e parar de aprontar lá. — Lydia lhe empurrou um prato com bolinhos de groselha e amêndoas.

Henrik recuperou os bolinhos e ajeitou o prato individual do filho, incluindo pãezinhos salgados, manteiga e fatias de presunto. Nicole reclamou que ela não tinha essa variedade. Lydia arrumou sua comida e ficou olhando para o pai, que servia aos pequenos com paciência. Mesmo contente com a visita do filho, ele não parecia o mesmo ultimamente. Ela o conhecia muito bem. Então virou-se para o irmão.

— Mamãe tem que alimentar o pequeno Benjamin. Só ela pode fazê-lo. Mães fazem isso, e ela também amamentou vocês dois. Ele começa a chorar. Igualzinho a vocês, dois chorões! Ah, como vocês choravam. — Lydia revirou os olhos.

Henrik sorriu levemente e encheu um dos rolos salgados com presunto para comer com a mão, do modo selvagem do campo que ali em Bright Hall era perfeitamente aceitável.

— Garanto que você chorava também — rebateu Aaron.

— Sua mamãe também ficou doente? Ela te ninava e tinha que ficar dentro de casa com você? — indagou Nicole.

Custou até ela entender que Lydia tinha outra mãe, mas, desde então, ela fazia perguntas inesperadas por pura ingenuidade. Nenhum dos dois fazia ideia do que aconteceu ali no passado. Até mesmo Lydia só foi realmente entender depois que cresceu e encarou tudo como uma adulta. Ela conheceu Caroline aos cinco anos e passou a considerá-la oficialmente sua mãe aos sete. Desde então, eram as lembranças maternas que existiam para ela. Antes disso, só havia o pai, a avó e alguns criados.

— Sim, minha mãe adoeceu de outra forma. E aí ela se foi quando eu era de seu tamanho. E nossa mãe é a minha mãe — resumiu Lydia. — Ela também ficava muito tempo cuidando de mim, só não precisava me amamentar.

Henrik olhava os filhos conversarem enquanto mastigava, numa mistura de memórias, culpas e suas preocupações atuais.

— Mas papai me ninava e alimentava quando eu era um bebê — contou Lydia, animada. — Nós nos divertimos muito juntos!

Ela ofereceu um prato de bolo ao pai, algo que fazia desde a infância. Mesmo nos lanches que começaram a acontecer nos jardins de Bright Hall naquela época, Lydia sempre achava que o pai estava precisando de bolo. E não entendia que não podia entregar um prato do outro lado da mesa. Alguns pedaços foram derrubados até ela aprender isso.

Henrik sorriu para ela e aceitou o bolo. Já que ia ficar em casa naquela temporada, Lydia tinha assumido a missão de alegrar os pais. Mas não adiantava, pois nenhum dos dois ia lhe dizer se havia algo mais acontecendo, além das consequências óbvias do final do ano anterior.

— Olhem! Tem bolinhos de creme! — Lydia tirou o prato que ficou escondido na cesta.

— Eu quero! — disseram as duas crianças, cada uma derrubando algo de seus próprios pratos sobre a toalha.

Eles comeram o lanche quase todo durante as duas horas que passaram juntos.

— Amanhã vamos ao rio! — Aaron estava muito animado de estar em casa.

— Depois vamos correr no caminho de flores! — acrescentou Nicole.

— Seus amigos vão mesmo vir aqui, Lydia?

— Podemos brincar também?

— Papai! Diga para ela deixar!

As duas crianças não paravam de falar enquanto Henrik bebia limonada, e Lydia os provocava e comia seu terceiro bolinho de creme.

CAPÍTULO 2

Com todos os amigos ocupados na temporada e seus familiares entretidos com seus próprios dramas e afazeres, Lydia estava se sentindo um tanto sozinha. Ou seja, tinha de encontrar suas próprias distrações. No caso dela, isso não incluía costura, desenho ou pintura — três talentos que ela não possuía e não tinha interesse em adquirir. O mérito para ela ter o básico dessas habilidades era puramente de Caroline, que chamou de "essencial para a vida adulta de uma dama".

E assim, Lydia sabia pregar botões e consertar um rasgo, desenhava o necessário para alguém entender e pintava tudo com as cores mais berrantes. No entanto, ela prestou atenção nas lições sobre gerir uma casa, pois nisso, sim, via lógica. Como iria administrar sua própria casa?

Apesar de que, com seus planos atuais, sua mãe teria um longo tempo para ensiná-la muitas lições, já que nem sonhava em partir para o que chamavam de vida adulta de uma dama. Como se já não fosse adulta — tinha feito dezenove anos, e esta seria sua segunda temporada. Já era uma dama experimentada nos salões de Londres. Ela soltou uma boa risada ao pensar no quanto isso era mentira.

— Viu, Rebuliço? Eu sou uma dama experiente nos salões londrinos.

O cavalo a olhou, e ela podia jurar que era um olhar descrente. Antes que obrigasse Rebuliço a manter uma conversa sobre bailes, ouviu o som de outro cavalo se aproximando e logo viu o animal castanho, mas a surpresa foi o cavaleiro.

— Disseram que tinha um cavaleiro passando como um raio pelo atalho que desemboca nas terras do marquês. Parei e pensei: um raio sobre um cavalo, os Preston... Lydia. Quem mais poderia ser?

Ela colocou as mãos na cintura e ergueu o olhar para Ethan Crompton, mais conhecido como Lorde Greenwood. Ou Lorde Murro, para o grupo de Devon. Agora, Lydia já admitia que eles eram vizinhos, o que levou a temporada passada inteira para ela aceitar. Foi o infame grupo misto de jovens do qual faziam parte que os transformou em amigos.

— Você não deveria estar em Londres?

— E quem se importa com meu paradeiro? — Ethan desmontou num pulo hábil.

Quando ele se aproximou, Lydia notou que estava com o rosto um tanto amassado. E devido ao fato de que ele lutava boxe — afinal o apelido não era à toa —, demorou um segundo para imaginar se ele havia se envolvido em alguma briga fora do ringue.

— Como me achou aqui? — indagou ela.

— Você nunca passa dessa pequena colina. Vem aqui e retorna para o seu lado.

Ethan olhou lá de cima para a paisagem em volta deles, de onde conseguia ver as terras de sua propriedade e parte das terras do marquês de Bridington. Eram várias colinas de tamanhos diversos, algumas até cultivadas, outras ainda tomadas por árvores, como aquela em que estavam. E abaixo conseguiam ver o rio que cortava entre os montes e atravessava de uma propriedade para a outra.

— Sabia que o mesmo rio que passa pela minha propriedade passa pela sua?

— Claro que não, são fontes diferentes. Eles só se encontram aqui.

Ele a olhou de lado, divertindo-se com a teimosia dela. Exatamente como na época em que se recusava a aceitar que os dois passaram anos separados só por uma colina. Além do fato de ele ser um pouco mais velho, os dois só terem se visto de perto quando compareceram ao mesmo evento local e apenas terem desenvolvido uma relação na temporada londrina. Era uma série de desencontros.

— Está dizendo que a água de minha terra é melhor do que a sua? — provocou ele.

— Jamais! — reagiu Lydia. — O meu rio tem a água muito mais límpida.

— É o mesmo rio, e eu posso provar. — Ethan sabia que estava jogando uma isca que ia tentá-la. Lydia era teimosa, mas também curiosa. E um de seus passatempos era desbravar as terras locais. Exatamente o tipo de coisa que não era recomendado para jovens damas.

— Moramos em lados opostos, e eu sequer sabia que éramos vizinhos até recentemente. E agora você, Huntley e Bourne vêm com esse assunto de estarmos ligados por um mesmo rio? — Lydia cruzou os braços.

Pois sim, não era só Ethan. Os outros dois amigos, também membros do Grupo de Devon, diziam que era o mesmo rio, e ele não se dividia. Fazia pequenos desvios e voltava a encontrar o curso normal. E cortava as quatro propriedades, assim como outras da região, seguindo assim até o mar. O pedaço mais largo do curso era justamente aquele que banhava as terras de Ethan, começando a se alargar no lado sul da propriedade dos Preston.

— Aposta comigo?

— Para estar todo convencido como um pavão, deve saber de algo que não sei — concedeu ela, desconfiada.

Finalmente, Lydia achou um rival à sua altura no quesito exploração local. Além disso, Ethan também cavalgava por aí como um raio. E, por mais que ela não fosse proibida de muitas atividades — pois assim eram os Preston: excêntricos e liberais demais para a opinião da sociedade —, ele ainda tinha a vantagem de ser mais velho e ter ido mais longe. Eles podiam trocar informações.

— Ora essa, pensei que a senhorita tivesse explorado mais essas terras, visto que vaga livremente desde a infância.

— Pois saiba que eu não me interessava em passar para o outro lado desse morro!

— Essa pequena elevação? — Agora ele estava tratando com pouco caso a adorável colina coberta de árvores.

— Desse lado é muito mais bonito. — Ela se virou para o leste, onde ficava a casa dos Preston.

— É só uma pequena elevação.

Lydia não quis dizer que, para uma criança, parecia um morro bem grande. E ela sempre foi para o lado contrário, na direção da vila ou da casa da avó. Aquele lado da propriedade nunca fez sentido para ela. Quando criança, nem sabia que, se descesse do outro lado e continuasse cavalgando por alguns minutos para a outra colina, daria numa outra mansão campestre, com um garoto de cabelo escuro e tão endiabrado quanto ela. E que gostava de aprontar pela região com outros dois garotos de casas que seguiam o rio. Eram todos mais velhos que ela, então, na época, não lhe dariam atenção mesmo. Não era a mesma coisa que caminhar para a casa de Bertha; ela não teria chegado lá sozinha.

— Não cairei na sua provocação — decidiu ela.

— Pare de fingir desinteresse. Vamos lá. Vou mostrar onde fica. Se puder me alcançar.

Ethan montou com a mesma habilidade que havia desmontado. Lydia bufou, pois iria, sim, cair na provocação dele, e montou do jeito errado. Ela não estava usando uma sela feminina, mas Ethan nem se deu ao trabalho de considerar isso. Para que perder tempo?

Para o desagrado dela, o caminho significava descer para o lado dele e seguir para o norte. Eles foram rapidamente. Ela o seguiu de perto, mesmo quando entraram em uma vegetação mais densa e tiveram de manejar os cavalos entre as árvores.

— É aqui — anunciou ele, antes de desmontar outra vez.

Lydia pulou do cavalo; não ia admitir que estava curiosa e ansiosa para ver logo. Ethan não decepcionou e apontou para o local onde o rio vinha por uma descida, e depois indicou o curso que ele seguia, bem mais fino do que no local onde eles viviam.

— Ele não nasce aqui, mas é onde começa a mudar.

— E de onde ele vem?

— Do Norte, passa por muitas cidades e corta Dartmoor. E lá se divide em três cursos; só esse no qual vivemos que se dirige para o mar. É aqui que ele se renova entre as pedras e ganha volume. É um curso só, Lydia. Com pequenos desvios e lagoas, como aquela à beira da casa de nossos melhores amigos — contou ele, citando o chalé onde Bertha e Eric viviam, em Sunbury Park.

Surpreendendo-o, Lydia se ajoelhou para poder se inclinar e olhar melhor o volume de água, e abriu um sorriso ao dizer:

— Eu gostei!

Ethan observou o chapéu masculino que ela usava para tentar se esconder. Sem sucesso. A grossa trança loira e toda desfeita que descia pelas costas e as bochechas coradas pelo exercício de cavalgar até ali prenderam o olhar dele. Também estava corada pela excitação por descobrir algo novo — ela só não gostaria de admitir isso para ele —, além de suas roupas descombinadas, pois Lydia usava um vestido, mas, por baixo, havia meias grossas, botinas masculinas e, em vez de um spencer feminino, colocara um paletó que disfarçava sua silhueta.

Ele se abaixou também, e Lydia virou o rosto, obrigando-o a fingir que só estivera olhando para a água.

— Então parece que dividimos um rio.

— É, parece também que terei de dar o braço a torcer. Mas o meu pedaço ainda é o mais bonito.

— Claro. — Ele deu uma risada, cedendo, afinal, achava todos os trechos que conhecia muito belos.

Os dois voltaram seguindo o rio, constatando que não havia muitos desvios, e os poucos que conheciam eram conectados ou retornavam ao curso dele. Quando retornaram à beira do atalho entre suas propriedades, a tarde já estava avançada. Antes de se despedirem, Lydia franziu o cenho para ele e indagou:

— Quem lhe disse que havia um cavaleiro passando como um raio pelo atalho?

— Os empregados. Eles viram de longe o borrão dourado que você é.

— Eu ando de chapéu.

— Ele não esconde absolutamente nada. — Ele sorriu e lançou um último olhar para a trança desfeita sobre o ombro dela.

Ao contrário do que Ethan dizia, várias pessoas se importavam com o seu paradeiro — incluindo mães de moças solteiras e as próprias jovens à procura de um conde jovem, abastado e em ótima saúde. Além dos fofoqueiros antenados e o seu valete, que sempre tinha de dar conta de seu paradeiro, porque havia duas pessoas que se importavam demais, e o pobre Dudley era pressionado para dizer o que sabia.

— Greenwood! Demorou tanto que pensei que havia cavalgado de volta para Londres!

Ethan ouviu seu título sendo chamado assim que passou pelo corredor que daria no seu escritório. E ele pensando que conseguiria entrar sorrateiramente pela porta dos fundos... Tia Maggie, como ele a chamava desde criança, era Lady Margaret Crompton, irmã de seu pai. E desde que ele morreu, a tia passou a chamar o sobrinho pelo título, exatamente como fazia com o irmão.

— É só o seu desejo falando, tia — resmungou ele.

E ou ela não ouviu ou ignorou, como era costume, pois Ethan continuou seu intento de chegar ao escritório.

— Uma limonada, Batson. A mais fresca que puderem produzir nesse clima — ele pediu ao mordomo ao passar por ele.

— Traga duas, Batson, por favor — emendou a tia.

— Traga três, Batson, por favor! — disse outra voz, um tanto esbaforida.

Tia Eustatia chegou correndo do jardim. Quando pequeno, Ethan só a chamava de Tita. O nome certo custou a sair de sua boca e, quando aconteceu, ele já estava sendo ensinado que ela era Lady Eustatia Barrow, irmã de sua mãe. Ao contrário de Maggie, ela quase sempre o chamava pelo nome de batismo.

Tita era viúva, e Maggie, solteira. Elas tinham idades aproximadas. Margaret Crompton tinha mania de parecer mais severa e atrelada a regras sociais, afinal, era filha, irmã e tia de um conde e produto de uma família de longa história aristocrática. Eustatia era filha do segundo filho de um barão e se casou com outro barão, daí vinha seu título: era uma baronesa-viúva. Só que nenhuma das duas teve filhos, e ambas se apegaram demais ao sobrinho.

Tia Maggie não tinha mais sobrinhos, já tia Eustatia dizia que os outros eram uns ingratos que não lhe davam importância. Elas passavam uma temporada em Crownhill todo ano, mas recentemente estavam passando mais tempo. E desde que Ethan caiu doente no último inverno, elas estavam preocupadíssimas. Ao menos nisso, concordavam. Para alívio e pavor do atual conde e sobrinho.

— Ethan, querido, é óbvio que estamos intrigadas... — começou Eustatia.

— Preocupadas — corrigiu Maggie.

— ... com o fato de você ter retornado de Londres antes do tempo, com esse rosto machucado e logo depois desaparecer em incursões secretas — continuou, como se a outra não tivesse dito nada.

Ele esqueceu o fato de que havia partido para a temporada e deixado as duas tias responsáveis por Crownhill. Elas faziam um ótimo trabalho na ausência dele, mas o haviam despachado para Londres com antecedência, assim que ele se recuperou, com uma missão clara: arranjar uma noiva.

Assim que entrou na carruagem e deixou a casa, meses atrás, Ethan se esqueceu completamente da missão e passou a temporada lutando boxe por diversão, indo ao Parlamento, divertindo-se com seu grupo de amigos, flertando a torto e a direito e fugindo de se comprometer. Justamente na temporada em que tinha a tal missão tão importante, foi a que ele mais aprontou como um jovem solteiro.

— Eu estou trabalhando, tenho deveres acumulados a cumprir. Agradeço muito o auxílio de ambas, mas preciso tratar de assuntos externos.

Nenhuma das duas acreditava nele. Afinal, como boas fofoqueiras, conseguiam trocar correspondências com diversas conhecidas e saber dos boatos sobre ele que estavam correndo pela cidade. Comportar-se como um selvagem e fazer parte do tal grupo misto escandaloso era algo que elas já haviam aceitado. Porém, ouviram dizer que esse ano ele foi praticamente um daqueles libertinos! Estavam apavoradas.

— E quanto à noiva? — indagou Eustatia.

— Não seja tão direta — ralhou Margaret e se virou para o sobrinho. — Sabe que quase morreu no começo do ano, não é?

— Isso é ser sutil, Margaret? — Eustatia colocou as mãos nos quadris.

— Temos de dar motivação a ele. Foi a mesma coisa com o meu irmão. Foi só ele quase morrer que tomou vergonha e arranjou uma condessa. Pena que teve apenas um filho. — Ela tornou a se virar para o sobrinho. — E agora todos nesse condado e nas próximas gerações dependem dele para se casar e produzir ao menos um herdeiro saudável.

A limonada chegou. Para demorar tanto, Batson deve ter levado o pedido a sério e foi refrescar as bebidas na casa de gelo. Ethan bebeu um longo gole, parecendo sedento. Foi por isso que Batson trouxe quatro copos.

— Isso é tão arcaico, não vamos motivá-lo com a ideia de produzir um herdeiro saudável — reclamou Eustatia e também se virou para o sobrinho. — Querido, um rapaz tão bem-apessoado como você, com um título tão vistoso e um ótimo caráter, deve ter alguma bela jovem em vista. Duvido que não haja damas interessantes tentando chamar sua atenção. Tem certeza de que não está escondendo certo apreço por uma delas?

Ethan pegou o segundo copo da bandeja que Batson deixou. Mesmo que tivesse alguém, ele jamais confessaria para as tias.

— Não, ninguém em especial chamou minha atenção.

O que era mentira. Ele podia não querer dizer e, na temporada passada, até achou a ideia descabida, pois a jovem que cativou seu interesse não queria nada com ele. Na verdade, com ninguém, algo que até o consolava.

Um ano depois, a situação não havia mudado. E ele estava se tornando cada vez mais próximo dela. Como um amigo com quem ela gostava de teimar e discutir coisas tolas, como qual trecho de um rio era mais bonito. Eles se divertiam com isso.

— E quanto a Lady Emilia? Soube que ficaram próximos — perguntou Margaret.

— Foi você que nos apresentou, tia...

Ethan não sabia se chamaria de "próximos". Na pré-temporada, Emilia Baillie foi apresentada especialmente a ele, por tia Maggie conhecer sua família. Estava indo para sua terceira temporada e os pais queriam muito que ela se casasse logo. Tentaram criar uma amizade entre os dois, mas Ethan a achou desinteressante e preferia passar o tempo livre com os amigos e amigas que já tinha em seu grupo.

Nada disso o livrou de dançar e passear com ela umas... no total, foram cinco vezes? Em ocasiões e até meses diferentes, tinha certeza, pois conseguia passar longos períodos sem vê-la. Não tinha nada a dizer sobre a aparência da jovem, pelo contrário, era agradável e atraente. Mas não era apenas isso que o cativava. Havia damas belas e agradáveis para todos os lados que olhava em um baile.

Porém, nenhuma delas cavalgava por aí como um raio, com uma trança dourada e desfeita e roupas descombinadas que ainda a mantinham atraentes. Tampouco viviam no limiar dos escândalos por seu comportamento atípico e pouco feminino. Ou diziam coisas sinceras demais quando não deviam. Jamais inventariam ótimos apelidos para os amigos, pois não era apropriado para uma jovem dama sequer ter tantos amigos, ainda mais homens. E quando uma dessas moças agradáveis iria correr atrás dele por metade de um parque ou defender a melhor amiga nocauteando um homem com uma bandeja de prata? Jamais.

— E vocês se deram tão bem — disse Maggie, sonhadora.

Tia Tita torceu a boca, mas teve de conceder:

— É, Ethan, querido... foi a moça com quem passou mais tempo.

De todas as trinta moças que elas lhe apresentaram, qual homem na face da Terra teria tempo de conversar, passear e dançar com tantas? Nem ele sabia dizer como foi que encontrou Lady Emilia tantas vezes, mas desconfiava de algum plano entre a família dela e suas tias.

— Eu não tenho o que conversar com ela, além de assuntos triviais e tolos.

— Tenho certeza de que ela irá se abrir mais nesta pós-temporada — insistiu Maggie. — Jovens damas são ensinadas a se preservar.

Sabe-se lá como, apesar dos poucos encontros e de tudo que ele aprontou em Londres, a família dela, suas tias e alguns conhecidos pareciam achar que os dois estavam caminhando para um noivado. Como ele acabou nesse buraco? Devia estar muito mal-acostumado por causa de seu grupo de amigos e esqueceu que mais de duas danças e uns passeios com uma jovem — em eventos e meses diversos — significavam noivado iminente.

— Ainda bem que os Baillie também estão voltando para o campo. Recebi uma carta de Lady Aldersey informando.

Estava sendo caçado. Ethan tinha certeza.

22 LUCY VARGAS

CAPÍTULO 3

Dessa vez, era Ethan que estava passando pelo atalho que cortava as terras dos Preston e lhe economizava tempo para ir da vila para sua casa. Estranho era o fato de que ele usava esse mesmo atalho desde menino e, mesmo assim, nunca fez amizade com Lydia. Se viu uma garota correndo por ali, certamente ignorou, pois não se recordava. Mas sempre soube que o marquês tinha uma filha. Algo que a um garoto não importaria em nada. Ele só se preocupou mais com garotas quando estava terminando o colégio, por volta dos dezessete anos.

Talvez por isso entendesse Lydia e seu jeito de estar com a cabeça em outro lugar durante a primeira temporada. Quando era jovem, também estava ocupado planejando tudo que queria aprontar. E se divertir e fazer amigos era muito melhor.

Só que, dessa vez, ele a avistou de longe e agora eram ambos adultos. Independentemente do que ela parecia fazer no momento.

— O que você está fazendo aí em cima?

Ele poderia tê-la sobressaltado, mas Lydia escutou o cavalo se aproximando. Não saberia dizer se a montaria dele pisava forte demais — como o dono — ou se ela tinha algum tipo de sentido que lhe avisava toda vez que Ethan estava vindo.

— Estou tomando conta do pássaro que caiu. Não faça barulho.

Ethan desmontou e se aproximou, mas não subiu no pedaço de tronco onde ela estava.

— Mas ele está no chão.

— Sim, daqui consigo ver melhor se a mãe vier pegá-lo. Mas, desde que passei pela primeira vez, ele continua no mesmo local.

— Tem certeza de que ainda está vivo?

— Claro que está, olhe as penas se agitando.

Ethan ficou observando. Demorou, mas o passarinho tremeu no lugar.

— Não podemos deixá-lo aqui. Algum predador vai comê-lo.

— Vai levá-lo para casa? — indagou ele, sem duvidar.

— Claro que não. — Ela pulou do tronco e disse num tom óbvio: — Vou devolvê-lo.

Ele olhou para cima, procurando algum ninho. Enquanto isso, Lydia começou a procurar algo pelo chão.

— Temos de respeitar os animais, como meu pai me ensinou — contou ela.

Conhecendo o marquês, Ethan acreditava em tudo que ela dizia sobre o pai, mesmo os relatos mais absurdos.

— E como pretende devolvê-lo?

— Com uma madeira e uma folha, para a mãe não o rejeitar. Eu sei que ela está por aqui. — Ela voltou com um pedaço de galho e algumas folhas. — Vigie. Se ela aparecer, vai me bicar.

Ethan olhou para cima, bastante descrente, mas imaginando que teria de pular e espantar uma mamãe pássaro antes que bicasse um dos dois. Enquanto isso, Lydia resgatou o filhote e o carregou para perto dele.

— Segure com cuidado — instruiu ela, sem lhe dar opção além de segurar o pássaro.

Tudo que ele fez foi olhar para a pequena ave em sua mão, sobre as folhas e a madeira. Além de pequeno, ainda estava com a penugem nova; com certeza não voaria naquela semana. Lydia não era a única que lidava com os animais da propriedade desde criança. Mesmo assim, ele olhou rápido quando viu a saia verde passar à frente de seus olhos quando ela escalou do tronco para a árvore.

— Tem certeza de que vai subir mais? Não vejo nenhum ninho daqui.

— Está mais para cima. Escondido. — A voz dela saiu com dificuldade, pois estava escalando.

Ela subiu ainda mais, firmando a ponta da botina num buraco da árvore e depois em um galho baixo.

— Certamente podem vê-la da estrada da vila. — Ele não sabia se devia se preocupar com a segurança física dela ou de sua reputação de dama escaladora de árvores.

Lydia fez um som de pouco caso, concentrada em mudar os pés para outro galho.

— Eu subo em árvores desde criança, meu pai me ensinou isso também. Por que começariam a se importar agora?

— Talvez por você não ser mais criança — sugeriu ele, prestando atenção no que ela fazia. Não achava que cairia dali, mas e se o galho quebrasse? Ia ter de segurar o pássaro e tentar impedir sua queda. Não era um bom plano.

— Não seja tolo, só você está vendo — alegou ela, e arregalou os olhos ao perceber o problema. — Você não está aí embaixo para ver minhas intimidades, não é? Saiba que uso calçolas!

Sem poder manter o olhar nele para não cair, tudo que ela escutou foi a risada masculina. Se descobrisse que ele estava rindo de sua calçola branca com fitas lilases, ele ia ver só uma coisa. Lydia usava o modelo curto, para não ter um monte de tecido entre suas coxas. Eram feitas especialmente para ela, que fazia coisas como... escalar árvores e usar sela masculina.

— Tenho certeza de que usa — admitiu ele, entre risos.

— Como pode saber disso?

— Você não me parece o tipo de moça que ficaria confortável sem... proteção íntima.

Lydia se agarrou ao tronco só para poder lhe lançar um olhar fulminante, e Ethan riu mais ainda.

— E por que não? Acha que não sou adulta o suficiente para ter só anáguas embaixo de minhas saias? — Ela franzia o cenho, enquanto ele a compreendia por querer ter mais tempo para viver sua juventude livremente. Lydia odiava pensar que ele a considerava jovem e imatura. E, por isso, brincava com ela, sem levá-la a sério.

— Não, penso que não tem modos suficientes para andar por aí descoberta — devolveu ele. Era a mais pura verdade, mas era também uma provocação.

— Seu crápula! — reagiu ela, ao jogar um fruto nele.

O fruto verde bateu no ombro. Sinceramente, sua falta de modos era uma grande parte de seu encanto. Assim como seu jeito de se irritar.

— Vamos logo! Dê-me o pássaro — disse ela.

Lydia não tinha dito nada sobre precisar da ajuda dele para fazer o salvamento. Para lhe entregar o pássaro, ele teria de subir no pedaço de tronco e se esticar para elevar o filhote perdido. E foi exatamente o que Ethan fez. Lydia invocou calma, equilíbrio e uma mão estável para conseguir levar o passarinho na ponta do galho até o ninho, colocando-o dentro.

— Aquilo ali é a fêmea ou o macho? Você mexeu no ninho, deve ter mais filhotes lá dentro — apontou ele.

— Ah, céus!

Era o macho e, apesar do favor, seu instinto era sempre defender o ninho. Ele mergulhou num voo ameaçador, apesar de seu corpo pequeno.

— A bicada dele é dolorosa! — avisou ela.

Ela pulou para o galho de baixo e Ethan desceu do tronco. O pássaro enfurecido deu um voo rasante sobre a cabeça dela, que pulou rápido demais e teria tido uma aterrissagem difícil no tronco, mas Ethan ofereceu a mão para Lydia segurar e o ombro para apoiar a outra mão bem a tempo. Os dois se afastaram rapidamente da árvore, e ele chamou sua égua com o estalar da língua.

— Bem, missão cumprida. — Lydia bateu as mãos, como se tirasse poeira.

— Eu imagino que sua cor favorita seja lilás — comentou ele.

— Seu maldito desavergonhado! Não era para olhar!

Ele lhe ofereceu o pequeno chapéu decorado com fitas e botões lilases, assim como uma pena de cor similar. Lydia estava uma mistura de vergonha e ultraje, e tinha ficado vermelha até a raiz dos cabelos. Então baixou o olhar para o acessório que ele havia recuperado do chão.

— Reparei que quase sempre carrega algum detalhe lilás — contou ele.

Ela soltou o ar, e suas sobrancelhas se ergueram. Então o descarado não estava falando de suas calçolas? Não sabia se desmaiava de alívio ou de mais vergonha. Pena que jamais havia tido um desmaio, e duvidava que esse seria o momento. Esperava que não fosse. Já pensou? Como amigo e cavalheiro que era, Greenwood certamente a carregaria até em casa. Oh, que morte terrível.

— Obrigada. — Ela aceitou o chapéu, já no controle de suas reações. — Por resgatar meu chapéu e ajudar no resgate.

Ele a olhou de forma curiosa, e Lydia conjecturava por que sempre acabava em algum tipo de dificuldade na presença dele. Em todas as vergonhas que ela passou em sua primeira temporada, lá estava ele. Inclusive naquele episódio temerário em que derrubou Lorde Keller no chafariz. E depois Ethan piorou tudo ao beijá-la e fazê-la experimentar uma mistura única de sensações. O coração bateu em sua boca ao senti-lo encostar os lábios no seu rosto.

Depois, ficou uma semana levemente revoltada lembrando-se do que ele disse. Sentiu-se boba por ele achar que ela tinha medo de beijos e por isso criava aquelas confusões na mais leve possibilidade de algum rapaz chegar perto demais.

Para irritação dela, ele estava certo.

Mas isso foi no ano passado. E ele estragou ou consertou tudo ao beijá-la e mostrar que não tinha nada de mais. O desgraçado seguiu como se nada tivesse acontecido. Ela remoía o episódio até hoje.

— Precisa de uma carona?

Ah! Pois sim que ela subiria no cavalo dele. Teria de estar se arrastando para se colocar nessa situação.

— Eu gosto de andar.

Ethan assentiu e puxou as rédeas de Sharpie.

— Passar bem, madame.

Lydia franziu o cenho enquanto o observava se afastar sobre sua bela égua castanha. Por que ele tinha que parecer tão... seria galante a palavra? Ela o odiava um pouco. Só um pouquinho. Por ele ter algo diferente dos outros. Mas não dizia isso a ninguém porque não saberia explicar o que era.

— Atração — disse Caroline, ocupada em mudar o vaso que havia acabado de plantar.

— Mãe... — Lydia sequer conseguiu exclamar. Saiu em um tom amedrontado.

— Sim, é atração. Está atraída por ele.

— Não...

— Um terrível fim para uma jovem solteira — brincou Caroline.

— Mas, mas... nós sequer nos damos bem.

— Por quê? Ele a destratou?

— Não. — Ela parou para pensar. — Pelo contrário.

— Ótimo. Jamais fique perto de um homem que a destratar.

— Não gosto dele.

— Uma pena. Ele é bonito, prestativo, divertido e, até onde sei, tem um ótimo caráter.

— E é insuportável. Somos amigos do mesmo grupo. Apenas isso: somos bons amigos.

Caroline parou e a olhou enquanto estava com as mãos dentro de outro vaso cheio de terra escura. Agora que sua saúde estava melhor, o jardim interno precisava urgentemente de revitalização. O jardineiro fora ótimo em cuidar de tudo enquanto ela se restabelecia, mas aquele jardim era dela. Acompanhara cada planta.

— Já vi isso em algum lugar... Ah, sim! Passei meses achando o seu pai absolutamente insuportável. Incorrigível. Terrível. Um crápula!

Lydia arregalou os olhos, com várias lembranças passando em sua mente. Não era possível que aquilo eram os temíveis sintomas de sua primeira paixonite. Não ela. *Não com ele!* Greenwood era absolutamente insuportável. Um presunçoso. Até sua mãe o achava atraente, porque ele era e sabia disso. Havia algo mais odioso?

Alto, másculo, forte, extremamente ativo, cheio de assuntos e interesses. Um ótimo amigo, sempre pronto para o que precisassem. Confiante e habilidoso em atividades que ela valorizava. E isso não era um perfeito *amigo*?

— Não quero me casar agora. Ou nunca...

— Então não se case. — A marquesa ajeitou a muda dentro do vaso.

— Posso gostar de outros.

— Claro que pode. Acontece.

Lydia suspirou, aliviada.

— *Ou não* — acrescentou a mãe. — Certos sentimentos são únicos. É difícil reconhecê-los e mais complicado ainda ter a chance de vivê-los.

— Ele precisa se casar agora. É um fato de conhecimento geral. E um conde jovem, de boa fortuna e bons dentes é uma das criaturas mais caçadas da temporada.

— Tem medo da concorrência?

— Não, tenho medo de me prender inadvertidamente, sem ter visto nada da vida. De que terá adiantado terem me dado tanta liberdade, escolhas e ensinamentos se eu fizer exatamente o que obrigam as outras a fazerem?

— Então viva suas experiências. É assim que vai descobrir.

— Isso vai ser difícil e vai me trazer problemas, não vai?

— Certamente — garantiu Caroline. — Mas pense bem. Quando envelhecer e olhar para trás, terá certeza de que viveu e foi dona de seus erros e acertos, de seus sorrisos e lágrimas. Quantas de nós podem dizer isso na sociedade em que vivemos?

— Poucas. Bem poucas... — Ela foi buscar outro vaso para ajudar a mãe.

30   LUCY VARGAS

CAPÍTULO 4

Quando os primeiros eventos campestres de pós-temporada foram anunciados, quase todo o grupo de Devon já estava de volta. Naquele tempo, o único amigo que Lydia viu foi Lorde Murro. Os outros também estavam ansiosos para reencontrá-la. Para isso, combinaram de ir buscá-la para chegarem todos juntos à festa de inauguração do novo chafariz dos Palmers.

Corria o boato de que foi uma obra grande e que revitalizaram o jardim inteiro para combinar com a tal peça vistosa.

A questão era que para todo o grupo de Devon ir junto, eles precisariam de diversos veículos, até porque cada um morava numa propriedade. Quem estava próximo pegava o outro, e assim iam. Lydia nem pôde acreditar no que estava se envolvendo quando desceu as escadas e o veículo que apareceu para pegá-la foi o faetonte de Ethan. Claro, ela já havia admitido que eles eram vizinhos.

— Vamos, Preston! Não podemos perder a entrada na estrada! — Ele sequer desceu, apenas abriu a portinha e estendeu a mão para ela. Jamais faria isso em outras circunstâncias, mas eles eram amigos e membros do tal grupo infame. Certas liberdades faziam parte.

— Por quê? — indagou ela, que foi içada rapidamente assim que pegou a mão dele.

— Para chegarmos antes! É ultrajante nós dois ficarmos para trás. Prenda bem o seu chapéu.

O faetonte saiu a toda velocidade pela estrada de Bright Hall e fez uma curva fechada no atalho que daria na estrada principal. Logo Lydia entendeu o que alguém havia esquecido de lhe contar: seus amigos estavam espalhados em outros veículos abertos e rápidos, estalando as rédeas e passando na frente uns dos outros.

Era uma corrida!

— Saia da frente, Vela! Se não consegue guiar esse cavalo, vá pela direita — gritou Ethan, agarrado às rédeas e ultrapassando uma caleche e outro faetonte.

Ele passou tão rápido que ela nem conseguiu distinguir quem eram os ocupantes, mas reconhecia as vozes em volta deles.

— Não seja doido, Keller! Esses cavalos não correm tão bem! — gritava Lorde Pança, segurando o chapéu e a lateral da caleche do amigo.

— Não insulte os meus cavalos! — Keller mantinha o olhar à frente.

A estrada principal era um pouco mais larga do que os caminhos internos, pois por ali passavam as grandes carruagens dos correios e os veículos de passageiros e dos moradores. Nada disso significava que ela tinha estrutura para um evento daquela magnitude. Aqueles que viram o grupo passar aos gritos e provocações em veículos novos, com cavalos robustos, espalharam a notícia por toda a região.

Você não sabe o que aqueles loucos fazem pelas estradas de Devon!

Nunca se viu tamanha comoção e com tantos veículos por aquelas bandas. Havia muita gente assustada!

São aqueles rapazes e moças terríveis do grupo de Devon! Não sei como seus pais e familiares permitem tal balbúrdia.

— Vamos, Bigode! Vamos! — incitava Janet, sentada ao lado de Lorde Latham, enquanto ele corria junto ao faetonte de Lorde Soluço, que estava acompanhado de Richmond. Este último estava a ponto de voar do veículo.

Pouco a frente, iam Bertha e Eric no faetonte dela, que guiava numa velocidade que devia ser proibida nas estradas.

— Vamos, é sua vez! Já me livrei dos outros. Ultrapasse sua querida amiga! — Eric incitava a esposa.

Lydia teve de agarrar as rédeas em alta velocidade, e ninguém podia dizer que já a viu passando devagar pela estrada. Só que, pouco à frente, havia um dos pedágios do correio e a estrada se estreitava.

— Lydia! — exclamou Bertha, tomando um susto ao ver o veículo surgir subitamente ao seu lado.

— Há quanto tempo! — gritou Lydia.

— Nós nos vimos semana passada! Quando voltei! — A última palavra se arrastou em um grito.

À frente delas, escutaram gritos para abrirem o pedágio. Um pobre rapaz saiu correndo e empurrou o portão de madeira no segundo em que a caleche de Huntley passou levantando poeira.

— Não seja doida!

Mas Lydia era, pois passou na frente no último instante, entrando antes pela parte mais estreita que daria no pedágio.

O rapaz dos correios ficou sentado no chão, apavorado. Nunca vira tantos veículos juntos e passando tão rápido.

— Pegue-o! Esse veículo dele é lento! — Ethan apontava para o amigo que ia em primeiro.

De fato, a caleche era mais pesada, e Lydia alcançou Huntley rapidamente.

— Ela vai nos pegar! — Lorde Cowton, sentado ao lado de Graham, parecia apavorado ao avisar isso. Provavelmente era a expressão decidida e o olhar na face de Lydia.

— Ah, mas eu vou dar trabalho! — disse Graham, guiando habilmente.

Os veículos ficaram lado a lado ao passar pela encruzilhada e entraram na parte seguinte da estrada com uma das rodas na grama acidentada, o que fez os ocupantes serem tão balançados que precisaram segurar os chapéus.

— Eu imploro, Huntley! Senhor amado! Eu devia ter vindo com o Pança! — Cowton estava apavorado desde que partiram. A pior coisa que ele poderia fazer era subir no veículo de um dos mais competitivos do grupo. Havia cinco deles e, por coincidência, ou não, eram os primeiros na corrida.

— Não tenha pena dele! — Ethan ria.

— Ela está fazendo seu trabalho sujo! — acusou Huntley, sendo ultrapassado.

— Passar bem. — Ethan ainda acenava quando Lydia tomou a dianteira e deu rédeas ao cavalo para ir embora sem obstáculos.

Para azar de Huntley, Bertha, guiando seu faetonte, passou logo depois. Não foi só ele que amaldiçoou as garotas Preston, pois não foi o único ultrapassado com perigo enquanto seus acompanhantes riam. Eric bateu com o chapéu para ele, pois já estava em sua mão. Nenhum chapéu que não fosse preso por uma fita resistiria àquela corrida.

— Vocês são absolutamente insanos! — acusou Deeds, ao ser tirado da caleche após todos chegarem ao destino. — Estou com as pernas trêmulas. E assim ficarei por uma semana. Não sei por que ainda me envolvo em suas loucuras — acusava enquanto era amparado.

— Admita que gosta, Jemy — provocou Latham, chamando-o pelo apelido carinhoso.

— Você chegou por último, homem. Nem correu tanto assim — brincou Eric.

Chegar por último naquela corrida maluca não era o mesmo que ir devagar, só significava que os outros competidores eram doidos varridos e sem medo da morte. Foi exatamente o que Pança alegou.

— Temos de brindar à nossa vencedora! — disse Ethan.

— Se ela se machucasse, o marquês ia arrancar o seu pescoço e ressuscitá-lo para matá-lo de novo — lembrou Glenfall, Lorde Vela.

— Foi ele que a ensinou a guiar assim. A vitória era certa. — Ethan foi na frente, divertindo-se junto com Eric. — Ensinou ambas!

Lydia e Bertha se abraçaram, divertindo-se pela vitória e pelo encontro. Os outros se juntaram a elas para cumprimentar e expressar felicidade por reencontrar Lydia, a única do grupo que não esteve em Londres nesta temporada.

Antes de se apresentarem aos anfitriões, todos tiveram de se ajudar com suas vestimentas e acessórios. Foram vistos na lateral da entrada do jardim, consertando uns aos outros, o que fez alguns convidados comentarem sobre sua nova traquinagem antes mesmo de o grupo entrar no evento.

Haviam combinado que os vencedores receberiam presentes de todos eles, então Lydia e Ethan podiam esperar alguns pacotes nos próximos dias.

— Fico feliz que todos vocês tenham aceitado nosso convite — disse Lady Palmer, enquanto eles a cumprimentavam.

— Mas venham! Venham! Precisam ver a estrela do dia! — chamava Lorde Palmer, indicando o caminho.

Como se precisasse chegar perto para ver. Todos eles já haviam avistado aquela aberração de pedra em meio à paisagem bucólica da propriedade do pequeno lorde e sua simpática esposa. Contudo, quanto mais perto chegavam, mais o animal se avultava sobre eles. E ainda estava cuspindo água.

— Minha nossa, é gigante... — murmurou Lydia e levou um aperto de Bertha, que estava bem ao seu lado.

Era um leão enorme. Bem construído, sólido, e o mérito era todo do escultor. Parecia uma aberração em meio àquela paisagem tão amável que era a casa dos Palmer, com suas paredes cobertas de plantas e o jardim florido. Por algum motivo, os outros convidados escolheram passar o evento bem longe da criatura.

Os membros do grupo estavam mortificados, parados ao redor do enorme chafariz.

— Então, o que acharam? — perguntou o lorde.

Vários pares de olhos voaram para ele. O homem estava parado entre Huntley e Greenwood, o que só o fazia parecer ainda mais baixo. Todos eles gostavam de Lorde Palmer, era um sujeito amável, já meio careca no topo da cabeça e bem redondo. Sua esposa era mais alta, bem esguia e uma das damas mais simpáticas do condado. Eles recebiam bem, serviam ótima comida e conversavam alegremente.

Nenhum deles teria coragem de dizer que o enorme leão era qualquer coisa além de magnífico. Ele até combinaria em outro local. Quem sabe se estivesse no pátio de um daqueles enormes castelos góticos, que pareciam escuros o ano todo, com lendas de fantasmas e um dono que apavorava a sociedade?

— O senhor vai precisar dar um banquete para fazer justiça a uma obra dessas — comentou Greenwood, arrancando um enorme sorriso do pequeno lorde ao seu lado. Os outros fizeram coro ao elogio, deixando o anfitrião mais contente ainda.

— Eu lhes asseguro que mandei servir um lanche à altura da ocasião! — anunciou Palmer.

Para completar, os Palmer tinham vários filhos. Crianças adoráveis, pareciam com o pai, só a menina mais velha que era idêntica à mãe.

— Era o sonho dele! — exclamou Lady Palmer, e completou mais baixo, olhando para Ethan: — Uma pena minha filha mais velha ainda ser tão nova. O senhor e seus amigos são uns primores. Serão genros excelentes.

A menina tinha quinze anos e os rapazes estavam extremamente aliviados por isso. Era melhor casarem antes que ela chegasse à idade da primeira temporada.

— Será que as pobres crianças já viram isso? — Ruth sussurrou para Janet assim que conseguiram se afastar da enorme criatura.

— Devem ter chorado muito. Eu choraria nessa idade — cochichou Janet.

Bertha arrastou Lydia para longe do bicho de pedra, pois ela parecia hipnotizada.

— Eu tenho certeza de que iam entregar isso no castelo do duque de Hayward e instalaram aqui por acidente, e agora Lorde Palmer não quer admitir que tomou posse da enorme coisa! — opinou Lydia.

— O brasão dele não tem uma espécie de pássaro? — quis saber Bertha. — O que esse leão faz aqui?

— Escapou de seu país de origem. — Eric bebeu um bom gole de limonada.

Eles resolveram só tocar no assunto do leão dos Palmer bem longe dali.

— Aqui está sua bebida, madame. Há quanto tempo não a encontro com um vestido completo? Foi uma bela escolha — comentou Ethan, provocando-a ao mesmo tempo que lhe entregava a limonada.

Ela quase pulou no lugar e deu um pisão no pé dele. Para sorte dele, nesse dia, Lydia estava de sapatilhas e ele, de botas. Ethan não se afetou nem um pouco e emendou:

— Mas sabe que fica bela em qualquer vestimenta — concluiu ele.

— Pare já com isso — ela o ameaçou entre os dentes.

— Eu tenho um convite.

— Não posso.

— É para uma corrida de cavalos.

Ela o olhou com desconfiança. Ele a estava convidando para transgredir regras sociais em meio a um evento social?

— Por que brincaria com isso?

— Leve o seu melhor cavalo — avisou.

— Seremos só nós dois?

— Não... — respondeu ele, tentado a ser um cafajeste e arrumar uma corrida só para os dois. — Haverá outras pessoas.

— Então devo ir de menino ou menina? — perguntou ela, deixando-o paralisado e surpreso com sua provocação sugestiva.

— Como preferir. — Ethan a observou, esperando algo estranho acontecer.

38　LUCY VARGAS

CAPÍTULO 5

No dia combinado para a corrida, Lydia levou Rebuliço, seu cavalo preferido. Ao chegar ao ponto escolhido, avistou várias pessoas espalhadas. De longe, reconheceu alguns de seus amigos, entre eles o maldito que lhe convidou. Ethan usava seu traje de montaria de quando estava aprontando, o verde-escuro com detalhes em preto. Quando ele entrasse em meio às árvores, sua roupa não seria o item a chamar atenção.

Por puro bom senso de sua camareira, Lydia também foi com seu traje de montaria. Ela não sabia quem e quantos estariam lá. Eis que eram diversos homens, e conhecia quase todos, pois eram moradores locais, além de seus amigos, os irmãos e alguns primos e vizinhos deles.

— Sabia que não recusaria o convite — saudou Pança, assim que ela parou o cavalo ao lado do veículo onde ele estava com Janet, que usava uma sombrinha para se proteger do sol.

— Vai correr conosco, Deeds? — Lydia abriu um sorriso, sabendo que ele riria da ideia.

— Ah, por favor. Há quanto tempo me conhece? Eu sou o juiz. Vocês precisam de alguém com bom senso, já que são todos insanos. — Ele puxou as rédeas. Ao menos hoje estava guiando o próprio veículo. Deeds adorava guiar, numa velocidade aceitável. — Vejo-a na chegada.

— Boa sorte, Lydia! — Janet acenou.

Dito isso, ele foi embora junto com Janet e mais um veículo levando duas garotas que Lydia sabia serem irmãs de alguns daqueles cavalheiros.

— Uma pena que eu saiba que cavalga muito mais rápido em uma sela masculina — comentou Ethan, aparecendo perto dela, montado em Sharpie.

— Garanto que também darei bastante trabalho dessa forma — assegurou ela.

Lydia não estava usando um daqueles trajes de montaria chiques e na última moda que usava em Londres. Colocara um já bem batido ali no campo, simples, sem bordados, de abotoação dupla e na cor azul florença. Ótimo para o caso de quedas porque lhe permitiria mais liberdade de movimentos. Dispensou acessórios, calçou apenas luvas de montaria e pôs um chapéu de aba curta para o sol não atrapalhar.

E, quando se aproximou dos outros, ninguém pareceu se importar com o quão atual era seu traje. Os competidores também não estavam no seu melhor para se apresentarem numa sala de estar. A maioria usava apenas a camisa. Ethan dobrou tanto o tecido branco que seu valete teria um ataque de tremedeira assim que o visse.

— Deeds já deve ter chegado lá, não? — Richmond tirou o relógio e conferiu. Ele daria a largada. Não é que não corresse, mas preferia velocidades mais seguras.

— Dê-lhe mais uns minutos — pediu Keller.

— Ele não é lento, só não é doido. — Richmond franziu o cenho.

— Ele levou Janet. Deixe-o ir a uma velocidade agradável. — Ethan lhe lançou um olhar cheio de significados.

— Ah! — Richmond finalmente entendeu. — Sim, numa velocidade mais agradável é possível até uma boa conversa.

Lydia cruzou os braços. Qual fofoca ela ainda não sabia? Pelo que lembrava, Deeds não tinha coragem nem de flertar com Janet. E olha que mantinha uma admiração secreta por ela há algum tempo. Mas quem era ela para julgar? Ficava nervosa toda vez que Ethan estava flertando. Porque ele era imprevisível. Num dia, nem parecia notar que ela era uma mulher e, no outro, era puro galanteios.

Ao menos, na opinião de Lydia, era assim. Se perguntasse a ele, nada disso se confirmaria, pois ele nunca deixava de notar que ela era uma mulher e estava constantemente flertando. *Com ela*. Mas, segundo boatos da temporada, ele era um flertador inveterado. Deixou muitas damas de bochechas coradas.

— Lady Lydia, é um prazer vê-la aqui. É definitivamente a visão mais bela do condado — cumprimentou Lorde Wallace.

Lydia tinha um admirador nada sutil. Eles não se encontravam muito, mas ele demonstrava interesse desde a pré-temporada do ano passado. Naquela época, ela o achou esquisito, e a última coisa que queria era um pretendente. Agora, franzia o nariz para seus elogios exagerados. Não sabia responder a flertes.

— O condado é bem grande, senhor. — Ela ensaiou um sorriso afetado e ouviu a característica risada de Ethan. Se ele estivesse caçoando dela, ia jogá-lo de cima do cavalo. Porém, ele estava olhando para Keller e Richmond.

— E não é páreo para sua beleza — galanteou Wallace.

A expressão dela era de pura afetação. Como devia agir frente a isso?

— Nós já vamos — anunciou Ethan numa voz cortante, subitamente ao lado deles e não mais rindo de nada.

— Enfim! — Lydia fugiu, virando seu cavalo com habilidade.

— A senhorita vai conosco? — Wallace era uma mistura de surpresa e apreensão.

— É claro.

— E se vir a se machucar?

— Está com medo de perder para uma dama? — Ethan olhava-o com satisfação.

— Não seja tolo, não costumamos ver damas na corrida — disfarçou Wallace.

— Pois prepare-se — avisou.

Quando Ethan parou o cavalo próximo ao seu, Lydia estava preocupada com outro assunto.

— Por que nunca me convidou antes?

Ele a olhou com diversão.

— Até pouco tempo, sequer admitia que éramos vizinhos, lembra-se? Pense como uma nova vantagem de ser amigável com todos os vizinhos.

Ela ia derrubá-lo do cavalo. Não em velocidade, pois ele poderia quebrar o pescoço, mas assim que estivesse parado e na grama.

— Alinhem-se! — anunciou Richmond.

Ele apareceu com uma pistola na mão e ficou na lateral, longe do caminho dos cavalos. Lydia nem conseguiu contar quantos competidores seriam, mas eram pelo menos dez cavalos. Seu amigo levantou o braço e atirou para cima. Os cavalos saíram em disparada; ao menos, a maioria deles. Alguns foram mais lentos para pegar velocidade.

De qualquer forma, foi uma barulheira de cascos sobre a terra. Dessa vez, o caminho passava por uma estrada secundária. Depois, tinham de subir uma colina, atravessar um bosque e sair em outra estrada que daria em Crownhill. Após a curva final, passariam sob um arco de árvores, ainda na propriedade de Ethan.

Quem chegasse primeiro ganhava um animal para cuidar. Lydia nem sabia disso, ela só desejava se divertir e sentir a adrenalina de participar da corrida pela primeira vez. Os cavalos corriam juntos pela estrada estreita. Inicialmente, todos que saíram ao mesmo tempo seguiam em pé de igualdade. A situação só mudou quando tiveram de virar os cavalos para a grama e para alcançar a colina.

Lorde Wallace, que tinha estado na frente, teve de lidar com um cavalo que não queria subir reto. Outros dois perderam velocidade. Lydia guiou Rebuliço e não o obrigou a aumentar a velocidade, o que lhe garantiu uma subida estável e ágil. Ela viu Sharpie subindo habilmente. A égua de Ethan parecia a mais confortável, mas a casa dele era no topo de uma colina, e ele vivia fazendo sua montaria passar por elas. Lydia viu como ele surgiu rápido no dia da visita ao rio.

Ainda assim, seguiam pelo menos cinco cavalos bem próximos. A descida criou um pouco mais de vantagem para os cavalheiros — e dama —, que não tinham medo de ir rápido demais colina abaixo. Então veio a entrada do bosque, e tanto fazia onde a pessoa ia entrar, desde que saísse na estrada do outro lado. O cavalo de Lydia era acostumado a atravessar o bosque da propriedade do marquês e se enfiou pelo meio das árvores de forma destemida. A sensação era de que todos haviam se separado, seguindo em meio às árvores em trajetórias particulares.

A pegadinha era que, ao final do bosque, dependendo do ponto em que saíssem, era terreno plano ou uma descida abrupta, o que obrigou pelo menos dois cavalheiros a puxarem as rédeas ou cairiam. E a estrada fazia uma curva. Lydia seguiu rapidamente até que Sharpie surgiu de repente do meio das árvores e foi à frente com suas ancas largas tomando sua visão, as costas de Ethan instigando-a a cavalgar mais rápido.

A chegada súbita da égua assustou o outro cavalo com quem Lydia vinha brigando, e ela ganhou a dianteira. A saída dessa estrada também era abrupta e era mérito deles conseguir controlar sua montaria. Ela faria isso muito mais rápido numa sela normal; a sela feminina não a impedia, mas também não ajudava.

Na chegada ao arco, Lydia alcançou Sharpie, e Ethan riu ao vê-la. Havia mais dois cavalos bem atrás deles, ganhando terreno. Ambos aceleraram. Pelos sons, ao menos sete cavalos se aproximavam rapidamente do arco. Lá no fim, Lady Janet balançava uma bandeira vermelha, e Deeds acenava da lateral do arco.

Lydia concentrou-se no seu objetivo, sentindo-se perseguida pelo som de tantos cavalos atrás dela. Eles passaram sob o arco ao mesmo tempo.

— Lady Lydia passou primeiro! — gritou Deeds, pulando e batendo palmas, como se estivesse torcendo para isso desde o início.

— Ah, Lydia! Que maravilha! Mostrou a eles! — Janet continuava balançando a pequena bandeira, e as duas meninas do outro veículo chegaram correndo com flores.

Lydia desmontou e recebeu as flores, porém, se virou para Ethan e disse:

— Você desacelerou!

— Não fiz nada disso — negou, levando Sharpie até um dos baldes de água.

— Fez sim. — Ela olhou para trás. — Nós passamos juntos! Não pode me deixar ganhar!

— Não deixei. Aliás, Neville quase nos ultrapassou.

Ela se virou e olhou para o garoto Neville, o mais jovem deles, com só dezessete anos. Era habilidoso e rápido, por isso corria com os mais velhos desde o ano anterior. Talvez ele tivesse vencido se seu cavalo atravessasse o bosque mais rápido, pois tirou a colina de letra. Lorde Wallace havia se recuperado, chegando logo atrás deles. Seguido de perto por Keller, que teve dificuldade na descida da colina, mas ultrapassou dois competidores na saída da estrada. Era um grupo bastante competitivo. Ninguém ficou para trás.

E era essa a graça. Cada corrida podia ter um vencedor, dependendo das dificuldades do trajeto. Lydia gostou de todos eles e, principalmente, mostrou que mulheres podiam ter tanta ou mais habilidade. Talvez isso inspirasse mais delas a participar e serem aceitas nas corridas.

— Deeds, eu não passei na frente — ela praticamente o ameaçou ao dizer isso.

— Eu vi o focinho de seu cavalo um pouco à frente — disse ele, sem querer se comprometer.

Ethan foi levando Sharpie para longe, enquanto lhe prometia um banquete de feno, maçãs e cenouras. Aliás, ele *produziu* uma cenoura para égua, tirando-a do bolso do paletó que deixara no veículo de Lorde Pança. A caleche estava repleta de paletós esperando seus donos irem reclamá-los.

— Ótima corrida, senhores! — cumprimentou Neville, após levar seu cavalo para beber água. Ele era alto e atlético, mas sua face mostrava como era jovem. Era primo de Deeds, adorava participar das atividades locais e almejava entrar no Grupo de Devon antes que todos se casassem e talvez até se afastassem.

Lorde Wallace se aproximou assim que localizou Lydia.

— Está bem, milady? Não se machucou?

— E por que estaria machucada? — indagou ela, num tom direto, nada parecido com a jovem dama afetada que fingiu ser para reagir aos flertes dele. — Não caí.

— Ainda bem, fico aliviado.

— Ótima corrida inaugural, Preston! — cumprimentou Keller e cometeu o ato impensável de lhe dar um tapinha no ombro.

Wallace arregalou os olhos, como se Lydia fosse desmanchar pelo toque rápido e sem um pingo de cavalheirismo do amigo.

— Se nós empatamos, quer dizer que ambos vamos ganhar algo? — Lydia deixou Lorde Wallace e foi para perto dos amigos, como se fosse brigar com eles. Isso só o deixava mais surpreso. Ele a achava inusitada, mas formidável.

Pena que ela o achava tacanho.

— Um animal — informou Janet, num tom de quem achava a ideia ótima.

— Um bicho? — reagiu Lydia, desacreditada.

— E o que esperava? — Ethan a olhou com curiosidade.

— Eu tenho um monte de bichos. Muitos. Diversos!

— Vai gostar desse. Vamos buscá-lo. — Ele puxou Sharpie pelas rédeas.

Ethan foi andando; já estavam nas terras de Crownhill. Os outros começaram a se dispersar, partindo em seus cavalos. Pelo jeito, Deeds ia até a vila comer bolo na Garner's junto com Neville, Keller, as duas jovens, e convidou Janet. Agora Lydia desconfiava de que ele gostaria de ir sozinho com ela, mas não teria como arranjar isso, a não ser convidando diretamente para outro dia.

— Quer ir conosco, Lydia? — convidou Janet.

— Meus trajes não estão adequados — respondeu ela.

Janet estranhou. Lydia não costumava se importar com isso. Porém, até que estava tentando, afinal, em breve, teria de usar aqueles vestidos perfeitamente planejados de seu guarda-roupa londrino. E a Garner's era o novo ponto de encontro dos jovens abastados das redondezas, pois oferecia um ambiente e um cardápio que lembrava as confeitarias chiques de Londres.

Em vez de ir atrás deles, Lydia tornou a montar e foi para a estrada, pois era o jeito mais fácil de encontrar o atalho para Bright Hall.

— Onde está o meu prêmio? — Lydia seguia sobre Rebuliço enquanto Ethan puxava Sharpie. — Vou recebê-lo em casa? Se for um animal grande, minha mãe vai odiar que apareça lá. Tenho um histórico...

— Não é grande. Acredito que até a marquesa será conquistada. — Ele se divertia com a explicação dela.

— Eu já tenho um coelho. Ele só não mora dentro da casa, tem uma toca.

— Não é um coelho.

— Um pequeno porco? Já tem muitos na fazenda do meu pai.

— Também não.

— Se for um cachorro, há vários na propriedade. Temos um belo canil. Sempre vejo os filhotes depois que nascem.

— Não quer o bicho? — Ele parou e lhe deu uma olhada, forçando a desconfiança só para provocá-la.

— Quero. Se ganhei, é meu. É um pássaro? Se for, vou soltá-lo.

— Eu não lhe daria um pássaro numa gaiola, Lydia. — Ethan voltou a andar.

Ela puxou as rédeas e virou o cavalo.

— Não vai buscá-lo? Se quiser, mando entregar na Garner's.

— Não vou comer bolos.

Ethan assentiu e a forma despreocupada como ele seguia levando sua égua conseguiu intrigá-la, mas, antes que perguntasse, ele disse:

— Seus trajes estão perfeitamente aceitáveis para comer bolo na vila. Não estamos em Londres, com tantos olhos julgadores.

Em vez de responder, Lydia indagou:

— Ela se machucou? Por isso não está montado?

Sharpie seguia calmamente, acompanhando seu dono, e não estava mancando, então por que ele andaria todo o percurso até o estábulo, mesmo que não estivessem tão longe?

— É só um descanso. Ela adora correr. Fica verdadeiramente triste e enciumada quando saio com os outros e me demoro. Acho que desconfia que fui me divertir. Faz tempo que não a uso nesse tipo de corrida, só em tiros retos. É muito esforço para a montaria, ela não é mais uma garota.

— Sim. — Lydia se inclinou e deu um tapinha no pescoço de Rebuliço, que era um cavalo mais jovem do que Sharpie. — Ele também adora poder correr pelo gramado. E só eu o levo longe o suficiente.

— Ele tem filhotes?

— Tem um potro.

— E mais algum vindo?

— Eu não vou lhe vender um filhote dele.

— Uma pena. Ele seria bem tratado.

— O prêmio é um potro de sua montaria?

— Ela não tem mais filhotes, para o seu bem.

— Uma pena, também a trataria bem.

Lydia continuou acompanhando-o. Não queria esperar para ver seu prêmio, era curiosa.

— Sabe, também tenho orgulho. Pode não parecer, mas tenho um pouco. As outras estavam em seus vestidos de passeio. E logo eu, a filha do marquês, com a fama que já tenho nas redondezas, preciso aparecer com um traje surrado e descombinado? De novo?

— Você estava particularmente encantadora no dia que vencemos a corrida para o chafariz de Lorde Palmer. Assim como está hoje.

Lydia sentiu um calor subir pelo seu pescoço e alcançar suas bochechas. Raramente sentia esses calores inexplicáveis e, em geral, estavam associados a Ethan.

— Estava, não estava? — Ela sorriu, admitindo que gostou de usar um de seus requintados vestidos de passeio. Nesse período que ficou em Devon, foi uma das últimas coisas que se preocupou em usar.

Lydia gostava dele. Está bem, admitia. Ethan lhe provocava sentimentos bons. Seu comentário não a deixou apenas encabulada por soar como um flerte. Também trouxe uma feliz lembrança infantil. Quando Caroline foi morar em Bright Hall, ela a levava para a costureira, algo que Lydia nunca havia feito. E a criança sapeca que foi passou a usar lindos vestidos coloridos que a deixavam imensamente feliz.

Como uma adulta, Lydia ainda aprontava muito e preferia roupas práticas para isso. Porém, como a garota que foi, também gostava de se limpar e trocar para um vestido estiloso.

— Está vendo aquela árvore envergada? — indagou ele e continuou quando ela assentiu. — Tem uma lagoa escondida abaixo dela.

— Não me diga!

— Sim, fica um pouco abaixo do nível do rio, e meu pai dizia que o meu avô contou que, em cerca de uma década, ela já estava formada e nunca mais se desfez.

— E como a árvore não caiu ainda?

— Ela é firme. Só parece que vai cair. Huntley, Bourne e eu brincamos ali a vida toda.

— Bertha e eu sempre nadamos num pedaço calmo do rio, bem na parte alta do bosque. Papai nos ensinou.

Ethan inclinou a cabeça e a olhou:

— É mesmo?

— Sim.

— Então não tem medo de uma lagoa?

— Não seja bobo. Se não tenho medo do rio, não terei de uma lagoa.

Ele montou com a rapidez de quem podia usar uma sela normal e fazia isso diariamente.

— Pois quem chegar por último à árvore envergada vai vender um potro para o outro! — anunciou.

— Perdão? — reagiu ela.

Ethan saiu em disparada, como se Sharpie estivesse contente em fazê-lo. Lydia incitou Rebuliço e, como a corrida mostrou, ele tinha uma saída rápida. Dessa vez, saiu num trote suave, mas Ethan também não corria tanto.

— Seu crápula! Isso não é uma aposta justa!

— Falar atrapalha a corrida!

O desafio sequer era ir rápido, era não escorregar, já que tratava-se de uma descida na grama. Ethan chegou à parte mais plana antes e acelerou a montaria até a árvore. Lydia percorreu o último pedaço com bastante irritação.

— Sabia que não podia confiar em você! — acusou ela.

Mas ele só ria, contornando a árvore com Sharpie. De perto, dava para ver por que ela não caía. Sua base era larga, forte e provavelmente funda. Ela cresceu daquela forma, envergando-se na direção da água. Não se sabia o porquê, talvez fosse a mudança gradual do terreno enquanto era tomado pela água, mas lá estava ela, firme há décadas. Desde muito antes de ambos nascerem.

— Não vou lhe vender um potro, homem! — Ela fez o cavalo parar e o olhou, pouco à frente na curva da lagoa.

— Vai me dar? Quanta bondade, mas asseguro que posso arcar com os custos.

— Eu nunca lhe daria um dos meus cavalos.

— Tenho certeza de que não são todos seus.

— Meu pai também não vai lhe vender.

— O marquês e eu temos afinidade.

— Desde quando?

— Desde que acompanhei Bourne quando ele e o seu pai botaram Duval para correr de Londres — contou ele, referindo-se a um acontecimento da temporada de 1816, quando Duval foi extremamente desrespeitoso com Bertha, e isso causou brigas e quase um duelo.

— Eu sabia! — exclamou ela, dando um soco no ar. — Papai nunca quis admitir!

— Viu? Sou um bom amigo alcoviteiro.

— Tenho de contar para Bertha.

— Acha mesmo que Bourne não lhe confessou?

Ela ficou em dúvida e sua expressão demonstrou.

— Eu confessaria. Ao pé do ouvido de minha esposa, diria que, antes de nos casarmos, andei cometendo certas contravenções em sua defesa.

Mesmo a alguns metros de distância, ela o encarou.

— Por que não consegue parar de me provocar, Ethan?

O sorriso instantâneo suavizou seus traços quando ele disse:

— É irresistível. Sua personalidade a impede de não revidar. — Se não estava enganado, era a primeira vez que ela o chamava pelo nome de batismo, mesmo que já fossem amigos desde o ano passado. Lydia até já o insultara, mas seu nome era uma novidade.

Lydia continuou olhando-o. Se ele estava flertando de novo, ela não sabia corresponder. Tinha dificuldade até de reconhecer, por mais óbvio que fosse.

— O que vocês três tanto faziam aqui?

— Trazíamos comida e, às vezes, passávamos o dia conversando tolices e subindo na árvore para pular na lagoa e nadar. Não é funda, mas é suficiente para a diversão.

— Parece o tipo de coisa que meu irmão faria.

— E você não?

— Talvez. — Lydia guiou seu cavalo para a beira, pois Sharpie bebia água, e talvez Rebuliço também quisesse. Subitamente, voltou a olhá-lo e indagou: — O senhor toma banhos?

— Perdão? — A pergunta já saiu abafada pela risada.

— Banhos. O senhor tem apreço?

— Aprecio bastante.

— Em *banheiras*? — especificou.

— Também. Banheiras, lagoas, rios... E a senhorita? Ouvi dizer que o marquês ainda é visto levando um sabão para o rio e que a marquesa sequer tenta impedi-lo.

— Ela nunca tentou impedi-lo. — Lydia sorriu, lembrando dos pais, e sentiu um aperto no peito ao pensar em como eles não estavam mais vivendo tão bem ou se divertindo juntos. — Eu só costumo ir nadar com meu pai. Como deve imaginar, é bastante impróprio para uma dama tomar banho ao ar livre.

— Você realmente sabe nadar! — Pareceu haver um momento de compreensão para ele ao se lembrar disso. Não conhecia muitas mulheres que nadavam.

Para o assombro de Lydia, ele puxou as rédeas e mandou Sharpie entrar na lagoa. E a égua fez exatamente isso, como se fosse uma brincadeira. Pelo menos onde ele entrou não era fundo, pois Sharpie não estava nadando, só andando na água e mexendo o pescoço animadamente. Ao que parecia, estava acostumada.

— Esse seu cavalo não toma banhos, Preston?

Rebuliço parecia chocado. Se Lydia pudesse opinar sobre sentimentos equinos, para desespero dela, diria que ele ficava assim sempre que estava perto daquela égua arteira que nadava em lagoas. Mas Sharpie não lhe dedicava nem uma fungada. Devia achá-lo jovem e tolo.

Lydia desmontou para fazer justiça por ela e seu companheiro.

— Ele toma muitos banhos de balde, mas eu adoro lagoas.

E assim ela jogou o chapéu e as luvas no chão e rumou para a árvore. Não foi dali que ele disse que pulava com os outros dois? Pois ela subiu nas raízes e fez exatamente isso. Claro que eles pulavam dos galhos, mas ela não queria ir tão longe. Entrou tão destemidamente na água quanto Sharpie fizera. Ficou coberta acima da cintura e com seu traje de montaria encharcado.

Ethan deu um tapa na anca de Sharpie, que trotou para fora da água e caminhou para o sol. Depois, ele nadou para baixo dos galhos da árvore envergada que quase tocavam a água.

— Pensei que preferisse rios — provocou ele.

— Você não se contém mesmo com água até o pescoço!

Ele ficou de pé, caminhando para mais perto, provando que ali a água ia no máximo até sua cintura, o que a motivou a se aproximar.

— Deve ser complicado nadar em um traje de montaria feminino. — Ethan franziu o cenho, imaginando.

— Nós sempre entramos na água de roupas, mesmo que mais leves. O senhor por acaso retira tudo?

— É claro.

— Tudo? — repetiu ela.

— Geralmente deixo as roupas íntimas, pelo bem dos espectadores.

— Não ouse!

— Tenho bastante respeito por você, Lydia. A única coisa que faria para insultá-la seria beijá-la.

As sobrancelhas dela se elevaram, e imediatamente se lembrou daquele dia, há cerca de um ano. Nem sabia mais por que ficou irada, não foi o ultraje que ficou em sua memória.

— Você já me beijou, Ethan — declarou ela, encarando-o e torcendo para seus pés continuarem bem fincados no terreno arenoso. Seria terrível escorregar e afundar bem no momento em que conseguia expor seu lado maduro.

Na bochecha, sim. E ela quis matá-lo, lembrou ele.

— E de lá para cá, você me odiou menos?

— Eu o odeio um pouco toda vez que nos encontramos, mas por outros motivos.

Desconfiado, Ethan beijou seu rosto, e o contato causou um

formigamento, porém não foi o mesmo choque de antes. Ela o acompanhou se afastar e percebeu que estava descobrindo certas novidades naquele dia.

— Não sou a mesma daquela temporada. Não é por isso que vou odiá-lo um pouco mais.

— Fico contente em saber. Não gostaria de perdê-la por isso.

Uma expectativa excitante tomou conta dela. E por mais que ainda pudesse dizer que ele lhe causou assombro ao se inclinar, foi para seu agrado. Lydia queria passar por esse momento em sua vida adulta e não sentia atração por mais ninguém. Mesmo que também o odiasse um pouquinho porque ele era tão... *ele*!

Quando Ethan encostou os lábios nos seus, a sensação foi completamente diferente do choque que passou quando teve a bochecha beijada pela primeira vez. Remexeu-se na água e, como temia, escorregou no solo arenoso da lagoa e sumiu. Seu primeiro beijo, e ela afundava na água antes de conseguir concretizá-lo. Por que tinha de ser assim?

Lydia Azarada Preston, a Impossível.

— Lydia! — chamou ele, apressando-se.

Ela se debateu, como se não soubesse nadar, afinal, escorregou para uma parte mais funda. Sentiu as mãos dele segurando seus antebraços e logo depois ouviu sua risada, prova de que sequer afundou tanto. Abriu os olhos, irada com a situação, e viu seu rosto bonito e molhado. Foi tudo tão rápido. O que a consolou um pouco foi ele não estar preocupado, e sim divertindo-se. É claro que ela não ia se afogar naquele pedaço d'água que sequer cobria sua cabeça quando ficava de pé.

— Não precisava de uma saída tão trágica para fugir. Um empurrão bastaria! — caçoou ele.

— Eu não fugi! — Lydia se balançou, segurando-se ao colete molhado e grudado ao corpo dele e batendo as pernas sob a água. — Estava tentando participar! Será possível!

Antes, estava encharcada; ao menos, a roupa. Agora, estava ensopada até a raiz do cabelo e, acredite, na vida de uma pretensa dama, isso fazia diferença. Ethan também estava, mas ele mergulhara desde que pulara de cima de Sharpie.

— Pare de tentar me afogar, Lydia — pediu, e ainda havia diversão em seu olhar enquanto ele a observava.

— Não estou... — Lydia não tentou negar com veemência enquanto ele a olhava com um misto de diversão e anseio, como se gostasse até mesmo de suas trapalhadas.

— Vamos acabar batendo os dentes e é desconfortável.

Ela paralisou e o encarou com surpresa. Ele ainda cogitava beijá-la?

Como se não fosse deixá-la ir a lugar algum dessa vez, especialmente para baixo d'água, Ethan segurou-a junto ao seu corpo e beijou-a de uma vez. Já encostara os lábios suavemente, e agora foi mais direto. Se ela receava que tudo desse errado, ele temia que ela escapasse por entre seus dedos.

Lydia não precisaria passar pelo aperto de explicar se estava arrepiada pela temperatura amena da água ou pelo jeito como ele a abraçava. Estava toda comprimida contra seu corpo firme e másculo. Em algum momento, passou de uma garota que causou os maiores acidentes em sua primeira temporada, só pela possibilidade de algum rapaz tentar beijá-la, para uma jovem mulher que suspirava dentro d'água nos braços do infame homem que lhe deu o primeiro beijo no rosto.

Ela estava revoltada.

E excitada.

Estranhamente estimulada.

Ethan tinha descido as mãos para sua cintura e não parou de beijá-la. Pelo contrário, encaixou os lábios nos seus e aprofundou o beijo. Aproveitou o espaço que lhe foi dado e... ele a havia lambido? Ele havia cometido o temerário ato de usar a língua para... Lydia estava sem palavras. Assim que conseguisse parar de beijá-lo, iria lhe dizer que ele era exatamente o que os rumores diziam. Ele deslizou a língua pela sua boca com um vagar indecente e a arrepiou inteira, das raízes molhadas de seu cabelo aos seus pés fincados no solo arenoso.

Ainda revoltada com todas aquelas sensações deliciosas, ela se agarrou aos seus ombros largos e fortes. Ele era mais robusto do que ela pensava. Acabara de descobrir que era verdade que as coisas por baixo de duas a três camadas de roupas eram diferentes.

Não satisfeito, quando afastou os lábios só um pouco, ele ainda a beijou pelo rosto e murmurou para ela. Ele teve a *coragem* de murmurar algo que ela não conseguiu distinguir. No entanto, seus lábios quentes roçando a pele dela causaram tamanho estremecimento que Lydia teve certeza de que afundaria outra vez se o aperto dele não fosse tão firme, o que era mais um problema que ela não poderia negar. Ele tinha de estar sentindo seu tremor por baixo das mãos.

Da outra vez que perguntou, descobriu que sentia atração. Agora, guardaria para si, pois iria ser obrigada a enfrentar o maduro sentimento conhecido como *desejo*.

Foi nesse momento que, em vez de distinguir as palavras de carinho que ele lhe murmurou, ambos ouviram gritos. Agudos. Excessivamente histéricos, se algo merecesse tal descrição.

As palavras também custaram a fazer sentido, mas geralmente um homem reconhecia o próprio título sendo proferido aos quatro ventos.

— Greenwood!

Ele a soltou e girou no lugar. Pelo tom de urgência, parecia que precisaria sair da água e ir salvar a vida de alguém.

— Como pôde? — Foi o outro grito.

A visão não fez o menor sentido. Uma mulher em um vestido branco que, de longe, refletia sob o sol da tarde estava de pé sobre um veículo de passeio e gritava para eles, balançando os braços repetidamente. Ela estava na margem oposta, como alguém que descera pelo caminho que vinha de Crownhill. Levou um momento para Ethan pular do prazer que dividia com Lydia para entender que estavam com um problema.

Antes que ele pudesse raciocinar, sentiu o movimento da água e, quando se virou para olhar, Lydia já estava indo para a margem, segurando suas saias molhadas. Do outro lado, a mulher parou de gritar e puxou as rédeas do veículo, voltando na direção do caminho que ele sabia que daria na casa dele.

Ethan deixou a lagoa a tempo de ver Lydia puxar sua montaria para perto da árvore envergada e usar uma das raízes como banco para montar.

— Lydia! — chamou ele.

— Eu preciso ir! — Ela nem olhou para trás.

Ela incitou o cavalo e saiu rapidamente. Ele decidiu que o melhor que faria por ela, naquele momento, era ver até onde a havia comprometido. E como ia consertar.

56   LUCY VARGAS

CAPÍTULO 6

— Ele tem um caso com uma camponesa!

Essa acusação foi seguida por choro e comoção. E para Ethan foi puro alívio. Assim que montou e alcançou o veículo, ele descobriu quem era a visitante indesejada. Ela causou confusão ao entrar chorando na sala de estar onde suas tias estavam acompanhadas de Lady Aldersey e mais duas senhoras. Quando ele entrou, já estavam todas de pé, e Emilia chorava junto à mãe, após a acusação que a casa inteira escutou.

— Greenwood, o que lhe aconteceu? — Tia Maggie desceu o olhar pelas vestimentas molhadas do conde.

Com toda sinceridade, ele gostaria de saber o que se passava em sua sala. Por que as visitas delas estavam se intrometendo em sua vida?

— Entrei na lagoa.

— Eu o vi na lagoa em um ato íntimo com uma criada — choramingou Emilia, escondendo o rosto no ombro da mãe.

— Como assim em um ato íntimo? — A pergunta de uma das senhoras saiu tão aguda de pavor que Ethan até fechou um dos olhos.

— Estavam todos vestidos, madame — informou secamente.

Tia Tita se aproximou nesse meio tempo e cochichou, virando-se de costas para as outras e falando:

— Um caso com uma criada? Ethan... não podia ser mais discreto?

Ele não podia negar que foi visto com uma mulher e jamais poderia dizer quem era, ou arruinaria a reputação de Lydia. Tinha certeza de que o único motivo para Emilia tê-los encontrado, estando ela desacompanhada também, foi aquelas senhoras terem armado para ela ir procurá-lo, e assim os dois acabarem sozinhos.

— Não posso mais aceitá-lo! — choramingava Emilia.

— Eu nunca propus nada. — Ele se virou para as tias. Elas que haviam resolvido chamar aquelas damas.

O choro da jovem ficou mais alto, como um animal ferido. As outras o olharam com reprimenda.

— Greenwood, não seja grosseiro. Havia um entendimento de que iriam se conhecer melhor — tia Maggie tentava remediar.

— Não, não havia. E meus assuntos pessoais não devem ser discutidos em público. Tenham uma boa viagem. — Ele tinha certeza de que havia soado exatamente como o conde arbitrário que esperava parecer, pois todas ficaram em silêncio.

Ethan deixou o cômodo, levando sua nova fama de ter casos com camponesas, criadas, ou seja lá como chamariam. Não sabia como a fofoca seria contada. Afinal, para dizerem isso pelo condado, elas teriam de incluir que ele trocou a possibilidade de um casamento com a filha dos Aldersey por um caso com alguma jovem de baixa classe social. E não seria bom para a imagem de Emilia ser trocada por uma "ninguém".

De um jeito ou de outro, a história ficava pior para as mulheres. Ele seria, no máximo, retratado como mais um libertino.

Contudo, conseguira o que queria. Ninguém sabia sobre Lydia, e a reputação dela estava preservada.

Após o acontecimento no lago, o próximo evento era a reabertura de Sunbury Park, o grande chalé onde Bertha e Eric iriam morar com Sophia. Era onde finalmente conseguiriam reunir o grupo de Devon inteiro, sem desfalques. E o primeiro reencontro entre Lydia e Ethan aconteceu exatamente como ele previu: ela se manteve distante como se ele estivesse infectado pela peste.

Mesmo assim, todos se divertiram imensamente e voltaram para suas casas no dia seguinte. Um dia depois, antes de empreender uma breve viagem com seus amigos para atividades campestres, Ethan se apresentou para uma visita a Bright Hall.

A última vez que fez isso foi no final do ano anterior, quando buscou a parteira que auxiliou a marquesa, e ficou por ali, pois não conseguiu partir sem notícias de Caroline e dos bebês. Foi a partir daquele dia que Lydia e ele realmente se tornaram amigos mais próximos, e ele não suportou vê-la tão triste.

E odiaria mais ainda que tivessem de acabar com sua amizade.

Entretanto, sua recepção na casa dos Preston não foi com a pessoa que ele procurava. O primeiro a recebê-lo batia na sua cintura, mas compensava isso com desenvoltura em seu diálogo e uma pose confiante. Culpa dos pais, que alimentavam esse comportamento, e da personalidade do pequeno.

— Ah, é bom encontrá-lo, milorde — anunciou Aaron.

— É bom voltar a vê-lo — cumprimentou Ethan.

Aaron procurou manter a seriedade.

— Eu quero saber se fez algo para minha irmã.

Recusando-se a não levar o menino a sério, Ethan embarcou no assunto:

— Por quê?

— Ela está estranha.

— E não é esse o normal das irmãs?

— Sim! Porém, ela retornou com um comportamento deveras estranho depois da corrida que participou. Corrida esta que nem me levaram para ver. — A reclamação e o cruzar de braços eram adoráveis e condiziam com sua pouca idade.

— Acredito que ela só esteja afetada pelo fato de que venceu.

Aaron o encarou, dividido entre o papel que tinha de assumir, sua simpatia por ele e a lógica da história. Afinal, sua irmã mais velha era a melhor corredora das redondezas. E ele a achava incrível. E também estranha, porque irmãs eram assim.

— Espero que seja só isso — concedeu o garoto. — Do contrário, eu teria que tomar providências. O senhor sabe, para resguardar a honra dela.

— Entendo, é isso que irmãos fazem. — Ethan assentiu para ele.

— Não quero ter de duelar com o senhor! — avisou, com um dedo em riste.

— Concordo, seria terrível. E nossa amizade, onde ficaria? — Ethan adorava dar corda para crianças, e os pequenos Preston eram seus preferidos, exatamente por serem os mais comunicativos que conhecia, junto com Sophia, filha de Eric.

— Arruinada! Papai me disse que duelos são contra a lei!

— Seu pai está correto.

Aaron pareceu muito preocupado. Não sabia se pela quebra da lei, pelo problema da amizade ou pelo pai descobrir que ele andou duelando. Eles foram interrompidos pelo Sr. Robertson, que anunciou:

— Lady Lydia está na estufa. Ela pode recebê-lo agora.

Antes que Ethan deixasse o cômodo, Aaron emendou:

— Estamos conversados, certo? — indagou, repetindo a frase que aprendeu com a mãe. Ela dizia isso de um jeito que até Lydia só concordava.

— Devidamente acordados.

A estufa dos Preston era onde ficava a coleção de plantas da marquesa que precisava de sol e cuidados. E onde Lydia escondia seu segredinho: ela também tinha várias plantas delicadas e gostava de cuidar delas. De tanto ir atrás da mãe enquanto ela cuidava de suas plantas, ela pegou gosto. A vida não foi só aprender com a preceptora, ter seus momentos com o pai e aprontar por toda a propriedade e as redondezas. Ela passou ainda mais tempo com Caroline.

— Imaginei que fosse aparecer em algum momento — comentou Lydia, escondida atrás de uma planta alta que ele não sabia qual era, mas ela estava podando.

— Imaginou? Achei que fosse a última pessoa que gostaria de receber.

— Não. — Ela deixou a tesoura e se inclinou para olhá-lo. — Teria de enviar outra pessoa com o meu prêmio.

— Eu não faria isso.

— Então onde está o meu porco?

— Qual porco?

— O enorme porco do tamanho de uma carroça que é o prêmio!

Ethan desatou a rir.

— Logo vi que o porco não podia ser tão grande! Nem o meu pai tem um porco tão gordo na fazenda, e eles são alimentados com o que há de melhor!

Ele ainda estava rindo. Havia até se inclinado um pouco. E isso porque tinha ido ali tratar de um assunto que achou que merecia certo cuidado.

— Não cabe um porco nessa pequena cesta! — reclamou ela, vendo que era o que ele trazia. — Eu estava certa quando disse que era um porquinho, não estava? Mas nem um recém-nascido caberia nessa cestinha.

— Quem lhe disse que era um porco grande como uma carroça? — Só de repetir, ele já estava rindo de novo.

— Neville me contou, mas, segundo ele, Pança estava comendo bolos na Garner's e escutou algo do Sr. Barrow, que chegou em penúltimo na corrida e queria muito um porco grande e reprodutor. Então Keller disse que ficou sabendo que o bicho era inédito na região e que foi o guarda-caça de Crownhill que o trouxe e comentou com o administrador dele. E Lorde Wallace escutou que estavam procurando ração de qualidade para um bicho de primeira linha e que só produziam tal coisa em Ringwood ou aqui!

— Eu acho que todos estavam falando de bichos diferentes — divertiu-se Ethan, pois estavam na temporada de reprodução de porcos e todos os envolvidos acabavam falando desse assunto desinteressante, porém, necessário, para gerir as fazendas das propriedades locais.

— Então é um porco minúsculo! — exclamou ela, assombrada. — Ah, pobrezinho! Não me diga que foi esnobado!

Ela se aproximou rapidamente e tomou a cesta dele, mas não havia animal algum dentro. Só uma manta e... biscoitos? Só ao chegar perto foi que Lydia notou que Ethan esteve esse tempo todo com um dos braços dobrados, e não era porque estava rindo. Havia um pequeno volume dentro de seu paletó.

— Você está abraçando o porco? — perguntou ela.

— Ele foi desmamado há um mês. Não parece, por ser bem pequeno, mas tem dois meses, e estava acostumado ao manuseio humano desde o nascimento. Meu guarda-caça foi buscá-lo na casa da Sra. Baring, sobrinha de minha tia Eustatia. Ela trouxe os pais dele do continente. É a primeira cria deles aqui. Agora sabe o histórico de seu prêmio.

Ele tirou de dentro do paletó um cachorro minúsculo e peludo. O bicho só acordou quando foi segurado em só uma mão dele.

— Ah! Um filhote minúsculo! — Lydia o pegou e aninhou contra o avental que usava sobre o vestido. — Como é pequeno.

— E não é um porco de alguma nova raça exótica — brincou ele. — Não se assuste quando ele não crescer muito. Os pais também não cresceram.

— Ah, aqueles tolos fofoqueiros. — Ela só tinha olhos para o bebê.

— Bem, o prêmio está entregue. — Ethan ajeitou o paletó e se abotoou.

Lydia levantou o olhar e manteve o cachorro aninhado nos braços.

— Agradeço.

— Tenho outro assunto que prefiro tratar antes de me ausentar. Essas viagens sempre acabam se estendendo.

— Soube que irá novamente para aquelas viagens repletas de torneios, competições, caçadas e festas que vocês, homens, têm permissão para empreender. Especialmente quando desejam fugir dos compromissos nos locais onde moram. Por compromissos, estou falando de casamentos.

— Eu gosto das competições.

— E, às vezes, eles voltam casados.

— Estou imune há anos.

— Aconteceu com o Sr. Bargrave. Não soube?

— Eu estava lá.

— Eu devia ter imaginado.

— Foi uma paixão genuína.

Lydia só revirou os olhos. Ethan se divertiu.

— Qual assunto o senhor quer tratar, afinal?

— Não quero que o incidente na lagoa mude absolutamente nada entre nós. Sua amizade e presença em minha vida são valiosas demais para mim.

A reação dela foi olhar em volta imediatamente, para ter certeza de que nenhum criado do jardim havia entrado.

— Qual incidente?

— O que aconteceu depois. Deveria ter lhe escrito, mas achei mais adequado tratar pessoalmente. Não houve mácula alguma a sua reputação. A convidada não a reconheceu.

Lydia suspirou. Não quis transparecer, mas esse assunto ainda a preocupava. Como uma carta dele com más notícias não chegou e tampouco tentou lhe falar de algum assunto urgente no dia que se encontraram na casa de Bertha, ela relaxou um pouco. Mas só agora sentiu o peso deixar seu peito de vez.

— Fico contente. — Ela acariciou a cabeça do cachorro. — Eu também não gostaria que aquele lapso nos afastasse.

— Não me arrependo de tê-la beijado.

— Achei que tinha vindo dizer exatamente isso!

— Não. Vim dizer que sua reputação está intacta. E que espero que o susto após o beijo não nos afaste.

— Descobri recentemente que esse é o tipo de situação que destrói amizades — informou ela.

Ethan inclinou a cabeça. Ele não sabia exatamente como sondá-la ou sequer se precisava, pois Lydia muitas vezes era como um livro aberto. Ou assim ele pensava. O incidente da lagoa não mudou em nada o seu problema ou o intento de suas tias. Ele continuava precisando encontrar uma noiva em um futuro próximo. Tia Maggie e tia Tita ainda queriam apresentá-lo a pelo menos duas jovens por dia. Mais um motivo para ele viajar.

Apesar do escândalo desmedido de Emilia, as famílias de ambos ainda achavam que podiam resolver esse "mal-entendido". Afinal, que mal havia um rapaz *solteiro* ter um namorico ou dois? Felizmente, agora ele parecia ter conseguido uma aliada, pois a moça não queria nem vê-lo.

E Lydia, bem... Lydia ia voltar a ser uma jovem solteira em Londres, certo? Já que ali, em Devon, ela agia como se não fizesse parte desse mundo. Mas ela tinha interesse em ser mais do que isso? Em não esperar até lá? Interesse especial nele?

— Não vou contar a ninguém que fui o seu primeiro beijo. Ouvi dizer que é interessante ter essa experiência antes de se comprometer com alguém.

— Ótimo, pois não vou me comprometer — informou ela, poupando-o de ter que fazer perguntas pessoais.

— Amigos, então?

— Eu gosto de você, Ethan. Acabou tornando-se um dos meus amigos mais próximos entre todos que adoro em nosso grupo. Odiaria perdê-lo.

Ele sorriu levemente e assentiu.

— Então, até breve.

CAPÍTULO 7

Era a primeira vez que a paisagem ficava tão desolada desde o inverno anterior. Da última vez que passaram por isso, a casa não estava feliz. Caroline estava fraca, Ben era um recém-nascido e tinham acabado de perder um bebê. Logo depois, o frio permaneceu, mas o tempo melhorou e o casamento de Bertha ajudou a trazer um pouco de felicidade de volta para Bright Hall.

Esse ano não teria um casamento. Nem as emoções que precederam aquela bela história de amor que finalmente se realizou e, de uma forma ou outra, todos ali sentiram e torceram para que desse certo.

Enquanto olhava aquele solo congelado outra vez, Caroline só conseguia pensar que fazia um ano que ela tinha perdido seu bebê. E que quase havia morrido com ele. No começo, não podia ir até lá visitá-lo, sua saúde não estava boa. Depois, doía demais. Então, com o tempo, passou a deixar flores frescas.

Agora estava tudo gelado outra vez, e ela estava com o nariz entupido de novo. Relegada ao quarto com a lareira acesa, para ter certeza de que não adoeceria. Sentia como se aquela dor em seu peito a estivesse rasgando outra vez. Talvez fosse apenas por ser o aniversário daquele dia terrível, que ainda era tão recente. Vinha conseguindo superar, porém, alguns dias eram dolorosos.

Além disso, Henrik e ela... não era como antes. Nunca mais foi. Os dois não sabiam mais ser felizes sem a cumplicidade, os momentos juntos e a proximidade que mantinham.

— Aqui, milady. — A Sra. Roberts pousou uma pequena bandeja com chá bem quente, uma infusão que ela mesma preparava para curar resfriados. — Vai ajudá-la a se fortalecer.

Caroline sempre foi um exemplo de força, mas, desde que adoeceu após o parto difícil no inverno rigoroso do ano passado, não podia espirrar que os empregados da casa já ficavam em alerta. Henrik passou meses apavorado, ela podia ver em seu rosto. Eram tantas histórias sobre as mortes das esposas após darem à luz, e ela passou uma semana tão fraca após o parto dos gêmeos que ele demorou a voltar a ser o mesmo.

Independentemente de tudo, Caroline não tinha medo das memórias ou dos dias de fraqueza. Ela só sentia a dor da perda. Era comum passar por uns dias de resfriado durante o inverno. Ela remexeu nas gavetas da cômoda assim que se viu sozinha com seu chá fortalecedor e chorou sobre a manta de Juliet. Jamais a usou para Benjamin — ele tinha a sua, que agora já estava pequena. Sua filha foi enterrada com uma, e ela guardou a outra, que jamais seria usada.

Antes que caísse mais neve ou que algo mais a impedisse, Caroline passou no jardim interno, pegou suas últimas flores de inverno e saiu pela porta traseira.

— Eu vi quando ela passou praticamente correndo, milorde. O tempo está fechando, vai nevar — disse Dods, profundamente preocupado ao encontrar o marquês.

Se Dods estava preocupado, Henrik ficou desesperado ao ouvir que Caroline tinha saído a pé e ido na direção que ele apontava. Ele olhou para o céu e calculou quanto tempo teriam.

— Vá buscar a carruagem — instruiu, para o caso de a neve cair antes; ela não marcava hora.

O marquês correu pelo caminho, protegido com sua casaca de inverno, botas altas e luvas, mas a temperatura devia estar quase abaixo de zero — ele apenas não sentia. Seu suor descia gelado. Henrik não era adivinho, mas, naquela direção, ele sabia para onde ela havia ido. Caroline não foi rezar na capela, ela foi ver Juliet. Naquela manhã, ela quis ficar sozinha, estava triste desde o dia anterior e ele sabia o motivo.

Ela teve sucesso em enganar as crianças, porém, não funcionou com ele. Então saiu da casa por um tempo para lhe dar o espaço que ela desejava, não querendo fingir para as crianças também; era ruim enganá-las. Não era um dia feliz. Fazia um ano que haviam perdido Juliet e que elas quase perderam a mãe.

Henrik a encontrou junto à lápide da filha, ajoelhada no chão congelado. Tinha colocado as flores novas e segurava a manta branca e amarela. Em qualquer outro dia, ele não a incomodaria e deixaria que expressasse sua dor. Mas estava tão frio e ela usava só um vestido de mangas compridas e fungava, enquanto as lágrimas caíam incessantemente.

— Meu pequeno bebê... — murmurava ela, com uma mão na lápide.

Ele se abaixou e tentou tocá-la, mas Caroline empurrou sua mão e se encolheu junto à lápide, chorando entre soluços e cobrindo o rosto com as mãos geladas. Ajoelhando-se ao lado dela, Henrik encarou o nome da filha, arrancou a casaca e colocou em volta de Caroline. Não sabia se doía mais ver a lápide que marcava onde a filha foi enterrada ou ver sua esposa naquele estado.

Queria pedir a ela para irem, porque estava frio demais e a preocupação com a saúde dela lhe consumia, porém, não queria arrancá-la de seu momento de luto e dor, pois compreendia. Era o segundo filho que ele perdia.

Caroline foi parando de chorar, virou o rosto e o descansou contra a pedra fria. Manteve os olhos fechados por um tempo, mas depois apoiou as mãos na lápide e ficou de pé. Ela se virou e deu-se conta do peso da casaca dele, enfiando os braços pelas mangas longas demais para o seu tamanho. Henrik levantou junto com ela e a observou secar as lágrimas enquanto evitava encará-lo.

— Vamos para casa, vai nevar — ele disse baixo, sentindo aquela pressão, como um pó gelado pinicando seu nariz.

Caroline se afastou da lápide e voltou para o caminho de pedras que levaria à estrada, mas o chão estava tão gelado que mal dava para ver. Henrik olhou a lápide mais uma vez, secou os olhos e a tocou antes de seguir a esposa. Eles entraram na casa e agora os empregados já sabiam que ambos haviam saído. A Sra. Roberts estava nervosa, mandou esquentar água e avivar a lareira deles.

A marquesa retornou ao quarto sentindo-se gelada e com um mal-estar. Henrik a encontrou lutando com a pesada casaca de lã e foi ajudá-la. Ela se debateu e os dois acabaram lutando com a peça.

— Caroline! Caroline! Pare!

Ele jogou a casaca no chão e a abraçou. Caroline se segurou nele, escondeu o rosto no seu peito, contra o tecido grosso do paletó, e voltou a chorar. Ele só a apertou mais.

— Sinto muito, meu amor — murmurou ele, junto ao seu cabelo.

As pessoas ainda lhe diziam que os bebês partiam, era simples assim. Na igreja, diziam que era a vontade de Deus e que crianças não eram certeza até no mínimo os três anos e, mesmo assim, era complicado. Nada disso diminuía a dor, especialmente nesse dia. Quando a levaram para ser enterrada, Caroline pediu para segurá-la ao menos uma vez. Porém, estava tão debilitada e foi um grande esforço.

Diferente de várias histórias que conhecia, Juliet foi sua primeira perda, apesar de ter perdido uma gravidez no início. Já foi difícil naquela época. Agora, estava sucumbindo à dor.

— Eu não conseguia parar de pensar nela nesse chão gelado. Está tão frio lá fora que o chão congelou... — ela sussurrava com o rosto apoiado nele. — Mas ela está morta. Não vai sentir nada. Meu pobre bebê.

Ela desabou em outra onda de choro que estremeceu seu corpo. Henrik só conseguia segurá-la em desespero e dor. Jamais poderia descrever o que era vê-la tão machucada. Ele acabou sentando-se na poltrona perto da lareira, onde a ajeitou tantas vezes enquanto ela recuperava a saúde. Segurou-a ali muitas vezes e tornou a fazer isso nesse dia, para dividirem a dor que só eles compreendiam.

CAPÍTULO 8

Pré-temporada de 1818

— Vamos, Pança! Vamos! É sua última chance de fazer um verdadeiro exercício ao ar livre! — chamou Keller.

Eles estavam nos jardins de Bright Hall e tinham se dividido em dois grupos. Havia raquetes para todos, assim como algumas extras, pois jogos anteriores provaram que eram necessárias. A fofoca de que o jogo era misto já não teria muita atenção nas redondezas, só ganharia contornos quando saísse do condado.

As pessoas até haviam parado de falar sobre a tal corrida escandalosa e assustadora que o grupo empreendeu para o evento dos Palmers, que, segundo alguns, mudou eternamente as estradas daquele pedaço de Devon; elas foram alargadas. Pelo bem-estar dos moradores.

— Pode jogar! — Lydia moveu sua raquete.

Pança aproximou-se dos outros, sem confiança na organização do jogo. Raquete e Peteca seria um jogo inofensivo, frequentemente recomendado para damas e crianças. Mas não quando jogado pelo grupo de Devon, pois ali não havia regra alguma. Decoro não era esperado. A sensibilidade feminina não era levada em conta. Aliás, não ouse entrar na frente da raquete de uma das damas do grupo.

Só havia uma regra: não deixar nenhuma das petecas cair. Quando jogado em grupo, para aumentar o desafio, aumentavam o número de petecas. Não para duas, mas três. E alguns ainda ousavam dizer que era um jogo "leve" para homens, sem o desafio necessário. Essas pessoas não conheciam aquele grupo.

Havia duas cores de peteca: verde e rosa. Supostamente, um time deveria ficar do lado direito e o outro, do esquerdo. No entanto, depois que os pequenos objetos de cortiça com penas coloridas eram jogados no ar, os participantes perdiam a compostura e podiam acabar em qualquer lugar para impedir sua queda.

Deeds deu o lance inicial, jogou a peteca de penas verdes no ar — pensou em fazer uma prece pela própria saúde — e bateu nela com sua pequena raquete. Logo as outras duas petecas foram jogadas. E o jogo começou. Como o convite inicial foi para uma tarde de lanche e jogos ao ar livre, estavam todos vestidos de acordo. Olhando de fora, ninguém diria que eram capazes de tamanha selvageria para vencer uma rodada de Raquete e Peteca.

— Bata com força, Nicole! — instigou Aaron.

Ela se preparou para o pequeno objeto que vinha por cima de sua cabeça em uma trajetória descendente, fez um arco com a raquete e deu um golpe de baixo para cima com toda a força de seu braço curto, fazendo-a ir bem alto.

— Isso! Isso! Muito bom! — comemorou o irmão.

Alguém teve a péssima ideia de deixar as crianças participarem. Provavelmente porque seria impossível e também de uma tremenda maldade impedir que elas fizessem parte da diversão, mesmo que fosse algo avançado demais. Talvez até fosse, para pequenos mais comportados. E alguém também teve o bom senso de colocar os três no mesmo time. Ninguém suportaria ver Sophia e Aaron competindo um contra o outro mais do que já faziam, e Nicole não aceitaria ficar sozinha.

— Levante-se daí, Apito! Peteca não dói! — disse Ethan, colocando o amigo de pé pelo cangote.

— Diga isso quando acertar na sua cabeça — reclamou Richmond.

O placar seguia apertado. Os pequenos objetos coloridos voavam de um lado para o outro. Assim como as saias coloridas dos vestidos das jovens também balançavam sob o sol da tarde, junto com suas risadas e incentivos umas para as outras.

— Caiu! — apontou Eric, mesmo após Graham fazer um mergulho heroico sobre a relva para tentar salvar a peteca rosa que foi longe demais. — Sete a seis!

Acabaria quando chegasse na décima queda. Eles queriam lanchar. Até os empregados acompanhavam avidamente, torcendo em silêncio pelos seus preferidos, enquanto esperavam perto do bufê servido ao ar livre. Dessa vez, Bertha era a única que não estava jogando, pois havia anunciado a gravidez no Natal. Participou dos outros jogos do dia, mas Raquete e Peteca era extenuante e competitivo demais para sua condição.

Pouco tempo atrás, Pança teria dado a mesma desculpa. Mas agora ele era um novo homem. Ativo. Bem... um pouco mais ativo. Viajou com os rapazes do grupo para aqueles torneios de "coisas masculinas" e cansativas que eles participavam, e ele mais assistia e opinava do que tomava parte. Dessa vez, ele entrou em tudo. Sim, arriscou-se até a tomar uns socos. Pediu aos amigos para fazerem isso e tentarem manter seu queixo no lugar, mas nenhum deles diria que ele não subiu no ringue.

Desmaiou? Sim. Ele pediu para tomar um soco de verdade. Disse a Ethan: *Quero que me dê um soco. Como daria em Huntley.*

Amigos carregam os outros. Sempre.

Deeds participou de corridas. Esgrimou. Nadou em rios. Sim, em rios. Aprendeu o básico do boxe. Acordou cedo para cavalgar por quase todo o verão. Jogou críquete. Até remou em barcos com aqueles doidos. E agora estava correndo atrás de uma peteca. Um dos jogos mais desafiadores. Não deixar a maldita peteca cair. Três delas voando. Era desesperador.

— Falta um! — anunciou Ruth.

As crianças pulavam atrás das petecas e salvaram o jogo inúmeras vezes, sem pudor algum de se jogar na grama. Os adultos riam uns dos outros e eram competitivos, mas os menores estavam se divertindo imensamente por poder jogar com eles. Sairiam exaustos.

— Oh, não! — Hendon colocou a mão na cabeça, batendo com o cabo de madeira.

— Vencemos! — Janet pulou no lugar.

Dez a nove. O time no qual as crianças estavam ganhou. Elas comemoraram pulando entre os adultos, suadas e despenteadas.

— O melhor jogo que esse condado já viu. — Ethan esticou a mão. Nicole, Aaron e Sophie a apertaram em comemoração. — Vamos beber limonada!

Eles se acomodaram nas mesas, os leques das moças não parando de funcionar, e todos os rapazes estavam sem os paletós. Lá se foi a elegância com a qual se apresentaram ao chegar. Era o efeito da Raquete e Peteca. Por isso ficava para o final.

— É como uma despedida. — Lydia sorriu e mordeu um rolinho ao ver Janet ajeitar o decote sutilmente. — Não poderemos fazer mais nada que deixe nossos vestidos em frangalhos.

— Não estamos em frangalhos. Apenas levemente amassadas. — Elas riram juntas.

Deeds juntou-se a elas com seu prato de itens salgados, e logo depois um lacaio pousou o pratinho com os doces que ele escolheu para degustar como entrada. Os bufês dos Preston jamais deixavam a desejar. A marquesa era uma ótima anfitriã mesmo quando não estava presente no evento, pois este era de Lydia. Caroline ainda estava tentando que a filha lembrasse os detalhes para receber um grande grupo de pessoas. Lydia havia progredido. Com um mordomo atento, uma governanta com olhos de águia e uma equipe afiada, nada lhe faltaria.

— Deeds! Adorei saber de suas aventuras de verão! — contou Janet.

Ele arregalou os olhos.

— Você soube?

— De tudo! Lydia me contou detalhes sobre seu dia no barco.

Os olhos esverdeados e ainda arregalados de Deeds foram imediatamente para o rosto de Lydia num misto de apreensão e pavor.

— Claro que Glenfall me contou cada momento. — Lydia sorriu para ele.

— Ora essa, por que não me disse que agora sabe remar? — Janet achava a notícia primorosa, pois sempre achou que Deeds tinha potencial para se divertir ainda mais.

— Eu já sabia remar... Apenas não costumava fazê-lo em circunstâncias tão... como posso dizer?

— Desafiadoras — emendou Lydia.

Lorde Pança enfiou o rolinho inteiro na boca. Ninguém estava falando da parte em que ele caiu na água.

— Com todas as propriedades desse lado sendo cortadas pelo rio, temos tantos barcos passando. Especialmente na parte baixa — comentou Janet. — Greenwood tem uma garagem e uma casa de barcos bem grande. Já foi até lá?

— A senhorita já foi? — indagou ele, assustado.

— Claro! Onde mais eu entraria num barco para descer o rio junto com ele?

— Só... só... só... os dois? — gaguejou Pança.

Lydia queria rir, mas teve o bom senso de não o fazer. Deeds não morava numa das propriedades daquele lado, ele era um vizinho da outra perna da estrada, próximo de Ruth. Janet morava numa propriedade mais abaixo no curso do rio, após as terras de Crownhill Park, e uma pequena parte das terras de seu pai dava para o rio.

— Ah, não! — Ela bateu a mão no ar. — Era um daqueles barcos maiores, com várias velas. Creio que estávamos em seis. Greenwood, Bertha, Bourne, Sophia, Ruth e eu. Descemos o rio e comemos por lá.

— Ah, claro... que ideia ridícula. É claro que Murro não remaria para isso. — Deeds até gaguejou de novo.

— Sempre vejo os rapazes nadando e remando quando passo a cavalo. Gosto de cavalgar por ali, é mais fresco. Agora que vamos voltar para Londres, tem de me contar tudo pessoalmente! É inédito, Deeds!

Esse foi exatamente um dos motivos para Deeds resolver explorar mais o lado ativo da vida. Além de acompanhar os amigos de uma forma mais plena e trazer algo novo para a própria vida, ele queria impressionar Janet. Podia não parecer por causa de seu jeito tão calmo e amável, mas Janet também adorava atividades ao ar livre e aceitava os convites para assistir aos jogos dos amigos. Quando Pança finalmente confessou para os rapazes, eles já sabiam que ele tinha uma paixão secreta pela Srta. Jones. Apenas não tocaram no assunto até ele revelar.

Do mesmo jeito, todos embarcaram imediatamente em seu pedido. Ainda que tentassem lhe dizer que não era esse o problema, Deeds havia posto na cabeça que era o que lhe faltava para ter a atenção de Janet. E do mesmo jeito que enxergaram seu apreço secreto por ela, seus amigos pareciam enxergar que Janet não estava procurando só algum rapaz atlético e extremamente ativo. Ela já conhecia vários, inclusive entre os seus amigos. Seu encantamento precisaria de fatores diversos.

— Claro, temos tantos bailes e momentos problemáticos para viver e conversar em cantos.... Quero dizer... Como somos as criaturas de maior bom senso em meio a amigos tão insanos, acabamos em situações comuns — concordou ele, embaralhando-se.

— Não terei tanto bom senso nessa temporada! Tenho o grupo certo para me arriscar mais! — declarou Janet, causando choque em Deeds e diversão em Lydia.

Pouco depois, Lydia foi exercer seu papel de anfitriã e interagiu com todos, alternando entre as mesas, e se descobriu rindo das provocações dos rapazes sobre as situações que enfrentariam em Londres. Era interessante ver como os problemas e anseios de todos amadureceram. Dois anos se passaram. Até ela, que era a mais jovem do grupo, já não estava mais preocupada apenas em se divertir, fazer amigos e voltar invicta para o campo.

Infelizmente, todos tinham responsabilidades.

CAPÍTULO 9

Londres, temporada de 1818

Os Preston chegaram a Londres com estardalhaço. Depois de passarem a temporada de 1817 afastados da cidade, o retorno deles foi uma grande notícia para a sociedade. Ainda mais porque eles foram em peso e levaram as crianças. Todas elas. Agora a notícia da fatalidade já se espalhara, mas era a primeira vez do pequeno Benjamin fora de Bright Hall.

Caroline estava tentando retomar todos os aspectos de sua vida. Ela estava disposta. Londres, a sociedade e tudo relacionado a isso era algo que ela só participava por determinado período. Por isso decidiu estar pronta quando necessário. Henrik passou o ano anterior afastado do Parlamento. Desde que ela o "tirou do refúgio", como ficou conhecido o acontecimento na família, ele retomou esse dever e tomou gosto por ele.

E Lydia Preston continuava solteira.

Surpresa nenhuma para alguns.

Uma oportunidade para outros.

Grande curiosidade geral.

Será que ela ainda era a mesma?

Ainda fugia de qualquer aproximação?

— Mas será possível que eu não posso ficar fora por uma temporada que vocês se tornam o grande acontecimento londrino na minha ausência? — indagou Lydia, passando entre os amigos e abrindo as mãos enluvadas.

Ela não continuava a mesma. Estava pior.

— Não chegamos nem perto de ser o grande acontecimento londrino — defendeu-se Graham.

— Só está um pouco desatualizada. Há coisas bem maiores acontecendo aqui, e essa gente devia prestar atenção nisso — reclamou Ethan, odiando a atenção exacerbada dos fofoqueiros.

— Eu soube — disse ela, indignada. — Até Keller agora é considerado um pretendente aceitável!

— Com licença. Pessoas amadurecem e melhoram. Eu acolho aceitável como um elogio em comparação aos concorridos e procurados desse grupo — respondeu Keller, Lorde Tartaruga, que recebeu esse apelido após se afogar num chafariz. De costas.

— E a desculpa dos outros? — continuou ela.

— Os humilhados às vezes são exaltados — brincou Lorde Glenfall, ainda Lorde Vela, apesar de que o último verão de aventuras lhe fez bem.

— O grupo está no terceiro ano de existência nos mexericos. Os membros têm bens, dinheiro, aparência e todos os dentes. Nós também. — Janet sorriu, bancando a fofoqueira, mesmo que ainda continuasse a Srta. Amável.

— O *frisson* da noite é você. A não mais desaparecida Lady Lydia. Nós a chamamos de endiabrada; os outros a chamam de rebelde. — O olhar de Ethan subiu para o seu cabelo loiro, penteado em um intrincado conjunto de cachos. — E dourada. Impossível não encontrá-la sob a luz das velas.

Ele foi em frente, para ser rodeado por suas admiradoras.

— Dourada e rebelde — lembrou Glenfall.

— Ah, por favor. Até você. — Lydia revirou os olhos, fazendo-o rir.

Em seu primeiro evento de descobertas, Lydia ficou sobrecarregada por informações e pessoas novas para interagir, além dos reencontros. Alguns esperados, outros bastante inesperados.

— É tão bom vê-la de volta a Londres. Você fez uma imensa falta! — Eloisa foi cumprimentar Lydia, rodeando-a com o grupo de senhoras que a protegia, conhecidas como as Margaridas.

Além de Lady Rachel, tia de Eloisa, eram todas damas da sociedade com títulos próprios ou por casamento: Ferr, Daring, Lorenz e Baldwin. Toda temporada tinham uma protegida que ficava conhecida como a "rosa entre as Margaridas". E sempre lhe arrumavam um bom marido. Isso queria dizer que era o melhor casamento para a felicidade da jovem, mas nem sempre significava que era o mais vantajoso na visão da alta sociedade. A última rosa se casou com um professor que era o segundo filho de um conde e levava uma vida fora do glamour dos salões de baile, mas os dois estavam apaixonados e felizes.

— Acredite se quiser, mas até que senti falta dessa cidade barulhenta e dos bailes — confessou Lydia. — Mas, especialmente, de estar em novas aventuras com vocês.

As duas ficaram sorrindo enquanto conversavam. As Margaridas eram perfeitas para inteirar alguém das novidades mais relevantes. E mostrar aqueles que Lydia não sabia identificar ainda.

Caroline sentiu um misto de sentimentos ao voltar não só a Londres, mas à temporada. Era seu primeiro baile desde que tudo aconteceu. Talvez devesse ter ido a algum evento no campo para fazer uma transição mais suave antes de se lançar a um grande baile de abertura na cidade.

Ela estava perfeitamente penteada, seu vestido de crepe branco e gaze veneziana era novo e feito de acordo com a última moda, estava em forma e lhe diziam que sua pele estava linda. Não teve oportunidades de aproveitar o sol nos últimos tempos, então estava de acordo com os padrões de beleza da sociedade, o que ia contra o habitual dos Preston de estarem um pouco mais bronzeados por viverem ao ar livre, divertindo-se e aprontando todas. Ano que vem, prometeu ela, estaria mais bronzeada e torcendo narizes.

— Imaginei que a encontraria aqui — cumprimentou ela ao reencontrar Lady Dorothy Miller. Havia se aproximado dela na última temporada que esteve na cidade e as duas trocaram cartas nesse tempo.

— Fico contente em reencontrá-la aqui na cidade. — Dorothy aceitou sua mão e sorriram uma para a outra, felizes em se ver pessoalmente. — Lembra-se de minha prima, Cecilia Miller?

— Ah, agora está adulta.

— Está debutando. Vai ser uma temporada muito atarefada — garantiu Dorothy, cheia de planos para casar a prima.

— Venha me visitar, precisamos conversar além de cartas — convidou

Caroline, e as três seguiram juntas pelo salão. Encontrar um rosto conhecido e alguém que a deixava à vontade ajudou a dissipar a tensão da marquesa.

Henrik observou quando a esposa encontrou as Miller e seguiu-a com o olhar por um momento. Depois, voltou sua atenção para Lorde Roberts e seus companheiros, que queriam lhe falar sobre questões políticas e acontecimentos do Parlamento. Este ano, o marquês estaria presente no seu assento integralmente, e um dos motivos para participar de eventos era socializar com outros membros.

— Tenha orgulho, homem. Esqueça essa dama — instruiu Latham, parado junto a Keller, que observava enquanto Hannah Brannon ia dançar com outro.

— Eu já a esqueci, não tenho apreço pelo sofrimento e não gosto mais de ser ignorado — contou Keller.

— Você costumava *gostar* de ser ignorado? — Lydia balançou a cabeça para ele.

Desde que chegou, ela só escutou sobre os fracassos amorosos dos amigos. Ou melhor, nas poucas vezes em que eles tentaram com seriedade ter algum romance, deu tudo errado. Keller continuava ignorado. Deeds não tinha coragem de se declarar, pois temia perder a melhor amiga. A noiva que Latham disse que tinha, pelo jeito, era imaginária. O Sr. Sprout era tão tímido que jamais foi visto citando qualquer moça fora ou dentro do grupo sem ser de forma gentil e amigável.

Lorde Glenfall estava sempre ocupado com artes, moda e o grupo. Dizia que seus romances nem se iniciavam. Huntley tinha um caso mal resolvido com Ruth. Ethan estava supostamente tentando se casar desde o ano anterior, sem sucesso algum em encontrar o par ideal. Janet não enxergava Pança além da amizade nem arranjava outro pretendente que lhe enchesse os olhos. Richmond alegava que ninguém o enxergava, e olha que ele tinha um título. Hendon dizia não ter sucesso nem para encontrar uma amante, que dirá um romance.

E só piorava. Como se dizia na sociedade, já estavam todos experimentados. Em breve, passados. Apesar de serem tão jovens. As moças já estavam em sua terceira temporada; até mesmo Lydia, que havia faltado à segunda. E os rapazes seriam considerados solteirões muito em breve. No ano seguinte, começariam a ser chamados de solteiros convictos. Ainda mais com a reputação infame que possuíam por causa de serem do grupo de Devon.

Foi com esse intuito que Lydia resolveu tomar para si uma nova função nesta temporada.

— Vou ajudá-los. Estive conversando com as Margaridas. Vou tomar umas lições — contou ela.

— Ajudar exatamente com o quê? — indagou Keller, desconfiado, afinal, tratava-se de Lydia.

— A encontrar um par para chamar de seu. É minha terceira temporada, já posso ser oficialmente uma casamenteira.

— É sua segunda temporada — lembrou Ethan.

— Terceira — teimou ela. — Só porque fiquei no campo ano passado não quer dizer que não aprendi e amadureci por lá.

— Ela vai causar alguma tragédia — Richmond falava com Ethan e apontava para ela, como se ele pudesse fazer alguma coisa para impedir.

— Confiem em mim. Tenho o acesso que nenhum de vocês possui. Jamais chegariam perto das damas ou conseguiriam apresentações e passeios como eu posso conseguir.

— Lydia, vai ter de socializar muito para isso — recordou Janet.

— Eu sei. — Ela sorriu, já tramando. — É exatamente o que pretendo fazer esse ano.

— O Senhor nos proteja. — Cowton olhou para cima.

Não levou nem cinco minutos para Lydia começar a se envolver em falatórios e confirmar as perguntas que faziam sobre ela. Não, ela não era a mesma. Estava pior. Todas as perguntas, discretas ou diretas, que lhe fizeram sobre planos para um pretendente ou um casamento foram respondidas com descaso e piada.

— Por que eu me comprometeria justamente agora? — Lydia olhou para cima, ignorando o olhar de Janet e deixando as duas senhoras chocadas.

Por que ela se casaria? Oras, porque era uma jovem solteira, oficialmente em sua terceira temporada. Mas, devido ao luto da família, os integrantes da sociedade aceitavam que aquele era seu segundo ano na roda de casamentos.

E porque era isso que jovens damas respeitáveis faziam.

Ela também era uma herdeira. Um dote esplêndido, terras e fundos iriam junto com ela para as mãos do guerreiro que a conquistasse. Sim, pois era pouco dizer que o rapaz precisava ser sortudo.

A dama simplesmente não queria se casar.

Ao menos foi isso que espalharam, apesar de Lydia jamais ter dito que não queria, ou pior, que *nunca* se casaria. Este ano, ela estava até pretendendo socializar mais e mostrar que era capaz de passar por uma temporada sem a proteção de Bertha.

No meio da noite, ela já tinha um título que combinava, mas pelos motivos errados: *a herdeira rebelde.*

Não ia se casar, não ia se comportar e só Deus sabia o que causaria.

Tudo culpa daquela sua família de selvagens. É claro.

Depois de tantos anos e mesmo tendo se casado também, Lorde David mantinha uma esperança secreta de que Caroline lhe daria atenção. Uma atenção *especial*, como era algo comum entre membros casados da sociedade. Na concepção de muitos, uma aventura discreta não fazia mal. Ela já havia produzido dois herdeiros para o marquês, então estava livre para tal.

Assim que a avistou, desvencilhou-se de seu grupo e foi cumprimentá-la. Ainda mais para aproveitar a ausência de Bridington ao lado dela. Os dois não se bicavam. Não só porque Henrik sabia que David desejava ser amante de sua esposa, mas também porque viviam em desavença no Parlamento.

Lorde Roberts insinuou que David discordava tanto de Henrik porque Caroline preferiu voltar para Devon e se casou em poucos meses com um viúvo, e nem lhe enviou uma carta de explicação. Em vez de dar atenção ao seu pedido de casamento. Na época, foi um baque no orgulho dele, pois se achava uma opção melhor, menos complicada e usava até o fato de ser uns anos mais novo do que o marquês. Mas isso foi há cerca de uma década. Será possível? Ele tinha se casado e tido dois filhos.

Aliás, onde estava Lady David? Era exatamente isso que Henrik pretendia perguntar enquanto se aproximava para pegá-lo no flagra tentando flertar com sua esposa. No primeiro baile ao qual compareciam nessa temporada.

— Estou contente em vê-la em boa saúde depois das notícias preocupantes que recebi. — Ele sorria. Havia enviado uma carta desejando melhoras, como outros conhecidos fizeram. — O tempo tem sido um admirador, está ainda mais bela — gracejou David, mudando para um tom baixo, como se ela tivesse lhe dado permissão para lhe fazer confidências.

— Agradeço a preocupação, milorde. De fato, estou recuperada. — Caroline apenas manteve o olhar nele.

Ela viu o marido se aproximando, e continuou com a mesma expressão enquanto David aguardava com expectativa, mesmo sabendo que ela não faria mais do que agradecer.

— Lorde David, quanto tempo. — Henrik parou ao lado de Caroline e meneou a cabeça quase imperceptivelmente.

— É bom vê-lo também, Bridington. — O tom de David era de desânimo, não dava nem para fingir.

Henrik não estava enciumado, esse não era o sentimento correto. Era anseio pelo que eles costumavam ter. Um incômodo pela falta. Antes, ele esperaria o homem sair e faria uma piada sobre a eterna esperança de Lorde David. Caroline responderia com um gracejo ou o alfinetaria de volta por causa de suas admiradoras. E eles ririam com cumplicidade.

Ainda não estavam em seu normal. Nem saberiam dizer o quanto estavam tentando. Ou se o período em Londres ajudaria. A cidade podia obrigá-los a passar mais tempo juntos naquela casa menor ou separá-los mais, em agendas atribuladas. Contudo, Caroline não estava planejando passar o dia inteiro em eventos, e Lydia não precisava de sua companhia. Ela tinha os próprios compromissos. Henrik tinha diversos assuntos para colocar em dia, algo que lhe ocuparia bastante no período inicial na cidade.

Com Henrik ali, David se despediu em vez de convidar Caroline para dançar. Não havia problema em dançar com os companheiros alheios, todos faziam isso. Só era descarado convidar bem na frente do cônjuge quando os envolvidos sabiam das segundas intenções do interlocutor.

Caroline ainda sentia a presença do marido ao seu lado, o que lhe garantia que não seria importunada por nenhum outro possível admirador. Porém, ele parou a sua frente, ocupando seu campo de visão. Ela levantou o olhar e comentou:

— Eu teria negado, não estou disposta hoje e é um baile animado. Está ouvindo as músicas? — Ela moveu os ombros. — Espero que Lydia esteja se divertindo.

Henrik ergueu a mão e tocou o braço dela, no pequeno espaço exposto de sua pele, bem entre o fim da luva e a beira rendada da manga de seu vestido de baile. Caroline elevou as sobrancelhas e manteve o olhar nele. Era um discreto gesto de afeto. Eles eram casados, ninguém iria começar boatos sobre suas reputações.

— Ela certamente está tramando algo com os amigos — assegurou ele.

Caroline deu um passo para mais perto dele e disse baixo:

— Vou voltar mais cedo. Creio que preciso amamentar — informou. Era a primeira noite que ficava tanto tempo longe de Benjamin. Diferente de seus outros bebês, que foram se afastando do leite ao ingerir comida, seu filho caçula era mais apegado, e ela estava desconfortável.

— Vamos. — Ele lhe ofereceu o braço.

Eles partiram mais cedo, assegurando-se de que Lydia retornaria com Janet e suas acompanhantes. Após deixar Ben dormindo com a babá, Caroline encontrou Henrik depois que ele devolveu as crianças maiores para a cama. Aaron e Nicole ficaram vigiando para saber tudo que aconteceu, como se entendessem alguma coisa de bailes. Na verdade, eles queriam importunar Lydia, para obrigá-la a narrar acontecimentos tolos usando os apelidos de seus amigos. As crianças adoravam, divertiam-se demais. Conheciam todos através dos apelidos.

Em Londres, os dois resolveram permanecer no quarto principal. Em Bright Hall, era algo que se alternava.

— Sente-se melhor? — indagou ele, observando-a.

— Estou bem, não pedi para vir por estar me sentindo mal. — Ela o encarou, notando a preocupação em sua expressão. — Minha saúde está restabelecida, Henrik. Não vou voltar a ficar em uma cama. No próximo baile, já estarei de volta ao ritmo londrino.

Ele não podia mentir que ainda se preocupava com a saúde dela, mas Caroline não voltou a adoecer. Fisicamente, voltara a ser a mulher disposta e enérgica que mudou Bright Hall e a vida dele para sempre. Henrik tocou a sineta e começou a se despir — ele nunca foi do tipo que facilita o trabalho do valete.

— Não é só isso que o preocupa, não é só isso que resolveremos aqui — murmurou ela, mas não tentou tirar seu traje de baile.

— Nós ruímos, Caroline. — Ele estava olhando os sapatos lustrosos, e fazia um tempo que não os usava.

O jeito que ele admitiu aquilo causou mais uma surpresa nela.

— Ainda estamos aqui.

— E estaremos. Somos uma família. Porém, você e eu ruímos dentro dos muros que nos unem. Apenas você e eu. Nada mais.

Ela baixou o olhar e permaneceu ali, usando um momento para aceitar o que ele havia dito.

— Nós sempre estaremos juntos, Henrik.

E foi exatamente o que ele disse. Esse era o problema.

— Você podia ter dito que ainda me ama.

— Eu amo.

— Ainda bem que todos nos amamos nessa família, não é? — Ele se virou e deixou o paletó e o colete na poltrona, para o valete coletar.

— Não seja sarcástico — pediu ela.

Houve uma batida na porta, e o valete entrou junto com a camareira. O homem foi direto para as roupas do marquês, e a camareira cumprimentou a marquesa e foi pegar a roupa de dormir que deixara preparada.

— Na verdade, estou sendo amargo. Perdoe-me. — Ele deu aquele sorriso travesso que ela conhecia há anos. — Eu não me desculparia pelo sarcasmo.

Ele passou para o cômodo adjacente, deixando-a com a camareira. O valete foi junto com ele. Caroline não respondeu, pois teria devolvido a pequena provocação. Sempre foi assim, com sua língua afiada. Só que estava preocupada e com os olhos ardendo. Não era novidade, tinham um problema há meses, só não estavam falando sobre o assunto. Amava o marquês e não queria que ruíssem de forma alguma.

CAPÍTULO 10

— Eu jamais disse essas palavras, disse apenas que estou ocupada. Não podia expor que minha ocupação é casar meus amigos. — Lydia bufou e andou mais rápido. — Essas pessoas realmente tiveram um dia de aula? Onde está a interpretação? Quando eu falei que jamais me casarei?

— Bem, você tem opiniões fortes sobre o assunto. Não é isso que esperam que saia da boca de jovens damas solteiras. Temos de sorrir e fingir que queremos muito um marido nobre.

— E bobo? Chato? Entediante? Violento e traidor? Desleal! — Lydia moveu a cabeça com tanta força que os cachos loiros ficaram em perigo no penteado. — Não vou mentir, a escolha ainda é minha.

Em duas semanas, Lydia havia cumprido tudo que disse. Apareceu em mais eventos e salas de visita do que em uma temporada inteira. Tinha diversos novos contatos, muitos chás marcados, apresentações agendadas e jovens damas, assim como suas mães, estavam atrás dela, pois logo se espalhou a fofoca de que ela era a porta de entrada para os solteiros do grupo de Devon.

É claro que ela fez tudo isso ao seu modo. Nem sempre discreto. Geralmente inesperado. E continuava sendo chamada de herdeira rebelde. Recentemente, até nas colunas sociais. O marquês riu ao ler o jornal no desjejum. Ela continuava irritada só por ter recebido o título por motivos errados.

Porque era uma herdeira. E admitia ser rebelde.

— Senhores, temos uma emergência social — anunciou Deeds, adentrando o meio do grupo de rapazes de Devon.

O assuntou parou, e os olhares se fixaram nele. Deeds escolheu ir direto ao assunto:

— Preston e Jones foram vistas não só em companhia, mas em socialização com um daqueles terríveis, inomináveis... libertinos de verdade.

— Wintry? — indagou alguém, devido ao grau de dramaticidade da notícia.

— Não, não tão radical e perigoso assim — assegurou ele ao levantar a mão, e depois suspirou e tirou o lenço do bolso, passando pela fronte. Até suou só de pensar na possibilidade. — Emerson. Lorde Emerson.

Depois de alguns segundos de contemplação, Huntley disse:

— Bem, poderia ser pior.

— Como? Como poderia ser pior? — exaltou-se Pança. — Só se fosse algum criminoso ou um pervertido de péssima reputação. Então já estaríamos falando de outro tipo de homem!

— Interessante não termos libertinos verdadeiros em nosso círculo de amizades — comentou o Sr. Sprout.

Ao ouvir isso, todos eles foram se virando para Ethan. O último boato sobre suas aventuras amorosas que chegara ao conhecimento público foi sobre um caso tórrido que ele teve com uma moça do campo. Parece que o viram tendo relações íntimas com ela no lago de sua propriedade. Foi um escândalo nas redondezas. Em Londres, essa fofoca ainda não se espalhara, mas ele já recebera um ou dois convites para aventuras em banheiras e até em um chafariz.

— Ah, por favor — reagiu Ethan. — Eu não me envolvo com ninguém faz tempo. Ele disse "verdadeiros", não aqueles que ganham fama por qualquer boato ou leve transgressão.

— Deixem Ethan em paz, aquela fofoca é exagerada. — Deeds colocou a mão no ombro dele e o afastou um pouco. — O homem é, no máximo, um namorador enferrujado. Está tentando se casar. Qual libertino de respeito *tenta* se casar por vontade própria?

— O que eu quis dizer — continuou Sprout, aumentando levemente o tom, antes que o interrompessem novamente — é que, tendo em vista que os senhores são todos azarados no campo do amor, amuados nas questões do flerte, e até os pretendentes mais concorridos do grupo são no máximo namoradores discretos... — Sprout pausou, já que estavam todos o olhando, de cenhos franzidos, imaginando quando e por que resolveram lhe dar mais espaço e voz no grupo. — Seria interessante — prosseguiu — adicionar um *libertino verdadeiro* ao grupo.

— Não! — alguns responderam imediatamente.

— As moças estariam em constante perigo. É um grupo misto! — lembrou Richmond, com a expressão bastante preocupada.

— E quanto à reputação delas? — Pança já estava secando a testa outra vez.

O Sr. Sprout deu uma olhada para o lado, vendo que Lydia estava indo dançar com o objeto inicial da conversa. Ele tentou dizer algo, mas sua voz suave nunca se sobressaía no meio das discussões do grupo.

— E se uma delas se interessar por um dessa terrível espécie? — Cowton deu uma rápida olhada de lado para Huntley, como se ele fosse culpado de ser *quase* dessa espécie, por ser considerado um namorador discreto.

Ethan ficou quieto. Sobraria para ele em algum momento daquele assunto. Eric nem estava presente; ele havia se casado com Bertha. Então só havia sobrado dois no grupo que eram uns namoradores sem-vergonha, segundo os fofoqueiros. Os outros eram respeitáveis, românticos e sem-modos. Também tinham todos os dentes e os bolsos cheios. Algo muito diferente de ser um imoral.

— Mas, se for um interesse mútuo, ele seria um pretendente. Não um amigo. As regras são diferentes. Nós seríamos até acompanhantes. Imagine — disse Glenfall, numa mistura de lembrete e provocação.

Ele causou expressões de asco e sofrimento. A verdade é que, até hoje, não havia acontecido um romance explícito no grupo. Bertha e Eric se envolveram em segredo.

— Lady Lydia nunca disse estar à procura de um pretendente. Deve ser por isso que resolveu dançar com um que também não quer se casar. — Sprout aproveitou os dois segundos de pausa para soltar a bomba.

— O quê? — Ethan empurrou Lorde Sobrancelha e Lorde Apito um para cada lado para poder ver melhor, o que era desnecessário, pois nenhum dos dois tinha altura para ficar na sua linha de visão.

Rowan, o Lorde Emerson que Deeds citou, havia acabado de acompanhar

Lydia para a pista de dança. Na sua temporada de debute, ela dançava obrigada ou usava os amigos mais próximos para se livrar da obrigação. Esse ano, Lydia estava mais disposta. Não que ela estivesse aceitando todas as propostas, mas, para os padrões dela, era uma enorme mudança.

Quanto a Rowan... Diziam tantas coisas. Uma hora, ele dançava com as amantes. Bem debaixo do nariz da sociedade. E dos maridos. É óbvio que eram casadas. *Todas elas.* Outra hora, dançava com possíveis interesses para, enfim, se casar, afinal, o avô dele — Lorde Barthes — estava desde 1815 dizendo que o neto precisava ter uma esposa.

Os mais românticos diziam que ele jamais se casaria. Afinal, seu coração foi eternamente destroçado pela dama mais famosa da sociedade, a duquesa de Hayward. Rowan foi seu primeiro pretendente, e eles foram um possível casal. Estavam sempre juntos nos eventos. Mas então o duque... É, a história era complicada, cheia de reviravoltas e quem diabos bateria de frente com o duque de Hayward? Só a própria esposa.

Os realistas diziam que ele se casaria sim, pois ia herdar o título do avô. Tinha um dever a cumprir. Porém, jamais se apaixonaria outra vez. Fato era que Rowan viajava bastante, mas, desde que retornou da primeira viagem após o casamento de Isabelle com o duque, ele foi de pretendente atraente e disponível para libertino verdadeiro e impossível de capturar. *As histórias sobre ele eram verídicas, madames.*

Então por que, em nome de todos os deuses, Lydia iria dançar com ele?

— Eu avisei — murmurou Pança.

— Confesse, Jeremy! Você não sabia que Lydia iria dançar com Emerson. Só está preocupado porque um dos amigos dele está interessado em Janet — disse Glenfall, desmascarando Deeds e adicionando um drama extra ao chamá-lo pelo nome de batismo, algo raro no caso de Pança.

— Oh! — Deeds colocou a mão sobre o coração, e Richmond puxou uma cadeira imediatamente, ou seria uma vergonha.

Foi bem a tempo de Huntley o colocar sentado e alguém aparecer com um confeito. Eles sabiam que açúcar aumentava a pressão do amigo. Enquanto isso, Lydia iniciava a dança com Rowan. Em meio a tantos pares, não era uma grande notícia vê-los dançar, mas Ethan estava profundamente interessado. Os outros se dividiam em tentar entender por que aquilo estava acontecendo e que história era essa de Pança ter sido exposto.

Nessa temporada, os papéis estavam confusos. Deeds estava apaixonado e distraído. E Glenfall era o novo "informante" sobre os assuntos femininos que aconteciam por trás dos leques, pois estava passando muito tempo com Lydia e as outras. Na ausência de Bertha, Lydia estava o tempo todo com Janet, e isso impossibilitava Deeds de estar tão presente. E ainda havia Eloisa, a Srta. Sem-Modos, que, esse ano, estava mais ativa no grupo. Era muito drama interno para dar conta.

— Qual amigo? — perguntou Richmond, mais perdido que cavalo sem rédeas no meio de um dia atribulado na Picadilly.

— Aston — informou Deeds, com amargor.

Ninguém disse nada por um momento. Sobrancelhas se moveram ao receber a notícia. Amigos pensaram no que poderiam fazer para ajudá-lo. Lorde Aston, o melhor amigo de Rowan, tinha uma fama um pouco menos escandalosa. Só um pouco. E fazia o tipo atraente e reservado. Janet nunca havia demonstrado interesse por alguém assim.

— Eu sei o que estão pensando. — Ele ficou de pé.

— Ela sequer o oficializou como pretendente, homem. Pare de drama. Vamos! Precisamos de informações. Tudo que sabemos é que eles passearam juntos, e foi assim que ela apresentou Preston para Emerson.

Glenfall pegou Pança pelo braço e o arrastou. Enquanto isso, Lydia fazia uma leve mesura e movia seu vestido claro na pista de dança. Ela queria ver aqueles abutres fofoqueiros tornarem a dizer que não sabia dançar. E que era... como disseram mesmo? Deselegante! Ela não era. Podia não se mover como uma pena trajando um vestido, mas sua mãe se esforçou muito em sua educação para ela aprender a dançar. E ela *aprendeu*.

Então, foi dançar com um par chamativo. Escandaloso. Todos iam comentar. Ele era um libertino de verdade, não era? Nos bailes, as pessoas *sabiam* de seus pecados. E era lindo! Por onde ia, as matronas fingiam torcer o nariz, mas estavam escondendo suspiros. Lydia podia ser péssima em certas qualidades sociais, mas cega, certamente não era.

Como uma jovem adulta e solta no mercado de casamentos — que já havia dado seu primeiro beijo —, sabia o que era o efeito da atração. *E Rowan, senhoras, exercia atração para todos os cantos do mapa.* E dançava bem, graças aos céus, ou o plano dela estaria arruinado. Duvidava que não seria convidada para todos os bailes seletos que estivessem por vir e por mérito próprio, não só por ser a filha solteira do marquês de Bridington.

— Um prazer, madame. — Rowan fez uma leve mesura quando a devolveu ao seu lugar.

Ela gostava que ele a tratava publicamente como trataria Lady Hurst, que era vinte anos mais velha e diziam que esteve em sua cama há pouco tempo.

— O senhor é um ótimo companheiro de dança, podemos repetir — sugeriu Lydia.

— Então nos veremos na pista outras vezes, em breve. — Ele inclinou a cabeça e se afastou.

Janet franziu o cenho, olhou para a amiga e observou as costas do homem enquanto ele se afastava.

— Você *flertou* com ele? — Seu sussurro era um grito contido de diversão e desespero.

— Flertei? — Lydia arregalou os olhos.

— Flertou!

Lydia cobriu a boca com as mãos enluvadas, um pouco mortificada, porém também ria baixo. Recentemente, havia descoberto que flertava constantemente com Ethan enquanto o acusava mentalmente de não parar de flertar com ela e com outras. Mas Ethan a provocava e a deixava à vontade. Ele *causava* seus flertes. De repente, estava flertando com libertinos certificados? Onde ia parar?

— Será que ele percebeu? — perguntou baixo.

— Claro que sim.

— Ah, bem... Espero que não crie esperanças — brincou ela. — Ele não faz meu tipo.

— O tipo bonito e irresistível?

— O tipo libertino sem-vergonha, Janet. Imagine a dor de cabeça para a pobre coitada que tentar ter um noivo desses.

— Bem... — Ela juntou as mãos, sem querer se comprometer, afinal, estava interessada no amigo de Rowan.

— Aston já será um problema, estou lhe dizendo. — Lydia entrelaçou o braço no dela. — Vamos. Temos coisas a descobrir sobre ele.

Lydia preferia que Janet virasse seus olhos para o adorável Deeds. Porém, o destino foi implacável. Janet conheceu Aston em uma visita à casa da tia dele. O maldito homem era realmente atraente e a encheu de atenção. O tempo passou, e se reencontraram em Londres. E ele tornou a reparar nela. Agora, ela estava respirando borboletinhas coloridas por causa dele. Lydia não conseguia parar de revirar os olhos. Porém, tinha de ajudar a amiga a não cair em uma cilada. E não era ela a nova casamenteira do grupo? Então, precisava agir.

Pobre Pança... Janet era seu primeiro amor. Ela apenas não sabia.

Como casamenteira oficial do grupo, Lydia saiu em uma missão especial. Na quinta-feira, estava em um lanche para damas na sala dos Burke, e o assunto se desenrolou de maneira desastrosa. Acabou que ela prometeu apresentar as irmãs Burke aos seus amigos solteiros. A mãe delas estava interessada em um rapaz em especial.

Lydia sabia que um de seus amigos também estava gostando muito de passar um tempo com uma das irmãs. Só que eram três, e ela não podia dizer que tinha certeza de qual delas seria. Angela, a mais velha, devia estar noiva, mas parece que o noivado havia afundado.

— Repita para mim: por que concordei com isso? — perguntou Ethan ao descer da caleche e ajustar o paletó.

Ele devia perguntar isso a si mesmo. No entanto, era óbvio: por causa da desajuizada que se achava a casamenteira do grupo. E ele tinha certeza de que precisava de seu auxílio para não arrumar os maiores problemas em Londres. E isso o mantinha perto dela, correto?

— Por que está precisando se casar, e eu sou a solução de sua vida — respondeu ela.

— Exatamente — concordou ele, certo de que Lydia continuava a lhe dizer as coisas sem perceber o duplo sentido.

— Agora ajeite esse paletó. Está pior do que o meu pai. De onde veio para não estar impecavelmente passado pelo seu valete? — ralhou ela, o que só tornava a situação mais cômica. Logo Lydia reclamando dos amassados dos trajes alheios.

— Do boxe.

— Veio direto daquele antro de suor, couro e violência para o meu encontro? Não está com cheiro ruim, está? — Ela se inclinou para cheirá-lo, ignorando que estavam na entrada de um caminho do parque.

— Eu me lavei — contou ele, sem se mover. Se ela queria enfiar o nariz no seu lenço, ele não iria impedir. — Aprendi a me vestir sem ajuda de um valete há alguns anos. Algo como a infância, Lydia.

— Fale meu nome baixo! — Ela se afastou. — Está com cheiro de sabão de média qualidade. Aceitável. Vão achar que é rústico. Vamos.

— Que lugar é esse que está me levando onde moças solteiras vão me cheirar? Nunca fui a tal local dentro de um parque público. É novo? — Ele cruzou os braços.

Lydia tornou a se virar e estreitou o olhar para ele.

— E tem algum lugar onde o senhor vá em que moças podem cheirá-lo?

Ethan só abriu a boca, sem ter como responder respeitosamente. Porém, Lydia ergueu a mão enluvada.

— Não responda. Eu já entendi. Seu depravado! Não vai dizer isso às irmãs Burke. Elas são muito ingênuas.

Ela seguiu pelo caminho e o escutou rindo atrás dela.

— E você não?

— Estou há tempo suficiente dentro de um grupo misto de amigos para ter aprendido uma coisa ou duas sobre as atividades masculinas. Elas não frequentam tais ambientes. Além disso, minha família é liberal. Posso perguntar o que quiser.

Ethan não quis imaginar quais perguntas absurdas ela poderia fazer ao marquês. Pelo que conhecia dele, viriam respostas tão inesperadas quanto.

— Lydia! Fico feliz que tenha conseguido vir — Alexandra Burke, a mais nova das três irmãs, adiantou-se para cumprimentá-la.

— É claro que eu viria. Nós combinamos.

— Já combinamos antes e imprevistos surgiram na vida das pessoas... — murmurou Angela.

Ethan se adiantou e fez uma mesura para as três, cumprimentando-as de uma vez só, pois não lembrava quem era quem. Elas eram moças bonitas, agradáveis e bem trajadas, mas eram irmãs e andavam juntas. Além de terem nomes que começavam com a letra A. Nada disso ajudava um cavalheiro tentando sobreviver a mais uma temporada repleta de apresentações e nomes para lembrar.

Junto com elas já estava uma acompanhante e o Sr. Sprout, que era outro convidado para o passeio, mas ele era a delicadeza em pessoa. O rapaz ideal para chegar primeiro e deixar as damas mais confortáveis.

— Fico contente que possa se juntar a nós, Lorde Blackwood — cumprimentou Alicia Burke, a irmã do meio que sempre trocava os nomes das pessoas.

Ela levou uma cotovelada da irmã mais velha. Qualquer toque das irmãs assim que pronunciava um nome era sinal de que havia cometido uma gafe. Alicia travava imediatamente e, dependendo da pessoa, começava a gaguejar. Ethan não se importava com a troca, mas ela arregalou os olhos para ele e...

— Di... digo... go... mi... milorde. Per... Perdão. — Ela puxou o ar repetidamente.

Lorde Blackwood era outra pessoa. Alicia provavelmente ficou mais nervosa ao se lembrar disso e pensar que o homem não tinha lá uma boa fama.

— Está um ótimo dia para um passeio. A senhorita me acompanha? — Ele lhe ofereceu o braço.

— É Greenwood — sussurrou a irmã mais velha, mas todos escutaram.

— Claro! — exclamou Alicia, como se isso pudesse esconder o sussurro.

Lydia bufou, derrotada. Essa mania de Ethan de ser bom e galanteador estragava seus planos. Era para ele ter oferecido o braço para Angela Burke, a irmã mais velha. Como faria a troca agora?

— Estou atrasado? — perguntou Glenfall, aproximando-se do grupo, perfeitamente trajado para um passeio diurno.

— Um pouco sim — admoestou Lydia. — Mas não importa. — Ela deu uma rápida olhada nele. — Belo traje.

— Meu alfaiate entregou novas encomendas essa semana. — Ele sorriu e passou a mão pela frente do paletó verde com certo orgulho.

— Seria interessante se todos se preocupassem tanto com a apresentação para encontros sociais — comentou Lydia.

Ethan estava olhando para a Srta. Burke, mas ergueu uma sobrancelha, sabendo que era alfinetado. Até Glenfall sabia o que ela estava fazendo.

— Lorde Murro é elegante com um toque silvestre muito pessoal e único, não é, meu amigo? — ele o defendeu, enquanto se divertia.

— Vocês se defendem! — acusou ela.

— Acredito que as senhoritas já foram apresentadas a Lorde Glenfall — disse Sprout, já que Lydia havia se distraído de sua tarefa de anfitriã do passeio.

Glenfall fez uma mesura, mas, ao ver mais alguém se aproximando, anunciou:

— Eu tomei a liberdade de trazer um amigo.

Então o Sr. Wallace, também vestido de acordo para o passeio, juntou-se ao grupo. Lydia deu um passo para o lado, torcendo para ele nem enxergá-la. Ethan ergueu a sobrancelha para Glenfall, que abriu as mãos e lhe deu um olhar que queria dizer tudo. Ao menos, os dois entendiam o significado.

— Senhoritas, senhores — cumprimentou Wallace.

Agora eles estavam em número par e todos teriam um acompanhante para o passeio. Até mesmo Lydia, que pensava que uma casamenteira escapava desse tipo de situação. Engano dela. Percebendo isso, ela tratou de dar o braço ao Sr. Querido.

— Ah, querido Sprout. Está um belo final de manhã, não acha?

Eles trocaram de pares quando pararam para um refresco. Esse era o objetivo, socializar entre eles, sem a interferência de um ambiente repleto de pessoas. O problema para Lydia era que, mais uma vez, seus planos estavam tortos. Agora ela estava junto com o Sr. Wallace, que ainda a olhava como se esperasse o sol nascer em seu cabelo dourado.

Pelo menos Ethan estava conversando com Angela Burke.

— Quando Glenfall me disse que estaria no parque, sabia que não poderia perder a oportunidade de conversarmos um pouco. Em Londres, parece tudo tão corrido — comentou Wallace.

— Sim... São tantos acontecimentos, tantos casamentos para armar.

— Perdão?

— E tantas idas a modistas e eventos — desconversou ela, continuando a andar para chegarem logo à próxima parada e trocar de par.

Por mais que Lydia não tivesse desenvolvido interesse pelo Sr. Wallace, ele não era desagradável. Ela podia não ficar atraída pelos seus elogios, contudo, outras damas ficariam. Ele sabia conversar, era respeitoso, e combinaria com alguém que não estava acostumada a uma vida social tão ativa e diversificada como a dela. Quem sabe... a garota Burke mais jovem? Elas eram socialmente ativas, estavam sempre na temporada londrina e tinham bastante liberdade para fazer amizades. O que não era o mesmo de ter os amigos e familiares de Lydia. Ela sabia que Wallace por vezes também se assustava com as interações deles.

E, olhando bem, era um moço de boa aparência, cabelos e olhos castanhos, boa compleição física. Ela era testemunha de seu apreço por atividade e sua habilidade como cavaleiro. Era o segundo filho. Tinha uma herança respeitosa em vista. Terminara a faculdade. Olha só... Lydia havia arranjado mais uma vítima para o seu caderno de casamentos.

— Ah, eu adoro sorvete! Claro que deveríamos ir até lá! — disse Alexandra, animada em uma conversa com Ethan.

Como se tivesse sido convocado pela palavra sorvete, antes que eles deixassem o parque, Lorde Keller surgiu afoito e esbaforido. Atrás dele — bem atrás —, vinha Lorde Pança, incapaz de impedir o desastre.

— Não, não! — exclamou Keller, entrando pelo meio do grupo. — Greenwood! Se havia mudado de interesses dessa forma, deveria ter comentado! Como escondeu algo dessa magnitude?

Ao longe, eles ouviram Deeds gritando algo que parecia ser:

— Você entendeu tudo errado, homem!

Os participantes do grupo ficaram em suspenso. Dessa vez, até Lydia ficou sem reação. Ela não iria expulsar um dos amigos no meio do passeio.

— Com tantas jovens em Londres. — Ele agarrou a lapela de Ethan. — Dê-me um murro e resolvemos isso! É só passear com uma jovem que elas já querem marcar um casamento com você! — acusou.

— Keller — Ethan tentou acalmá-lo.

— Ela é a única que me dá atenção verdadeira. E deixa meu dia mais feliz depois de uma simples conversa. Não importa quantas vezes erre meu nome.

Só então eles entenderam que Keller estava falando de Alicia Burke. E sequer era com ela que Ethan estava a ponto de ir tomar sorvete. Deeds finalmente os alcançou e se inclinou, tentando recuperar o fôlego.

— Ninguém vai se casar, Keller!

— Como não? Ele não pode ir a lugar algum com uma jovem que, no dia seguinte, suas tias já estão lhe armando um casamento com a família da moça!

— É a irmã errada, Tartaruga! — Lydia tirou a mão dele da lapela de Ethan. — Está atrapalhando meu passeio.

Keller rodou em seu eixo e viu que Alicia agora estava junto à irmã, mas antes parecia ter estado próxima a Lydia e Sprout. Ela deu um passo em sua direção e surpreendeu ao declarar:

— Eu nunca erro o seu nome, Lorde Keller. Sempre lembro, pois nomes mais curtos e atípicos ajudam minha memória. — Ela sorriu.

Keller pareceu derreter bem ali, no meio de todos.

— Recomponha-se, homem. — Deeds lhe deu uma discreta batida nas costas.

— Uma pena que *não tenha sido convidado*, não é mesmo? — lembrou Lydia, ao lado dele, provocando-o.

Keller só inclinou a cabeça, olhando-a como se suplicasse para não arrasá-lo logo agora.

— Acredito que esteja necessitado de um sorvete — continuou ela.

— Bastante — concordou ele, mas, no momento, concordaria com qualquer absurdo que ela lhe dissesse.

Lydia ainda iria querer seu crédito se esse casamento saísse. E eram três irmãs, ela tinha mais pretendentes disponíveis naquele grupo para formar pares.

98   LUCY VARGAS

CAPÍTULO 11

Ethan deveria ter dado mais atenção a sua correspondência, mas a temporada estava se mostrando particularmente atribulada. Entre seus deveres habituais, seu recente interesse por alguns temas políticos e sua vida social, não estava sobrando muito tempo. Ele tinha passatempos saudáveis que iam de exercícios matinais com seu cavalo a lutas no ringue com um instrutor, além de uma rica vida social com seus amigos do grupo de Devon.

Sem contar a esposa que, supostamente, estava procurando nessa temporada. Com muito mais alarde, graças aos boatos e à determinação de Lydia Preston, sua grande amiga autointitulada casamenteira do grupo. Ao retornar para as atividades sociais, Lydia encontrou os amigos espalhados entre o marasmo e o caos amoroso, e resolveu tomar para si a tarefa de resolver isso.

Não havia pior pessoa para tal tarefa.

No meio de toda essa atividade, Ethan se esqueceu de um evento de grande importância em sua vida: a chegada de suas tias a Londres.

— Greenwood, querido! Já estávamos mortas de saudade! — exclamou tia Maggie ao atravessar o arco que levava à sala de estar, ainda trajando seu vestido de viagem.

— Ah, Ethan, que bom ver que está bem-disposto pela manhã. Ao contrário do que Margaret está fingindo que não disse! — soltou Tita, já iniciando a intriga ao pisar na casa londrina.

Nem precisava. Só pelo jeito efusivo como tia Maggie o cumprimentou, Ethan já sabia que algo não estava certo. Ele tinha certeza de que ela deveria ter comentado com Eustatia que esperava encontrá-lo dormindo a essa hora da manhã, depois de ter passado a noite em alguma festa da temporada.

Para azar dela e sorte dele, Ethan tinha marcado um compromisso logo cedo no Parlamento. Tinha uma reunião com outros lordes da região de

Devon e Somerset para discutir assuntos comuns.

Depois de cumprimentar ambas e dizer que estava satisfeito por terem feito boa viagem, ele ficou feliz em anunciar seu compromisso:

— As senhoras sabem como essa temporada em Londres também é repleta de muitos *deveres*, não apenas de *diversão*. Verei ambas no jantar.

Antes que elas pudessem perceber que ele disse que retornaria apenas no horário do jantar, Ethan escapuliu rapidamente e pegou o chapéu e as luvas que o mordomo já estava segurando, desaparecendo rapidamente pela porta da frente.

— Ele pensa que precisamos de seu auxílio para saber o que tem se passado — disse Margaret.

— Felizmente, somos bem relacionadas através da sociedade, e temos nossas próprias fontes que são facilmente encontradas e ficarão alegres em nos ver na cidade — comentou Eustatia.

As duas trocaram um olhar, como as boas alcoviteiras que eram, cheias de contatos e que já chegavam na cidade sabendo de metade das fofocas que até quem estava em Londres demorava a descobrir.

Depois do evento que envolveu a maior parte do grupo de Devon para desmascarar o patife que era o noivo de Lady Ruth, eles estavam tentando ser discretos. Afinal, por mais que, nos dias seguintes, nenhum boato tivesse flutuado, a maior prejudicada seria Ruth. Ela que teve um noivado desfeito. E isso era impossível abafar.

Ninguém no grupo queria dizer o quanto Lorde Huntley esteve envolvido nisso, ele dizia ser apenas pelo grau de amizade que mantinham, mas eles sabiam que os assuntos da temporada passada estavam mal resolvidos. Eles teriam conseguido algum tempo, se o pai dela não tivesse entrado no meio e a obrigado a noivar.

Eles foram praticamente obrigados a salvar a amiga daquele desastre. O homem era um salafrário, perdulário e devedor. Um terrível mau-caráter que estava com um bebê recém-nascido com a amante, a quem pretendia abandonar após o casamento. E o pior: era um parente distante dos Wright, a família paterna de Ruth.

— Não vou perguntar se tem certeza, se é o que deseja, então é isso que vamos espalhar. A verdade — prometeu Lydia.

Revoltada por ser a única que sofreria com aquela história, Ruth resolveu contra-atacar. Era sempre a mulher a parte mais atingida, que pagava o mais alto preço, enquanto com o verdadeiro culpado nada acontecia. Seu pai a obrigou a esse compromisso. O errado era o seu noivo, e ele sairia incólume para cortejar outra dama ingênua sobre seu péssimo caráter e que levaria o golpe que ele estava tentando aplicar.

Não se Ruth pudesse evitar.

Quando Ruth o convocou, Graham não soube o que esperar. Porém, ele queria muito vê-la. Precisava saber como estava e, dado o momento e a situação na casa dela, não podia ir até lá bater e pedir para vê-la. Teve de recorrer às moças do grupo, que lhe mandavam bilhetes.

— Não sei se estou entendendo bem o que me pediu — disse Graham.

Os dois estavam escondidos perto de algumas árvores no Hyde Park, enquanto Lydia estava sentada numa toalha de piquenique junto com Deeds. Ele dizia que sempre estava de alcoviteiro, não conseguia escapar. Os dois eram companhias e vigiavam os arredores.

— Você disse que tem tanta consideração por mim como teria com uma irmã.

Ele assentiu, pois essa declaração não era inteiramente sincera. A parte da "irmã" estava bastante fora da realidade.

— Eu não a vejo como uma irmã, Ruth.

— Bom! Quero dizer... Mas me faria um favor.

— Claro que sim.

— Você começou o plano que desmascarou aquele enganador.

— Sim.

— Comece outro plano por mim. Quero me vingar.

— Ruth...

— Eu gosto como usa meu nome. — Ela abriu um leve sorriso.

— Está me confundindo.

Ela assentiu e voltou a se concentrar.

— Era tudo verdade. Porém, enquanto sairei com a reputação manchada por um noivado desfeito dessa forma abrupta, ele nada sofrerá. E sei que está em busca de uma esposa e usando sua associação com minha família para parecer atraente. Dizem que são primos do conde de Fawler, e esquecem de mencionar que é um parentesco distante. Bem distante.

— Você está me pedindo para fazer algo com ele?

— Sim, estou. Você conhece todos esses lordes, com suas irmãs. E todos do resto do grupo formam uma rede enorme dentro da nobreza, chegando até as filhas de comerciantes ricos, que poderiam ser ludibriados pela suposta relação dele com a nobreza.

— Eu não esperava isso de você, Ruth — declarou ele, com um leve sorriso.

— Claro, a Srta. Wright só gosta de festas e tem um pai rígido e uma madrasta que é uma borboleta social. Todos me acham inofensiva. Eu sou, não faço mal a ninguém. Mas, dessa vez, quero ao menos que seja pago na mesma moeda. Ajude-me a espalhar para todo mundo que ele é um falido, gasta demais e tem um filho bastardo. E que ele quis abandonar o filho. Mas, ao mesmo tempo, disse que não deixaria a amante para se casar. Dúbio assim. E saiba que o dinheiro que o pai dele usou para cobrir as dívidas foi dado pelo meu pai. Quero ver só ele tentar enganar alguma outra herdeira em um futuro próximo. Ele devia se casar com aquela moça que engravidou.

Graham estava sorrindo para ela.

— Eu nunca pensei que me sentiria atraído por uma dama planejando sua grande vingança! Vou ajudá-la em seu plano.

Eles voltaram para perto de Deeds e Lydia, para iniciar o plano dela, mesmo que Ruth estivesse confusa com o que ele falou. Os outros aceitaram participar, afinal, ninguém estaria mentindo.

Quanto a Lorde Fawler, Ruth achava que o pai já estava sendo castigado. Ele gostava da esposa de verdade, porém, a havia afastado ainda mais e estava perdido, sem saber como reconquistá-la.

Apesar de seu plano estar indo melhor do que ela esperava, graças à participação completa do grupo de Devon e das pessoas relacionadas a eles, Ruth continuava sem sair de casa. Soube do que estavam falando por suas costas e, quanto mais as pessoas descobriam, mas humilhada ela se sentia, mesmo com Lydia lhe dizendo que ela havia era se livrado de um patife sem honra e que estava muito melhor do que ele. Ruth estava magoada com o pai e vivia triste, então pediu para ir embora da cidade. Dessa vez, seu pai fez sua vontade sem discutir nem falar nada sobre ela ir ficar sozinha no campo.

— Descobri que o salafrário já estava enviando cartas para outra jovem, acreditam? Mesmo estando noivo de Ruth e tendo um bebê que é o pai dele que sustenta. — Lorde Glenfall estava acostumado a saber sobre histórias de homens de caráter duvidoso, mas Bagwell era uma revelação.

Ainda mais por ele quase ter se casado com Ruth.

— Estive no clube hoje cedo. Com certeza nenhuma irmã ou filha dos homens das mesas onde comi ou bebi vai cair nessa armadilha — contou Ethan.

Glenfall assentiu, mas, antes de dizer algo, desculpou-se e saiu rapidamente, indo na direção de Lorde Swinton, que tinha parado a alguns passos de distância, como se esperasse que terminasse sua conversa para ir até ele. Os dois deixaram o salão. Lydia ficou chateada com a partida de Ruth, mas, esta noite, algo mais parecia incomodá-la.

— Ruth está mais feliz no campo. Lá, ninguém vai perturbá-la com comentários maldosos — disse Ethan.

Ela balançou a cabeça e olhou para a taça de ratafia que segurava.

— Ela quase não escapou e, se pudesse, o pai dela ainda a teria arrastado até lá. Eu sei que acontece, mas ela é tão próxima, seria horrível vê-la sofrer de perto e não poder fazer muito. A menos que ele a escondesse em um buraco, ainda a encontraríamos. Teríamos de testemunhar seu sofrimento.

— Sim, acredito que isso levaria um dos nossos amigos a medidas um tanto drásticas... — murmurou ele, sem querer comprometer Huntley.

— Meus pais passaram por casamentos arruinados. — Lydia franziu o cenho e ficou quieta por um momento, mas Ethan não a interrompeu. Estavam apenas os dois. — Eles sofreram muito. Mamãe não gosta de falar sobre isso, mas tenho certeza de que houve abuso por anos. E Ruth viveria o mesmo, com o aval do próprio pai.

Lydia ergueu o olhar, e Ethan ficou preso no conflito de emoções nos seus grandes olhos expressivos. Ela estava lhe contando muito naquele momento, inclusive o medo de viver a mesma coisa.

— O que eles têm é especial, é amor como só lemos em romances e poemas. E, mesmo assim, mesmo com todo o amor que sentem, agora eles... — Ela desviou o olhar e voltou a ficar quieta.

Ele levou um momento para entender que ela estava incomodada pela junção de mais de um problema. O caso de Ruth, o problema dos pais e talvez o próprio futuro.

— Eles podem só precisar de algum tempo para a própria relação. As pessoas vivem altos e baixos. — Ethan seguiu o olhar dela e descobriu que estava olhando para os pais. Ele não os conhecia de forma íntima o suficiente para notar diferença, a marquesa havia acabado de se virar e estendeu a mão ao acaso, e o marquês a pegou e a colocou no antebraço, guiando-a para longe do trio que cumprimentaram. Para ele, pareciam entrosados como sempre.

— Sim... — Lydia finalmente bebeu a ratafia.

Ela só queria vê-los felizes como antes. Amava-os demais e eles ficavam miseráveis se não estavam partilhando o sentimento especial que ela acabara de citar. Eles se casaram quando ela tinha sete anos, mas ela queria que Caroline ficasse para sempre desde que tinha cinco. Era tempo suficiente para lembrar detalhes de como foi crescer em meio àquela história. Eles ficavam contentes ao passar o tempo juntos. Ultimamente, não faziam mais isso.

Os dois implicavam um com o outro desde que Caroline chegou a Bright Hall. Por que não estavam mais se provocando? Às vezes, como péssimos exemplos para as crianças. Os filhos eram implicantes e provocadores por causa deles. Assim como eram afetuosos de uma forma que não se via normalmente. Tinham perdido tempo demais evitando amor, carinho ou afeto para negarem isso entre eles. Foi em meio a esse sentimento que ela cresceu e não conseguia imaginar ir viver algo doloroso e sem significado só pelas expectativas da sociedade.

Lydia ofereceu a mão enluvada para Ethan, e ele a pegou, surpreso.

— Obrigada por me escutar. Também acredito que eles vão ficar bem. — Ela voltou a sorrir, mas ele notou que seus olhos estavam úmidos.

— Eles vão. — Ele lhe ofereceu o lenço. — Disponha.

Ela aceitou, mas se virou e o deixou rapidamente. Não queria que mais ninguém visse seus sentimentos tão expostos.

106 LUCY VARGAS

CAPÍTULO 12

— Lydia... — A Sra. Birdy entrou e se aproximou, parecendo um tanto confusa, algo que não era comum. — Há um cavalheiro. Um homem. Na sala de visitas.

— Se é um cavalheiro, provavelmente é um homem.

— Um homem *diferente* — ela pronunciou essa última palavra como se fosse uma acusação. — O que esteve aprontando? Não é esse tipo que costuma vir aqui. Por mais travessos que os rapazes de Devon sejam, eles são corretos.

— A senhora simplesmente já está habituada a eles. Dê-me o cartão. — Ela o pegou e deu uma pequena risada ao ler.

Não sabia se estava em apuros ou a ponto de se enrascar. Ou se havia diferença entre as duas situações. Quando Lydia entrou na sala, já devidamente trajada para receber sua visita, Rowan se virou lentamente ao ouvir o som dos passos e a saldou com aqueles olhos da cor do mais puro uísque contrabandeado.

— Lorde Emerson. — Ela ofereceu a mão para o cumprimento dele. — Meu Lorde Desavergonhado preferido.

Ele abriu um sorriso enquanto fazia uma mesura, não se importando nem um pouco com o apelido. Podia parecer pouco lisonjeiro para sua reputação, mas até parece que Rowan tinha apreço por isso. Era um apelido curioso, como se tivesse surgido de algum segredo, afinal, em público, não se podia dizer que ele era algo além de bem-educado e irresistível.

Antes que a cumprimentasse, porém, uma criaturinha peluda surgiu como uma bala e passou à frente de Lydia, indo latir junto aos sapatos lustrados do homem. Ele olhou para baixo, curioso com os latidos finos e insistentes.

— Peteca! — ralhou Lydia. — Não é assim que se cumprimenta a visita.

O minúsculo cachorro peludo e brabo nem se importou, continuando a latir para os sapatos lustrados e desconhecidos. Rowan ficou com um sorriso, mas não conseguiu temer pelas suas canelas, mesmo que a pequena coisa branca e caramelo tivesse começado a rosnar ao ver os sapatos pretos se moverem.

— Venha aqui. — Lydia o capturou e o segurou com um braço enquanto estendia a outra mão para a visita.

— Acredito que ele seja seu. — Rowan não tinha medo pelas suas canelas, mas a pequena boca do animal era suficiente para capturar um dedo.

— Sim, eu o ganhei em uma corrida de cavalos.

— Interessante. Estou curioso para saber como foi. — Ele olhava para o minúsculo prêmio, que, ao ser segurado no colo, já não parecia o mesmo bicho irritado que latiu tanto para os seus sapatos.

— Contarei no caminho — prometeu ela.

Rowan não estava lá para esquentar lugar na sala dos Preston; ele era a companhia de Lydia para o evento ao ar livre de Lady Beverly. Eles se encontraram dois dias antes e, numa rápida conversa, comentaram que estariam presentes. Ele devolveu o flerte dizendo que era uma nova oportunidade de se encontrarem.

E não é que Lydia surpreendeu ao concordar? Janet só acreditou porque ela contou pessoalmente. Bertha iria cair para trás assim que a carta com a novidade chegasse a Sunbury Park.

Assim que chegaram, percorreram o caminho mais curto pela beira das camas de flores e fontes de água até encontrarem Eloisa e Georgia, acompanhadas de tia Rachel. Com exceção de seus amigos do grupo de Devon, Lydia nunca tinha passado tanto tempo "sozinha" com outro cavalheiro. Claro que, na opinião da sociedade, os seus amigos já eram homens solteiros demais em seu convívio, mas havia uma grande diferença.

Falando neles, avistou alguns do outro lado dos jatos de água e nem sabia que haviam marcado de comparecer nesse dia. Não era um dos eventos em que o grupo resolvia se encontrar. Sabia que Janet e Eloisa viriam, mas se os rapazes estavam ali, tinham de estar dispostos a socializar com possíveis pretendentes.

— Não o esperávamos aqui hoje, pensei que estaria em mais um dos vinte chás com debutantes que suas tias armaram por acaso — provocou Lorde Sobrancelhas.

— Encontrá-los aqui pareceu uma opção mais promissora, mesmo que não seja o melhor dos entretenimentos. — Ethan sentou-se, na esperança de não ser notado se estivesse em um daqueles adoráveis bancos ao longo do caminho, pois havia vegetação suficiente para ajudá-lo.

— Interessante que, em vez de usar um dia como hoje para armar possíveis casamentos como tem sido sua missão, Lady Lydia tenha acabado ela mesma num possível mexerico, sozinha com Lorde Emerson — comentou Sprout, um pouco inclinado para avistar os objetos de seu interesse por trás da vegetação que os separava.

— Sozinha? — Ethan pulou de pé; não deu tempo nem de esquentar o banco.

— O que Bagwell está fazendo lá? — Lorde Bigodão estreitou o olhar, finalmente conseguindo avistá-los.

— Eu vou até lá! — Ethan partiu decididamente, a passos largos.

— Volte aqui, homem! — Cowton teve que levantar às pressas.

— Onde está Pança quando precisamos dele? — indagou Bigodão, apressando-se para alcançá-los.

Do outro lado do caminho, que era dividido pela vegetação e pelas fontes de água, Lydia vivia uma situação inesperada. E não estava falando do fato inédito de estar na boca dos fofoqueiros por ter chegado acompanhada de um libertino de verdade que não era um de seus amigos do Grupo de Devon.

— Fui até a casa dela, mas os empregados me colocaram para fora! E eu sou da família! Eu era bem-vindo lá até a senhorita e esse seu grupo de caluniadores me difamar por toda Londres! — acusou Bagwell.

— Mas é tudo verdade! — reagiu Lydia, indignada.

— Baixe o seu tom para se dirigir a ela! — advertiu Rowan, surpreso pela cólera com que Bagwell iniciou aquela abordagem desde o cumprimento rude.

Rowan não sabia da história. Tinha outros assuntos para se preocupar, e a fofoca sobre o noivado desfeito de Ruth não o alcançou, então ele sequer sabia que Bagwell era o noivo dispensado e que agora estava com a reputação chafurdada na lama pelo fato de a verdade ter sido exposta.

As damas que ele tinha em vista para iniciar um novo golpe tinham se afastado, os convites estavam sendo desfeitos, e ele estava ficando sem opções. Culpava os amigos de Ruth, especialmente Lydia, pois ela não tinha medo de dizer a verdade sobre quem ele era. E era muito mais fácil para um homem como ele acusar e afrontar uma dama do que bater de frente com outros cavalheiros.

— Ela me caluniou para todos! É difícil encontrá-la, ainda mais sem todos aqueles seus guardas — disse ele, referindo-se ao seu grupo de amigos. — Mas você vai ter de se redimir...

— Não vou fazer nada — interrompeu Lydia, balançando a mão, antes que Rowan tentasse defendê-la. Ela odiava Bagwell o suficiente para esquecer que estava tentando criar uma imagem menos explosiva nesse seu retorno à sociedade. — Desapareça daqui.

— Eu exijo uma retratação!

Foi nesse momento que os outros quatro surgiram em meio ao embate, com Ethan na frente e os três amigos se esforçando para acompanhá-lo.

— O que está fazendo aqui, Bagwell? Tenho certeza de que não foi convidado. — Ethan invadiu seu espaço pessoal acintosamente, obrigando-o a recuar.

— Eu logo vi que não estaria apenas com um acompanhante! — acusou Bagwell, mas tratou de se afastar mais. — Todos vocês terão de se retratar!

— Que tipo de homem insulta uma dama dessa forma? E publicamente? — indagou Lorde Emerson, que tinha parado novamente à frente de Lydia, como se temesse que Bagwell pudesse voltar e tentar tocá-la a qualquer momento.

Ethan virou o rosto, olhou para ele e para Lydia, que estava corada de raiva, mas se continha, e tornou a encarar Bagwell.

— O que disse a ela? Você teve a coragem de insultá-la alto o suficiente para alguém mais ouvir? — Ethan perguntou entre os dentes, mas, com seu tom de voz irritado, acabava saindo alto e claro o suficiente para saberem que ele ia agarrar o pescoço do homem no próximo segundo.

— Segure-o! — exclamou Cowton, movendo-se rápido e ficando a postos para entrar na frente.

— Eu não tenho físico ou disposição para uma coisa dessas — alegou Sprout, apavorado.

Latham apertou os ombros de Ethan, contente por não estarem num salão de baile, ou todos os presentes teriam notado. Ao mesmo tempo, estava preocupado, pois o único jeito de impedir o amigo de esganar Bagwell se ele se dispusesse a tal seria se pendurando nas costas dele.

— Desapareça daqui imediatamente. Não quero voltar a vê-lo — ordenou Ethan.

Como estava em desvantagem, Bagwell se retirou, voltando pelo caminho que daria na saída mais próxima e, para azar dele, cheia de convidados chegando. As pessoas o veriam saindo.

— Sinto muito que tenha visto isso, ele é um desafeto — disse Lydia, retomando a calma.

— Isso é mais do que um simples desafeto, é preocupante — opinou Rowan.

— Certamente. Ele teve a coragem de abordá-la mesmo estando acompanhada. — O Sr. Querido já estava menos apavorado.

Ethan parecia menos irado e voltou para perto deles, entrando especificamente entre Lydia e Rowan. Olhou para o homem de cima a baixo e depois para os outros.

— O que exatamente aquele sujeito estava querendo?

— Veio exigir uma retratação — contou Lydia.

— É claro que ele só teve coragem de ser tão incisivo com uma das damas do grupo. Por que não exigiu nada de um de nós? — Latham parecia intrigado.

— Além disso, é Preston. Se ele queria uma presa fácil, era melhor ter abordado Sprout ou Richmond — opinou Cowton, fazendo o Sr. Querido franzir o cenho para ele, apesar de ser verdade.

— Por mais que Lady Lydia seja muito capaz de lhe acertar com uma bandeja, como ouvi dizer — opinou Rowan, fazendo-a sorrir, enquanto Ethan cruzava os braços, soturno —, socialmente, qualquer que seja a questão, é sempre mais fácil para um cafajeste enfrentar uma mulher. O terreno nunca está nivelado. Ele sabe disso.

Eles acabaram esclarecendo para ele a história sobre o noivado desfeito de Ruth, aproveitando para ganhar mais um aliado para a rede de verdades sobre quem era Bagwell, para que nenhuma outra herdeira caísse em seu golpe.

— E aquele maldito acabou com o meu passeio. Estava me saindo tão bem. Não tinha cometido um deslize desde que saí de casa — reclamou Lydia, fazendo os amigos rirem um pouco, mas então se virou e lembrou de seu acompanhante.

— Eu farei o que a senhorita preferir — disse Rowan, nada afetado pela reação dela ou pela escolha de palavras. — Um suco para refrescar, talvez? Ou sorvete? Estamos no horário.

— Ambos! — alegrou-se Lydia.

Ela aceitou o braço dele e tomaram a direção inversa a que Bagwell havia ido quando partiu. Sprout esperou que eles se afastassem alguns passos e apertou o braço de Ethan, que estava pronto para ir tomar sorvete também.

— Murro! — exclamou o Sr. Sprout, com olhos arregalados.

Ethan olhou para o local que ele apertava e depois o encarou, aguardando o que podia ser tão importante assim.

— Se Emerson desistir de ser um libertino de verdade, você pode ter um concorrente pelo coração da Esquentadinha! — declarou, causando horror nos outros dois.

— Nem por cima do meu cadáver. — Ethan foi pelo mesmo caminho.

— Por acaso ele acabou de admitir que tem sentimentos por ela? — indagou Latham.

— Se nós somos amigos da dama, por que Emerson também não poderia ser? — argumentou Cowton.

— Você realmente acha isso, Vela? — Sprout o olhou seriamente.

— É... tem razão. Não parece o caso — concordou ele.

Por causa dos planos casamenteiros de suas tias, Ethan acabou reencontrando alguém que ele não esperava: Emilia. E ela não estava mais com raiva. De fato, voltou a tratá-lo de forma amigável. Por ele, não fazia diferença. Desde que nunca mais tivesse de ouvir seu choro falso, estava ótimo.

Ele achava que ela havia feito tamanho drama naquele dia para aproveitar a situação e se livrar de vez do compromisso para o qual estavam tentando empurrar ambos. Portanto, não ficou surpreso ao encontrá-la na temporada, o que o surpreendeu foi saber que ela continuava descompromissada. Tinha ficado na esperança de ela ter outro rapaz em vista e estar esperando um movimento dele. O fato de ambos continuarem solteiros e, aparentemente, sem perspectivas reavivou esperanças vãs em seus familiares.

— Um passeio? Com Lady Emilia? Com todo carinho e respeito que tenho por vocês... — começou Ethan, enquanto fazia um trabalho rápido na mesa do desjejum.

— Já sei que vai perguntar se estamos ambas caducas — interrompeu Tita.

— As senhoras já se esqueceram do que aconteceu?

— Bem, Greenwood, a moça viu algo muito chocante — emendou Maggie. — Não é todo dia que uma jovem inocente testemunha seu provável noivo beijando uma camponesa dentro da água.

— Eu jamais fui o provável noivo dessa moça. — Ele descansou a xícara com um pequeno estalido, e as duas tias estreitaram o olhar para ele.

— Não tenho recebido notícias sobre "passeios sérios" de sua parte com moça alguma — comentou Tita. — É assim que sua geração conhece esposas?

— Vamos ser francas. Ele passeia e é visto com tantas moças que, na verdade, ninguém consegue decidir se alguma delas é uma pretendente séria — atalhou tia Maggie, numa óbvia crítica à falta de compromisso do sobrinho.

Ethan não sabia o que era pior: ser taxado de namorador ou de sem compromisso. Cada hora era um problema novo.

— Se o virem com Emilia outra vez, lembrarão que já esteve em passeios com ela no ano passado — insistiu Maggie.

— Não. Não vou me envolver nessa trama outra vez. Eu consigo encontrar uma esposa em meio às dezenas de encontros que certamente dizem para as senhoras que mantenho por semana. — Ele ficou de pé, deixando metade do conteúdo da xícara para trás, e pediu licença, partindo em direção à saída.

— Já reparou que ultimamente ele nunca termina o café? — indagou Tita.

— Porque ele bebe duas xícaras! Ele nunca termina a *segunda* — apontou Maggie, desgostosa.

CAPÍTULO 13

Apesar de não ter levado Emilia para passear, no baile de sexta-feira, Ethan caiu na armadilha de levá-la para dançar. Tia Maggie disse que a pobre moça estava com o cartão vazio. Ele duvidava disso, pois ela era bastante atraente e não costumava ser o tipo esquecido no fundo dos salões de dança. Mas, ao chegar lá, só uma dança tinha sido reservada por um primo.

Ethan achou intrigante, mas seria rude demais se saísse sem fazer o convite. Do jeito que ela deixou sua casa como se o desprezasse, esperava que jamais aceitasse, mas aparentemente tudo havia sido superado.

Quando o viu dançando com Emilia, a primeira lembrança de Lydia foi o dia no lago. O primeiro beijo de sua vida. E por que raios Greenwood estava novamente com aquela moça com quem ele não combinava de forma alguma e não estava nos planos de Lydia para pretendente dele?

Irritada, Lydia se afastou do salão de baile e decidiu que usaria a desculpa de se refrescar, quando encontrou Janet voltando rapidamente do corredor que daria no balcão lateral da casa. Elas se chocaram a caminho da sala reservada às damas.

— O que lhe aconteceu? Está chorando? — Lydia a amparou.

— Não! — Janet virou o rosto, escondendo os olhos marejados.

— Está sim, algo a perturbou — insistiu, segurando-a pelos ombros.

Janet relutou em confessar, mas acabou dizendo baixo:

— Eu vi... Acho que vi Aston entrando no jardim com outra pessoa.

— Outra... dama?

Janet ergueu o rosto e a olhou.

— Sim! Com uma mulher! Eles desapareceram lá! Não podemos sumir no lado escuro acompanhadas somente por um cavalheiro solteiro, a menos que seja para... cometer algo incorrigível.

— Ah, Jan... sinto muito. Podemos jogar ponche na cabeça dele — ofereceu Lydia, a própria atrapalhada em tentar consolar alguém numa situação dessas.

A amiga balançou a cabeça, triste por achar que seu romance estava indo por água abaixo. Aston era o primeiro por quem desenvolvia um interesse verdadeiro. Agora estava se achando tola por gostar logo de alguém com rumores de numerosos casos amorosos.

— Vejam só! Permitam-me um minuto, senhores — disse um homem.

Elas se viraram e não sabiam o que seria pior: que Aston retornasse de seu suposto encontro secreto e as encontrasse ali ou... não, era bem pior. Era Bagwell com seu primo e algum amigo. E eles estavam se aproximando. Lydia não queria que vissem Janet em seu estado de perturbação. Ele com certeza queria se aproveitar da chance para confrontá-las.

— Venha, vamos entrar aqui — chamou Lydia, sem dar opção à amiga ao arrastá-la pelo corredor.

Ela não era tola de levá-la de volta para a saída, então entrou no primeiro cômodo que estava iluminado e supostamente desabitado.

— Sente-se aí e se acalme. — Ela também não deu opção a Janet, pois a colocou na primeira poltrona que viu. — Vou resolver.

Lydia fechou os punhos, pensando no que faria se Bagwell aparecesse ali acompanhado. Ela poderia até se resolver com ele, mesmo sabendo que era um camarada dado a arroubos violentos, mas o havia medido, tinham a mesma altura e ele não era robusto. Acreditava em suas chances se chegassem às vias de fato. Porém, se ele trouxesse seus comparsas, seria ruim para seu plano e ainda pior para sua reputação.

Bagwell atravessou a porta e, ao vê-las ali dentro, pareceu achar a situação proveitosa, pois não só fechou a porta como girou a chave. *O crápula desprezível.*

— Veja só que sorte a minha, duas das melhores amigas da traidora de minha antiga noiva e responsáveis pela minha ruína — anunciou ele, aproximando-se.

Janet torceu as mãos, claramente nervosa, pois não gostava de embates. Não tinha o apelido de Srta. Amável por pura convenção. E ficar sozinha com aquele homem sem escrúpulos não estava em seus planos. Mesmo com Lydia entre eles.

— O senhor veio sozinho? — Lydia escolheu enfrentá-lo de frente.

— Eu *entrei* sozinho — informou ele, como se deixasse claro que elas não tinham como fugir daquela conversa.

— Não há assunto algum para tratar com o senhor.

— Há um assunto da maior importância. Se não desfizerem tudo que armaram contra mim, sou eu que as arruinarei.

— Sozinho? — Lydia cruzou os braços, recusando-se a ser intimidada.

Bagwell voltou até a porta e deu duas batidas. Pouco depois, alguém deu duas batidas em resposta. Provavelmente um de seus amigos que estava vigiando para que não fossem interrompidos. As duas estavam presas. Lydia olhou em volta, procurando um meio de acertá-lo sem ter que rasgar seu vestido, afinal, como sairia dali? Aquele desgraçado jamais cederia. Ele as odiava.

— Agora, de volta aos negócios. Preciso que minha reputação seja limpa, tenho uma noiva rica para capturar. — Ele retornou para perto delas. Perto demais para o gosto de ambas.

Eles escutaram algo caindo no fundo do cômodo, perto das estantes. Os três olharam para lá e, pouco depois, ficaram absolutamente chocados quando a duquesa de Hayward saiu de detrás do móvel que formava um curto corredor de livros e artefatos decorativos. Ela se aproximou lentamente, sem produzir som algum, enquanto observava os outros três ocupantes da sala.

Lydia, Janet e Bagwell só piscavam, como se a mulher fosse uma aparição de outro mundo. Algo que até poderia ser, fosse pelo silêncio dela, pela graça que se movia ou pela beleza assombrosa. Era difícil olhar para ela rapidamente; a pessoa era obrigada a admirá-la.

Isabelle, a duquesa de Hayward, parou perto deles e, em vez de cumprimentá-los, primeiro fez uma pergunta curiosa:

— São apenas os três?

— Sim, Sua Graça — Janet foi a primeira que conseguiu dizer algo.

Bagwell se moveu numa reverência tardia. Lydia abriu a boca, enquanto a duquesa descia os olhos pelos três, como se categorizasse detalhes. Às vezes, era impossível lembrar que ela era pouco mais velha que eles, pois deixava as pessoas paralisadas, exatamente como fazia seu marido, aquele duque perigoso e assassino do qual todos tinham certo pavor.

— Não, Sua Graça — Lydia falou rápido.

Os olhos azuis escuros de Isabelle foram para o rosto dela.

— Lady Lydia — disse a duquesa. — Parece inquieta.

A duquesa se afastou até o bule, mas não pegou apenas a xícara e o pires, mas o bule de prata, que estava morno depois de ter sido usado pelos últimos ocupantes da sala. Lydia não mantinha uma relação com Isabelle. Seus pais conheciam o duque e a duquesa e, consequentemente, ela já havia sido apresentada e, toda vez que estavam no mesmo lugar, eles se cumprimentavam. O duque não era um conversador de bailes, tampouco era o marquês, então eles trocavam algumas palavras e seguiam satisfeitos para se encontrar no Parlamento em ocasiões políticas.

Isabelle trouxe a xícara e tomou outra atitude inesperada: deu o líquido âmbar a Bagwell, que aceitou. Talvez porque os homens simplesmente fizessem tudo que ela queria; sua temporada de debute foi um dos maiores escândalos por causa disso. Até ela se tornar uma das mulheres mais poderosas do país.

— Está de seu agrado? — ela indagou a um confuso Bagwell.

Ele bebeu um grande gole da xícara, só que o chá estava morno e ele não conseguiu disfarçar a careta logo depois. Janet não sabia se estava mais nervosa por causa dele ou por causa da duquesa. De repente, Bagwell deu um passo errático. A duquesa tomou outra atitude que chocou até Lydia: acertou a lateral da cabeça dele com um golpe de bule. Do jeito que ela bateu, ele nem viu o que o acertou, apenas caiu sentado no sofá. Apagado.

A única coisa que Isabelle fez foi olhar para baixo quando ele desfaleceu.

— Ele não vai se lembrar disso — comentou a duquesa, que foi até a janela e jogou o chá nas plantas. — Não entrem numa sala que não tem uma segunda saída. Ou aprendam a pular janelas.

Ela foi até a porta e deu duas batidas. As garotas ficaram esperando que o primo de Bagwell entrasse e visse o que havia acontecido. Como explicariam?

Lydia estava pronta para dizer que havia batido nele, pois qualquer um acreditaria. Ninguém. Absolutamente ninguém em toda Londres acreditaria se ela dissesse que a duquesa de Hayward nocauteou Bagwell num sofá da sala de artefatos.

Três batidas soaram na porta, que se abriu. Para o assombro delas, em vez do primo de Bagwell, elas ficaram cara a cara com os olhos cor de gelo do duque de Hayward. Janet quase desmaiou. Lydia ergueu as sobrancelhas. Podiam dizer o que quisessem, mas ela gostava deles juntos. O duque passou um rápido olhar na sala, como se nada pudesse surpreendê-lo, e cravou os olhos prateados no rosto da esposa.

— Madames — disse Isabelle, despedindo-se e aceitando o braço do marido, que se despediu das duas com um menear de cabeça tão curto que elas poderiam ter imaginado.

Lydia e Janet só esperaram alguns segundos para sair atrás deles e olharam o corredor vazio, sem entender. Onde estava o primo de Bagwell? E o amigo? Quem deu as duas primeiras batidas na porta?

— Vamos! Antes que aquele maldito acorde. Ainda temos a questão de Lorde Aston a resolver — falou Lydia, dando o braço a Janet e se apressando para longe dali. — Veja pelo lado bom, não tive de rolar no chão com o golpista.

— Lydia! Você não ia fazer uma loucura dessas. Ele poderia machucá-la.

— Eu estava a ponto de fazer. Não sei como agradecer à duquesa. Acho que, enfim, meus dias em Londres estariam terminados. — Ela riu e acabou conseguindo arrancar uma risada de Janet ao imaginar Lydia, em seu delicado vestido de gaze branca e cetim verde, rolando no tapete com o detestável Bagwell.

⁘

— Não estou entendendo. — Ethan parou de andar e ficou com as mãos abertas no ar. — Ele tentou prendê-las numa sala?

— Você entendeu, homem. Só está revoltado demais para raciocinar. — Huntley o empurrou pelos ombros.

Graham havia voltado a Londres para resolver algumas questões e aproveitou para passar um tempo com os amigos. Ele partira para o campo pouco depois de Ruth e estava tratando pessoalmente da reforma de partes da charmosa casa com ares de pequeno castelo em que ele morava em Devon. Além de tudo, também estava passando um proveitoso tempo ao lado de Ruth.

A fofoca já havia corrido pelo grupo de Devon, e foram alertados sobre o tamanho da ameaça que Bagwell representava. Porém, Janet e Lydia não entraram em detalhes sobre a participação da duquesa. Como elas diriam? *Sua Graça o nocauteou com um chá e um bule?* Elas disseram que a dama apareceu e interrompeu, e depois o duque abriu a porta e o crápula congelou no lugar. Ainda mais porque, até o momento, Bagwell não havia sido mais visto.

— Fico feliz que tenha resolvido se juntar ao grupo tão cedo — disse Lydia ao ver Ethan, pois ele prometera chegar meia hora atrás.

Ela o havia visto com Emilia e, se descobrisse que ele estava atrasado porque esteve na companhia dela, iria ficar irada.

— Huntley, mas que surpresa agradável! — Janet lhe ofereceu as mãos enluvadas, e ele abriu um sorriso enquanto a cumprimentava.

Aqueles que ainda não o haviam encontrado também o rodearam para os cumprimentos e atualizações. Como ele estava no campo e na companhia de Ruth, Lydia sequer pensou em incluí-lo em seus planos casamenteiros. Se existisse a possibilidade de seus dois amigos se acertarem, era tudo que desejava. Mesmo assim, por educação, ele acabou sendo apresentado também.

Ethan, por outro lado, era uma das estrelas do plano.

— Lorde Havenford tem uma bela casa urbana, com um jardim que merece a fama, no entanto, não há caminhos suficientes para que eu passeie com cinco damas diferentes — alegou Ethan.

— Repita caminhos e volte ao contrário — instruiu Lydia.

Ela havia selecionado as damas a dedo para que se dessem bem por algumas horas de socialização com seu animado grupo de amigos. A Srta. Hope era miúda e assustada. Quando Ethan chegava perto dela, fazia uma tremenda sombra com seus ombros largos. Ela olhava para cima, como se o esperasse tombar e esmagá-la. Era adorável. Lady Ellen falava muito devagar e explicadamente, e iria contar a ele sobre todos os coelhos que criava enquanto os dois davam a volta nas sebes coloridas, e Ethan ia voltar calmo como uma melodia de ninar. Ou a ponto de se jogar na fonte mais próxima.

A Srta. Ann Stanhope tinha pavor de cavalheiros atléticos, porque ela sequer queria fazer aquela caminhada. Se pudesse chegar ao evento sentada e partir do mesmo jeito, era isso que faria. Ela ficaria exausta só de passar dez minutos com alguém enérgico como Ethan.

E Lady Margaret tinha o nome quase igual ao tia de Greenwood, era um pouco esnobe, mas não era tradicionalista. Tinha muito apego a árvores genealógicas, e com certeza perguntaria a ascendência dos avós dele e o número de seu título. Ele era o décimo conde de Greenwood? Ou seria só o quinto? Quanto prestígio seus filhos teriam exatamente?

— Lydia! Você fez isso de propósito! Greenwood não se casaria com nenhuma delas nem se o ameaçassem com a forca — acusou Janet.

— E mesmo assim, todas elas ainda seriam uma melhor escolha do que aquela outra. — Lydia cruzou os braços, recusando-se a admitir.

O problema era que Greenwood não estava colaborando nem um pouco. Tinha assustado a pobre Srta. Hope com sua robustez e voz grossa. Completou as frases de Lady Ellen e foi por muito pouco que não confessou ter comido um ótimo guisado de coelho, deixando-a em um grande estado de nervos por achar que ele falava rápido demais para sua compreensão.

A Srta. Ann já estava sem ar só de olhar para suas coxas fortes e ver o tamanho das passadas que ele dava. Ela achava que veria tudo rodar se levantasse da cadeira e desse o braço a ele. Ethan concordava, inclusive usou suas grandes passadas e lhe buscou limonada para ela ficar bem onde estava e desistir do passeio. E ele andou rápido, muito rápido.

— Vamos caminhar. — Ethan pegou a mão de Lydia, pois o movimento não poderia ser considerado o ato cavalheiresco de dar a mão a uma dama.

— Está tentando arrancar a minha mão? Solte-a! — reclamou ela.

Como a Srta. Ann não tinha a menor condição de empreender aquela curta caminhada, Ethan levou Lydia em seu lugar. Não que isso estivesse nos planos dela.

— Vou dizer àquela outra dama que minha família é malquista na corte.

E o condado não passa de uma piada, também foi concedido da forma mais desonrosa — contou ele.

— Isso é tudo mentira! — reagiu ela.

— Ela não sabe. — Ele inclinou a cabeça, satisfeito com sua tramoia. — E até descobrir vai levar um tempo considerável.

— Devolva minha mão, seu grosseirão mentiroso! — Ela puxou a mão, especialmente porque, mesmo de luva, não podia ficar com sua palma colada à dele dessa forma. Deixava-a nervosa.

Cada um olhou para um lado. À direita, só havia a bela vegetação e os enfeites caros do jardim dos Warrington. Do lado esquerdo, os outros convidados estavam um pouco afastados e tinham seus próprios interesses. E atrás deles só havia seus amigos e conhecidos.

— Vamos entrar aqui por um momento. — Ethan olhou por cima do ombro quando a guiou para o caminho entre a alta cerca viva.

Os dois se encontraram justamente com o conde de Havenford, que deixava aquele espaço do jardim, a área mais enfeitada e privativa. Não era surpresa nenhuma que ele estivesse escondido ali dentro, quando sua casa estava cheia de jovens solteiras espalhadas por todos os cantos. E ele era um lorde rico, solteiro e atraente. Só morava um pouco longe, naquele castelo quase na fronteira, mas era um castelo magnífico. Valia a viagem. Era como se os Warrington tivessem a própria cidade, e tudo lá girava em torno deles.

Ele meneou a cabeça para eles e continuou seu caminho, com certeza em busca de um novo local tranquilo. Lydia e Ethan não foram muito longe, pararam depois da primeira curva, em meio às camas suspensas de flores. Daria para conversarem sem serem vistos facilmente.

— Que ideia estapafúrdia foi essa de me arrumar encontros com as damas mais... — começou Ethan.

— Olhe o que dirá — alertou Lydia, levantando um dedo enluvado.

— Incompatíveis comigo que há nessa temporada? — continuou ele, mal pausando. — Eu faria da vida delas um suplício sem sequer notar. E não suportaria um dia de noivado com elas.

— Você não saberia o que é compatibilidade para um bom casamento nem se ela lhe desse uma bolsada na cara — acusou ela.

— E a senhorita agora é uma especialista no assunto? — ironizou ele.

— Escute aqui — irritou-se Lydia, batendo com o dedo indicador em seu peito rijo e achando um tanto duro, mas isso não a impediu. — Não vou permitir que atrapalhe meus planos cuidadosamente...

— Planos para mim? — interrompeu ele, já atrapalhando.

— E ainda assim, elas seriam opções melhores do que a sua quase-noiva, que o fará a criatura mais miserável desse reino! — reagiu ela, irritada.

— Minha quase... Eu não tenho uma quase-noiva, Lydia! — Ethan estava uma mistura de surpresa e susto.

— Quase se casou com ela!

— Eu jamais estive perto de me casar. Nem agora ou nunca. E certamente não me casarei com aquelas moças que me arranjou!

Lydia fingiu se recompor, mesmo que quisesse lhe dar um soco.

— Está bem, se é o que deseja, eu o cortarei de meus esforços para um bom casamento e uma relação completa de sentimento e companheirismo — prometeu ela, forçando certa mágoa na voz.

Ethan franziu o cenho, um pouco revoltado com essa nova faceta dela.

— Foi isso que prometeu aos outros?

— E estou indo muito bem em meu intento — declarou, e o olhou furiosa quando o ouviu rir.

Lydia estava causando alguns desastres que inexplicavelmente acabavam aproximando suas "vítimas". Ao menos assim acontecia geralmente. Claro que não era o caso de Ethan, pois ela só o colocou nas maiores ciladas possíveis.

— Não vai mais me envolver em encontros e me voluntariar para completar seus passeios? — indagou ele.

— Não — respondeu ela, decidida e desaforada.

— Ótimo! Então já posso fazer isso!

Ele a surpreendeu ao segurar seu rosto e lhe dar um beijo rápido. Lydia arregalou os olhos e lhe deu um tapa naquele peito forte.

— Seu abusado!

Mas havia apenas um grande sorriso no rosto dele.

— Não é como se fosse a nossa primeira vez — provocou ele.

E não era como se ela fosse admitir. Ainda mais com o calor que subiu pelo seu pescoço, mas não queria que ele visse que estava corada. Ela se virou e se afastou.

— Não venha atrás de mim. Apesar de sua falta de colaboração, tenho compromissos nesse evento.

Só que ele não a deixaria partir assim, ainda mais se fosse para onde sua desconfiança e um certo toque de ciúme diziam.

— Compromissos com aquele seu pretendente? E tem a desfaçatez de me falar sobre incompatibilidade — desafiou.

Lydia virou o rosto sobre o ombro e o olhou como se agora ele que tivesse perdido o juízo.

— Qual pretendente?

— Acabei de vê-lo. Com quem mais esteve passeando além de Lorde Emerson?

— Ah! Ele! — Ela riu um pouco e bateu a mão no ar. — Foi um passeio e nada mais — completou displicentemente, piorando a situação, pois assim parecia que estava flertando com seus vários pretendentes, dando esperança a diversos cavalheiros e enganando todos.

Devia ser por isso que as orelhas de Ethan estavam vermelhas.

— Não foi isso que escutei — resmungou ele.

Confiando que já havia recuperado sua cor normal, Lydia se virou de novo para provocá-lo de volta, simplesmente porque era mais forte do que ela.

— Não tenho culpa se alcoviteiros aumentam histórias sobre meus encontros.

A palavra "encontros" já fez uma veia tremer na lateral da testa dele.

— Os mesmos que disseram que eu tenho uma quase-noiva?

Agora ela se enfezou novamente. Só por ter esse assunto lembrado.

— Isso é diferente! Ela nos viu! E vocês voltaram a se encontrar.

— Ela não sabe.

— Se é o que diz. — Lydia conseguiu fingir pouco caso.

Antes que ela repetisse que ia para seus "compromissos" que Ethan ainda não sabia se incluíam aquele outro com quem ela mantinha *encontros e nada mais*, ele tocou no assunto que deveria ter falado lá no início, se Lydia não o fizesse perder o fio da meada constantemente.

— Estou preocupado — confessou.

— Com quem? — Ela cruzou os braços, sentindo seu nível de irritação aumentar perigosamente.

— Com você e toda essa situação envolvendo Bagwell. Ele a insultou publicamente e agora fiquei sabendo que a encurralou numa sala. Isso é muito sério. Não consigo imaginar algo lhe acontecendo, Lydia.

Ela foi baixando os braços e ergueu o olhar para dizer:

— Preston... — completou ela.

— Perdão?

— Eu gosto quando completa com o meu sobrenome.

Ele sorriu levemente, enxergando através de sua tentativa de se mostrar distante.

— Gosta quando eu a chamo pelo sobrenome, como faço com meus amigos.

— Sim.

— Porque se sente como um deles?

— Não exatamente, mas de certa forma.

— Claro, *Preston*. Prefere assim porque mantém uma distância amigável entre nós, estou certo? Não me oponho a chamá-la assim. É um nome adorável, *Preston*.

O jeito como ele estava pronunciando não estava certo. E não colaborava para o efeito esperado. Era pior do que quando ele cobria seu nome de suavidade e pronunciava Lydia só quando estavam sozinhos.

Não tinha mais ninguém naquela conversa. Ethan estava certo, ela só queria manter-se em território seguro. Por que não sentia essa necessidade de criar limites com outro homem? Era uma incógnita. Outros sequer se aproximavam o suficiente para lhe causar preocupação.

— Greenwood é uma palavra muito grande — reclamou ela, referindo-se ao título dele, pelo qual geralmente era tratado. — Até terminar de dizê-la, já estarei menos indignada.

— Ethan. Continue usando o meu nome. Não me oponho a ser próximo de meus amigos. E não me incomodo em beijar uma grande amiga.

— Não ouse, Green...

Ele a beijou antes que ela terminasse o título. Demorou mais do que o breve beijo que tinha lhe dado há alguns minutos. Manteve os lábios colados aos dela, pois conhecendo-a bem, sabia que, nos segundos iniciais, Lydia estaria tensa por ser pega desprevenida. Ela não lhe deu um soco ou um empurrão, então, antes que ela mudasse de ideia, ele a capturou num abraço, envolvendo seus ombros e trazendo-a para o seu corpo.

Capturou era uma palavra adequada, pois fazia tempo que Ethan estava morrendo para fazer isso. Só que Lydia era uma dama arredia. Como um animal arisco e difícil de pegar. Depois que ela estava em seu abraço, ele não perdeu tempo. Explorou seus lábios macios, sentindo as respostas do corpo dela contra o seu peito. Começou sutil, até ela relaxar mais sob as atenções dele e da quentura de seu aconchego.

Lydia suspirou na boca dele, abrindo caminho para sua exploração. Ele esfregou a língua na sua, convidando-a a retribuir. Tentou ser sutil, mas causou o arrepio que fez as mãos dela se apertarem em suas costas. Lydia inclinou mais a cabeça, e ele mergulhou sem rumo, esquecendo que devia se manter alerta para sons de aproximação. Só pensava em beijá-la por horas.

Quando ela retribuiu, afagando sua boca com a língua e fazendo-o com uma curiosidade lenta que tornou a investida sensual, ele a apertou e sentiu quando as mãos dela procuraram apoio em seu pescoço. Num minuto, estavam sem ar, por avidez e desejo. Ele a provocou, e ela aceitou mais, então pediu que continuasse. Sem nenhuma palavra, apenas se segurou nele e cedeu espaço.

Ethan mordeu seu lábio e a chupou de leve. Dessa vez, Lydia segurou a respiração. Foi erótico demais para seu corpo em chamas e mente anuviada. Causou uma descarga de desejo que desceu pelo seu corpo tão rápido que ela sentiu os dedos dos pés formigarem. E olha que estava de meias e sapatos. Era inadmissível. E uma experiência deliciosa.

Então ela permitiu que ele a acariciasse de novo. Segurava-a firmemente entre seus braços poderosos, mas a excitava alternando suavidade com picos de fome que ela o sentia conter a cada vez que a apertava mais. O tempo certamente passou, mais do que pretendiam. Bem mais do que poderiam.

Ela tocou o rosto dele e o mordiscou de volta, usando mais força do que deveria, mas foi de propósito. Ethan parou e a olhou. Lydia devolveu o olhar com um fundo de travessura.

— Você tem razão, Preston. Greenwood é uma palavra muito longa. Toda vez que usá-la quando estivermos sozinhos, vou beijá-la como um lembrete — avisou ele, e roçou os lábios úmidos na boca dela, depois sorriu, selando sua pequena promessa.

Para Lydia, soou mais como uma ameaça. Não que ela estivesse com medo. O correto era apreensão, estaria perdida se ele a beijasse assim com frequência. Para evitar, teria de chamá-lo de... *Ethan*.

As mãos dela ficaram tão suadas que Lydia se desvencilhou dele, arrancou as luvas curtas, juntou o par numa mão e bateu no braço dele.

— Estamos aqui há muito tempo. Tenho compromissos! — Dito isso, ela saiu na frente.

Ele sorriu, nada culpado por ter atrapalhado seus compromissos. Esperou um pouco e também deixou o caminho de cerca viva. Nenhum dos dois olhou para trás. De qualquer forma, não teriam notado a pessoa que os espionou pelos últimos minutos, que estava bem escondida.

Depois de vê-los juntos entre os amigos, a ideia até lhe ocorreu, mas havia outras jovens de cabelo claro no mundo. E, naquele dia, nem deu para ver o tom verdadeiro. Agora ela tinha certeza, Ethan não tinha um caso com uma camponesa ou uma criada de sua propriedade. Ele estava envolvido com Lydia Preston. E naquele dia no lago, ela era a mulher em seus braços.

Emilia voltou pelo caminho, evitando sair pelo mesmo local que eles. Sentiu-se tola por ter pensado que isso era absurdo. No entanto, na época, ficou contente por se livrar da pressão de sua família para conseguir levar o conde de Greenwood a um casamento. Ela estava apaixonada por outra pessoa. Após o escândalo, viu sua oportunidade de viver o que desejava. Porém, as coisas não saíram como o planejado.

E agora ela possuía um trunfo.

CAPÍTULO 14

Lydia nunca havia visto a amiga tão decidida a cometer um disparate. Contudo, também nunca a viu desiludida com uma paixão. Pelo jeito, era assim que Janet se comportava ao ser magoada. Ela ainda estava envolvida com Aston, pois ele tentou explicar que nada aconteceu e ainda estava lhe enviando flores. Mas ela queria provar que ele não era o único em vista.

— Não posso parecer uma dama com uma única opção — alegou ela. — Ele já age como um pavão, já se acha muito importante. Se pensar que é minha única esperança para um casamento, estarei liquidada.

— Acho difícil que ele pense isso, visto que você faz parte de um grupo misto e é constantemente vista na companhia de rapazes solteiros e aptos para o matrimônio — lembrou Glenfall, tentando ser a voz da razão e também a opinião masculina, que foi aceita na conversa.

— Mas são todos meus amigos, somos vistos juntos na temporada há pelo menos dois anos e conhecia alguns deles antes disso — rebateu ela.

— E desde quando isso invalida a possibilidade de um casamento? Na verdade, é assim que eles se constroem nessa sociedade. Por isso que vivem esperando que saiam mais uniões no grupo — continuou ele.

Os dois deram uma rápida olhada para Lydia, que estava ocupada segurando Peteca, já que ele tinha conseguido fugir de novo para dentro da carruagem e estava fazendo papel de acompanhante dela. Contudo, ele se comportava estranhamente bem quando estava no colo em meio a conversas.

— Por que estão olhando para mim? Não vou me casar. Muito menos com um dos meus amigos mais próximos. — Ela ofereceu um pedacinho de biscoito para Peteca, que abocanhou rapidamente.

Nenhum deles respondeu. Janet e Glenfall é que não mantinham romance algum dentro do grupo de Devon. Porém, ambos sabiam que Lydia e Ethan viviam às turras justamente porque havia atração — e provavelmente sentimento — entre eles. Ao mesmo tempo, Lydia e Glenfall sabiam que Deeds era apaixonado por Janet há anos, mas ela só o via como um amigo querido.

— Aquela ideia que eu tive pode ajudá-la... — comentou Lydia.

— Como? — indagou Janet.

— Vai alimentar essa loucura? — Glenfall sentou na ponta de sua cadeira.

Lydia estava um tanto "queimada", como havia escolhido chamar. Não é que sua reputação estivesse destruída, apesar de ela não ter uma das famas mais ilibadas que havia na sociedade. Ela era controversa por mérito próprio. Além de fazer parte daquele tal grupo misto de jovens endiabrados. Ela estava sempre aprontando alguma. E era chamativa demais para uma jovem dama solteira. Em todos os sentidos. Fossem bons ou ruins. Não era à toa que continuava a ser chamada, inclusive nos jornais, de herdeira rebelde.

E para completar, esteve formando casais. Da forma mais desastrosa possível. Até funcionou, mas isso a colocou sob uma luz que não era bem-vinda. Não tinha mais paz quando chegava num evento. Enquanto algumas jovens não sabiam lidar com ela e suas mães preferiam que não interagissem, também queriam se aproximar para possíveis apresentações intermediadas por ela. Aquelas interesseiras.

Apresentações essas que podiam causar sérios problemas para a tal jovem. Ou quem sabe um casamento. Com Lydia era oito ou oitenta. E, na alta sociedade, não era bom para uma dama ser tão radical.

Havia também aquele chato do Bagwell, que vinha causando cenas toda vez que a encontrava; ele e aqueles seu amigo e um primo distante, todos tão execráveis quanto ele. Só que Lydia não queria perder nenhuma semana de agitação na cidade, pelo contrário. Ela queria ir a mais lugares, queria inclusive ir a locais novos sem destruir de vez a sua reputação. Precisava de um tempo afastada de seu papel de casamenteira desastrada. A herdeira rebelde do marquês de Bridington precisava descansar sua imagem e ser esquecida pelos fofoqueiros.

Eis que Lydia teve uma péssima ideia.

— Sr. Prescott — anunciou.

— Essa é a pior ideia que já escutei, e você vive tendo as ideias mais absurdas — opinou Glenfall. — O que vai dizer se for descoberta?

— Como vai parecer um jovem cavalheiro garboso? — indagou Janet, curiosa.

— Eu não disse garboso! Disse jovem e atraente. Ora, eu já sou atraente. Se aqueles bufões que ficam terríveis em suas vestimentas têm damas correndo atrás deles, coloque-me em uma roupa masculina ajustada e serei simplesmente mais alta que a maioria e fingirei elegância masculina. Sabem, fui bem-ensinada. Se não acreditam em mim, acreditem na marquesa e na minha preceptora.

— Bem, funcionou com Bertha. Elas foram ensinadas juntas — provocou Lorde Vela, com um sorrisinho, antes de morder um biscoito.

— E onde vamos conseguir algo que seja feito para você?

— Ele vai! Com seu maravilhoso alfaiate. E com seus amigos do teatro. — Lydia apontou para Glenfall, enquanto mantinha o pequeno cachorro no outro braço.

Ele até se engasgou com o último pedaço do biscoito.

— Eu sabia que estava entrando em um tremendo imbróglio! — Glenfall balançou a cabeça.

Eles descobriram sobre os amigos que Glenfall mantinha nos bastidores do teatro na época em que ele ajudou a descobrir sobre a amante de Bagwell, que era atriz. Não era incomum que os rapazes tivessem casos com jovens artistas, então Lydia e as outras pensaram que era esse o envolvimento dele. No entanto, não parava em atrizes, dançarinas e outras moças com quem Lorde Glenfall poderia se envolver.

Neste ano, Lydia descobriu que seu querido Lorde Vela tinha acesso à comunidade de artistas por trás dos espetáculos. E que fora do grupo de Devon era lá onde tinha alguns amigos.

— Lydia, por tudo que é mais sagrado. Se eu for pego, serei decapitado. Seu pai me matará. Sem a menor sombra de dúvida — avisou Glenfall, antes de abrir a porta, como um último aviso para salvar a vida de ambos.

— Sim — confirmou ela, piorando o pavor dele. — Por isso ele não saberá. Sou uma adulta, agora também tenho meus próprios segredos.

— Não um segredo que leve à minha morte!

— Já estamos aqui, não se acovarde. — Ela tirou a mão dele da frente.

Porém, antes que Lydia pudesse passar, Glenfall deu um passo para dentro e avisou num tom alto:

— Estou aqui, trouxe a dama da qual falei! Escutou? Estou entrando com uma dama de verdade!

Em alguns segundos, uma voz masculina respondeu:

— Pode entrar, estou aqui atrás.

Lorde Vela guiou Lydia pelo corredor, passaram por algumas portas e dentro de todos os cômodos havia fantasias penduradas, muitos chapéus, perucas e diferentes tipos de calçados. O ocupante da casa próxima ao teatro os estava aguardando no último cômodo. Só então Glenfall deixou Lydia tirar o chapéu e o xale, pois não queria que ninguém a visse entrando ali.

— La Revie, essa é Lady Lydia Preston.

— Uma lady? De verdade? — Ele olhou para Glenfall, depois tornou a analisá-la.

— Lady Lydia, este é La Revie. Um artista muito talentoso com figurino e caracterização.

— E discreto? — indagou Lydia, estendendo a mão enluvada.

— Minha boca é um túmulo — assegurou o homem, todo vestido de um rico tecido azul e lilás, e um lenço de seda branca adornava seu pescoço.

— Um túmulo bem pago. — Ela balançou uma pequena bolsa com moedas.

Os olhos dele seguiram a bolsinha enquanto assentia avidamente. Glenfall pegou a bolsa antes que La Revie sequer tentasse e disse num tom mais firme que o seu usual:

— Um túmulo que será muito bem pago e também escalpelado se isso deixar esses aposentos. Estamos acertados?

— Mas o que é isso, James? — La Revie pôs a mão de unhas bem-cuidadas sobre o peito, parecendo chocado. — Você me conhece. Quando não fui confiável?

Lydia alternou o olhar entre seu amigo e o elegante, porém chamativo, artista.

— Você não vai viver para ser linguarudo se isso sair daqui. Nem eu. Esteja certo disso. — Ele mostrou a bolsa de moedas. — Essa bela jovem pode ser um atraente cavalheiro?

La Revie tornou a se virar para Lydia, pediu licença para tocá-la e analisar melhor seu futuro trabalho.

— Um cavalheiro elegante, com uma beleza delicada. — Ele se virou. — Como aqueles quadros etéreos que enfeitam as galerias de vocês, de jovens de camisa branca, escandalosamente abertas no colarinho, nos quais moças veem um peitoral masculino pela primeira vez na vida. — Ele sorria.

— Falando nisso... — Lydia se inclinou levemente, para falar baixo com seu novo "amigo". — Precisaremos conter meus dotes femininos com uma faixa. Estive experimentando.

— Eu visto mulheres maiores do que a senhorita para representar homens no palco. Não se preocupe, tenho o que precisa. — Ele ajeitou as mangas. — Também ajustarei a peruca perfeita para combinar com sua pele, produzirei costeletas e bigode e faremos um teste. Precisaremos do alfaiate, é claro. As roupas têm de ser sob medida. Para o plano perfeito, cada centímetro deve ser bem pensado.

La Revie passou ao lado de Glenfall e abriu a mão. O amigo depositou a bolsinha com as moedas, e o artista saiu animado para buscar os itens iniciais para o que seus clientes tinham em mente.

<hr />

— O que aconteceu para Pança já ter bebido cinco doses? — indagou Keller, ao observar o amigo virar o copo novamente, algo atípico.

— Não entendi bem o que ele disse, ou não quis entender... — Lorde Soluço também virou uma dose e franziu o cenho.

— Desembuche logo. — Keller bateu no ombro dele.

Não foi preciso pressioná-lo, pois, ao ver a mesa usual dos amigos repleta, Deeds se aproximou e puxou uma cadeira.

— Senhores, agora que estão quase todos aqui, preciso de uma nova ajuda. — Ele passou o olhar pelos rostos dos demais.

Ethan e Latham tinham acabado de chegar e sentar, e suas bebidas sequer tinham sido servidas, então ambos estavam em dúvida se queriam ouvir a novidade sem uma gota de álcool em suas veias.

— São os melhores amigos que um homem poderia ter. Já me ajudaram a ser mais sociável, me fizeram acreditar na verdadeira lealdade. No último ano, conseguiram a façanha de me tornar mais ativo, e até me sinto mais másculo. — Ele bebeu o que restava no copo. Pelo jeito, o que iria dizer demandava coragem. — Quero que me ajudem a ser mais atrativo.

— Você é atrativo, Deeds — assegurou Ethan, sincero.

— É um partidão — reiterou Keller.

— Já o acham um solteiro convicto — contou Lorde Soluço. — Nunca parece querer se casar. As damas ficam intrigadas.

Deeds balançou a cabeça para eles e se inclinou para falar mais baixo.

— Preciso ser mais atrativo.... *sexualmente*.

Os outros ficaram olhando para ele.

— É algo mais complicado. Tenho que ter esse atrativo extra. Esse *algo a mais sexual* que atrai certas damas. Não sei explicar. Elas ficam um tanto animadas e coradas. Há certos comportamentos inesperados e impulsivos em relação a alguns homens com esse *algo a mais*.

Os amigos continuaram olhando-o.

— Não sei o que aquele maldito Aston tem! Mas é isso! — reclamou.

Ninguém disse nada, até que Keller limpou a garganta e olhou para Ethan.

— Acho que ele está falando com você, é o mais próximo que temos disso. Eric já se casou, e Huntley não está na cidade. Quem mais aqui causa esse tipo de reação nas damas? Você recebe até bilhetes e propostas no meio da rua.

— Vocês podem parar de olhar para mim? — Ethan cruzou os braços, e os outros voltaram a olhar Lorde Pança. — O que foi que aconteceu agora, Deeds?

— Aquele maldito Aston.

— Com certeza é sobre Janet... — murmurou Cowton, para ter certeza de que só eles escutariam o nome da dama, por mais privacidade que já tivessem com todos inclinados na mesa que usavam do lado direito do salão do clube.

— Aston ainda é carta no jogo? — Latham olhou para os outros, um pouco desatualizado.

— Ela está passeando por aí com outro! — Deeds roubou o copo de Keller e bebeu. — Parece que é o primo de Glenfall! Aquele traidor!

— Vela tem um primo? Em idade para casamento? — Keller franziu o cenho e pediu outra bebida.

— É um jovem belo, alto e elegante. Dizem que as damas estão encantadas por ele. Só me falta ser outro sedutor como Aston! — Deeds escondeu o rosto na mão. Já estava complicado para ele saber que Janet estava em uma espécie de romance com um libertino duvidoso como Lorde Aston, melhor amigo de outro libertino ainda pior: Lorde Emerson. E agora mais essa.

— Acalme-se, Deeds. — Ethan se levantou e o puxou da cadeira, colocando-o de pé. — Você bebeu mais do que a sua cota habitual. Vou levá-lo para casa. E essa semana vamos descobrir quem é o novo pretendente de Janet, pois Aston foi deixado de lado.

136   LUCY VARGAS

CAPÍTULO 15

— Pela última vez, Lydia. Promessas para damas solteiras geram consequências. Não diga que vai visitá-las, nem sequer que voltará a vê-las. Fique no campo da suposição. Sempre. Por acaso mudou de personalidade ao se vestir de homem? — censurava Glenfall, enquanto a carruagem parava do lado de fora da casa dos Deramore.

— Me chame de Prescott. E vocês são todos uns cafajestes — reclamou ela.

— É errado criar falsas esperanças.

— Nem sempre uma moça quer esperanças, às vezes queremos só uns flertes e possíveis aventuras. Apenas diga a verdade, não finja que há uma chance de compromisso.

— Imagina o caos que se instalaria se todos os cavalheiros simplesmente olhassem para as damas nos bailes e dissessem: *Não vou visitá-la depois dessa dança, madame. Não, nunca mais nos falaremos, pois correrei para bem longe.* — Ele desceu primeiro. — E estou sendo sutil.

Não era preciso dizer que o jovem belo, alto e elegante com quem Janet estava se envolvendo não era ninguém mais, ninguém menos que o Sr. Prescott. Lydia Preston. Perfeitamente trajada e arrumada como um cavalheiro que tinha parentesco próximo com uma família nobre. Ou seja, até era um partido aceitável, mas não desejável o suficiente para moças de famílias abastadas da alta sociedade caírem aos seus pés. Talvez as primas dessas moças, que também tinham parentesco, mas não eram filhas de algum título.

Só que Janet era filha de um conde. Quem estaria casando acima de suas possibilidades seria o Sr. Prescott. Era provável que a família dela sequer estivesse aprovando a aproximação deles, apesar do jovem ser encantador. Ele possuía algo de diferente. Era tão suave e delicado. Ninguém jamais o tomaria pela ousada e sem-modos que era a filha mais velha do marquês.

— Deve ser de família, pois Lorde Glenfall também tem a mesma natureza graciosa e cortês. Sempre tão agradável, de fala mansa, mas nunca tem um interesse romântico — comentou Angela Burke, em uma roda de conhecidas. Dessa vez, estava sem as irmãs.

Não era exatamente um evento dos mais estrelados, pois Lydia estava experimentando uma mudança de ares e indo justamente aos locais onde encontraria menos conhecidos. Em poucas aparições, já estavam dizendo que Prescott era um tanto misterioso. Por motivos óbvios e por cautela, Lydia dava preferência a eventos externos, nos quais podia permanecer com seus chapéus da moda. E nunca passava muito tempo interagindo com as mesmas pessoas.

Quando eles entraram e foram anunciados, Lydia tentou relaxar sob os olhares. La Revie a preparava como se fosse subir no palco de uma peça. A peruca, de um tom de castanho-claro que se adequava bem a sua coloração, era justa e, no início, a incomodou, mas ela se habituou, e combinava com as costeletas aparadas e o pequeno bigode claro. Lydia riu muito ao ver o resultado, haviam colocado o apelido de Lorde Latham de "Lorde Bigodão", e agora ela usava um subterfúgio bem mais discreto, mas usava.

Lydia tinha mais um ponto: sua altura. Para uma dama, a "desfavorecia", mas, em um cavalheiro, se destacava. Ela era mais alta do que boa parte dos homens à sua volta, tinha praticamente a mesma altura de Ethan, e ele era um dos mais altos do grupo de Devon. Isso ela puxou do pai, o marquês era um homem bem mais alto do que a média. E para uma dama, entrava na categoria de coisas que a tornavam exagerada e indiscreta. Além de sua personalidade brilhante.

Com as roupas sob medida que o alfaiate de Glenfall produziu para ela, ficou mais do que apresentável. Lydia não entendia de moda masculina, mas seu novo "primo" era o epítome da elegância e fez um ótimo trabalho ao escolher seu guarda-roupa.

— Teremos de ficar aqui dentro por muito tempo? — indagou Lydia.

— Pare de insegurança. Seu cabelo está mais bem-feito do que o meu — assegurou Glenfall.

Eles foram cumprimentar Janet, com quem estavam desenvolvendo um plano, pois Lorde Aston estava presente naquele evento e veja só que surpresa: ele se mostrou afetado por ela, aparentemente, ter mudado sua atenção para outro pretendente. Não apenas isso, outro homem abaixo dele socialmente e em aparência. Lydia podia ter ficado um cavalheiro deveras encantador — sua delicadeza era seu charme —, mas Aston era um danado bonito. Isso ninguém podia negar.

Só não era tão bonito quanto....

— Você não me disse que Emerson viria! — Lydia ficou nervosa ao ver Rowan se aproximar do amigo. Ela não queria encontrar com ele. Já passara tempo suficiente em sua companhia como Lydia. E se ele quisesse conhecê-la como Prescott?

— Confesse logo para mim. Você tem um fraco por Lorde Emerson? — indagou Glenfall.

Janet puxou as mangas dos dois, e era ela que estava um tanto nervosa agora.

— Ela certamente tem um fraco por alguém que conhecemos bem, e não é Emerson! — revelou Janet.

Eles olharam para a porta, e Ethan tinha acabado de entrar e parecia ter dado um leve empurrão em Deeds, para que ele fosse na frente. Agora sim Lydia estava em maus lençóis. Não era para os seus amigos de Devon estarem naquele evento. Eles tinham outros compromissos nesse dia. Havia checado. Ethan, por exemplo, deveria estar se batendo com alguém no seu clube de boxe. Pança deveria estar com Bigodão e Apito em uma regata. Keller estava num passeio com Alexandra Burke. E assim seguiam os outros, cada um com seus compromissos.

— Estamos vendidos! — avisou Glenfall, pois não tinha como fugirem de Ethan e Deeds. Eram os únicos ali que não conseguiriam despistar.

Mesmo assim, adiaram o encontro como puderam. Ou melhor, tramaram para que acontecesse do lado de fora. Com o dia um tanto abafado, boa parte dos convidados escolheu permanecer na casa ou caminhar até as coberturas espalhadas no jardim e aproveitar a sombra. Deeds podia ser mais tímido, mas Ethan era desinibido e o levou para o lado de fora quando se dispôs a investigar quem era o novo membro do grupo.

— Eles estão vindo — murmurou Janet.

Lydia se virou um pouco de lado, uma tática que já tinha adotado antes, e ficou o mais longe possível de onde os outros dois pararam.

— Não sabia que nos encontraríamos hoje! — Glenfall cumprimentou os amigos alegremente.

— Já faz mais de uma semana que não os vejo. — Janet ofereceu afagos amigáveis para ambos, algo que só trocava com os rapazes do grupo de Devon.

Deeds sentiu até uma pontada no coração só de passar por isso, ainda mais quando ela voltou para o lado do outro. Glenfall fez a apresentação.

— Esse é meu primo, Stephen Prescott, que está passando uns dias aqui em Londres em minha companhia.

— Um prazer, senhores — murmurou Lydia, com receio de falar perto deles. Ela vinha treinando a voz modulada, mas Ethan e Deeds a conheciam muito bem. Ela duvidava que pudesse enganá-los se eles prestassem atenção nela.

O resto da sociedade era diferente. Além de jamais terem passado muito tempo em sua companhia, especialmente depois do ano de luto em que se afastou de Londres, eles não prestavam verdadeira atenção a detalhes. Muitos estavam acostumados a ver apenas sob a luz de velas em bailes ou brevemente em passeios diurnos, em conversas rápidas e outros encontros sem profundidade.

Seus amigos, por outro lado, conheciam seus detalhes, sua voz... sabiam quem ela era. Se chegassem perto, enxergariam através da vestimenta, dos subterfúgios e até da maquiagem que La Revie aplicava.

Lorde Pança não queria nem olhar para o novo pretendente de Janet. De longe, já conseguiu constatar tudo que soube sobre ser um jovem de cabelo claro, elegante, belo e delicado. E ele só meneou a cabeça para eles, mantendo o interesse em outras paragens. Ethan, por outro lado, pareceu mais interessado, pois, em seu papel de amigo, o que Pança não visse, ele lembraria.

No entanto, eles não conseguiram avançar numa conversa, porque logo um grupo de quatro damas se aproximou.

— Não olhem agora, mas a anfitriã está trazendo mais três convidadas — anunciou Lorde Vela.

Só então Janet se deu conta de que, com Lydia trajada de Prescott e com Ethan e Deeds juntando-se ao trio, ela acabava na complicada e um tanto escandalosa posição de ter monopolizado quatro partidos em volta dela. Não importava que três deles fossem amigos de longa data e só um fosse o seu "novo suposto interesse". Eram quatro solteiros, dentre os convidados, que estavam unicamente a sua volta. *E logo ela!* Só acabava em meio a tantos rapazes por causa de seus amigos. Não era como se fosse a duquesa de Hayward, que costumava arrastar uma multidão de homens em sua época de solteirice.

Não era à toa que a anfitriã estava levando mais três damas para lá.

— Boa tarde, senhores — saudou Lady Deramore, e não perdeu tempo em fazer as apresentações, sem se importar se alguém ali já se conhecesse. — Minha filha vai iniciar algumas atividades internas para os mais jovens, para fugir do calor atípico desse dia. Acho que vão se interessar — anunciou.

E assim ela tinha certeza de que os quatro solteiros que a pobre Janet estava monopolizando sem culpa alguma voltariam a socializar com as outras convidadas. E que o elenco jovem de convidados sairia dali falando que se divertiu. Era imprescindível.

— Eles não disseram nada! — declarou Lydia, sem saber se deveria ficar nervosa ou aliviada.

— Deeds não notou, estava muito ocupado em esconder o que sente de Janet. Já Ethan, não posso afirmar se teve tempo... — opinou Glenfall.

Aproveitando o caráter permissivo da mãe, Lady Honoria planejou um pequeno jogo interno para seus convidados. Ela tinha pensado em algo mais ousado, mas não pôde ir tão longe e teve de separar rapazes e moças. Ao menos antes de entrar na "sala da descoberta". Ao sair de lá, eles tornavam a se misturar, o que lhes dava tempo e oportunidade para socializar num ambiente sem supervisão.

O jogo da descoberta ajudava todos a se conhecerem melhor enquanto competiam e testavam a memória e seu grau de observação. Uma dama e um cavalheiro trocavam cartões com algumas curiosidades e traços sobre alguém do grupo, sem identificar quem era.

A sala da descoberta era escura, dois cavalheiros ou duas damas entravam. A sala tinha de ter obrigatoriamente duas entradas, pois os dois participantes não podiam se ver. E tinham de dar ao outro pistas sobre o cartão que levavam. O primeiro sorteado sempre tinha a chance de fazer dois pontos caso conseguisse adivinhar com quem estava jogando, já que só a segunda pessoa a entrar sabia a identidade do adversário.

Se dois cavalheiros entrassem na sala, então os cartões que levariam seriam obrigatoriamente sobre damas do jogo. Se duas damas entrassem, seus cartões só poderiam ser sobre cavalheiros que também estivessem no jogo.

Era proibido que uma dama e um cavalheiro entrassem na sala de adivinhação, pois, além de ser escura, estariam sozinhos lá dentro. Por isso, os pares sempre eram do mesmo gênero, mesmo que ficasse cada um de um lado, adivinhando os segredos que o outro carregava.

Havia uma variação em voga: era permitida a entrada de casais mistos quando havia um "juiz" na sala de adivinhação. Essa pessoa ficava sentada lá dentro para ter certeza de que o casal que entrasse ficaria um de cada lado da sala, sem se ver ou se aproximar. O juiz sempre era alguém mais velho.

Porém, os jovens costumavam preferir jogar sem interferência externa, mantendo os pares do mesmo gênero e se encontrando depois na sala de socialização, onde anunciavam suas descobertas. Consideravam mais divertido e oportunista.

A modalidade mais difícil do jogo era quando era permitido fazer cartões sobre personalidades famosas que não estavam dentro do jogo. Era adivinhação pura.

— Será apenas sobre as pessoas presentes — definiu Lady Honoria. — Para não demorar tanto assim. Vamos começar pelos rapazes. Façam seus cartões.

Por causa da configuração da casa, a sala da descoberta, na verdade, seria o largo corredor entre as salas de música e a biblioteca. A sala de socialização seria o salão. Quatro cômodos eram usados para o jogo. As damas escreveriam seus cartões e aguardariam sua vez na sala de música. E os rapazes, na biblioteca. O corredor estava todo fechado e escuro. Ele abria para as duas salas e cada participante entrava por um lado. Após sair, encaminhavam-se para o salão, onde anunciavam o que descobriram. E aguardavam os outros.

Um criado fez a troca de cartões entre as salas e o jogo começou.

— Boa sorte, Jere — Glenfall desejou a Deeds, quando ele foi sorteado para entrar primeiro.

Desatento como estava, ainda mais naquele dia, eles duvidavam que Pança fosse conseguir pontos para o seu lado. Ele só acertaria a dama se tivessem a sorte de o cartão ser sobre Janet. Quando ele saiu, alguns minutos depois, sua expressão já denunciava que não iria anunciar um nome e talvez nem soubesse com quem esteve na sala. Menos dois pontos.

Eles esperaram as damas jogarem os dados para decidir quem entraria. Ouviram uma batida do lado da porta deles, indicando que a jogadora já estava lá. Aguardaram uns cinco minutos com as vozes femininas lá dentro e até uma risada e alguém dizendo algo como "eu sabia!". Depois, a Srta. Ann Stanhope saiu pela porta dos rapazes e foi lentamente para o salão. Pela sua expressão de triunfo, sabia os nomes que ia anunciar.

Lydia, ou melhor, Prescott, estava encostado perto da janela para se manter afastada dos outros enquanto esperava sua vez. Tinha sido abençoada com o jogo da descoberta — uma sala escura era a melhor opção para o seu disfarce. E seu tempo em eventos era sempre curto, pois não abusava da boa sorte. Assim que contassem os pontos, Glenfall e ela dariam uma desculpa para partir.

Ela ajeitou a postura, fingindo o típico desinteresse masculino, com o braço apoiado e as pernas cruzadas. A única coisa que sentiria falta seria das calças. A faixa que usava por baixo da camisa e do colete para esconder os seios, que era uma espécie de espartilho, era bem mais desconfortável do que sua chemise feminina.

— Sr. Prescott, sua vez — anunciou o pajem ao lado da porta.

Lydia entrou na sala e foi até a porta do lado contrário, deu uma batida para as damas saberem que o jogador já estava lá dentro e retornou até o fundo do corredor. Ela achou que estaria mais escuro, mas, além de entrar luz diurna por baixo das portas, uma vela ficava acesa no canto mais afastado, para que os jogadores pudessem reler seus cartões caso esquecessem. Era suficiente para discernir formas e talvez um rosto, se trapaceasse.

Não estaria nervosa nem se estivesse vestida como uma dama, mas um dos rapazes ia entrar, e ela ia fingir camaradagem com ele.

A porta bateu e seu adversário deu uma batida para indicar que estava lá dentro e o jogo podia começar. Ela escutou os passos; ele tinha de parar no canto oposto ao dela. Se fosse Glenfall, ele teria dito algo, ou lhe pregaria uma peça, pois, como entrou primeiro, ela era obrigada a começar.

— Minha dama possui olhos que lembram o auge da primavera — disse ela, modulando sua voz, tentando soar masculina. — Conte-me sobre a sua.

— Engraçado, minha dama também tem grandes olhos expressivos, verdes como as folhas do espinheiro-alvar no verão. Quando ela está irritada, seus olhos chispam mais do que uma fogueira.

Lydia ficou paralisada — ela conhecia o sotaque e também aquela voz. Não podia ser. Seu azar não seria desse tamanho.

— A dama em questão tem apreço por animais peludos de pequeno porte, que correm por paragens verdejantes e se assustam facilmente.

— A minha dama ama animais, de todos os tipos, nunca a vi rejeitar um. Veja só, elas poderiam ser amigas, mas acho que minha dama gosta de aventuras. Tem algo sobre aventuras no seu cartão?

— Não. A dama aprecia biscoitos amanteigados, não gosta de assados e... — Ela franziu o cenho quando leu o item seguinte. — Aprecia conversas lentas, pausadas e sobre temas amenos.

Ela ouviu passos. Ele não podia sair de onde estava, mas havia acabado de se mover e Lydia sentiu seu coração acelerar, talvez tivesse ido até a vela. Não tinha ficado nervosa para se vestir de Prescott e aparecer na frente de várias pessoas, e agora...

— E você ainda queria me casar com ela? Lady Hellen é um dos cartões mais fáceis do jogo — murmurou Ethan, junto ao ouvido dela.

Ele *sabia*. O desgraçado já sabia que era ela.

— Você está trapaceando — murmurou Lydia.

Para surpresa dela, ele tocou seus ombros e inspirou seu cheiro.

— Você se esqueceu de trocar o perfume. Prescott não teria esse cheiro.

Lydia se arrepiou quando ele cometeu a audácia de encostar o nariz no alto de seu pescoço, acima de onde terminava seu lenço masculino, bem perto da orelha.

— Seu maldito farsante, notou desde o início — acusou ela, num sussurro. As pessoas do lado de fora não escutavam a conversa dita num tom normal, mas agora ela estava com receio.

— Apoie as mãos, você está vacilando. Ora essa, Preston não oscila. Prescott é diferente? — indagou Ethan, provocando-a.

— Você mentiu sobre a sua dama — acusou, dando-se conta, finalmente, que ele esteve falando sobre *ela*.

— Não menti sobre a *minha* dama — murmurou ele e chegou mais perto, encaixando seus corpos. — Veja só, acho que nunca estive tão próximo de um cavalheiro sem ser em uma luta corporal. O senhor se importa?

— É claro que me importo! Sou um rapaz de respeito!

— Eu paro se me disser de onde realmente é, Sr. Prescott. Ouvi dizer que é de Dorset. Escolheu essa mentira para ninguém notar o sotaque tão parecido?

— Fale sobre sua dama verdadeira — exigiu ela.

— Você não vai gostar dela.

Ele segurou em seus pulsos e subiu as mãos pelo seu paletó de passeio diurno.

— Belo casaco, foi obra do alfaiate de Glenfall, imagino — comentou Ethan, sem dar importância alguma à vestimenta. Só a estava provocando.

— Então me diga logo o nome. Já adivinhou o meu cartão, é um desgraçado esperto. Quando foi que me descobriu?

— Quando coloquei os olhos em você. Quando mais seria? — Ele encostou os lábios em seu rosto, e Lydia estremeceu, ainda mais quando o ar quente de sua respiração resvalou em sua pele e ela o ouviu dizer. — Isso espeta. É por isso que mando meu valete tirar.

Ethan falava dos pelos que ela estava usando na lateral do rosto, para fingir que tinha uma pequena costeleta, algo que até estava na moda, mas muitos rapazes não haviam aderido. No caso dela, foi necessário para criar um visual mais masculino.

— Mentira! Meu disfarce é quase perfeito. — Ela baixou a cabeça.

— Eu notei — concordou ele.

Lydia tirou as mãos da parede e colocou nos antebraços dele, apertando como se isso lhe desse estabilidade. Pensou que roupas masculinas a protegeriam mais, porém, era uma enganação. Podia sentir o corpo dele delineado junto ao seu, e suas mãos estavam esquentando sua pele sob o tecido. Seus pelos se eriçaram, e a faixa comprimindo seus seios apertou mais quando seus mamilos ficaram eretos sob ela. Lydia suspirou; não imaginou que passaria por isso vestida como Prescott.

— Talvez eu só a conheça melhor do que deveria — admitiu ele.

— Diga o nome...

— A mãe dela nos interrompeu hoje — ele contou quando a beijou no rosto, enquanto suas mãos a seguravam pelas laterais das coxas.

— Lady Honoria. A anfitriã! — Lydia abriu os olhos.

Ele a abraçou, e ela relaxou contra ele, sua respiração acelerada, e ela suava sob aquela roupa da qual já não gostava mais.

— De onde você é? — insistiu ele.

— Eu me recuso.

Ele riu, e ela sentiu as ondas de sua risada junto ao seu pescoço e contra suas costas. Sentiu-se íntima demais naquele momento. Estava escuro e eles estavam abraçados como não ficaram nem quando se beijaram. Mas ela não se entregou à demanda. Ele já sabia seu segredo. Ethan a girou e, como havia imaginado, mesmo sob a pouca luz, ela o teria distinguido, também conhecia seu rosto bem demais.

— Diga meu nome quando sair, para eu não ter que voltar nesse corredor — instruiu ele. — Pois eu sei o seu nome, Prescott.

— Greenwood, seu maldito crápula — acusou, apesar de ainda estarem tão perto.

Completamente indiferente aos insultos dela, Ethan só encostou o nariz no seu, o que a deixou bastante surpresa, pois se pareceu demais com um gesto de carinho. Então a soltou.

— Não vou beijá-la, porque desconfio que esse bigode vai acabar colado em mim. E eu nunca gostei de bigodes — brincou ele, soltando uma leve risada e se afastando.

— Ele foi preso aqui por um profissional.

— Então conte-me sobre esse seu plano, na minha carruagem.

— Não enlouqueci.

— Vamos ser amigos, Prescott. Afinal, Glenfall não pode ser seu único contato.

Ele abriu a porta que dava para a biblioteca e saiu, o que obrigou Lydia a correr para a porta que daria na sala de música, onde estavam as damas. Ela saiu e ajeitou sua vestimenta, mas eles não haviam ido longe o suficiente para se desarrumar.

— Lady Hellen no cartão do Sr. Prescott — anunciou Greenwood.

Lydia entrou logo depois, fingindo um andar gracioso de um jovem cavalheiro despreocupado, e anunciou no salão:

— A encantadora anfitriã Lady Honoria, no cartão de Lorde Greenwood.

Os acertos foram confirmados, e eles foram liberados. Só faltava mais duas pessoas de cada lado para jogar.

— *Ele sabe* — Lydia disse a Glenfall ao puxá-lo para longe.

Nem precisou explicar, óbvio que o amigo sabia do que ela estava falando.

— Seria difícil logo ele não notar... — comentou Glenfall, enquanto prestava atenção na última dupla de cavalheiros que entrava no salão. — Eu preciso resolver algo.

Ele não especificou o que ia fazer, e Lydia não era indiscreta. Desde que se reuniram na biblioteca, Glenfall adquiriu um comportamento estranho. Prescott não se importaria, era um homem. E eles podiam se retirar sem acompanhantes e sem que isso arruinasse sua reputação ou que os outros achassem estranho. Fingindo ser seu alter ego, Lydia deixou o salão e resgatou seu chapéu.

— Vamos, Prescott. — Greenwood acenou com o chapéu e desceu os degraus, afastando-se pelo caminho de terra que cortava o jardim para o lado direito da casa.

Lydia se apressou para alcançá-lo e imitou seu ritmo de caminhada, mas não gostou, pois era rápido demais para ela fazer o estilo masculino e elegante que havia inventado para o Sr. Prescott.

— Vai me delatar? — indagou ela, em sua voz normal, ao ver que estavam sozinhos no caminho entre a grama bem aparada.

— E por que eu cometeria uma traição dessa magnitude? — Ethan parou e a observou.

— Não sei.

— Não confia em mim?

— Confio em você como Lydia Preston.

— Qual é o seu primeiro nome, afinal, Sr. Prescott?

— Stephen. Foi Vela que escolheu.

— Ethan Crompton — disse como uma apresentação e lhe ofereceu a mão.

Lydia caiu na armadilha de aceitar o aperto, e Ethan lhe puxou para continuarem andando até as carruagens.

— Glenfall está cuidando de um assunto pessoal. Deeds conseguiu alguns minutos para conversar com Janet agora que fiz o favor de distrair seu suposto pretendente — informou Ethan.

— Está me distraindo? Para que eu não atrapalhe Pança a finalmente tentar dizer algo a Janet?

— Pança ficará surpreso quando souber que vamos acabar sendo amigos.

— Não vamos ser amigos!

— Já somos, Stephen. — Ethan tirou o relógio do bolso e deu uma rápida olhada. — Isso nos dá alguns minutos para *socializar*.

— Sobre assuntos muito masculinos, imagino eu — ironizou ela.

— Extremamente masculinos. Irritantemente masculinos.

— Vai me falar de suas intimidades, milorde?

Ao ver a carruagem certa, ele a fez parar contra o veículo e indagou:

— E quanto o senhor quer saber de minhas intimidades?

— Tudo que diria a um novo amigo.

Ele parou junto a ela e passou o polegar na lateral do bigode, franzindo o cenho enquanto averiguava como aquilo foi aplicado.

— Isso vai doer?

— Eu nunca o tirei sem auxílio.

— É a primeira vez que me sinto tentado a beijar uma figura masculina. E como disse, não gosto de bigodes, nem em mim ou me espetando.

Ela segurou a mão dele e passou a ponta de seus dedos sobre o bigode castanho-claro que cobria a parte superior de seu lábio.

— É macio.

— Sr. Prescott... — avisou ele.

— Não vai espetá-lo.

— Eu não me importo verdadeiramente. Essa era minha única desculpa para não me agarrar com meu novo *melhor amigo*. — Ele a colocou para dentro da carruagem e entrou, sentando-se no banco em frente.

Lydia olhou para ele, surpresa com a nova situação em que se envolveu estando vestida de Prescott. Contudo, parecia que seus trajes novos e persona diferente atraíram toda sorte de situação problemática e, nesse caso, prazerosa, para sua vida.

— Vamos, prove que esse seu bigode não espeta. — Ele a puxou pela mão.

Sem um vestido para conter seus movimentos, Lydia experimentou um pouco da liberdade que os calções lhe proporcionavam e da emancipação masculina frente a várias regras de decoro. Prescott podia fazer o que quisesse, e ela desejava um pouco mais do que sentiu no corredor escuro do Jogo da Descoberta. Então montou sobre as coxas fortes de Ethan, apoiando os joelhos no banco.

— Greenwood — ela saudou, descansando as mãos nos ombros dele.

— Prescott — devolveu ele, inclinando a cabeça para olhá-la.

Ela pressionou os lábios nos dele e o beijou.

— Espetou?

— Tente de novo, não senti muito bem.

Lydia o beijou de novo, demorando mais com os lábios colados aos dele.

— Demore mais dessa vez. — Ele segurou o queixo dela e inclinou sua cabeça para o lado. — Talvez assim eu consiga julgar.

Dessa vez, Ethan retomou o contato e aprofundou o beijo, encaixando suas bocas para conseguir mais espaço. Quando deslizou a língua entre os lábios dela, finalmente cedeu e riu um pouco.

— O bigode definitivamente espeta. Parece que estou beijando um passarinho. — Ele abriu um sorriso.

Lydia tocou os lábios, primeiro porque ele os deixou úmidos e, segundo, porque ela também sentira. Nunca havia beijado ninguém em seu disfarce, então, ela riu também. Não foi nada disso que planejou ou imaginou ao resolver passar algumas semanas como Stephen Prescott.

— Dá última vez que me beijou, seu rosto estava áspero, ao menos comigo não terá essa sensação — provocou ela.

— Perdão, milorde... ou melhor, madame, já que era sua outra personalidade na ocasião. Minha barba é um tanto insistente. — Ele encostou o rosto nela e esfregou suavemente contra sua bochecha. — Hoje, eu me barbeei pouco antes de vir.

— Não incomoda tanto, é apenas áspero. — Ela passou as pontas dos dedos pelo queixo dele.

Não atrapalhava nem um pouco, mas ela não ia lhe dar essa confiança. Ethan já era impossível sem a sua colaboração.

— Não incomoda tanto, apenas faz cócegas — ele imitou o tom dela, referindo-se ao bigode de mentira.

Para provar que não lhe incomodava nada, Ethan a beijou de novo. Lydia fechou os olhos e permitiu, mesmo quando ele deslizou a mão para a sua nuca e segurou ali, mantendo-a no lugar para beijá-la com mais avidez do que antes. Ela apertou os ombros dele, sentindo sua musculatura tensa. Não tinha como mentir que seu corpo forte a atraía e que tocá-lo era uma curiosidade que escondia há algum tempo.

— Ethan! — reagiu ela, ao senti-lo apertar sua coxa. Agora que estava em cima dele, seu acesso era maior do que no corredor.

— Estou curioso, achei que teria algum enchimento por baixo, mas não senti nada lá no corredor ou quando sentou no meu colo. — Já que não sentiu enchimento nenhum, ele apertou a coxa dela e subiu até o seu traseiro.

— Não tem enchimento! — ela disse rápido, quando ele a pegou com as duas mãos, e Lydia soltou um som exasperado. O homem havia acabado de apertar seu traseiro.

— Só tem uma ceroula por baixo desses calções, Lydia? — A expressão dele era uma mistura de divertimento e puro interesse sexual.

— Não... — Ela apertou os ombros dele, mortificada e excitada, tudo de uma vez só.

— Nada? — Ele acariciou para sentir o que havia ali e para continuar a ver o rubor tomando o rosto dela.

— Meus calções íntimos — murmurou ela.

Ethan sorriu como se aquela fosse a resposta perfeita. Mas também era terrível, pois agora ele jamais conseguiria parar de fantasiar sobre arrancar aquele disfarce dela e encontrar seus calções femininos por baixo. Ao menos até ter a oportunidade de fazê-lo — e ele queria —, não sossegaria. Queria Lydia, com todas as suas ideias estapafúrdias, sua personalidade incrível, seu novo alter ego e seus maiores defeitos e qualidades.

— O que mais está escondendo? — Ele desabotoou seu colete.

— Você é muito curioso.

— Apenas sobre você — declarou.

Ela puxou o nó do lenço, porque, da vestimenta masculina, era o item que mais a incomodava. Devia ser de família, pois o marquês também o tirava na primeira oportunidade. No entanto, Ethan só teve olhos para a pele que ela expôs ao desamarrar o lenço e deixá-lo pendendo de seus ombros.

— Estou escondendo toda a minha intimidade — contou ela. — Homens têm peitorais lisos. — Ela apertou a mão sobre o peito dele. Já havia sido apertada contra aqueles músculos das outras vezes que ele a beijou, e sabia que era rijo, forte e talvez fosse macio ao toque.

Ethan encostou o nariz no pescoço dela, porque não conseguiu mais resistir. Ele inspirou seu cheiro e beijou a pele delicada, descendo até perto da gola da camisa.

— Como Prescott pode cheirar igual a Preston?

A vibração da voz dele em um ponto tão sensível causou outro arrepio em Lydia. Ela estava apertando seus braços desde que ele encostou os lábios na sua pele. Apenas Ethan havia percebido seu perfume; ela passava muito pouco ao se vestir como Lydia antes de ir se disfarçar como Prescott. Quem notaria algo tão pessoal?

— Porque os dois são terrivelmente íntimos — brincou ela, ao segurar o rosto dele e beijá-lo. Não sabia o que lhe causava mais problemas: deixar que ele percorresse sua pele com os lábios quentes ou abandonar-se em beijos tão intensos.

Ele a abraçou, envolvendo-a pela cintura e quadris, mantendo-a perigosamente presa ao seu corpo. Lydia enfiou os dedos em seu cabelo escuro e grosso, deixando-se perder nas sensações que a proximidade lhe causava. Seus seios, presos sob as faixas e cordões, incomodavam e causavam pontadas de excitação quando se movia contra ele. Seu colete estava parcialmente aberto e o atrito no peitoral dele estava despertando diversos anseios.

— Já passei tempo demais socializando com você — decidiu ela, virando o rosto.

— Talvez tenha de partir comigo. — Os lábios dele encostaram em seu queixo.

— E quanto a Lorde Vela?

— Vamos esperar mais uns dez minutos. Se não chegar, retornará com Pança.

— Você terá de me levar ao teatro.

— Será um prazer.

Ela fixou seus olhos verdes no rosto dele e o olhou seriamente.

— Você não planejou isso, Greenwood. Sequer sabia que estaríamos juntos.

Ethan subiu a mão pelas suas costas até passá-la por baixo do lenço solto e tocar a parte de trás de seu pescoço, então a beijou de novo, antes de dizer:

— Lembra que prometi beijá-la a cada vez que me chamasse pelo título em vez de pelo meu nome? Tenho dez minutos para convencê-la do jeito certo de me chamar quando estamos sozinhos.

154   LUCY VARGAS

CAPÍTULO 16

Lorde Pança abriu a portinha e levou o maior susto de sua vida. E olha que sua convivência com o grupo de Devon já havia lhe proporcionado sustos memoráveis. Mas, quando ele abriu a carruagem e viu o Sr. Prescott no colo de Ethan, enquanto os dois se abraçavam e trocavam um beijo que deixaria uma criatura desavisada sem ar, Deeds viu tudo rodar.

— Greenwood! — gritou ele, achando que desmaiaria ali.

Ethan se inclinou um pouco para a direita para vê-lo. Lydia olhou por cima do ombro. Pança estava ali parado, ou melhor, paralisado. E apoplético.

— Isso é um bigode? — indagou ele.

O bigode castanho-claro de Lydia tinha ido parar sob o nariz de Ethan.

— Não é nada do que você está vendo — disse Ethan, mais calmo do que deveria.

— Como não? — reagiu Deeds, tão apavorado que estava até cego para o óbvio.

Lydia pulou para o banco em frente e ajeitou suas roupas masculinas. Ethan ficou de pé e deixou a carruagem, arrancando o bigode que não lhe pertencia.

— Como você pode se envolver logo com ele? Ou melhor... Espere, estou confuso. Desde quando você tem essas preferências? Agora terei de guardar o seu segredo também! Por que não me disse antes, homem? Mas tinha de ser logo com *ele*?

— Acalme-se, meu segredo não é esse — informou Ethan.

— Acabei de vê-lo! Ele não vai se casar com Janet! Não permitirei que a engane dessa forma!

— Pança, pare de falar — ordenou Ethan.

Lydia saiu da carruagem e parou com um dos pés nos degraus, então anunciou:

— O segredo dele sou eu. E não sou quem você pensa, Pança.

Dizer que Deeds estava chocado era pouco.

— Não pode ser.

— É verdade. — Ela desabotoou a camisa e a puxou para baixo, pois nem chegou a fechar o colete, revelando parte da faixa presa por uma cobertura fechada com cordões que continham seus seios. Deeds quase desmaiou, viu tudo rodar. Não saberia dizer se pelo choque da constatação ou por Lydia ter lhe mostrado uma parte de sua roupa íntima. Ethan se apressou em esticar um braço e fechar o espaço da camisa que ela expôs.

— Lydia! Agora mais isso? — Deeds ainda estava pálido.

— Perdoe-me. Achei melhor não revelar esse segredo nem para vocês, ao menos, não por enquanto — explicou, enquanto se abotoava até o pescoço.

Então Pança se deu conta de algo, virou-se para Ethan e lhe deu um tabefe.

— Seu crápula! Ela é uma dama! — Deeds se colocou na frente de Lydia, protegendo-a tardiamente.

Ethan deu uma risada. Era bastante *tarde* para isso.

— Você precisa decidir com o que vai se revoltar, Deeds. — Ethan esfregou o queixo, pois até o tabefe saiu torto.

— Não consigo. Vocês não me dão tempo. Eu não tenho um minuto de paz nesse grupo! E se fosse outro a encontrá-los em tal situação carnal, seus insanos?

— Foi um lapso — disse Lydia.

— Quem mais abriria essa porta além de você ou Vela? — indagou Ethan.

— Um lapso que não vai se repetir — continuou ela.

Ethan lhe lançou um olhar divertido e duvidoso, que ela fingiu que não viu e ajeitou o lenço em um nó vergonhoso. Glenfall chegou a passos rápidos, ignorando o que se passava entre eles.

— Vamos partir, vamos logo. Não quero mais permanecer aqui —

avisou, parecendo bastante perturbado.

Ele entrou na carruagem de Greenwood, então todos entraram também e partiram. Os rapazes não perguntaram nada, o que Lydia achou estranho, pois era óbvio que Glenfall estava chateado. Como estavam juntos, os outros acabaram descobrindo aonde Lydia ia para se preparar como Prescott. Eles se despediram, mas, quando estavam a ponto de bater para chamar La Revie, um cavalo se aproximou rapidamente e só parou em frente à porta da casa.

A princípio, Lydia não reconheceu o primo do Sr. Duval, o visconde de Swinton, que ela via por Londres desde seu debute. Geralmente, não frequentavam os mesmos círculos, mas já o vira conversando com seus amigos. E ele sanou um de seus problemas: ela não precisaria mais perguntar a Glenfall por que estava triste, pois Swinton desmontou e andou até eles tomado por fúria.

— Você estragou tudo com Lady Honoria! — acusou, apontando para Glenfall.

— Não estraguei nada, não cometi indiscrição alguma! — defendeu-se.

— Agora ela pensa que sou mais um desses libertinos!

— Mas você é! De outra forma. Vai enganá-la?

— E como pode me julgar? Eu tenho algo a cumprir! — Ele apontou para Lydia, porém, ficou óbvio que pensava ser o Sr. Prescott. — Você não tem um primo dessa idade! É o seu novo disfarce para um amante?

— Sim, eu tenho. Ficou óbvio o motivo para não expor toda a minha vida a você!

Por causa da discussão, a carruagem de Greenwood não foi embora. Deeds e ele desceram e correram até lá, pois Glenfall e Swinton pareciam a ponto de se agredir. Mas a porta se abriu bruscamente e La Revie apareceu em um de seus bonitos trajes de seda azul, como se já estivesse pronto para as visitas.

— O que está se passando aqui?

— Trouxe seu primo para conhecer seu amigo La Revie? E sou eu que o troquei? Seu canalha! — acusou Swinton.

— Entrem já aqui e parem de chamar atenção! — ordenou La Revie.

Todos eles entraram. Na verdade, Deeds e Ethan empurraram os outros para dentro e fecharam a porta o mais rápido possível antes que aquele escândalo aumentasse, mesmo que estivessem em uma área da cidade que era longe de suas moradias, mas ainda era próximo do teatro, local frequentado por seus conhecidos.

— Você me traiu! Jamais vou perdoá-lo — Glenfall expôs em meio aos outros. Com a entrada rápida, ele acabou afastado de Swinton e só agora deixou sua dor transparecer.

La Revie morava no segundo andar, e sua moradia ocupava todo o andar superior, pois também era uma espécie de depósito de fantasias e adereços. Mas isso significava que a entrada era só um corredor fino que dava em uma escada, e os seis estavam apertados entre a porta e a escada, com as costas pressionadas nas paredes e um drama se desenrolando no meio.

Lydia estava encostada na parede esquerda com os olhos arregalados e sem emitir nenhum som. Glenfall e Swinton ainda se acusavam, pois, aparentemente, o visconde estava tentando fazer a corte a Lady Honoria, a anfitriã da casa onde estiveram. Só que... não, Lydia estava surpresa, mas não era tão tola assim. O problema era que Glenfall e Swinton tinham um romance. E, pelo jeito, todos os presentes sabiam, *menos ela*. E só estavam falando disso em sua presença por Swinton pensar que ela era Prescott.

E o visconde agora estava com ciúmes dela, por imaginar que era o novo caso secreto de Glenfall. Em quantos romances será que Lydia acabaria se envolvendo por ser o Sr. Prescott só por algumas semanas? Aston estava enciumado por causa de Janet. Deeds havia pensado que ela lhe roubaria a chance que ele já não tinha com Janet. Swinton imaginava que ele era o novo amante de seu namorado. E a tal Lady Honoria, a quem Swinton queria fazer a corte, na verdade, queria passear era com Prescott.

— Não foi uma traição de forma alguma! Nós nos despedimos e você partiu, Owen. Eu tenho um dever a cumprir, preciso casar e produzir um herdeiro — alegou Swinton.

— Não estou falando dela e sabe disso. — Glenfall balançou a cabeça, seu tom ainda de decepção e dor.

— Parem com isso — pediu La Revie. — Não vai levar a nada. Subam! Podem terminar esse assunto delicado na minha sala. Em tom baixo. — Ele se virou para Lydia. — Vou descaracterizá-la. Espero que tenha trazido o bigode de volta, fiz especialmente para você.

Os dois subiram e La Revie foi atrás deles. Lydia se virou para Ethan e Deeds, que já estavam planejando sua saída rápida.

— Vocês sempre souberam de tudo. Era por isso que Lorde Vela sempre trazia um cavalheiro para completar os meus encontros, para que não ficasse desfalcado. Ele não se considerava um pretendente disponível.

Os dois apenas olharam para ela, deixando que mantivesse sua conclusão.

— Quem mais sabe? — indagou ela.

— Os rapazes do grupo — contou Deeds. — E vamos manter assim.

— Não precisa me dizer isso, jamais diria uma palavra. — Ela subiu um degrau. — E agora, vou voltar a ser uma das damas do grupo. Antes que fique tarde demais para voltar para casa. — Ela abriu a mão para Ethan. — Devolva meu bigode.

Ele tinha guardado o item no bolso e o colocou na mão dela, não sem antes dar um sorriso de quem sabia por que o bigode não estava onde deveria. Quando Lydia entrou na sala de vestir onde La Revie e uma criada a auxiliavam, escutou a porta da sala bater e passos apressados soaram no corredor. Com certeza era Swinton partindo; não deu tempo de ele e Glenfall terem uma conversa satisfatória. Ou ficaria tudo mal resolvido, ou era o fim definitivo.

Ela não queria ver o amigo triste. Agora que sabia o motivo, repassou lembranças na mente que ganharam novos significados. Era a primeira vez que Lydia lidava com um romance entre homens em sua vida, e não sabia sequer o que dizer ou fazer. Ela apenas sabia rumores e coisas que se escutava ao ser uma jovem curiosa e com uma família liberal. Era tudo nebuloso, até ser visto de perto. Só sabia que seria um escândalo enorme na sociedade, que poderia ter consequências desagradáveis, e por isso os rapazes do grupo de Devon guardavam o segredo.

— Quando estiver pronta para ser Lydia Preston outra vez, podemos partir — disse Glenfall, perto da porta, mas não olhou, com receio de já terem retirado suas roupas masculinas.

— Estou vestida — avisou ela.

Ele ficou à vista e parecia composto, mas, para quem o conhecia, sua tristeza era óbvia.

— Sinto muito — ofereceu Lydia.

— Não sinta, foi melhor assim. Já me enganei por muito tempo.

— Vocês não resolveram nada. Não ousem entrar em um embate em outro local. Sabe bem o que vai lhes acontecer — disse La Revie, e entrou por outra porta, levando as roupas que Lydia usou.

— Sinto muito se nossas aventuras lhe causaram infortúnios. — Ela se aproximou e apertou a mão dele.

— Não foi nada disso, meu bem. Aconteceria de qualquer forma, a única diferença é que você estaria usando um belo vestido no evento e não teria testemunhado o lamentável episódio que viu lá embaixo.

— Pode confiar em mim — assegurou ela.

— E como não confiaria? Eu a trouxe para ser Prescott. — Ele lhe deu um pequeno sorriso.

CAPÍTULO 17

Aaron seguiu na frente e fez um sinal para a irmã não fazer barulho. Nicole ia logo atrás, andando nas pontas dos pés descalços enquanto segurava a boneca Repolhinho embaixo do braço direito. Peteca, que estava dormindo numa almofada perto da porta, pois era onde esperava por Lydia, ergueu a cabeça assim que ouviu os passos e viu a luz.

— Eu juro que vi um cartão escrito "baile infantil". Se for assim, eles terão de nos levar. Não terão mais desculpas — disse Aaron, atravessando a sala.

Eles foram até a mesa onde estava a pilha de convites que os Preston recebiam e, em sua maioria, eram descartados. O irmão espalhou os convites e apoiou o castiçal no móvel.

— Vamos levar muito tempo para olhar todos — reclamou Nicole e coçou o olho.

— Você não quer ir ver um baile em Londres?

— Mas não tenho vestido para um baile na cidade.

— Você tem um armário cheio de vestidos — acusou ele.

— Não são vestidos de baile! Tem que ser vestidos bonitos como os da mamãe e Lydia — argumentou ela e mostrou a boneca, como um exemplo.

— Mas para isso você não tem tamanho — provocou o irmão e pegou uma quantidade generosa de convites.

— É só fazer um vestido pequeno que nem eu. — Ela fez um bico.

— Não fazem vestidos chiques para nanicas. — Ele riu baixo e pegou o castiçal de uma vela.

— Você também não tem uma roupa de baile igual à do papai. — Ela empinou o nariz. — Porque é um bebezão!

— Eu sou um cavalheiro — ele balançou com ênfase os convites.

— Não é nada. Sophia disse que você é um boboca.

— Ela é uma metida! Não acredite nela. Ainda bem que não está na cidade esse ano.

— Eu sinto falta dela. — Nicole foi atrás dele. Só tinha o irmão mais velho para brincar. Benjamin ainda era pequeno. E tinha poucos encontros com outras meninas de sua idade. — Lydia não brinca mais conosco.

— Ela está adulta demais dessa vez — concordou ele, num tom de reclamação.

Como se tivesse sido chamada, Lydia entrou em casa sorrateiramente. Quando chegava de bailes, sempre havia criados a esperando, porém, desde que passou a sair como Prescott, ela chegava silenciosamente como se pudessem descobrir que havia retirado e recolocado o vestido fora de casa. Algo inimaginável.

— O que vocês estão aprontando? — indagou ela, assustando as crianças, e foi a deixa para Peteca entrar correndo.

Nicole soltou um gritinho, e Aaron deu um pequeno pulo, quase derrubando a vela e os convites. Lydia havia visto a luz e escutado as vozes infantis assim que passou pelo hall e se aproximou com o intuito de pegá-los no flagra, fora de suas camas no meio da noite. Algo que, como irmã mais velha, já era uma especialidade.

Lydia *era* uma adulta. Porém, do jeito que continuava interagindo e participando das traquinagens dos irmãos, eles tinham dificuldade para aceitar que — assim como Bertha — ela já estava em tempo de conhecer alguém e ir ter sua própria família.

— Mexendo no armário do papai — contou Aaron, escolhendo trocar o malfeito porque não queria contar da investigação nos convites da irmã.

Ele abriu o armário e puxou um decanter com um pouco de vinho.

— Não pode mexer aí. — Nicole arregalou os olhos.

— O papai senta aqui, pega algo para beber nesse armário e fica lendo papéis — disse Aaron. — Quando aquele senhor veio, ele pegou a garrafa e eles ficaram mexendo em papéis e bebendo. Eu sou um lorde, posso experimentar e mexer em papéis. — Ele mostrou os convites.

— Claro que não pode. Deixe isso aí — ordenou Lydia.

— Você disse que já experimentou a bebida de adulto do papai — acusou ele.

— Mas eu sou adulta — lembrou Lydia.

— Quando era criança! Você abriu o armário dele — insistiu o irmão.

— Eu já era maior do que você. Coloque já isso aí. Se quebrar, papai vai lhe colocar de castigo. — Ela pegou da mão dele e recolocou no lugar.

— Eu quero cheirar. É aquele que tem cheirinho de uva? — indagou Nicole, ficando na ponta dos pés para tentar ver.

Então outro foco de luz apareceu na sala e o marquês pegou os três no flagra, mexendo em seu armário de bebidas. Ele parou por um momento e franziu o cenho, tentando entender o que duas crianças de pijamas faziam junto com sua filha — ainda trajada para um baile e segurando seu decanter de vinho — cochichando no início da madrugada. Enquanto o cachorro minúsculo andava em volta deles e fazia silêncio como um belo cúmplice.

— O que eu vou ter que resolver sem o conhecimento da mãe de vocês? — perguntou Henrik.

Ainda bem que Lydia já estava em posse do decanter, pois Aaron deu um pulo de susto ao escutar a voz do pai e teria derrubado tudo. Nicole se sobressaltou de novo e agarrou a boneca Repolhinho. A filha mais velha fechou os olhos e deixou a bebida no lugar, amaldiçoando mentalmente por ser pega no meio de uma traquinagem que não armou. Os três ficaram de frente para o pai, que os olhava com desconfiança.

Henrik estava com Benjamin no colo, preso pelo seu braço direito, e segurava um pequeno castiçal na mão esquerda. O bebê olhava para os irmãos curiosamente, desacostumado com toda aquela gente para vê-lo quando acordava no meio da noite.

— *Idia chegou!* — Ben balançou a mão, chamando a irmã.

— Era para colocar seus irmãos na cama, não tirá-los, Lydia. — O marquês se aproximou, olhando em volta, esperando encontrar mais algum problema criado pelas pestes que ele sabia ter como filhos.

— Mas era exatamente o que eu ia fazer com esses dois fujões! — defendeu-se.

Ela pegou a mão de Benjamin e a acariciou. Ele abriu um sorriso cheio de dentes minúsculos. Henrik colocou o castiçal na mão de Lydia, abriu o armário, deu uma rápida averiguada e voltou a olhar os filhos. Era como se o pai farejasse suas travessuras, mas ele não estava sobrevivendo a três crianças peraltas há pouco tempo.

— Eu vou passar a trancar o armário. E se os pegar fora da cama a essa hora novamente, vou colocá-los de castigo — avisou.

— Sim, pai — responderam as crianças.

Lydia estava tão acostumada a escutar isso que até assentiu junto.

— E vou dizer a sua mãe — completou o marquês.

— Ah, não, pai! — reagiu Nicole.

— Isso não, pai! — pediu Aaron.

Lydia quase ajudou a pedir. Era mais fácil convencer o pai, mas, quando ficou mais velha, ela descobriu que isso era um golpe, pois Henrik e Caroline sempre contavam as atividades das crianças um para o outro.

— Para a cama. Quando subir, vou passar nos seus quartos para ver se estão deitados. — Ele inclinou a cabeça e olhou para Lydia. — Preciso ir ao seu também?

Ela riu do tom dele. Tinha algumas coisas da infância de que sempre sentiria falta, e isso estava incluído. Seu pai não ia mais se certificar de que ela estava dormindo em vez de bagunçando, não contava mais histórias nem deitava um pouco ao seu lado até ela pegar no sono. Seus momentos evoluíram com a idade dela. Em vez de histórias, ele fazia coisas como ser seu acompanhante, conhecer os seus amigos e dar apelidos a eles ou estar na porta para vê-la chegar em segurança de eventos que terminavam tarde da noite.

— Não, pai, eu prometo que vou dormir. — Ela o surpreendeu ao ir até ele e o abraçar suavemente, deu um beijo no seu rosto e também beijou Ben.

Henrik ficou com um sorriso e foi levando Benjamin. Lydia se certificou de que Aaron e Nicole subissem junto com ela e decidiu que ia levar os dois para brincar no parque mais tarde, então eles voltariam exaustos.

Henrik retornou cedo depois de levar Nicole para passear, pois Aaron estava fora recebendo aulas. Ele levou a filha para um passeio pelo parque, e ela gastou energia correndo com Peteca, que era pequeno, porém, incansável. Na volta, ele lhe comprou um pão doce na confeitaria, mas não comeu junto, pois disse que tinha um compromisso com chá para adultos.

Não era o horário mais elegante para membros da sociedade estarem na rua, mas os Preston eram conhecidos por seu comportamento fora do comum. O marquês era visto com frequência com suas crianças pequenas, que agora até estavam mais velhas e capazes de manter uma "conversa civilizada". Contudo, ele era visto com elas desde que eram menores.

Até relevavam o comportamento da marquesa e creditavam seu apego aos sentimentos femininos, mesmo que babás, preceptoras, governantas e outras empregadas estivessem lá para esse papel. Mas o marquês era deveras esquisito, passeando pela cidade só com as crianças, e diziam que ele fazia o mesmo no campo. Talvez por isso a mais velha, Lady Lydia, tivesse aquele comportamento atroz e, muitas vezes, pouco delicado. Pelo jeito, ele ia *estragar* outra filha.

— Vamos passear de novo, papai! — Nicole ainda estava com metade do pão em uma mão e seu chapéu na outra.

— Vou lhe reservar algum espaço em meu cronograma — brincou ele.

— Só nós dois, você prometeu. — Ela deu uma mordida grande demais em sua metade de pão doce e sujou a boca de novo.

Nicole costumava dividir a atenção do pai com o irmão mais velho, especialmente durante a estadia na cidade, quando Henrik ficava atarefado. Ela amava Aaron, porém, também gostava de ter seu momento único e conversar sozinha com o pai. Lydia sempre passava um tempo só dela com o pai, e ela também queria.

— E quando eu deixo de cumprir o que prometo? — Ele tirou o lenço e limpou a boca dela, depois pegou o chapéu e entregou à babá, que apareceu assim que os ouviu chegar.

— Não prometa em vão, é injusto — disse ela, repetindo uma frase dele.

Ela sorriu, satisfeita. Tinha completado oito anos e era esperta, sabia falar sobre assuntos variados e o pai nunca julgava seu aprendizado lento.

Nicole tinha dificuldade em suas aulas, não fazia contas bem e demorou para ler com desenvoltura. Porém, gostava de pintar, mas as partituras também não eram seu forte. Apesar disso, sua memória era boa, lembrava-se de marcos históricos que lhe ensinavam e das coisas que as pessoas diziam. Como isso era um tópico sensível para ela, até o irmão não estava mais implicando tanto, pois ela ficava magoada.

Henrik tinha terminado seu compromisso da manhã, então partiu em busca do objetivo do dia. Encontrou Caroline olhando seus convites na sala matinal. Pelo jeito que estava trajada, com um vestido diurno de passeio, se ele não tivesse se adiantado, teria perdido a chance.

— Bem que achei ter ouvido a voz de Nicole — comentou ela, alternando o olhar entre os convites em suas mãos.

Suas luvas estavam descansadas na mesa, próximas à xícara vazia. Ela estava bela, corada e saudável. Usava um vestido de musselina branca, com um corpete curto e detalhes em cetim azul, com lindas mangas rendadas cobrindo seus braços. Henrik se sentou na cadeira à diagonal e a observou, enquanto ela passava os convites, e as leves alterações em sua expressão diziam sua opinião sobre o que lia.

— Achei que ela apareceria aqui para roubar biscoitos — comentou ela.

— Eu lhe dei um pão doce. Deve estar comendo até agora.

— Então só a verei no jantar, se você lhe deu um daqueles pães enormes. Vou ter de mandar limpar seus dentes.

— E a frente do vestido, que come tanto doce quanto ela — acrescentou ele.

Caroline soltou o ar e balançou a cabeça, habituada a isso, mas pensando sobre onde estava falhando em educar aqueles pequenos. Henrik continuou olhando para ela; era feliz de poder envelhecer ao seu lado. No momento, só admirava sua beleza, pois tinha certeza de que ela estava ainda mais encantadora desde que recuperara a saúde. E, na opinião dele, enquanto se encaminhava para os cinquenta anos, a esposa continuava parecendo ter parado nos trinta, mesmo que fosse dez anos mais nova do que ele. Ou seja, pouco mudou, só amadureceu.

— Você pode parar de controlar os convites da família e torcer o nariz para todos os anfitriões? — perguntou ele.

— Não estou fazendo nada disso. — Ela abaixou os convites e só então viu sua expressão. — Por que já está me importunando tão cedo?

Ele continuava com um leve sorriso.

— E eu não vou a nenhum desses locais. — Ele apontou para os convites que ela segurava.

Caroline juntou tudo em uma pilha e colocou do outro lado da xícara.

— Você prometeu ser sociável.

— Obrigue-me.

— E agradável — lembrou ela.

Henrik roubou um biscoito do pratinho que tinha perto da xícara dela.

— Eu até lhe encomendei roupas novas, mais de acordo com a moda atual — avisou Caroline, pois o guarda-roupa dele precisava de algumas novidades produzidas na cidade.

Ele a olhou seriamente, o que a fez lembrar da batalha pelo valete que travaram anos atrás.

— Você quer fazer o favor de não voltar a ser um marquês insuportável, sem-modos e sem educação? — reclamou ela, fechando os punhos.

Dessa vez, ele riu com gosto e se inclinou para mais perto, apoiando-se na mesa.

— Usarei as roupas novas, botas, chapéus e o que mais for de seu desejo, se, em vez de sair para o compromisso que tem hoje, preferir sair para passear comigo.

— Henrik, você já passeou hoje. — Ela inclinou a cabeça e franziu o cenho, enquanto o olhava e pegava as luvas.

Ele sentia vontade de rir com aquele leve tom de reprimenda que ela sempre usava. E era igual ao destinado aos filhos quando saíam da linha. O marquês ficou de pé na mesma velocidade que ela e deu a volta em sua cadeira, parou na frente dela e impediu que calçasse as luvas. Caroline o olhou com surpresa e desconfiança do que ele estava aprontando, mas Henrik segurou as mãos dela entre as suas e beijou as dobras de seus dedos.

— Eu tenho tempo para as crianças, tempo para política, os negócios e até para levar meu cavalo e o cachorro para se exercitarem. Mas preciso que a senhora me ceda algum tempo também. Marque como um compromisso social. *Comigo.*

Caroline ficou olhando-o, pois Henrik não liberou suas mãos. Ele estava decidido a ser seu compromisso do dia. Não importava que ela já tivesse outros planos.

— Qual tipo de compromisso social?

— Nunca fomos tomar sorvete sozinhos. — Ele deu uma olhada rápida na porta, para ter certeza de que nenhuma criança da casa escutaria a palavra "sorvete".

— Eu teria de enviar um bilhete a Lady Daring, cancelando minha confirmação.

— Sim, cancele. Prometo que posso ser um pouco mais interessante do que umas horas com as Margaridas.

Ela tocou o rosto dele e o acariciou suavemente com as pontas dos dedos ao dizer:

— Disso, eu tenho certeza, Henrik. Verei as Margaridas outro dia.

Caroline deixou a sala de café e foi em busca de papel e pena. Henrik a observou sair e se deparou com a impossível constatação de que, mesmo depois de mais de uma década juntos, ela lhe dava atenção — e, na situação atual, esperança —, e ele acabava ainda mais apaixonado.

Eles saíram logo depois, deixando Nicole e Benjamin com suas cuidadoras. Aaron ainda estava fora e Lydia, que era uma enxerida e certamente perguntaria para onde eles iam, estava sendo arrumada pela camareira. O marquês guiou o faetonte e levou Caroline para a Praça Berkeley, na qual pararam e desceram para tomar sorvete na Gunter's.

— Ainda bem que já me casei com você, Lady Bridington. Não seremos notícia por tomarmos sorvete sem acompanhante e fora do veículo. — Henrik a guiou para uma mesa.

Caroline se sentou, retirou as luvas e descansou o par ao seu lado direito. Então lhe ofereceu a mão nua.

— Vão dizer que você foi visto em local público, sendo bastante explícito — avisou ela.

Ela o estava provocando, mas estando casada com ele, sabia que Henrik não se importava. Por isso, pegou sua mão e a reteve.

— Bastante explícito — repetiu ele, como se fizesse planos. Então se inclinou e beijou a mão dela, sem procurar ser discreto ou rápido. Não estava desencaminhando jovem alguma, nem beijando a mão da esposa alheia. Os fofoqueiros que se contentassem.

Ela sorriu, mas recuperou a mão.

— Preciso de ambas para tomar sorvete.

Eles escolheram os sabores e, enquanto esperavam, Caroline lhe pediu para contar como estava indo sua semana, pois não conversaram muito nos últimos dias. Os dois estiveram atarefados, e Henrik notou primeiro que estavam se escondendo por trás da rotina na cidade. Caroline admitia a culpa.

— Poderia cear comigo, Ben tem dormido cedo. Os dias aqui têm sido cansativos até para ele.

Por seu lado, Henrik admitia certo amargor nas primeiras semanas deles em Londres. Sentiu que a mudança só os afastou mais e ficou magoado.

— Eu soube que vai a um baile — comentou ele.

— Sim, é um baile *dançante*. — Ela manteve o olhar nele.

Henrik franziu o cenho.

— Isso é uma armadilha?

— De quem? — Caroline realmente parecia surpresa.

— Acabou de dizer que poderíamos cear juntos. Seria após o baile dançante?

— Ah, não. — Ela bateu com a mão no ar. — Eles terminam tarde demais.

— E chegaremos ambos exaustos?

Caroline descansou a colher calmamente.

— Você vai ao baile *dançante*?

— Você vai dançar comigo três vezes. — Ele apontou a colher para ela.

Ela usou o dedo para abaixar a colher dele.

— Eu sou uma dama, não danço três vezes com ninguém. Nem com um marquês sem um pingo de...

— Então vão ser quatro. Até seus pés doerem.

— Mas você teria de usar seus trajes novos para esse feito de dançar quatro músicas, algo que não vejo acontecer há... Minha nossa, isso já aconteceu?

— Vão ser *cinco*. Finalmente terão outro assunto para falar pelas nossas costas sem ser nossos modos pavorosos.

— Pobres dos meus pés... — Caroline fingiu profunda preocupação.

— E, no dia seguinte, vamos cear juntos.

— Eu acho que, na noite seguinte, tenho uma leitura em grupo...

— Na verdade, eu espero ter a chance de seduzi-la *durante* a ceia. Então não se demore nessa tal leitura.

— Eu pensei que estivesse me seduzindo há anos. Como acha que acabei em sua cama e com tantos bebês?

— Você disse que podia me perdoar pelos meus grandes olhos verdes.

— Eu nunca disse tal sandice.

— Disse sim. Provavelmente, um pouco antes de descobrir que teríamos Nicole.

Caroline riu um pouco.

— Se não lembro, não aconteceu. De nós dois, eu tenho a melhor memória.

— E a mais seletiva também — apontou ele.

— Sim, sei separar o que é relevante.

— E conveniente para você.

— Ora, mas é claro.

— Nesse caso, espero que resolva me seduzir em algum momento próximo. — Ele deu uma olhada no relógio. — Eu gostaria muito de acabar na *sua* cama. Antes do maldito baile dançante.

Ela se recostou e o olhou, contendo a diversão ao dizer:

— E isso demandaria muita sedução, milorde?

Henrik inclinou-se um pouco mais sobre a mesa e remexeu na colher de sua taça vazia.

— Sei que me considera desfrutável, mas eu mudei.

— Para pior? Sim, eu sei. Oh, Henrik, como vou lidar com isso? — dramatizou.

— Eu não sou mais desfrutável, mas posso ser facilmente persuadido. É um segredo, e espero que continue entre nós.

Caroline balançou a cabeça. Se havia uma coisa que o marquês não podia ser era facilmente convencido. Ao menos, não quando assim desejava. Já fazia tempo, mas suas lembranças sobre seu tempo em Bright Hall, antes do casamento, eram vívidas. Ele era uma mula empacada e lhe deu muito trabalho. Não estava menos teimoso, mas certamente mais afável. E agora ela fazia o que queria, além de saber como manejá-lo.

Aquele marquês cabeça-dura ainda era um pensamento constante em sua mente. Ela prensou os lábios em um sorriso. Ainda bem que ele não mudou sua essência, pois foi assim que se apaixonou por ele.

— Isso é uma mentira deslavada, Henrik.

Ele inclinou a cabeça para a esquerda e disse da forma mais afável:

— Faço tudo que você quer, Caroline.

— *Tudo?*

— Absolutamente.

O cinismo dele a divertiu. Henrik podia não fazer tudo que ela queria, contudo, fazia *quase* tudo. Especialmente o que importava.

— Venha comigo, nosso passeio inclui uma volta no parque — convidou ele.

Ela se levantou e apoiou a mão no antebraço dele, e não comentou que ele a convidou apenas para o sorvete. Henrik não planejava bem esse tipo de evento social. Durante a volta, Caroline fingiu que seria muito escandaloso se fossem pegos num beijo no parque. E foi assim que supostamente o seduziu a cometer o terrível ato de beijá-la.

— Por que nunca a beijei num parque em Londres? — indagou ele, segurando-a junto de si, escondidos da vista alheia por um trio de árvores que saía do caminho adequado ao passeio.

— Nunca precisamos vir passear aqui antes de nos casarmos. Cometemos nossas transgressões em outros locais. É incrível como o seduzi por diversas paragens de Devon e já cheguei em Londres com a tarefa completa. — Caroline soltou um suspiro dramático, citando uma parte da fofoca da época em que se casaram.

— Eu nunca achei que a teria de volta em Londres. Quando chegamos aqui, nossa história já havia acontecido. Eles não sabem de nada. — Ele a ajeitou em seu abraço, porém, não a soltou.

— Nunca fui a lugar algum, Henrik. E ainda bem que você estava bem ao meu lado. Talvez só precisássemos de um novo capítulo. — Ela beijou os lábios dele com suavidade. — Lembra quando foi me convidar para voltar, pois ia levar Lydia a Londres pela primeira vez e eu acabei me casando com você?

— Ainda bem que fui até lá naquele dia.

— Nós também trouxemos Lydia de volta para Londres dessa vez. Capítulo novo, viu? — Ela o abraçou.

Ele a abraçou apertado e fechou os olhos, depois desistiu e a olhou.

— Chega de passeio, preciso ir abraçá-la onde não tenha de ficar preocupado com os arredores o tempo todo. Estou velho para isso.

Ela riu dele, o que lhe causou uma risada também.

— Não é o que pensam aquelas damas que estão tentando arrastá-lo para cantos de jardins desde que essa temporada começou — provocou ela, batendo com o dedo indicador no alto no peito dele.

— E você ainda quer me arrastar para um baile dançante! — devolveu ele.

— Não, nada disso. Eu disse que irei. Você que se *ofereceu* para comparecer também.

— Estive me oferecendo para muitas coisas ultimamente, mas todas elas envolviam algum tipo de aproximação com você — observou ele.

Essa alegação só a fez rir mais, porém, ela se esticou e o beijou, depois o puxou pela lapela do paletó.

— Vamos, ainda temos algum tempo para assuntos sérios enquanto as crianças estão presas em suas tarefas. Vou convidá-lo para um chá em meus aposentos. Tenho novas infusões que gostaria de lhe apresentar.

Ele a seguiu, incapaz de conter o sorriso, mantendo o passo para que ela não soltasse sua lapela, até que disse:

— Sabe, Caroline, continuo terrivelmente apaixonado. Fui amando-a mais a cada ano que passávamos juntos. Impossível como possa parecer, pois, da primeira vez que a convidei para vir a Londres, já havia lhe entregado tudo que tinha.

Ela parou e não o olhou, soltou seu paletó, mas seus dedos enluvados subiram e entraram em seu colete, tocando seu peito, sobre seu coração. Então se virou e o encarou.

— Nunca o amei tanto quanto agora. Mas também o amei com tudo de mim em cada momento que esteve ao meu lado. Então não sei o que digo. Apenas sigo amando-o com tudo que tenho. — Ela sorriu e seus olhos transbordaram, então quebrou o contato seguindo na frente, com o olhar no chão.

Henrik a alcançou e passou o braço pelas suas costas, tocando-a suavemente para levá-la ao faetonte. Não se importava com quem os visse, eles já tinham feito seus juramentos após a primeira vez que vieram juntos à cidade. Esse era só um capítulo novo em sua história.

174   LUCY VARGAS

CAPÍTULO 18

Com o intuito de dar um tempo para Glenfall se recuperar de seu coração partido sem correr o risco de encontrar Swinton ou ter de enfrentar qualquer situação dolorosa, Lydia aceitou ser amiga de Ethan.

Ou melhor, o Sr. Prescott tinha um novo grande amigo. E foi visto em sua companhia no final da manhã de quinta-feira, um dia após o baile do Almack's. Local este que os dois cavalheiros *solteiros* não compareceram, para decepção de diversas moças da sociedade. Segundo comentou uma patronesse, ambos tinham voucher para a noite anterior.

Aliás, o voucher de Lorde Greenwood valia pela temporada inteira do Almack's. Um conde jovem, solteiro, endinheirado, atraente e bem relacionado não ficaria de fora da lista. Afinal, por qual motivo ele pagou pela participação na temporada se não comparecia toda quarta-feira? Já o jovem Sr. Prescott foi agraciado com um voucher através de seu primo, Lorde Glenfall, que também possuía entrada aprovada e não compareceu.

O Grupo de Devon estava deixando a desejar em sua participação no famoso baile. Ao menos, os rapazes estavam. E continuavam solteiros. Um verdadeiro absurdo.

— É claro que tenho interesse em assuntos políticos, estou acostumada a escutar as conversas do meu pai e a ler o jornal. — Lydia estava recostada numa cadeira no Parlamento, onde Ethan foi cumprir um compromisso no dia. — Mas isso é deveras entediante. — Ela moveu a mão, indicando seus companheiros e o assunto em questão.

Esta manhã, Lydia estava fazendo um esforço extra para sua imagem de jovem despreocupado e um tanto rebelde. Era parte do plano o Sr. Prescott mostrar que era um tanto instável, para poder partir da cidade e evitar mais damas querendo passear com ele. A casa de Glenfall estava cheia de bilhetes, todos endereçados a Stephen. Lydia queria guardar como recordação.

— Vamos logo. Eu vi Bridington chegando. — Ethan bateu em seu pé, tirando-o de cima da cadeira. — Tenho de ir ao clube também.

Ela pulou do lugar e o acompanhou, olhando por cima do ombro, para se assegurar de que estava se afastando do pai. Por algum motivo, ela tinha certeza de que seu pai descobriria assim que pousasse os olhos nela.

— Vão me deixar entrar? — indagou ela, entre esperançosa e desconfiada.

— Não é isso que queria? Pois bem.

Ela juntou as mãos, sem disfarçar a animação. Uma das coisas que Lydia queria era entrar num clube masculino. Glenfall se recusou a levá-la à noite, mas pretendia levá-la num horário que ele taxava como "não muito depravado para uma dama".

— Ele disse que não queria ser responsável por me desencaminhar ainda mais. — Lydia deu uma olhada em volta, para ter certeza de que estavam distantes o suficiente dos outros. — Algo que você não precisa mais se preocupar, não é, Lorde Greenwood?

— Com essa, já são três — comentou ele, contando o número de vezes que Lydia o chamava pelo título.

Ela fazia para implicar e porque lhe causava um nó no estômago, uma espécie de antecipação. Vestir-se de Prescott também ajudava a disfarçar suas reações perto dele, ainda mais agora que o olhava e se lembrava do que fizeram na carruagem. Ethan falava como se estivesse juntando provas para sua punição. Só que ele a punia com beijos. Podiam ser suaves, intensos, excitantes... mas eram uma péssima ideia de punição, pois eram agrados.

Eles foram comer no Daring Assemble, o clube onde todos os rapazes do Grupo de Devon eram associados e Ethan sabia que seus amigos não estariam lá nesse horário e dia. Apenas Deeds compareceu, mas ele já sabia do segredo.

— Você teve coragem de trazê-la? E se começarem uma daquelas depravações? — Deeds olhou em volta, parecendo temer que, a qualquer momento, homens e mulheres nus fossem correr pelo salão principal do clube.

— Nesse horário? Difícil. Estão ocupados. Vamos comer uns sanduíches.

— Do que exatamente vocês estão falando? — indagou Lydia.

— Assuntos masculinos.

— Terrivelmente masculinos — completou Ethan com um sorriso.

— Eu sei que depravação acontece nesses clubes que vocês frequentam. Não sou uma jovem inocente que nunca deixou a casa de campo da família.

Os dois trocaram um olhar. Eles duvidavam que ela soubesse exatamente o que podia acontecer num clube masculino nos dias mais selvagens. Nem eles eram do tipo que participavam ou frequentavam os locais mais famosos para encontrar esse tipo de diversão imprópria. Era algo mais pontual. Não significava que Lydia não tivesse uma ideia, apenas não testemunhara ao vivo.

— Nosso clube é um local familiar, bastante calmo se comparado a outros — comentou Pança, enquanto juntava um sanduíche de pepino e um grosso pedaço de queijo.

— Guarde isso para dizer a sua esposa, Deeds. — Lydia apontou a pequena faca de pão para ele.

— Eu seria fiel a ela. — Ele olhou para baixo. — Especialmente com a dama de meu grande apreço.

Ethan colocou a mão em seu ombro e apertou, transmitindo apoio.

— Você vai encontrar alguém que combine com você, Jere. Tenho certeza — disse Lydia.

— Obrigado, tenho esperanças. — Ele deu uma grande mordida.

Eles compartilharam cerveja, pães, carne e pequenos sanduíches. O salão do clube começou a encher conforme os membros chegavam de visitas matinais, do Parlamento, da casa de suas amantes, de passeios com seus cavalos, entre outras atividades diurnas. As mesas foram ocupadas, comida fria era servida, assim como muita bebida para o horário, algo que Lydia notou.

As conversas masculinas não eram cuidadosas dentro daquele ambiente, sequer precisavam disfarçar, e alguns eram um bocado indiscretos. Lydia enfiou outro sanduíche na boca, em um misto de ultraje e diversão pelas obscenidades e fofocas que estava escutando. Deeds estava suando por vê-la naquele ambiente, então olhava para Ethan, que parecia calmo demais, ocupado em comer.

— Ethan... — Deeds murmurou, quando o visconde de Rawler estava na mesa ao lado, reclamando, nos termos mais vulgares e explícitos, sobre duas mulheres com quem estava se relacionando. Uma queria depená-lo e a outra desejava expor o caso.

— Prescott queria muito ter essa vivência. — Ele espetou um pedaço de maçã e o mastigou. — Já está até se acostumando aos piores comportamentos masculinos, não é? — Ele deu um tapinha no ombro de Lydia, como faria com um camarada.

Ela o acertou com um soco no braço, e Ethan ficou sorrindo enquanto espetava outro pedaço de maçã com a ponta da faca.

— Vocês dois, por favor — pediu Pança. — Não servem doces decentes nesse lugar. Está muito cedo para eu começar com refrescos mais fortes.

Eles terminaram de comer, Pança partiu para seus compromissos e Ethan levou Lydia para serem vistos no parque. Era a forma mais rápida de gerar alguns comentários; nesse horário, alguns membros da sociedade já estariam passeando. Às quintas, após o Almack's, era o momento ideal para encontrar as pessoas do *ton* se atualizando sobre o que aconteceu no concorrido baile e nos outros eventos onde os membros sem convite estiveram.

— Eles são desprezíveis, falando das mulheres daquela forma e compartilhando detalhes íntimos — reclamava Lydia, enquanto andava ao lado de Ethan.

— São imbecis, não merecem sua indignação.

— Espero que ela o depene e que a outra o desmoralize. — Lydia não quis demonstrar tanta irritação na frente de Deeds, ele já estava mortificado por ela ter ouvido tantas indiscrições.

Os dois passaram por alguns conhecidos e cumprimentos foram trocados. Ethan só precisou apresentar o Sr. Prescott uma vez, quando se depararam com um pequeno grupo de damas de idades variadas. Algumas delas ainda não tinham tido o prazer de conhecer seu novo amigo, mas o nome já não era estranho. Quando um solteiro de boa aparência, bons rendimentos e relação com alguma casa nobre começava a frequentar a temporada junto com amigos distintos, a notícia corria rápido. Especialmente entre as damas interessadas em casar uma parente.

E essa era a história falsa do Sr. Prescott. Além de primo de Lorde

Glenfall, agora era amigo do conde de Greenwood, outro solteiro que estava causando comoção entre as casamenteiras. O homem estava precisando de uma esposa, mas não pendia para o lado de pretendente alguma.

— Senhoras... — Ethan tocou o chapéu, despedindo-se.

O grupo se separou e, após uma breve conversa, três moças falaram com Ethan em particular, enquanto Lydia fingia ser tímida, pois o Sr. Prescott fazia o estilo reservado — era assim que se mantinha afastado dos outros. Ela jamais passava muito tempo com alguém, era proposital que tivessem uma memória vaga de sua imagem.

— Ela lhe deu um bilhete? — indagou Lydia, quando já estavam longe o bastante, pois viu que ao menos uma das jovens com quem ele falou por último chegou perto demais e colocou algo em sua mão.

— Não sei do que está falando.

— Dê-me isso aqui. — Ela pegou da mão dele. — Ela é casada. *Casada!*

— Eu sei.

— Você já se deitou com ela! — acusou. — Ela está fingindo que quer casá-lo com a irmã, quando está na sua cama!

Lydia estava numa mistura de ultraje, irritação e um divertimento cretino, pois era uma fofoca enorme.

— Não fiz nada disso — ele continuava negando e seguia como se nada tivesse acontecido.

— Mas está tramando aceitar a proposta dela.

— Só estou tramando levá-la ao clube de boxe, como prometi. Você tem uma impressão muito estranha sobre as minhas atividades.

— Porque recebe bilhetes de propostas obscenas de mulheres! No meio de um parque!

— Mas isso é normal — rebateu ele, deixando-a mais indignada.

Porque era. Não era essa uma das funções dos bilhetes secretos?

— Acha que meu pai também recebe propostas? — ela perguntou de repente.

— Tenho certeza de que sim.

— E minha mãe sabe? — Agora Lydia estava intrigada por um sistema habitual da sociedade do qual ela não fazia parte. E acontecia desde sempre.

— A marquesa parece ser uma dama de grande inteligência e conhecimento da sociedade — respondeu ele, diplomático.

— Agora entendo por que ela tem desentendimentos com certas damas. Com certeza encontra os bilhetes! Papai é terrível nisso, deve esquecer de jogar fora.

— Se o senhor quiser, eu posso apresentá-lo a mais damas para que também receba os seus próprios bilhetes secretos e, por vezes, indecentes.

— Você é um crápula safado — acusou ela.

— Não sou, não. Só está enciumada. Mas não sei por que um cavalheiro de passagem pela cidade se importaria com os meus bilhetes pessoais — provocou.

Ela ergueu a mão como se fosse acertá-lo, e Ethan inclinou a cabeça.

— Está sem o seu leque — lembrou.

Isso fez Lydia fechar o punho e lhe dar um soco no braço.

— Pode esperar para me bater quando chegarmos ao nosso destino? Esse soco pode ser aperfeiçoado.

Ethan havia prometido que a levaria ao boxe, não como espectadora furtiva de uma luta, mas como um jovem cavalheiro precisando de exercício. Ethan tinha sido iniciado na luta por Bill Richmond, um boxeador americano que nasceu na escravidão, chegou à Inglaterra ainda jovem, mas só começou a lutar aos quarenta e um anos. Apesar de tudo que teve de enfrentar, Bill tornou-se o primeiro negro a ser uma estrela do esporte na Inglaterra.

Com a idade, ele se tornou treinador, e foi assim que Ethan o conheceu. Depois, Bill abriu sua própria academia de luta. Ethan ainda a frequentava. E o apelido de Lorde Murro que ganhou no grupo não era à toa. Era seu esporte preferido. Ele era ambidestro, ou seja, tinha um belo cruzado de direita e de esquerda e fazia um rápido trabalho de pernas, algo pelo qual seu primeiro treinador ficou conhecido.

Contudo, como um cavalheiro com outros objetivos, Ethan lutava por prazer e diversão. Se entrava em alguma luta de apostas, era entre amigos e conhecidos. Jamais se envolveu em lutas públicas, com dezenas de espectadores e altas apostas. Tais lutas criavam estrelas do boxe, mas os lutadores vinham da classe trabalhadora. Era irônico que, além do trabalho prestado, também lutavam para entreter a classe alta, pois o esporte era assistido por pessoas de todas as classes e considerado adequado para cavalheiros. Portanto, eles apostavam, assistiam e patrocinavam clubes e lutadores.

Com um metro e oitenta e cerca de noventa quilos bem distribuídos em um corpo sólido e musculoso, Ethan era robusto e considerado um peso pesado. Não enfrentava homens menores nem por diversão, só se estivessem aprendendo juntos.

Essa era sua desculpa com o Sr. Prescott. Lydia era alta e esguia. Em suas roupas femininas, era encantadoramente feminina. Como um cavalheiro, parecia elegante e em forma. Ethan jamais lutaria com alguém com seu físico. Contudo, não desconfiariam de nada se ele levasse seu novo amigo para aprender alguns princípios básicos do boxe. Até gostariam, e é claro que o Sr. Prescott pagaria ao clube de boxe por recebê-lo.

Havia pugilistas do sexo feminino, mas certamente não era o papel de uma dama. Assim como os boxeadores homens que lutavam nas grandes lutas fora de Londres, as mulheres que entravam nas contendas tinham a mesma origem humilde.

— Não vai chegar mais ninguém, paguei por uma sessão privativa. — Ethan entrou no que parecia ser um vestiário, onde poderiam deixar chapéus, guarda-chuvas e havia ganchos para pendurar roupas. Além de bancos ladeando a parede e alguns armários para pertences mais valiosos.

Ele tirou o paletó e o pendurou, seguindo com seu lenço e colete. Lydia tinha perdido a inibição desde que começou a se vestir de homem. Afinal, retirava sua roupa *fora de casa*, algo inimaginável para uma mulher em sua posição. E fazia isso na casa de um homem. Bem, antes de descobrir o segredo de Glenfall, ela entendeu que La Revie não tinha interesse nela ou em qualquer outra mulher. Mas nada disso tornava a situação menos escandalosa.

Nem significava que ela havia perdido suficiente de seu pudor para começar a se despir num clube de boxe, frequentado por homens. E junto com Ethan. A mera ideia lhe causava um rebuliço no estômago. Ou talvez, fosse o fato de ele estar sem seus trajes.

— Tem de tirar parte da roupa para lutar, Sr. Prescott — avisou Ethan, como se sentisse seu dilema.

Lydia olhou em volta para ter certeza de que estavam sozinhos.

— Não pretendo tirar minhas roupas junto com você... em sua presença.

— Você já entrou em um lago comigo, não tem tanta diferença assim. — Pelo sorriso dele, a memória era vívida.

Lydia arrancou o paletó, que ela já conseguia retirar com desenvoltura. Era o primeiro item do qual os homens se livravam caso precisassem se envolver em qualquer tarefa mais extenuante. Ethan abriu os botões da camisa, e ela abriu o colete, decidida a não recuar. Era como uma atriz em cena, não saía do papel. Pelas palavras do próprio La Revie: *Permaneça no personagem.*

Um homem entrou na sala onde eles estavam e usava somente os calções, meias, sapatos e a fita que ajudava a manter a vestimenta na cintura. Lydia franziu o cenho, nem um pouco afetada pela aparição do desconhecido desnudo. Ele os cumprimentou e foi se vestir para partir.

Irritada, Lydia tirou o colete e o pendurou. Seminudez masculina não a escandalizava, seu problema era quando Ethan começava a tirar a roupa. Ela odiou constatar isso. O homem partiu, e ela colocou as mãos sobre os seios, para ter certeza de que estavam bem escondidos. Um dos motivos para encerrar seu papel como Prescott eram seus seios doloridos ao fim do dia.

— Vamos, ele era o último. Temos algum tempo de privacidade. — Ethan ergueu o olhar do local onde estavam as mãos dela para o seu rosto.

Ela não sabia o que era mais sugestivo: ser pega com as mãos nos seios ou baixá-las e sentir-se exposta. Estava bem protegida, o linho da camisa era de boa qualidade e havia as fitas e uma espécie de espartilho curto por cima. Como sabia exatamente o que escondia, Ethan não conseguia olhá-la sem ver outra coisa.

Por seu lado, Lydia ficava alternando o olhar entre o peitoral dele e qualquer outro item à sua volta.

— Estou me sentindo um garoto bobo e inexperiente. Nem sempre é divertido ser um homem — resmungou ela.

— Muitas vezes não é nada divertido. — Ele riu e a levou para um pêndulo pesado e duro que ela demorou a entender que era um saco de areia, e ele esperava que ela o socasse para aquecer seus músculos.

— Vai marcar minhas mãos. Minha mãe teve muito trabalho com leite e água de rosas para que parecessem as mãos de uma dama.

— Suas mãos vão continuar perfeitas. — Ele segurou seu punho e o fechou, ajeitando a posição dela.

Lydia sabia dar um soco, mas ele ia ensiná-la a socar para derrubar. Para causar estrago suficiente para vencer um oponente. E onde acertar.

— E seja rápida, mexa os pés e gire em volta dele. — Ethan empurrou o saco de areia, obrigando-a a se mover mais rápido.

Depois que ele a deixou suada e com a camisa agarrando em suas costas, Lydia já estava em dúvida sobre o seu disfarce. La Revie lhe disse para não abusar.

— Agora você pode me socar — disse ele.

Lydia desistiu de ir se vestir. As sobrancelhas dela se ergueram, e ela voltou a fechar os punhos. Podia socar aquela cara bonita dele e estragar alguma coisa?

— De verdade?

— Não vá machucar sua mão — avisou ele. — Bata aqui — instruiu ele, indicando o alto de seu peito.

O olhar dela desceu para o peitoral exposto. Homens lutavam sem camisa. E, no momento, ela odiava um em especial. Havia uma leve camada de transpiração cobrindo-o, e Lydia estava com uma ridícula dificuldade para afastar sua atenção da pele lustrosa, que parecia tão macia ao cobrir aqueles músculos. Havia um caminho escuro e suave de pelos que sumia nos calções dele. Eis o motivo para homens não tirarem a camisa fora de lutas.

Contudo, ela jamais achou nada delicioso em outro homem. Não era à toa que sua única opção viável era odiá-lo.

— Belo soco, Sr. Prescott. — Ele deu um passo para trás e mostrou diversão, pois ela parecia bastante frustrada ao acertá-lo. Ethan pensou que Lydia iria adorar sua chance de socá-lo.

— Não há prazer em acertá-lo e sentir mais dor na mão conforme eu bato — reclamou ela, massageando o punho. — Vocês têm mãos de ferro?

— Você acaba se acostumando. — Ele pegou as mãos dela e olhou os punhos avermelhados, esfregando os polegares sobre eles suavemente. — Sabia que já existem luvas? Mas ninguém usa para lutar.

— Por que homens são tão tolos?

— Você também pode envolver sua mão em gaze ou tecido, ajuda a machucar menos.

— Mas não usam para lutar.

Ele balançou a cabeça, enquanto continuava a esfregar os delicados ossos dos punhos dela.

— Quer experimentar?

— Sim.

Ethan buscou um par de luvas de couro marrom, calçou nas mãos dela e amarrou abaixo de seus pulsos. Ficaram grandes, mas não cairiam. Lydia experimentou se mover e socar. As luvas dançavam devido ao tamanho.

— Agora, nada vai impedi-lo, meu querido, Prescott. — Ethan se moveu em volta dela.

Lydia manteve o olhar no rosto dele, para não se distrair com seu corpo exposto e a forma como seus músculos chamavam atenção. Até porque ele a estava provocando e ela queria revidar.

— Mova os pés assim.

Ela o seguiu e aprendeu um pouco sobre a movimentação de um pugilista, que não era só dar socos ao acaso e derrubar o adversário. Bons treinadores tinham técnicas para passar. Com os seus, Ethan aprendeu rapidez nos pés e assertividade. Lydia era atlética e esperta, e não demorou para acompanhar. Parecia fácil até que ele fugiu de um de seus socos ao puxá-la pela mão enluvada e soltá-la com rapidez, saindo de sua frente.

— Isso é trapaça — acusou ela, ofegando pelo esforço que vinha fazendo e por quase ter caído.

— Vamos rezar para o senhor nunca acabar em uma briga de rua, pois nelas não há regras — brincou ele.

Ela colocou as mãos na cintura, ou melhor, os punhos protegidos pelas luvas.

— Você é um conde! Onde diabos andou se envolvendo?

— Onde não devia. — Ele abriu um grande sorriso ofuscante que dizia tudo sobre seu histórico de traquinagens.

— Então o que o Sr. Prescott faria numa briga de rua?

— Tudo para derrubar o oponente.

— Inclusive trapacear? — Lydia pareceu mais interessada na perspectiva.

— Especialmente se estiver em desvantagem. Já deu uma rasteira em alguém?

— Isso, eu ainda não fiz.

— Já chutou alguém?

— Sabe, Greenwood, acho que você é uma péssima influência.

— É tudo em defesa própria. Ou para ter tempo de empreender fuga. — Ele voltou para o meio do espaço que estavam usando. — Vamos, esqueça a técnica. Vou lhe ensinar um pouco de trapaça, para quando não tiver nenhuma bandeja por perto — provocou.

Foi exatamente o que ele fez. E Lydia, com uma veia para se envolver em problemas, aprendeu muito mais na parte de lutar sem regras do que na parte de lutar boxe. Ele lhe disse onde doía mais levar um chute, como dar uma rasteira num oponente desavisado, truques para pegar alguém maior de surpresa e conseguir fugir.

— Eu imagino que não encontre tantas pessoas maiores do que você. — Ela voltou a erguer o olhar para evitar o peitoral largo.

— Eu já fui criança. E sempre tem alguém maior e mais forte. Não importa a fase da vida.

— Mas...

Ela perdeu o foco e ele a puxou de novo. Lydia apoiou as luvas nele. Não sabia por que ainda continuava com as malditas coisas. Talvez porque socos fossem uma das partes de lutar boxe ou trapaças. Ela olhou para cima, tinha acabado de ver sua morte. Sim, estava mortalmente embaraçada. Seu rosto ficou a centímetros do peito dele e de seu braço, já que ele a segurou.

— Nosso tempo está acabando. Daqui a pouco, outros homens vão chegar para seus exercícios do dia — avisou ele.

Ela ajeitou a postura e o encarou. Apesar de seu problema pessoal com Ethan, tinha se divertido muito. Gostou de fazer atividades que não conseguiria vestida como Lydia Preston. E Glenfall não a traria para um dia como esse, pois ele tinha outros interesses e atividades dos quais ela também gostou de participar. Era interessante como os dois eram tão amigos, passavam um bom tempo juntos, frequentavam os mesmo locais, eram parte do mesmo grupo e, mesmo assim, tinham atividades tão distintas.

Glenfall era sociável de outra maneira, preferia programas ligados a artes e encontros em confeitarias e consertos. Enquanto Ethan frequentava um ambiente masculino ainda mais difícil para ela acessar sem ser como Prescott.

O que só tornou tudo mais divertido. Lydia passou por vários homens, inclusive conhecidos, e eles mal prestaram atenção nela. E disseram as coisas mais inapropriadas na sua presença; a maioria ficaria mortificada se soubesse.

— Eu gostei do que fizemos juntos — disse ela e se apressou a concluir, pois a frase ficou dúbia. — Como amigos fariam.

— Ótimo — respondeu ele. — Tenho tempo suficiente para puni-la por todas as vezes que me chamou pelo título. — Ele a segurou tão perto que Lydia ficou confusa sobre qual problema acessar primeiro. — E foram muitas.

Ele a beijou. Simplesmente apertou-a pela cintura, segurando seu corpo trajado por roupas masculinas em meio a um clube de boxe, e a beijou. Enquanto ele estava seminu. Lydia não era o tipo que se escandalizava fácil, mas, quando essa imagem se fixou em sua mente, ela não conseguiu se mover por um segundo inteiro. Algo que pareceu uma eternidade.

Pelo jeito, Ethan até se acostumou ao bigode falso, pois não hesitou ou parou para uma piada. Só encaixou os lábios nos dela e demandou espaço, pois sabia o que desejava e não tinha tempo de sobra. Lydia cedeu espaço quando ele a lambeu. Sim, ela precisava dizer que ele a lambeu no meio de um clube de boxe.

O que era absolutamente ridículo, pois, assim que conseguia espaço, ele desencadeava uma corrente de sensações impossíveis. Apertava seu corpo com mais vontade e acariciava sua boca daquele jeito sensual e tão íntimo que ela estremecia dos dedos dos pés aos fios em sua cabeça. O choque de prazer descia pelo seu corpo inteiro.

Então ela percebeu que estava colada ao peitoral que passou o dia com dificuldade para não olhar, aqueles braços nus e poderosos a abraçavam com avidez e a boca dele era quente contra a sua, beijando seus lábios e mordiscando sua pele. Ela quis tocá-lo de volta, saber como seria pôr as mãos nas costas fortes que também foram uma enorme distração.

Porém, quando tentou, apenas a pele de seus antebraços entrou em contato com os ombros largos. As luvas grandes não a deixavam sentir nada.

— Tire isso. — Ela moveu as mãos, não tinha como se desamarrar.

— Olha só quem está impossibilitada — provocou ele. — Por que quer tirar algo que a está protegendo?

— Não estamos mais lutando.

— Ah, não? Beijá-la é sempre uma luta, Preston.

Era uma tolice, mas Lydia derretia um pouco a cada vez que ele a chamava de *Preston*, usando aquele tom sugestivo e promissor que só ouvia sair de sua boca quando estava sendo extremamente íntimo com ela. E quando estavam a sós.

— Não é, eu o beijei de volta.

— Por que quer tirar?

Sabe por que ela o odiava? Porque nenhum outro homem fazia Lydia Preston corar desse jeito. Devia estar vermelha desde o topo dos seios até a raiz dos cabelos.

— Por que sim, cansei de usar.

— Isso não me responde nada. — Ele acariciou seus quadris e baixou o rosto, roçando-o na pele delicada e exposta do pescoço dela.

Ele a mordeu. O maldito a mordeu, com suavidade, mas com pressão suficiente bem onde dava para sentir seu pulso tão acelerado que seu coração só podia estar em fuga. Lydia abraçou a cintura dele e se moveu, inquieta, o abdômen rijo pressionando sua barriga, e ela estava só com a camisa masculina. Era apenas um tecido sobre a pele. Ela costumava estar protegida sob camadas de roupa feminina.

— Adoro sentir o cheiro escondido de seu perfume. Como um segredo que Preston escondeu em Prescott. Você cheira a um verão quente e memorável no campo. Bem no ponto onde tocou quando depositou o perfume. — Ele a beijou abaixo da orelha e sugou a pele, como se pudesse guardar a lembrança do que acabara de contar.

Lydia se arrepiou inteira. Pior do que antes. Seu corpo pulsou, e ela admitiu para si mesma que estava mergulhada em excitação. De novo. E por culpa de Ethan. *Sempre ele.* Seus mamilos estavam presos sob as voltas da faixa que a escondia e, mesmo assim, sentia a fricção de se mover contra o peitoral dele.

— Eu quero tocá-lo — confessou, frustrada. — Quero tirar as luvas para tocá-lo. Assim é injusto — reclamou.

Ethan levantou a cabeça e a observou com aqueles olhos escuros e cheios de desejo e anseio. Um pequeno sorriso satisfeito suavizou sua expressão enquanto ele puxava os laços e a libertava. As luvas caíram no chão, e Lydia colocou as mãos suadas nos ombros dele. Estavam úmidas por estarem confinadas e por nervosismo misturado a excitação.

As mãos dele voltaram para ela, subiram pelas costas, e seus dedos empurraram a base da faixa que a continha. Porém, ele não se moveu além disso e continuou olhando-a, pois se ela queria tocá-lo, não ia atrapalhar. Lydia desceu as mãos, e seus dedos roçaram os pelos escuros cobrindo seu peitoral. Ela pressionou, sentindo a pele macia sobre a rigidez muscular. Nunca admitiria como estava fascinada.

Seus dedos passaram suavemente sobre os mamilos masculinos e deslizaram para os braços dele, segurando nos músculos dos bíceps e finalmente deslizando para suas costas, o que voltou a deixá-los com os corpos entrelaçados. Então ela o surpreendeu ao baixar o rosto e beijar o topo de seu peitoral direito. Depois, roçou os lábios, sentindo o gosto salgado. Essa ideia estapafúrdia passou pela cabeça dela quando viu aquela camada de suor o cobrindo.

Foi uma ideia tão fora de proporção que ela não resistiu e experimentou. O gosto era bom, a sensação da pele dele era instigante e a forma como sentiu a respiração dele se alterar por causa de seu toque foi ainda melhor. Então ergueu o rosto e subiu para o pescoço, onde beijou até alcançar o queixo. Uma suave aspereza encontrou seus lábios; ele havia se barbeado, mas a barba era persistente.

— Beije-me. Beije-me de novo, Greenwood — pediu ela, num sussurro.

Ele obedeceu, colocou a mão por trás da cabeça dela e pressionou os lábios nos seus. Lydia deu espaço instantemente e as carícias da língua dele foram tão sensuais que ela sentiu o corpo pulsar do jeito mais delicioso. Ela o abraçou pelo pescoço, deixando que a quentura dele se infiltrasse por suas roupas e suas mãos a tocassem escandalosamente.

— Você descobriu a parte boa das roupas masculinas, Lydia?

— Não protegem nada.

— Abrem fácil. — Ele soltou o primeiro botão do lado direito de sua braguilha, depois o segundo.

Lydia não disse nada. Ele abriu o outro lado, e ela aguardou.

— Onde está aquela ousada coisa que você usa por baixo? — indagou, curioso.

— Não gostei de usar com essa calça, fica pano demais entre as minhas coxas — murmurou ela e manteve o olhar nele.

Parecia até que ela sabia o efeito que causaria. Ethan não sabia qual pensamento era mais destrutivo: sua fantasia sobre desnudá-la e encontrar o calção feminino ou abrir sua braguilha e descobrir que ela esteve o tempo todo sem nada por baixo.

— Não faça isso — pediu ela, quando a mão dele deixou suas costas e desceu pela sua cintura.

— Você quer que eu pare de acariciá-la?

— Não.

A admissão dela causava um efeito ainda mais poderoso do que seu corpo movendo-se contra ele. Ethan baixou a cabeça, deleitando-se no cheiro da pele dela, e colou a boca à sua outra vez. A mão dele deslizou para dentro da braguilha da calça dela, e Lydia estremeceu, atônita e estimulada quando os dedos dele roçaram nos pelos loiros e macios.

— Não vou machucá-la, vou apenas tocá-la, se me permitir.

Lydia assentiu e ele correu os nós dos dedos sobre o seu sexo. Ela virou o rosto para o pescoço dele e se segurou em seu ombro.

— Depois você vai fechar minhas calças — murmurou.

Ele a cobriu com a mão e deslizou os dedos entre os lábios externos. Ela deixou escapar um som de surpresa contra seu pescoço, e ele disse:

— Eu vou, claro que vou...

Ele poderia ter até negado. Lydia estremeceu por causa dele e não prestou atenção. Sequer poderia esganá-lo, mesmo que suas mãos estivessem no lugar perfeito para isso. Ele a descobriu tão molhada que ela não sabia nem como estava de pé, então a esfregou com suavidade, repetindo o movimento, e ela quis se esconder para conter suas reações. O problema era que se escondia contra ele.

— Não, não se feche para mim. Não vai doer nada — pediu Ethan e inclinou a cabeça, beijando-a pelo rosto.

Ela relaxou as coxas e permitiu que ele voltasse a excitá-la com os dedos. Foi bastante ousado, explorando e provocando, construindo seu prazer até pressionar mais o clitóris excitado ao senti-lo mais rígido. Ethan a segurava e concentrava-se nas reações dela, Lydia empurrava a pélvis contra a mão dele e, do jeito que estavam tão juntos, podia sentir a extensão do membro rijo no seu quadril.

Lydia ergueu a cabeça em busca de ar e encostou os lábios no pescoço dele, onde acabou mordendo-o, trêmula, enquanto ele a acariciava com movimentos circulares, que já descobrira causarem efeito nela. Naquele ritmo, ela começou a se contorcer e emitir sons baixos e repetidos. Ethan tocou seus lábios, mas excitado como estava por vê-la tão à beira do clímax, ele a beijou e acabou engolindo seu gemido e apertou-a quando o corpo dela respondeu num arquear suave contra ele.

Lydia ainda estava estremecendo em seu abraço e pulsando em seus dedos quando Ethan ouviu batidas na porta no andar de baixo. Ela levou vários segundos para sair do torpor e, quando arregalou os olhos, ele já a tinha tirado do chão.

— Não grite.

— Eu não grito — reclamou ela, sem fôlego.

Ele só a colocou no chão quando já estavam dentro do vestiário, onde estavam suas roupas.

— Você disse que ia fechar as minhas calças — lembrou ela.

Cumprindo sua promessa, Ethan prendeu os quatro botões da braguilha enquanto a encarava, e Lydia fazia de tudo para respirar calmamente. Contudo, seu coração se mantinha acelerado e seus seios estavam pesados e incomodando sob a faixa. Ele ainda estava excitado, e ambos continuavam ruborizados.

— Nunca mais saia comigo sem usar nada por baixo das calças. — Ele a beijou e se afastou assim que ouviram que os sons de outros homens já estavam no mesmo andar que eles.

Ethan se ocupou vestindo-se, nem se dando ao trabalho de se limpar, faria isso em casa. Lydia colocou o colete bem rápido e vestiu o paletó por cima antes de se abotoar, como um desses cavalheiros no meio da esbórnia, ou saindo às pressas da cama de uma amante. Ela estava se saindo bem no papel. Só queria estar com seu disfarce completo antes que mais alguém colocasse os olhos nela.

— Sei que alguns homens andam sem nada, só com essa calça para cobrir as intimidades, enquanto as mulheres têm camadas e mais camadas de proteção.

— E nós somos dois homens muito normais, não é, Sr. Prescott? — Ethan foi na frente, carregando o paletó amassado, e, na saída, cumprimentaram dois homens que entravam no recinto, assim como passaram rapidamente por mais três que subiam as escadas.

Lydia pediu um coche e foi voltar a sua verdadeira personalidade na casa de La Revie. Ethan esqueceu qual era o seu último compromisso do dia, porque estava ocupado pensando em como convencer Preston a se casar nessa vida, pois não sabia como ia continuar sem ela.

Em vez de ser contra, gostava de participar de tudo que ela fazia. Lydia podia brincar de ser Prescott o quanto quisesse, mas, se estivessem juntos, ela seria mais livre. Talvez nem precisasse lançar mão de tal artimanha tantas vezes. Não estaria colocando em perigo a reputação da família nem arriscando ser eternamente infeliz ou uma prisioneira, pois ele jamais faria nada disso com ela. Amava-a demais para isso.

Porém, como convencê-la de que nem todas as mulheres seriam aprisionadas, despidas de decisões ou viveriam casamentos trágicos como os pais dela antes de se encontrarem? Os exemplos em volta deles não colaboravam para isso, era uma comparação injusta se posta em números e sob as opiniões de como Lydia encarava o mundo.

E como ele provava que não viraria um vilão depois que se casassem e adquirisse controle sobre a vida dela? Porque era inevitável, ele só podia jurar por amor, honestidade e lealdade a ela e esperar que Lydia escolhesse confiar nele.

CAPÍTULO 19

Lorde Glenfall retomou seu posto como companhia de Lydia, pois, antes da despedida de Prescott, ele precisava cumprir a promessa de levá-la a um dos teatros fora do circuito que apresentava peças absolutamente proibidas para mulheres de boa reputação. De fato, as únicas mulheres vistas em tais locais eram as atrizes e prostitutas em busca de entreter os cavalheiros que iam assistir.

Cavalheiros respeitáveis jamais comentavam fora de seus círculos que assistiram tais peças. Glenfall estava arrependido antes mesmo de chegarem, e alegava que não se perdoaria por macular a inocência dela. Algo que só a deixava mais curiosa.

Ele a levou para a estreia de *Os Contos de Lady Cunt*, uma comédia que não tinha absolutamente nada a ver com algo que alguém esperaria de uma lady e que só podia ser apresentado no Silver Horse, um minúsculo teatro perto de Cheapside. Lydia achou interessante que Glenfall parecia já saber o que aconteceria, mesmo que fosse a estreia da peça. Pelo jeito, a história era famosa entre os rapazes. Havia uma história de livretos ilegais que não deviam cair nas mãos de damas.

— Vamos ficar apenas até o intervalo do segundo ato — decidiu ele.

Dessa decisão, ele não ia abrir mão. Já havia concordado em cumprir a promessa, mas ele disse que jamais veriam o terceiro ato.

Ao se sentar na lateral — pois os camarotes do Silver Horse, na verdade, eram espaços com cadeiras elevadas —, Lydia notou que os cavalheiros mais mal falados, degenerados e libertinos que a sociedade conhecia estavam presentes para a estreia. Entre jovens e idosos, desde os vilanescos até aqueles que simplesmente carregavam a fama de descarados sem coração. Entre eles, o asqueroso Lorde Morton, o estranho Lorde Hughes, o desprezível Lorde Howe... e veja só quem ela viu na companhia deles. O libertino mais perigoso do reino: Lorde Wintry.

E ela estava no mesmo ambiente! Lydia sentiu uma louca vontade de gargalhar.

Sua diversão durou até os primeiros minutos do ato inicial, após a bela e voluptuosa Lady Cunt entrar em cena. Dali em diante, ela assistiu uma comédia um tanto trágica em certos momentos, numa trama de paixão, traição, mortes cômicas e imoralidade.

Lydia nunca sonhou em ver nada tão indecente e explícito em toda a sua vida. Ia piorando conforme as cenas passavam, e ela começou a entender por que não ficariam até o final. Nudez já não era mais um choque para ela, mas seus olhos se arregalaram mesmo assim. No início do segundo ato, um dos atores deslizou a mão entre as pernas da atriz principal, e ela fingiu um prazer exagerado no encontro proibido que era a cena onde os dois seriam descobertos.

Contudo, Lydia estava vermelha com um morango, porque só conseguia lembrar que Ethan fez exatamente isso com ela, quando colocou a mão dentro de sua calça masculina e causou aquele turbilhão de prazer no seu corpo. Ela jamais esqueceria a sensação. Tentou, mas não havia nada que conseguisse fazê-la se arrepender de viver aquela descoberta com ele.

A cortina se fechou e Glenfall pulou de pé.

— Vamos embora, ainda dá tempo de tomar algo no clube. Preciso esquecer que a trouxe aqui. — Ele a colocou na frente para saírem.

— Sua ideia de esquecer é me levar para outro ambiente cheio de homens?

— Estarão todos vestidos. Graças aos céus. — Suspirou ele, secando a testa e lembrando Deeds ao fazer isso.

— Eu tenho perguntas! Muitas perguntas! — alegou ela, apressando-se para acompanhá-lo.

— Dependendo do que for, eu me recusarei a responder. Terá de tentar com a sua mãe ou, que Deus me perdoe... Greenwood! Ele vai ter de consertar o que começou.

E isso porque Lydia nem contou e jamais contaria o que aconteceu entre Ethan e ela naquele clube de boxe.

A marquesa estava no seu pequeno escritório particular nos fundos da mansão londrina quando escutou uma de suas crianças chamá-la da porta.

— Mamãe!

Estava demorando. Nesse horário, era para estarem todas ocupadas, mas, pela voz, ela sabia que era aquela que não era mais criança, mas estava na época de causar os maiores problemas.

— Sim — respondeu Caroline, mas continuou escrevendo.

Lydia passou pela porta e foi direto ao assunto.

— Lembra-se da nossa conversa sobre possíveis reações que terei ao me sentir muito atraída por alguém?

— Lembro.

— Algo atípico aconteceu. Não se parece com nada das conversas que tivemos. Aconteceu algo comigo.

A pena manchou o papel quando a mão de Caroline pausou por tempo demais no mesmo local. Ela a colocou de volta no suporte e virou o rosto para a filha.

— Atípico de que forma?

— Um rebuliço se passou no meu corpo.

— Um *rebuliço*?

— Estremecedor.

— E quando esse *rebuliço estremecedor* se passou no seu corpo, alguém a estava tocando?

Lydia pausou. Não esperava que essa pergunta viesse tão cedo na conversa.

— Sim.

— Acho melhor fechar a porta.

Ela o fez e adentrou mais o pequeno escritório, o que significava só mais três passos até parar quase ao lado da cadeira da mãe.

— Foi uma contenda, mãe.

— Uma contenda? — Caroline ergueu a sobrancelha, conhecedora dos dramas da filha.

— Pelo meu corpo.

— Imagino.

— Não, não imagina! — respondeu, aflita.

— De certa forma, eu imagino.

— Sim, bem... acredito que imagina. Afinal, a senhora é casada.

— Sim. — Caroline foi se virando na cadeira, desconfiada daquela conversa.

— Algo estranho tomou meu corpo, nas partes íntimas e responsivas, como já me ensinou.

Dessa vez, as duas sobrancelhas de Caroline se elevaram. Lydia não era ignorante sobre o seu corpo e como ele funcionava. Por diferentes motivos. O marquês lhe ensinou sobre partes do corpo fazendo várias analogias com os animais da fazenda, sobre os quais ele lhe ensinava desde criança. Assim, ela aprendeu sobre braços, pernas, cabeça, tronco e funções básicas logo cedo. Então, a preceptora, Srta. Jepson, adicionou conhecimento, tratando tudo de forma mais técnica.

E sobrou para Caroline juntar tudo isso e transformar em conhecimento prático e lhe ensinar particularidades sobre o próprio corpo. Até porque a mãe engravidou e teve dois bebês enquanto Lydia crescia, e ela tinha perguntas, *muitas perguntas*. Quando Lydia ficou adulta, Caroline substituiu a história de fecundação pela realidade.

Assim, Lydia sabia como um homem fazia para plantar sua semente em uma mulher e produzir um bebê. E como certas partes de seu corpo poderiam reagir e onde ficava sua feminilidade. Talvez por isso estivesse tão apavorada, pois tudo isso virou um *rebuliço estremecedor* e uma *contenda*.

— Um redemoinho turbulento — reclamou Lydia.

— São muitas palavras catastróficas — observou Caroline. — Por acaso isso aconteceu com aquele que não ouso dizer o nome, mas por quem você mantinha uma terrível atração?

— Sim — respondeu ela, e sua expressão dizia tudo, odiava admitir. Era *ele*.

— Ah, isso explica tudo.

Lydia preferiu não entrar em detalhes, mas Caroline entendeu que ele a beijou e causou algo bastante forte e que a filha estava escondendo uma parte da história.

— Talvez, eu disse talvez... não seja tão terrível que justo aquele que você deseja seja o mesmo que lhe cause rebuliços estremecedores — aconselhou ela e observou enquanto a ideia se infiltrava em meio à confusão de novas sensações, dúvidas e possíveis decisões que a filha estava vivendo neste ano.

Lydia chegou sozinha à casa dos Powell nos arredores de Londres, naquela que era apenas a segunda propriedade deles para a temporada. A mansão principal era conhecida por ser palco dos eventos mais badalados de fim de temporada. Mas ela, ou melhor, Prescott havia sido convidado para esse adorável piquenique nos jardins que tinha em sua lista desde duques a grandes comerciantes. Os bailes deles eram mais seletos. E, mesmo assim, sempre havia alguma confusão.

— Acredito que retornarei com meu primo — disse ao condutor que lhe servia quando estava como Prescott, um empregado secundário da casa de Glenfall.

Antes que ela desse uma gorjeta extra ao homem, escutou um latido familiar. Lydia arregalou os olhos e se inclinou para dentro da carruagem. Quase havia esquecido a cesta com o lanche que havia prometido trazer e deixar na carruagem de seu primo. Mas imagine sua surpresa ao abri-la e lá dentro ter um cachorro minúsculo que pulou para cima dela e correu para o lado de fora.

E pior, ele havia comido os pedaços de frango que havia na cesta.

— Peteca! — chamou ela, perdendo um pouco a compostura de cavalheiro.

O pequeno cachorro achou o arbusto mais próximo e se aliviou. Lydia correu para perto e chamou mais baixo.

— Peteca, venha aqui agora!

Ela conseguiu capturá-lo, e ele fez de tudo para lambê-la enquanto retorcia o pequeno corpo e balançava o rabo peludo.

— Como entrou na cesta? — Ela o segurou firme, para que não conseguisse fugir de novo.

O condutor se aproximou, segurando a cesta que tinha ficado na carruagem.

— O que devo fazer com ele, senhor?

— Ele comeu o frango e dormiu aí dentro, pois estava em absoluto silêncio esse tempo todo. — Ela lhe entregou o cachorro. — Por favor, fique com a cesta e leve-o de volta em segurança. Irei buscá-lo em meu retorno. Não o perca de vista, ele é conhecido por suas fugas.

O condutor pareceu ficar temeroso de ser deixado sozinho com aquela coisa pequena e sapeca, então o colocou de volta dentro da carruagem o mais rápido possível.

Assim que entrou na casa dos Powell, Lydia tirou o chapéu. Os convidados não estavam deixando seu acessório na chapelaria da casa, pois o evento era no jardim. Então tiravam ao entrar e recolocavam ao sair pelas portas traseiras.

Girando a pequena cartola em suas mãos, Lydia se preparava para se despedir do chapéu masculino por um bom tempo. Sinceramente, ela gostava mais de seus lindos chapéus femininos, personalizados para ela.

— Até que enfim. Logo vi que deveríamos ter vindo juntos — comentou Glenfall, a despeito de um cumprimento.

— Não queria chegar junto com os vários grupos de convidados. Ouvi dizer que esses eventos dos Powell sempre são concorridos. Não sei como consegui um convite.

— Por ser meu estimado primo. Sou querido por Lady Powell, ela tem um parentesco distante com o meu falecido pai — contou ele.

— Então ela sabe que não sou seu primo — preocupou-se Lydia.

— Não sabe, pensa que você é da obscura família de minha mãe. Por isso o cabelo claro.

— A família de sua mãe era obscura?

— Baixa nobreza. Nem eu conheci todos os meus parentes maternos. Os Powell certamente não passariam na mesma calçada que eles — brincou

Glenfall. — Ela vai adorar conhecê-lo e ver que ao menos um parente materno se salvou.

— Vai me apresentar a ela?

— Vamos, vamos! Ela está curiosa.

Assim o Sr. Prescott foi devidamente apresentado à dona da casa. Lady Powell nunca teve proximidade com Lydia, apenas frequentou alguns eventos em comum. Também não teria um relacionamento com Prescott, pois a troca de palavras foi breve e ela se distraiu ao ver uma convidada ilustre que chamou atenção assim que entrou.

O motivo para a excitação da anfitriã foi direto para onde eles se encontravam e, antes que pudessem escapar, estavam em frente à duquesa de Hayward. Lydia sentiu um calafrio percorrer seu corpo ao perceber os olhos azul-escuros e extremamente perscrutadores de Isabelle fixos nela. Nem escutou as apresentações, mas Glenfall encostou em seu braço a tempo de que fizesse uma mesura enquanto dizia:

— E este é o meu primo, o Sr. Prescott, Sua Graça.

Isabelle permaneceu olhando-a por sólidos segundos, que fizeram sua respiração pausar. Então levantou a mão enluvada e lhe ofereceu, um gesto que ela não estendia a qualquer um. Lydia tinha certeza de que, se fosse um jovem senhor, iria segurar a mão da duquesa imediatamente, enquanto lhe dava um olhar de deslumbre e paixão instantânea.

A duquesa causava esse efeito. Contudo, Lydia estava a ponto de desmaiar, pois era uma jovem dama que já conhecia a duquesa, porém, sempre esteve vestida de acordo. E agora tinha certeza de que Isabelle conseguia ver através de seu disfarce.

Mas como?

Ela sentiu uma cotovelada e agarrou a mão da duquesa da forma mais afobada e deselegante. Não se deixava a mão de alguém da posição dela em espera. Isabelle olhou com pouco caso para o jeito como ela a segurou e, quando Lydia se inclinou para beijar sobre a luva fina, o olhar da duquesa já era de tédio. Mas nunca havia beijado a mão de uma dama enquanto todos em volta observavam. Tinha de ser logo com *ela*?

— Ainda bem que pensarão que ficou como um tolo ao me ver. Você não ganharia uma moeda num teatro — disse Isabelle, num tom baixo que soava sedutor até para os ouvidos de Lydia.

Ela retirou a mão e sorriu, não como sorriria para um rapaz desconhecido, mas para Lydia Preston. *Ela sabia.*

Então a duquesa partiu em direção às portas traseiras, ignorando aquele encontro, como se agora sim ela fosse só mais um dos jovens que se jogavam aos pés dela, mas ficavam paralisados por sua causa.

— Os outros já chegaram. Estão lá fora. Vamos logo. — Glenfall a puxou para se mesclarem à comitiva de convidados que seguiu a duquesa para os extensos jardins.

Lydia não queria falar com Isabelle outra vez, apesar de duvidar que ela fosse lhe dar atenção, porém, ao ir no grupo que a seguiu, viu um encontro que, para os fofoqueiros, seria um prato cheio. Isabelle parou ao se deparar com Lorde Emerson.

O caso aconteceu no ano anterior ao debute de Lydia, então ela só sabia da história, mas outros ali acompanharam. Isabelle e Rowan foram amigos e quase noivos. Boa parte da sociedade achava que eles se casariam, inclusive os avós de Emerson. Até porque, ele propôs. *Mais de uma vez.* E estava sempre junto com Isabelle. Foi ela que quebrou o coração dele. A amizade acabou porque ele partiu para uma viagem por não suportar vê-la com o duque por quem ela se apaixonou.

Ninguém sabia como ela foi se apaixonar por Hayward. Todos tinham pavor dele. Mas aconteceu.

E, pelo jeito como Lydia viu Rowan olhar para Isabelle, talvez a viagem e os poucos anos que se passaram não foram suficientes. Ele voltou e nunca mais se comprometeu com ninguém, pelo contrário.

Diziam por aí que a duquesa gostaria de retomar a amizade. O que Lydia viu foi anseio e certa dor no olhar de Rowan quando ela lhe estendeu as mãos enluvadas e sorriu como não fizera para ninguém ali. Porque gostava dele. Só que não do jeito que ele precisava.

— Por que você parou? — Glenfall olhou na mesma direção.

Lydia se sentiu desconfortável por ter assistido àquele breve momento, pois durou só uns segundos no rosto dele. Ela havia começado a gostar de

Rowan, talvez pudessem ser amigos. Aproximar-se dele era um perigo para sua reputação, dada a sua fama de libertino, mas podia contornar a situação se ele também se aproximasse de seu grupo de amigos.

— Eu acho que ele ainda tem sentimentos por ela... — sussurrou.

— E desde quando você é fofoqueira desse jeito? — Glenfall entendeu o que ela estava olhando, pois Isabelle e Rowan estavam conversando, e eles não eram os únicos fofoqueiros assistindo. — É claro que tem. Não se supera tão facilmente um coração quebrado dessa forma. Ainda mais sem encontrar um novo amor. Ela tem o duque. Ele nunca mais encontrou alguém.

Lydia voltou a andar em direção aos amigos.

— Como você é fofoqueiro, Vela.

— Eu só gosto de fofocas famosas. — Ele sorria.

Eles se juntaram aos amigos que haviam combinado de se reunir e dividir o piquenique.

— Pensei que haviam desistido da nossa companhia — observou Lorde Apito.

Os outros os olharam com expectativa. Era a primeira vez que Lydia se aproximava dos amigos trajada como Prescott. Até então, apenas Janet, Glenfall, Ethan e Pança sabiam de sua identidade.

— Ainda está faltando Lady Lydia — lembrou Latham, ao olhar na direção da casa.

— Afinal, que segredo era esse que ela tinha para nos revelar? — Lorde Sobrancelhas se aproximou, já em posse de um copo de limonada.

Eloisa, a Srta. Sem-Modos, aproximou-se deles como se fosse a única a ter prestado atenção em algo que os rapazes estavam ocupados demais para perceber a um primeiro olhar. Ela chegou perto demais de Prescott e foi isso que chamou a atenção dos outros, afinal, já sabiam do drama de Pança em relação a ele e Janet. E também sabiam que Eloisa estava vivendo uma espécie de romance com Lorde Hosford, o Herói de Guerra.

Será possível que ela ia se encantar por Prescott também?

— Ora, ora. Estávamos nesse instante lamentando a enorme falta que Lydia faz em nossos encontros. Ela não tem aparecido ultimamente —

declarou Eloisa, olhando fixamente para Prescott, de um jeito que ela não faria com um cavalheiro que mal conhecia.

— Sua raposa velha! — reagiu Lydia e lhe deu um tapa no braço.

As duas riram. Apesar disso, os rapazes ficaram atônitos, especialmente aqueles que estavam a alguns passos de distância.

— Acho melhor revelar logo o segredo antes que todos se recuperem e lhe estapeiem por ter ousado bater em Lady Eloisa — falou Glenfall, com um sorriso tenso.

Lydia olhou em volta para ter certeza de que estavam afastados o suficiente e se aproximou, parando bem no meio dos amigos.

— Não reconhecem minha voz, seus palermas? — indagou ela, em seu tom normal e tão conhecido por eles.

— Você não aprontou algo dessa magnitude, Preston! — Richmond estava chocado.

— Por isso fugia de nos encontrar. — Keller abriu espaço e foi vê-la de perto, revoltado por não ter notado algo que agora parecia óbvio. — Nunca conseguíamos encontrar o tal Prescott. E olha que tentamos!

— Você tem ideia do estado de nervos em que deixou Pança? — perguntou o Sr. Sprout.

— Com licença! Estou aqui! — Deeds deu-lhe uma cotovelada, antes que revelasse algo na frente de Janet, que mantinha um sorriso por ter participado de tudo.

— Mas Deeds e Murro conseguiram encontrá-los. Ethan até foi visto na companhia de Prescott. — Lorde Soluço foi se virando lentamente para onde Ethan estava parado e calado. — Você sabia! — acusou.

— Só descobri recentemente. Não era meu segredo para contar — resumiu Ethan, sem querer revelar nada.

Lydia e ele trocaram um olhar rápido que ninguém percebeu. Jamais contariam suas aventuras de "amigos".

— Vamos comer — disse Pança, querendo sair daquela parte do assunto, pois corria o risco de denunciá-lo a Janet. — Antes que os doces derretam.

Eles se juntaram em volta de uma das toalhas com bancos e almofadas em volta. O suposto piquenique promovido pelos Powell não era como o que o marquês fazia com os filhos pela propriedade, era um grande evento repleto de pompa e um vasto cardápio. Eles designaram um criado que servia cada grupo e diversos outros se dividindo para levar as iguarias e manter os grupos abastecidos.

— Então essa é a última vez que o veremos? Mal o conheci e já o considero tanto. — Eloisa deu a mão a Lydia, que riu dela, por fingir que estava dando atenção diferenciada a Prescott. Algo que causaria, no mínimo, uma fofoca, se alguém notasse, pois ele estava supostamente passando o tempo com Janet, que também estava no grupo.

De repente, escutaram um falatório ali perto, seguido por latidos repetidos. Lydia pulou no lugar na mesma hora, conhecia aquele som insistente. Mas Peteca estava a caminho da casa de Glenfall. Ela ficou de pé e olhou em volta, com medo de que fizessem algo ao seu cachorro, e se esqueceu completamente do personagem.

Peteca, aquela coisinha pequena e peluda, correu em volta de saias de vestidos e sapatos masculinos, passou sobre toalhas e fugiu quando tentaram capturá-lo. Ele era muito bom nisso. E quando conseguiam colocar as mãos em seu corpo, ele mordia as pontas dos dedos da pessoa e fugia. Sua boca era diminuta, mas os dentes pontudos causavam dor.

— Peteca! — chamou Lydia, ao ver um dos criados tentar pegá-lo.

Ele só podia ter fugido. E onde estava o condutor da carruagem?

Os amigos dela tentaram chamar o cachorro, que tinha ficado assustado e agora só fugia e causava mais confusão. Alguns convidados riam do acontecimento e pensavam que era um animal da casa, já outras pessoas quase caíram em meio ao caos que um animal tão pequeno conseguiu causar e num espaço tão aberto. Imagina se fosse solto dentro da casa.

— Venha aqui, Peteca. — Ethan se abaixou e estalou os dedos repetidamente.

Finalmente, o bicho reconheceu alguém, já que não encontrara sua dona. Peteca gostava de Ethan e se deixou ser capturado.

— Olha só o que você arrumou, garoto. Vamos embora disfarçadamente. — Ethan foi se afastando dos outros convidados com o cachorro no colo, o rabo peludo não parando de balançar.

Peteca parecia nunca ter esquecido que viajou dentro da casaca de Ethan e que foi assim que conheceu sua dona, pois o reconhecia mesmo quando ficavam algum tempo sem se encontrar.

— Vou levá-lo de volta. Não sei o que aconteceu com o condutor — murmurou Lydia.

Quando ela falou com Peteca, ele a reconheceu e se contorceu, sossegando apenas quando passou para o colo da dona. Lydia se afastou, levando o cachorro. Ela tomou um caminho por fora da casa, longe dos olhares dos convidados, e não avistou o condutor perto da carruagem em que veio. Ela encontrou a cesta caída do outro lado do veículo e ficou desconfiada. Voltou para o caminho, porém, antes de se afastar o suficiente, escutou uma voz que conhecia e não imaginou que estaria presente no evento.

— Eu ouvi falar de você. Prescott, certo?

Lydia se virou e se viu frente a frente com Bagwell, o primo e um de seus amigos odiosos. Ela não era uma atriz tão boa, o asco estava estampado em sua expressão.

CAPÍTULO 20

— Eu o vi com aqueles malditos de Devon e não sabia se deveria alertá-lo contra eles, ou usá-lo para atingi-los. Mas não vai ser necessário — continuou Bagwell. — Venho vigiando tanto seus passos que já conheço o seu cachorro. Pegá-lo já passou pela minha mente. Em troca de uma conversa, claro. — Ele deu um sorriso, o que só a deixou mais desconfortável.

— O que você deseja? — indagou ela, indo direto ao ponto.

— Claro que não vai haver conversa nenhuma agora. Será um acerto de homem para homem, Prescott. — Ele pronunciou o nome com exagerada malícia. — E ninguém vai poder dizer nada quando eu alegar que foi uma briga pessoal. Por honra. Ou devo expor sua verdadeira identidade e arruinar sua vida?

— Parta daqui e leve seus capangas — ordenou Lydia, apertando Peteca, que resolveu latir para eles.

Em vez disso, Bagwell fez um sinal para o primo e o amigo, que se afastaram alguns passos, cada um para um lado, assim vigiariam as entradas do caminho.

— Vou arrastá-la de volta aos trapos e expor quem você é. Estaremos quites.

Lydia pensou em correr. Calculou para qual lado ir. Porém, eles eram três e haviam se dividido. Independentemente do lado que fosse, um deles entraria em seu caminho.

— Poupe-se deste enorme problema, Bagwell — advertiu ela.

— Não tenho tempo para negociar. Solte o cachorro e ele pode voltar para casa inteiro.

Para o assombro dela, ele começou a se despir. Lydia sentiu um calafrio, não por estar a ponto de ver seu corpo exposto, mas pelas implicações. No entanto, ele anunciou algo ainda mais absurdo para ela:

— É assim que homens resolvem suas diferenças: com punhos! Como um cavalheiro, Prescott deve ter aprendido a lutar também — ironizou ele. — O correto é se despir da cintura para cima, mas você não pode fazer isso, estou correto?

Ele jogou a roupa no chão. Lydia não ia se despir, mas tirou a gravata e o paletó masculino e usou para prender Peteca, que odiou e latiu em revolta. Ela o cobriu; ele havia dormido muito bem numa cesta. Não queria que visse o que ia acontecer ali, pois nem ela sabia, mas certamente estressaria seu cachorro.

A ideia da fuga morreu. Tomada por ira, Lydia encarou Bagwell. Sinceramente, ela não tinha medo dele, estava apenas preocupada com sua desvantagem numérica. Há meses, desde tudo que ele fez a Ruth e a forma como passou a persegui-la, ela gostaria de lhe dar um soco.

Contudo, acertar um único soco ou uma bandeja em alguém era muito diferente do que ele estava propondo. Ele tramou aquela armadilha para feri-la com seriedade. Física e moralmente.

Então, quando Bagwell a atacou, Lydia sequer ficou chocada, mas ainda se abalou pela audácia. Independentemente de como estivesse vestida, ele sabia quem ela era. E pouco se importava. Seu único consolo era saber como havia ajudado a salvar Ruth de um destino terrível. Esse homem com certeza iria tornar a vida de sua amiga um inferno e iria machucá-la seriamente. Ou pior.

Bagwell a empurrou com brusquidão, e ela reagiu, desvencilhando-se. Ele avançou novamente, e Lydia moveu os braços para se livrar dele. No fundo de sua mente, lembrava sobre o dia no clube de boxe e o que Ethan disse sobre luta de rua. Os dois se empurraram de forma caótica até que ele a estapeou. Ela o olhou, irada. Ninguém batia nela. E Bagwell devia ter prestado atenção na energia que emanava dela.

Devolvendo a surpresa, Lydia o atacou com tanta raiva que o desarmou e lhe deu uma rasteira que o derrubou de costas na terra. Montou sobre ele e o acertou várias vezes. Ela não o estapeou, pois não tinha escrúpulos de fechar a mão, e valia tudo para se salvar. Bateu até arrancar sangue.

Em desvantagem, Bagwell segurou-a pelos braços e a derrubou no chão de terra. Eles se engalfinharam e acabaram se soltando. Ela o chutou e ficou de pé primeiro, ia chutá-lo de novo, mas o amigo dele apareceu e a empurrou para longe. Bagwell ficou de pé e Lydia ouviu algo absolutamente temeroso quando achou que era sua chance de terminar o embate.

— Segurem-na! — ordenou Bagwell.

Dessa vez, ela tentou fugir, pois podia ser enfezada, mas não era tola. Puxou sua roupa e Peteca se soltou, começou a latir e atacar os pés deles. Porém, foi capturada e fez de tudo para se soltar. Lutou com tanta força que acabaram no chão outra vez. Então seguraram seus pulsos contra a terra, com um dos amigos dele de cada lado. Ela chutou, mas Bagwell ficou sobre ela e lhe deu um soco.

— Agora sim, vai ver como é se envolver nos assuntos masculinos — provocou Bagwell.

— Não vai consertar sua reputação dessa forma! — gritou ela.

— Mas vou arruiná-la igualmente — devolveu ele, triunfante.

O pânico tomou conta dela ao ouvir isso, sem saber exatamente o que ele queria dizer, mas prevendo o pior. Ele a socou de novo e ela viu tudo rodar. A peruca foi puxada com força, machucando-a, pois era bem colocada e presa. Algumas mechas de cabelo loiro escaparam e ele foi puxado. Ela sentiu a dor em seu couro cabeludo como se alguém tivesse acabado de lhe arrancar um tufo de cabelo.

Bagwell ficou de pé e a chutou cerca de três vezes, causando choques de dor nas laterais de suas coxas e cintura. Ele tirou algo do bolso antes de ficar sobre ela outra vez, deixando o peso sobre seus quadris, assim impedia toda a sua movimentação. Ela sentiu quando ele cortou a frente dos botões de sua calça, o que confirmava o seu maior temor sobre os planos daquele asqueroso.

— E também não vai mais ser tão bonita — continuou ele, mostrando algo que parecia ser um metal. — Livrem-se desse cachorro!

Ela ouviu o ganido quando seus pés foram soltos. O primo dele havia chutado Peteca, mas este correu e continuou latindo, cada vez mais longe. Ao menos se ele fugisse, estaria a salvo.

Ela tentou brigar, mas logo seus pés foram presos ao chão novamente. Um dos olhos dela já não abria direito e Lydia não soube o que era até sentir que cortava, pois Bagwell fez um corte na lateral de sua boca, e ela sentiu algo quente. Era o sangue descendo pela lateral do rosto e indo para a orelha. Foi nesse exato momento que, em meio à dor, ela escutou gritos e os latidos de Peteca se aproximando de novo, e sentiu que seus pulsos foram soltos. O peso de seu algoz sumiu subitamente e logo seus pés também estavam livres.

Lydia fechou os olhos e se mexeu. Depois de brigar e ser chutada e cortada, tudo parecia doer. Levou alguns segundos para ela reconhecer as vozes de alguns de seus melhores amigos.

— Você não vai a lugar nenhum! — disse Keller.

— Aquele ali vai fugir! — gritou Eloisa. — Peguem-no!

— Você veio resolver suas diferenças com os punhos, Bagwell? Seu maldito covarde! — Era a voz irada de Ethan.

Havia mais sons, muitos pés no caminho de terra em volta dela, e um borrão de roupas e batidas insistentes acontecia a sua volta.

— Você não tem honra! — gritou Richmond.

— Pegue o cachorro! — ordenou Glenfall. — Eu cuido desse aqui!

E então soou a voz desesperada de Deeds:

— Segurem-no! Rápido! Ajudem-me! Ele vai matá-lo!

Houve uma correria e os sons insistentes pararam, depois retornaram. Lydia tentou mover a cabeça para ver, mas não conseguiu.

— Latham! Venha ajudar! Precisamos de mais um para contê-lo! — pediu Deeds.

Então ficou tudo em silêncio. A voz seguinte foi de Janet, num tom baixo e temeroso:

— Ele está morto?

Um segundo depois, Latham disse baixo, soando sem fôlego e hesitante:

— Não... Ainda. Vamos levar esse maldito e chamar um médico... Um cirurgião, para costurá-lo.

Dessa vez, Lydia tentou virar o corpo para ver, mas alguém a impediu. Ela abriu seu olho bom a tempo de ver Ethan se debruçando sobre ela.

— Sinto muito por ter demorado. — O olhar dele percorreu seu rosto.

Eloisa já havia pressionado um lenço contra sua boca, que ela nem havia sentido, e esteve mantendo-a no lugar para conter o sangramento. Lydia levantou a mão e segurou o lenço por conta própria enquanto Ethan a pegava.

— Temos de ir! Rápido! — alertou Pança. — Dê-me o cachorro!

— Vou levá-la a um médico — prometeu Ethan.

Ele a ergueu no colo, e Lydia, que estava tão acostumada a resolver os problemas dos amigos, só assentiu. Ela confiava nele. Confiava em todos eles. Estava mais irritada do que triste, só queria sair dali e ver esse dia acabar. E sentia dor, muita dor em seu corpo, em seu rosto e no corte na boca.

O grupo se separou. Uma parte arrastou Bagwell e seus dois comparsas dali. Aqueles que estavam mais apresentáveis retornaram ao piquenique para disfarçar e ter certeza de que nada vazaria. Enquanto Ethan corria com Lydia no colo e com Deeds na frente para ter certeza de que o caminho estava livre e ninguém os veria. Tinham de conseguir chegar às carruagens sem serem vistos.

Se tudo saísse como precisavam, eles se lembrariam desse episódio como o dia em que viram a mais rápida corrida de Lorde Pança. Ele chegou às carruagens em tempo recorde.

Porém, estavam todas enfileiradas e teriam de roubar uma, encontrar seus cavalariços e os próprios veículos, enquanto Lydia sangrava e corria o risco de ser descoberta no colo de Ethan. Eles escutaram um barulho e se sobressaltaram ao ver a porta de uma das maiores carruagens ser aberta.

Pronto, haviam sido pegos. Não havia como se esconder ali.

De repente, estavam à frente da duquesa de Hayward. Podiam confiar que guardaria esse segredo, certo? Só não esperavam que ela passasse o olhar por eles e dissesse:

— Entrem.

Eles não pensaram duas vezes. Podiam estar vendendo suas almas ao diabo naquele momento, mas entraram na carruagem luxuosa preta e dourada com o símbolo de Hayward. Isabelle ainda pegou o cachorro quando Deeds ajudou Ethan a entrar sem machucar Lydia. O veículo saiu rapidamente, pois ninguém prendia a carruagem da duquesa. Ethan estava em um banco, segurando Lydia junto a ele, apertando-a para que não balançasse muito.

Deeds estava sentado em frente, na ponta oposta à duquesa, que se acomodou calmamente e deu para ver que cruzou as pernas sob o seu elegante vestido e depois entrelaçou os dedos sobre a saia. Como se nada estivesse acontecendo. Peteca tinha parado de ganir de dor e se enrolou como uma bola peluda no espaço entre os braços dela.

Eles retornaram para o sul de Londres, ou assim pensavam, pois estavam com sérios problemas. Não podiam levar Lydia para casa. Seus pais não sabiam de nada. Se aparecessem lá com ela nesse estado, causariam um sério problema. E se Bagwell ainda estivesse vivo depois do estado em que Ethan o deixou, sua vida não valeria um centavo no minuto em que o marquês visse a filha adorada entrando em casa toda ensanguentada.

A casa de Ethan estava fora de cogitação. Suas tias estavam lá. Mesmo que entrassem pela porta traseira, não havia como esconder algo dessa magnitude. Deeds também era um homem solteiro com parentes intrometidos. A reputação de Lydia já estava mais do que em jogo. Precisavam fazer o possível para preservá-la.

E foi por isso que a viagem pareceu ser longa demais.

Pança não dava um pio, ele estava petrificado desde que saíram, só alternava o olhar entre os dois amigos a sua frente e olhava de forma temerosa para a duquesa. Como se a dama fosse se transformar em uma harpia ou alguma outra criatura mitológica mortal a qualquer momento.

Isabelle costumava ser comparada a deusas mitológicas por causa de sua beleza, mas era casada com o duque de Hayward. Ninguém era tolo. Tinham certo medo dela. Sabe-se lá do que era capaz uma dama que se casava com aquele duque assassino e terrível e permanecia viva.

Ela também não perguntou quem fez aquilo ou como aconteceu. Não perguntou nada, fez apenas um comentário:

— Eu tenho um ótimo cirurgião. Tem as mãos mais firmes do reino. Com o tempo, ela nem vai notar a marca — comentou, enquanto olhava pela janela.

Eles pararam no portão alto e preto, e a duquesa mandou o cavalariço ir buscar o médico. A casa do duque ficava um pouco mais afastada e por isso levaram uns minutos a mais. Ainda assim, num piscar de olhos, se viram passando pela entrada lateral da mansão londrina onde jamais pensaram que pisariam. Menos ainda em tais circunstâncias.

Eles seguiram a figura rápida e esguia da duquesa até o primeiro quarto, e Ethan deixou Lydia sobre a cama. Isabelle nem precisou tocar a sineta. Quando ela chegou acompanhada e com alguém em apuros, empregadas começaram a aparecer. Ethan apertou a mão de Lydia, que agora estava com um dos olhos bastante inchado, mas conseguiu vê-lo com o outro e assentiu para ele.

Isabelle se virou para os dois rapazes e avisou:

— Vamos cuidar dela. Limpá-la e colocar roupas limpas. Saiam.

Do jeito que ela ordenava, era como se a mente e o corpo da pessoa respondessem automaticamente para obedecê-la. Mas é claro que dois homens não poderiam ficar nos aposentos em que uma dama seria cuidada, a situação já era absurda o suficiente. Só que deixar Lydia naquele estado corroía Ethan.

— Aceito ficar de pé aqui no corredor por quanto tempo precisar. Quero saber do estado dela — disse Ethan assim que saíram.

Porém, Isabelle os seguiu até a porta e o olhou seriamente.

— Pelo estado de suas mãos, já fez o suficiente por hoje. Vá resolver suas questões. Prometo que ela receberá o melhor tratamento. E caso tenha matado alguém, volte aqui e me comunique. Veremos o que fazer. — Então ela fechou a porta.

Deeds e Ethan se olharam.

— Ele estava vivo quando saímos de lá — lembrou Deeds. — Temos de descobrir se continua assim e tomar algumas providências quanto aos outros. Ela está em boas mãos. — Ele apertou o braço do amigo.

Dividido, Ethan pediu ao mordomo para deixar um bilhete para Lydia. Escreveu e partiu junto com Pança. Precisava encontrar os amigos. Tinha acontecido algo grave e todos guardariam um enorme segredo ou tomariam providências sérias.

O Dr. Ernest deu os pontos mais caprichosos possíveis e receitou descanso, além de aplicar uma dose de láudano. Lydia dormiu profundamente sob efeito do calmante. Quando acordou, seu corpo estava com pontos doloridos por causa da briga, mas, no geral, sentia-se melhor.

Tinha sido limpa, seu cabelo foi desembaraçado e usava uma camisola branca. Flore, a camareira da duquesa, havia feito isso pessoalmente e, quando Lydia acordou ao amanhecer, ela também lhe deu o bilhete que aquele "heroico cavaleiro" — como ela chamou — deixou para ela.

Querida Srta. Endiabrada,

Lamento profundamente pelo que aconteceu.
Conte comigo para o que quiser e o que precisar. Todo o meu apoio é seu.
E saiba que, quando cheguei naquele maldito, você já o havia vencido. Ser impossível é a sua melhor qualidade.
Tenho apenas um pedido: não permita que nada do que aconteceu de ruim fique no caminho da pessoa incrível que você é.
Estimo melhoras.

Ethan

Ela segurou junto ao peito o bilhete escrito às pressas. A camareira tinha deixado o quarto, então estava a ponto de se entregar a um pouco de miséria pessoal quando a porta se abriu subitamente e Caroline entrou correndo. Lydia arregalou os olhos ao ver a mãe e sentiu-se como uma criança outra vez quando uma onda de alívio dominou seu corpo.

— Lydia! Ainda bem que acordou! — Caroline subiu na cama sem cerimônia alguma e debruçou-se, abraçando-a.

Lydia agarrou-se à mãe e só então sentiu as lágrimas nos olhos.

— Minha filha... — Caroline a beijou suavemente.

— Desculpe, mãe — murmurou Lydia.

— Por que está se desculpando?

— Por preocupá-la. Devo ter causado alguma preocupação...

— Muita. — Caroline ficou olhando seu rosto machucado. — Mas agora só nos importa que esteja bem.

Lydia olhou para a porta e depois tornou a olhar para a mãe.

— Papai sabe?

Caroline se sentou direito e ajeitou o vestido.

— Já é outro dia, meu amor. Quando você não voltou no horário, eu fiquei preocupada. Então seu pai chegou em casa e soube que não conseguíamos encontrá-la. Anoiteceu e ele ficou desesperado. — Ela balançou a cabeça e retorceu as mãos. — Nunca o vi tão apavorado. Foi quando chegou o bilhete da duquesa.

— Ontem à noite?

— Sim, nós chegamos aqui ontem à noite. Mas você estava dormindo sob o efeito do chá e do láudano. Seu pai precisava muito vê-la. Eu também, ficamos desesperados. E depois seus amigos também retornaram, decididos a receber notícias suas, e acabaram contando sobre a briga, mas não revelaram todos os detalhes. — Caroline sorriu. — Devem pensar que é assunto seu.

— Acho que tenho bastante para contar.

— Acredito que sim.

— Sinto muito por esconder coisas de você, mãe.

— Teremos tempo para isso. Já que você vai ficar de castigo enquanto viver conosco. — Caroline riu um pouco e ficou de pé. — Seus irmãos mal podem esperar para tê-la em casa. De castigo junto com eles.

Ela se afastou da cama e, como deixou a porta aberta, só apareceu na frente dela e fez um sinal com a mão. Foi quando o marquês enfiou a cabeça pela porta e olhou a filha na cama.

— Eu estou bem, pai. Nem está doendo tanto.

Henrik suspirou e foi até lá, inclinou-se e a beijou no cabelo claro. Lydia o segurou no lugar e ele a abraçou, finalmente sentindo alívio. Caroline os deixou, eles se entendiam. Ela queria agradecer, de novo, à duquesa. Caroline não era nem um pouco avessa a se tornar mais próxima de Isabelle, ainda mais depois do que ela fez por sua filha e seus amigos.

— Não precisa falar muito, o médico disse que é melhor se poupar para a cicatrização. E sim, eu o vi. Fiz perguntas. Você vai se recuperar em casa. Já estamos providenciando tudo. Sua mãe trouxe roupas para você — informou Henrik.

Lydia assentiu.

— Também falei com Murro e Pança. Ou melhor, eu os fiz abrir a boca quando apareceram aqui ao raiar do dia, junto com mais dois palermas daquele seu grupo de amigos.

Lydia engoliu uma risada por seu pai chamar seus amigos pelos apelidos e pelo jeito que se referia a eles.

— Parece que você se envolveu numa briga quando estava brincando de ser um imbecil chamado Prescott. Que ideia mais tola, eu teria pelo menos inventado um nome mais exótico. — Henrik a olhou seriamente. — Nunca mais apronte uma coisa dessas comigo, Lydia. *Nunca mais.*

— Prometo, pai.

— Pare de falar.

— Sim, pai.

— Vai passar um tempo proveitoso com seus irmãos mais novos. Eles estão com saudade. Até porque, precisa curar esse rasgo na boca ou vou ser obrigado a mudar o seu apelido.

— Ah, não, pai!

— Sem dar um pio, para ficar boa logo.

Lydia cruzou os braços. Henrik descansou a mão em seu antebraço e o apertou.

— Vou cuidar de você. Do jeito torto que sempre fiz. Agora, vamos para casa.

Ela assentiu. Só não sorriu porque isso ainda doía. Lydia amava o jeito torto e amoroso do marquês. Era o melhor exemplo que ele poderia lhe dar.

CAPÍTULO 21

Dois dias após a grande aventura de Lydia, quando pensaram que teriam paz na casa dos Preston, mais uma surpresa se apresentou à porta. Ou melhor, essa surpresa não precisava tocar a campainha, afinal, era sua casa também.

— Eu tiro um tempo para ser velha e, quando retorno, minha família está em frangalhos? — perguntou a marquesa viúva.

— Vovó! — exclamaram as crianças.

Henrik tinha decidido passar esses dias em casa em vez de no Parlamento ou em outros compromissos, então ficou de pé lentamente e olhou para Caroline, como se ela pudesse lhe explicar como sua mãe foi parar na casa deles em Londres. Hilde vinha preferindo ficar no campo, pelo bem de sua saúde.

— Fico feliz que tenha chegado a tempo de nos encontrar — cumprimentou Caroline, ignorando a confusão do marido.

— Vocês devem ficar felizes por eu ter vindo a tempo de impedir mais alguma tragédia — anunciou a marquesa viúva e se apoiou na bengala para se aproximar. — Espero que já tenham resolvido pelo menos parte de suas questões, preciso focar minhas atenções na minha neta mais velha.

Ela se sentou e se recostou contra as almofadas, para esticar as costas depois da viagem.

— Pare de me olhar como se não me visse há anos, Bridington. Não vim censurá-lo, parei com isso quando você se casou. — Ela ofereceu a mão a ele.

Ele se inclinou para beijar a mão dela, mas adicionou:

— Não parou, não.

— Diminuí consideravelmente, você tem uma esposa para se preocupar com isso. — Ela inclinou a cabeça e ergueu as sobrancelhas. — Uma esposa maravilhosa que eu o ajudei a encontrar, que fique claro.

Caroline emitiu um ruído que parecia muito com uma risada contida, e Henrik lhe lançou um olhar de rabo de olho. Hilde não se privava de receber seu crédito por ter promovido o encontro deles. Eles escutaram passos apressados na escadaria e Lydia apareceu na sala com Peteca no colo.

— Vovó? A senhora está em Londres!

Ela se apressou para cumprimentar a avó. Hilde ficou de pé e, assim como fez com as crianças, deixou que ela a abraçasse. Nem a vida adulta tirou esse pequeno "desvio de comportamento" de Lydia, e os irmãos faziam a mesma coisa. Eram simplesmente afetuosos com seus familiares. Felizmente conseguiam colocar na cabeça deles, ao crescer, que não era algo bem-visto fora do círculo familiar atípico que eram os Preston.

— Sim, sou uma companhia muito melhor do que o seu pai para esse tipo de situação e tenho conselhos melhores. — Ela se apoiou no braço da neta. — Vamos, estou exausta. Leve-me até o meu quarto.

Lydia foi levando a marquesa viúva, que andava num passo lento, mas firme, e fazia um som repetido com sua bengala. Antes de deixarem o cômodo, ela virou o rosto para o filho e disse:

— Já pode ir tomar conta de seus afazeres no Parlamento, Bridington. Estou em casa. — Ela tornou a se virar.

Henrik esperou a mãe subir junto com a filha e dispensou as crianças para voltarem às suas tarefas na sala infantil.

— Por que eu desconfio que você sabia disso? — Ele olhava Caroline.

— Como diria sua mãe: eu sou a marquesa, sei de tudo. E o que não sei, alguém me conta.

— Você disse que não sabia o que Lydia estava aprontando — lembrou ele.

— É verdade, não sabia exatamente o que era. Apenas sabia que ela estava envolvida em algo incomum. Não imaginei que seria um problema dessa magnitude. — Caroline ergueu um dedo. — E se não fosse aquele terrível homem que a atacou, ela teria saído da vida de Prescott sem grandes contratempos.

— Você não pode alimentar isso, Caroline. É perigoso. Fico preocupado.

— Não vou alimentar, essa conversa é entre nós dois. Ela continua de castigo. — Ela sorriu e foi para a escada também, porque Hilde sempre dizia que estava cansada, mas passava pelo menos uma hora falando dos mais diversos tópicos antes de efetivamente se deitar para um descanso. E Caroline adorava ouvi-la.

Ethan recebeu outra lata de biscoitos caseiros feitos por Emilia, algo que vinha acontecendo há semanas. Dessa vez, o bilhete era diferente e urgente. Também era curto e o deixou em alerta, pois tudo que Emilia disse foi:

Eu sei sobre você e Lydia Preston.
Venha me encontrar.

Ele odiava o suspense, ainda mais depois do que aconteceu. Tinha outros planos que incluíam justamente ir ver como Lydia estava. Recebera notícias, mas ele também era adepto do "ver para crer". E era Lydia... ele precisava vê-la bem.

No entanto, colocou seu chapéu e partiu na direção contrária à casa dos Preston. Emilia não tinha marcado de encontrá-lo na casa dela, numa confeitaria ou outro local habitual. Algo que por si só já o deixou desconfiado. No momento, havia um bocado de coisa para saber sobre Lydia e ele. Não estiveram sendo exatamente os amigos mais comportados.

— Eu não gosto de enigmas, Lady Emilia. Nem de ameaças. E seu bilhete pareceu muito com uma — disse Ethan, ao desmontar.

— Uma boa tarde para o senhor também — respondeu ela.

Ele prendeu o cavalo e se aproximou.

— Do que você sabe?

— Por que o senhor não gosta de mim? Eu nunca lhe fiz nada.

— No momento, não gosto da senhorita porque me mandou uma ameaça.

— Bem, acredito que não conseguirei contornar sua opinião sobre mim nesse momento, mas, se permitir, poderemos fazer isso no futuro.

— Eu costumava achá-la agradável, até receber esse bilhete enigmático. Talvez a senhorita não me conheça o suficiente para saber que não é o tipo de coisa para me enviar.

— Eu conheço o bastante para saber que era o jeito certo de trazê-lo aqui. Por isso citei o nome de sua grande amiga... ou seria amante?

Ele franziu o cenho, mas só correu os olhos em volta. Emilia tinha escolhido um local do parque longe da rota de passeio de membros da sociedade e de possíveis ouvidos curiosos.

— Somos amigos, sabe disso.

— Não. Eu sei a verdade. Naquele dia no lago não era uma camponesa. Você estava beijando Lydia Preston. Imagine se alguém aqui na cidade sonhar com uma história dessa. Você sairia ileso, mas a reputação dela estaria arruinada. Jamais acreditariam que foi apenas um beijo.

— Emilia, isso não é verdade.

— É sim. Eu os vi juntos no jardim de Lorde Havenford. Foi ali que tive certeza de que você estava com ela. É claro que estava. Gosta dela, não gosta? Acredito que sente mais do que apenas um apreço ou amizade.

— Isso é um assunto pessoal.

— Não é mais. Eu sei! Vocês têm um caso. E se não tiverem, eu direi que têm um envolvimento tórrido e que estão juntos desde o ano passado. Fingindo para toda a sociedade. Enquanto você está em Londres à procura de uma noiva e ela até o auxiliou, na verdade, estão dormindo juntos porque ela é completamente louca e prefere não se casar, mas deita-se com você.

— Isso é mentira.

— Não importa. Não vê que não faz diferença? O início é verdade. Você a beijou naquele lago. E eu vi! E fiz um tremendo escândalo. Irão acreditar no que eu disser que aconteceu depois disso.

— Por que você faria algo tão vil?

— Não é vil. Sequer se importa com meus motivos, só está pensando em uma forma de salvar a garota Preston! Ela não precisa de você, seu tolo. É a herdeira do marquês de Bridington. Pode se casar com quem quiser. Todos sabem que ela terá uma ótima renda e virá com um dote vistoso. *Eu* preciso de você.

— Mas eu não a quero. Nunca quis. Se quisesse, teria feito o pedido quando tentaram nos casar.

Ela balançou a cabeça, insultada pela negativa tão direta, mas não estava machucada, pois também não era apaixonada por ele.

— Não importa. Você foi meu pretendente.

— Não fui.

— Foi sim! Foi o único bom partido com quem mantive alguma relação. É o único que fará sentido ao se casar comigo. Como se tivéssemos escondido que havia uma proximidade entre nós desde a temporada passada.

— Eu vou embora. — Ele se virou.

— Eu vou contar! Vou espalhar pela cidade inteira. Não vai haver uma casa nessa sociedade, da baixa à alta nobreza, que não saberá. Até os comerciantes saberão que Lydia Preston é uma vadia que estava se deitando com você desde o ano passado! E sabe-se lá com mais quem ela poderia estar!

— Quem mais sabe desses absurdos?

— Minha mãe sabe. Se algo me acontecer, todos os segredos de Lydia Preston serão expostos. De tal forma que, sinceramente, nem se você se casar com ela vai consertar tudo. Ela já não tem uma reputação tão ilibada. É uma sem-modos. Tem seu nome associado a episódios de indiscrição. Como se ser um dos membros mais notórios desse infame grupo do qual você também faz parte não fosse suficiente. Nessa temporada, ela também foi vista socializando com aquele libertino. Como é mesmo o nome dele? Foi envolvida em maledicências e nunca manteve um pretendente porque não quis. Ou seja, não é considerada uma jovem séria.

Ethan passou a mão pelo rosto. Ela estava certa, ele só estava pensando em como tirar Lydia desse imbróglio. Emilia se aproximou e teve a audácia de tentar pegar sua mão como se fosse argumentar. Ele se desvencilhou e a olhou seriamente. Ela ficou irritada por ele não responder logo como ela precisava.

— Nem mesmo ser herdeira do marquês vai conseguir salvá-la — sibilou ela. — Nem seus amigos importantes poderão reverter o caso. Terei certeza disso.

— Por quê? Lydia nunca lhe fez nada.

— Já disse. Eu preciso de você. Como obrigar um homem, um conde, a fazer o que eu quero? O seu ponto fraco é ela. Se souberem disso, nada vai lhe acontecer. Mas ela estará arruinada, até ela ficará triste, mesmo que pareça não se importar. E vai afetar a irmã dela também. A mãe dela. Até o pai dela, que odiará ver isso acontecer à filha.

— E para que você precisa de mim?

— Case-se comigo e direi.

— Diga logo de uma vez. Já jogou todo o veneno que tinha, quer desgraçar alguém que nunca a machucou. Diga logo!

— Não posso. Saiba que sou eu ou ela. Não tenho uma irmã, mas tenho primas queridas e próximas. Se eu me desgraçar, será ruim para elas também.

Ethan se virou e voltou para o seu cavalo. Não conseguia se importar com o drama dela, quando a mulher havia acabado de chantageá-lo e ameaçar Lydia.

— Eu vou lhe dar três dias, Greenwood! — decretou ela, mas sua voz soava mais aflita do que ameaçadora.

CAPÍTULO 22

Ethan ficou tão transtornado com o que aconteceu no parque que ficou sem rumo. Seu melhor amigo não estava na cidade, e o que ele lhe diria? O que qualquer pessoa poderia dizer numa situação tão absurda? Ele jamais esperaria isso de Emilia. Era estranho que ela parecesse mais irritada e desesperada do que raivosa.

Ele não era tão bom, então estava com ódio.

O jeito que conhecia para liberar tudo que sentia era exaustão física. Um pouco de dor também. Ou muita dor. Ele foi boxear. Não podia ir conversar com Lydia naquele estado de espírito. E assim, perdeu o resto daquele dia. Não sabia se o prazo daquela mulher incluía o dia atual.

— Lorde Greenwood a está esperando — anunciou a Sra. Birdy ao ver Lydia ainda sentada na frente da penteadeira.

Lydia deu uma rápida olhada no espelho. Ela queria encontrar Ethan, mas ao mesmo tempo não queria vê-lo. Os pontos ainda estavam na lateral de sua boca, ainda havia marcas roxas e esverdeadas maculando a pele de seu rosto. Ela não estava se sentindo apresentável. O que era incoerente, pois ele a carregou quando estava sangrando com o rosto recém-machucado.

— Ele pediu para lhe dizer que só precisa muito ver que está bem. Não precisam conversar — continuou a Sra. Birdy e se aproximou dela, ajeitando seu penteado. — Parece que ele a conhece bem.

— Eu gosto de conversar com ele, há dias que não passamos algum tempo juntos. — Ela ficou de pé sem olhar o espelho outra vez.

Lydia apareceu no pequeno jardim traseiro onde Ethan estava aguardando. Com a amizade tão próxima, eles podiam aproveitar o tempo fresco sem tanta formalidade. E as crianças estavam ao fundo, fazendo atividades com a preceptora e a babá.

— Não precisa. — Lydia se sentou ao lado dele, impedindo que levantasse. — Como está?

— Eu vim justamente para saber como você está. Poderia perguntar, é claro. Mas gostaria muito de poder vê-la por alguns minutos.

— Estou me recuperando bem. Minha avó chegou à cidade, então tem sido divertido ficar em casa me curando. — Ela notou que, desde que havia sentado ao lado dele, Ethan não havia levantado o olhar para fixá-lo em seu rosto, algo que ele sempre fez. — Não tem problema em olhar, eu não me importo que você veja. Já viu quando estava pior.

Ele observou seu rosto, demorando em seus lábios. Dessa vez, o motivo não era seu constante anseio por beijá-la, só queria muito que ela se curasse.

— Está melhorando — observou ele.

— Não dói mais. Vou ter uma marca de batalha.

— Uma batalha que venceu.

Lydia baixou o olhar e voltou a reparar nas mãos dele, que tinha visto desde que se sentou ao seu lado.

— Você esteve em outras batalhas?

— Só o usual.

Ela tocou seus punhos com as pontas dos dedos; estavam vermelhos e esfolados. Não podia mais ser apenas do dia em que ele socou Bagwell. Ela socou aquele mesmo rosto e suas mãos foram as primeiras marcas a sumirem, por mais que ela não tenha causado o mesmo estrago. Lydia não desejava tocar nesse assunto, mas Janet já a havia visitado e comentou que Bagwell precisou de um cirurgião. Não havia acordado até o fim daquele dia fatídico. Desde então, não sabiam notícias.

— Não me arrependo do que vivi como Prescott — contou. — Cheguei aqui e me vi restrita, mas tinha sede de viver mais aventuras e mais rápido e não perder as semanas que passamos aqui em Londres só porque precisava me preservar. Foi o bastante para agora eu aceitar me recolher até me curar e não fazer nada disso outra vez.

— Fico feliz em ouvir que aproveitou seu tempo como Prescott. Ele era um sujeito simpático — gracejou ele, procurando manter o bom humor dela.

Lydia reprimiu um sorriso ao prensar os lábios, pois grandes sorrisos ainda doíam.

— E você fez parte disso. Apesar de ser uma péssima influência para o ingênuo Prescott — devolveu ela, provocando-o.

— Talvez tenhamos nos excedido um bocado em nossa amizade. — Ele manteve o olhar nela. Com certeza não estava brincando sobre a parte em que ela fingia ser Prescott publicamente. O que fizeram em particular foi bem escandaloso e ultrapassaria os limites de qualquer amizade.

— Não se preocupe, foi parte de nossas aventuras da temporada. Suas tias não precisam saber — tranquilizou ela.

— Não estou preocupado com isso.

Ela juntou as mãos e apertou, fazendo de tudo para não demonstrar embaraço ao lembrar do que fizeram. De algum jeito, imaginava que esse momento chegaria. Eles não poderiam fingir eternamente que não aconteceu. Eles tiveram um breve envolvimento carnal. Sexual. Um caso.

Pelos céus, Lydia teve um caso. E ainda não tinha reunido coragem para contar isso nem mesmo a Bertha. Era o seu segredo. Bem, dela e de Ethan, que estava sentado ao lado dela.

Não havia esquecido nada do que fizeram. Apenas foi enterrado nesses últimos dias. Tinha planejado terminar a temporada de Prescott e se despedir dele de um jeito feliz e agradecido por lhe proporcionar tantas experiências. Depois, voltaria a conviver com Ethan apenas como Lydia. Só então veria o que resultaria disso. Teriam maculado aquela amizade estranha para sempre? Iriam mudar de ideia? Só que, depois do que lhe aconteceu, ela desejava apenas voltar para Devon e se esconder no seu refúgio seguro. Em Bright Hall.

Foi como queimar fogos e levar um banho de chuva, apagando tudo antes que as luzes coloridas explodissem no céu. Ela só queria viver um pouco além da caixa em que mulheres eram confinadas, e não ter que pagar por isso com uma mácula eterna em sua reputação e de sua família.

— Então não se preocupe de forma alguma — sugeriu ela.

Houve uma pausa. Então, ele fez a pergunta de um milhão de libras. Algo que começou a rondar a mente dela com seriedade nessa temporada.

Parecia mentira, mas Lydia não pensava como as outras jovens, ela sequer se enxergava na roda de casamentos da sociedade. O que não fazia o menor sentido, por mais que não a considerassem uma dama séria, por seu comportamento e associação ao tal grupo infame. Ela era uma herdeira rica. A filha mais velha de um marquês. Tinha uma fila de pretendentes que diriam "sim" para ela, mesmo se ela não fosse tão encantadora.

Ethan sabia que ela não ia cair nas garras de nenhum caçador de herdeiras. E um dos motivos era que "encantadora" sequer começava a descrever a mulher que Lydia Preston se tornara. Porém...

— Quando vai considerar seriamente a possibilidade de um casamento? — indagou ele, do jeito mais direto que já tocara nesse assunto com ela. Não era a primeira vez, Lydia não percebeu antes. Ele pensou ter sido sutil demais.

— Certamente não agora. — Ela sentiu seu coração bater na garganta.

Ele lhe fizera aquela pergunta, não fizera? Nesse momento? Por que, dentre todos os dias, ele escolheu esse instante da história? Lydia se remexeu no banco, quase se levantou de tão ansiosa que ficou. Puxou um pouco o tecido da saia de seu vestido entre os dedos; ela sempre teve dificuldade de lidar com seus sentimentos românticos. Quem no grupo não se lembrava de seu pavor de ser beijada? Até que aconteceu e... foi glorioso. E também um desastre.

Porém, ele a beijou de novo e ela adorou a sensação.

— Não vim para essa temporada com esse intuito. Por outro lado, não esperava que nada disso acontecesse.

Ethan estava pensando em outras complicações, mas escutava o que ela dizia. Percebeu a perturbação dela. Não era um bom momento para aquele assunto, não enquanto ela ainda estava se recuperando. Dizia estar bem, mas estava abatida. E ele queria achar Bagwell outra vez ao ver os arroxeados em seu rosto e os pontos na lateral de sua boca. Reconhecia que foi levado àquela pergunta por puro medo e preocupação com o que estava por vir.

Quando ele assentiu lentamente, ela continuou a falar rápido, desabafando:

— Não sei como consegui não arruinar a mim e à minha família este ano. Estou me sentindo egoísta, não pensei em Nicole. Gosto dos meus amigos, vivo me envolvendo em problemas e não vim a Londres esperar que pedissem a minha mão. Mas e se minha irmã quiser tudo isso ao se tornar adulta?

Ela pausou e moveu as mãos nuas; não havia mais nenhuma marca ali, ao menos isso ajudava a acalmar a preocupação dele e a ira também. Vê-la ferida foi a pior experiência de sua vida, olhar os machucados se curando deixava-o perturbado.

— E se ela quiser ter uma boa reputação, dançar em lindos bailes, receber propostas e casar na primeira temporada com alguém que espero que a ame e crie com ela a sua própria família? Faltam vários anos, será que até ela debutar já terão esquecido minhas transgressões?

Ele já tinha pensado sobre isso, mas, sinceramente, sua maior preocupação não era Nicole. Era o presente. Lydia se preocupava com a irmã. Do contrário, não teria passado por toda aquela complicação ao fingir ser Prescott.

— Tenho certeza de que sim. É tudo um segredo entre amigos — assegurou ele.

Se conseguisse manter parte disso. A parte em que ele participou.

— Não há sentido em se culpar, Lydia. Não importa o jeito como estava vestida, aquele homem sabia quem era seu alvo. E aproveitaria a oportunidade, estando você de calças ou vestido — opinou ele, sabendo que Bagwell tentou se vingar deles por toda a temporada, e Lydia era seu intuito.

Era horrível pensar que, se Bagwell tivesse escolhido outra das moças do grupo como alvo, talvez o resultado tivesse sido trágico de uma forma irreparável. Ethan não conseguia suportar o que aconteceu a ela, mas Lydia lutou e sobreviveu ao ataque. O seu jeito atípico de ser, dessa vez, foi imprescindível para os dois estarem conversando nesse momento. Mesmo que, ao ver como ela estava fora de seu normal, Ethan odiasse admitir que Lydia ainda estava sofrendo o choque do ataque.

E que, infelizmente, era um trauma que ela levaria seu próprio tempo para superar. Talvez, ela nem quisesse voltar a Londres na próxima temporada, mas essa era Lydia. Ela não vinha à cidade em busca de um novo guarda-roupa para brilhar em bailes, ser a beldade do momento e ter inúmeros pedidos de casamento. Ela não estava em busca de nada disso. Como disse, só esteve tentando viver um pouco além dos limites que lhe impunham.

— Não é só culpa, acho que fiquei um tanto envergonhada. Não sei o motivo. Afinal, ele que perdeu a luta. É apenas que é incômodo tudo ter acontecido enquanto eu tentava... viver? Esqueça. Depois de umas semanas em casa, superarei isso. Voltarei a passar como um raio pelo atalho. Dessa vez, vou acenar. Prometo.

Ele não queria vê-la passar. Planejava nunca mais usar aquele atalho para a propriedade dos Preston. O perigo de encontrá-la era grande.

Por algum motivo, Ethan sempre achou que não devia se apaixonar por Lydia Preston, pois ela seria o seu grande amor que não se realizaria. Era ideal. Eram opostos perfeitamente encaixados e, ao mesmo tempo, com inúmeras peças estranhas em constante atrito. Esse tipo de par não foi feito para *permanecer* junto. Ele devia ter ouvido seus instintos.

E se não fosse ela a mulher em sua vida, que diferença fazia? Era só um dever a ser cumprido. Condes precisavam de esposas para produzir mais condes. Ele tinha que se casar e produzir herdeiros o quanto antes. Era simples assim. A sociedade funcionava sem complicações se não adicionassem sentimentos desnecessários. Era tudo um contrato bem-feito.

Ele era filho único. Estava sendo relapso e era ele o egoísta dessa trama, havia muita gente dependendo dele e sendo esquecida porque estava deixando de cumprir seu maior dever por estar desesperadamente apaixonado. Suas tias estavam certas.

— Preciso ir. — Ethan a surpreendeu ao beijar seu rosto do lado menos machucado, encostando os lábios bem em um ponto onde a pele dela não estava se curando. — Desejo que fique boa logo e volte a sorrir. Mesmo que seja lá em Bright Hall, no seu refúgio. Até breve.

Ele ficou de pé, meneou a cabeça e partiu naquele seu típico andar rápido e vigoroso, que não dava tempo de a pessoa reagir. Ainda mais quando acabara de receber um beijo inesperado e ainda sentia como se um choque tivesse partido dali e toda a pulsação de seu corpo havia acabado de se concentrar nesse único contato.

Lorde Pança e Lorde Tartaruga perceberam que seu amigo havia se excedido um pouco em seus licores, algo que não era costumeiro. Ethan resmungou sobre um casamento e uma terrível chantagista. Nenhum dos dois entendeu nada, mas o arrastaram do clube e o deixaram em casa.

As tias tinham planejado encontrar o sobrinho em um baile naquela noite, mas ele estava esquivo há dias e não comparecia mais a nenhum evento social. Desde o acontecimento na casa dos Powell, Ethan só ia a reuniões do Parlamento, ao clube de boxe e ao clube de cavalheiros, onde encontrava seus amigos.

Então ele estava com uma tremenda dor de cabeça e uma ressaca incômoda quando seus amigos conseguiram arrastá-lo para o brunch oferecido pela madrasta de Keller, a baronesa viúva. Ao menos, ele estava tentando comer. E, apesar da dor, não estava surdo. Janet demonstrava preocupação sobre determinados boatos que envolviam Lydia.

— Sim... Dessa vez, eu não posso ajudar — disse Glenfall. — Não sei como começou. Minhas fontes dizem que escutaram ruídos.

— Ninguém disse nomes, mas... Quem iria falar sobre o ano passado? — Janet comeu um sanduíche de pepino perfeitamente quadrado e mastigou lentamente. — Nunca a vi assim, acho que ainda está abalada pelo que passou nas mãos daquele bandido. Lydia é sempre tão destemida, mas não quer sair mais nessa temporada. Ela até disse que devia ter aceitado seu dever e casado com qualquer um em vez de viver um pouco e estragar tudo até para a irmã. Imagine meu choque ao ouvi-la dizer isso. Tal destino seria o mesmo que matá-la.

Ethan ficou olhando-a, sem conseguir imaginar Lydia nesse estado. Ela não devia passar por isso, já havia sofrido o suficiente por um pouco de liberdade.

— Acreditem se quiserem, mas sondei a Srta. Brannon. Em termos de fofoca venenosa, quem melhor? Até ela ficou desconcertada. Pelo que sei, ela não se dá bem com Eloisa, mas não tem nada contra Lydia e disse não saber quem começou essas fofocas — comentou Sprout, o Sr. Querido.

Desde o acontecimento no piquenique, todos estavam atentos para possíveis vazamentos. Nada foi dito sobre aquele dia. Glenfall disse que o primo teve de partir para negócios e ninguém duvidou. Portanto, estavam surpresos com os ruídos sobre Lydia Preston ter tido um possível envolvimento íntimo com um cavalheiro conhecido na sociedade. Porém, tais boatos diziam que não haveria um casamento, e agora a família dela tentava abafar tudo. E insinuavam que havia mais para descobrir se alguém tivesse interesse. Foi tão longe ao ponto de dizer que esse era o motivo para ela ter se retirado dos eventos sociais.

Os amigos dela estavam preocupados.

— Somos os únicos que poderiam dizer algo assim. Ano passado, ela sequer veio a Londres e só esteve conosco e alguns amigos locais. Eles não inventariam que ela teve um envolvimento. Ela não teve... — Janet deu uma olhada disfarçada para Ethan.

Ela *sabia* que Lydia havia dado seu primeiro beijo ano passado. E foi com ele.

Aparentemente, os rapazes do grupo não tinham conhecimento disso. Ele não contou nada, seria indiscrição. Porém, os amigos sabiam que os dois tinham sentimentos um pelo outro. E Deeds enfiou um bolo doce na boca e travou o olhar em Ethan, porque ele viu os dois na carruagem. Concluiu que, se Lydia se envolveu com alguém no ano passado, só podia ter sido ele.

Então, Latham — Lorde Bigodão — resolveu ser o amigo indiscreto e fazer a pergunta que pairava no ar.

— Se não foi você, então sabe quem foi? Você jamais diria, mas, se foi algum maldito fofoqueiro que resolveu abrir a boca, precisamos resolver antes que piore. — Latham olhava para ele.

A cabeça de Ethan estava estourando. Ele tomou o resto de seu café e ficou de pé. Ainda era cedo, tinham chegado para o brunch há menos de uma hora.

— Vou resolver isso — anunciou.

Sem dar mais explicações, ele foi embora, deixando os amigos intrigados e ainda mais preocupados.

CAPÍTULO 23

O prazo de Ethan havia acabado. Porém, se os boatos sobre Lydia já haviam chegado aos ouvidos de seus amigos, significava que Emilia era uma mentirosa traiçoeira. Para ter se espalhado dessa forma e com tantos desdobramentos, ela começou a falar antes de sequer se encontrar com ele para anunciar seus planos. Dizer que ele só ficou mais irritado era pouco. Ela tinha proposto um acordo, e agora ele estava se achando ingênuo por pensar que ela honraria algo a partir de uma chantagem.

— Milorde! Milorde! Eu não sei se a senhorita está disponível... — O pobre mordomo que não tinha nada com isso tentou contê-lo, sem sucesso.

Ethan encontrou Emilia despreparada para recebê-lo, em seu traje matinal de ficar em casa. Mas ela queria se casar com ele, não queria? Então isso viraria uma rotina. Não havia por que fazer cerimônia depois do que teve coragem de dizer.

— Greenwood! — exclamou ela e se cobriu como se estivesse em roupas menores, e não com um vestido.

Ele ignorou sua reação. Assim como continuou ignorando o mordomo, que se manteve atrás dele.

— Sua mentirosa — acusou ele.

Ela arregalou os olhos e mandou o mordomo sair, assegurou que estava tudo bem e não precisava chamar ninguém. O empregado não acreditou, mas obedeceu. Fechou as portas e ficou por perto.

— Não sei do que está me acusando — respondeu ela.

— Nunca pretendeu esperar os três dias ou saber a minha resposta. Começou seu plano vil antes de sequer nos falarmos.

— Precisava provar que era verdade e que faria o que disse. Tinha de lhe mostrar que era sério. Agora sabe — defendeu-se ela. — Seu prazo acabou.

Apesar de não ter ido ali se livrar do problema, Ethan também não foi para levar um ultimato. Pelo contrário.

— Você vai desfazer tudo que fez — demandou ele.

— Eu não fiz...

— Começou pequenos boatos absurdos, como várias minúsculas fogueiras que podem se tornar incêndios. Vai apagá-los — determinou, tão sério e obviamente irado que, apesar de falar em seu tom normal, deixou-a intimidada.

— Como espera que eu...

— Não me importo. Você e a víbora da sua mãe vão resolver isso — avisou ele, num tom ainda mais cortante.

— Deixe a minha mãe fora disso.

— Não. Como você disse, ela sabe de seu plano. E duvido que você teria inserção e contatos suficientes para iniciar essas fofocas sozinha. Vocês vão reverter o que fizeram. E rápido.

— Não foi esse o nosso combinado.

— Não há combinado algum. De fato, não estou ganhando nada. Você prometeu que pouparia Lydia em troca de um casamento. No momento, ela está prejudicada, e eu estou a ponto de receber uma esposa que nunca quis. Como isso me serve?

Emilia franziu o cenho, reconhecendo uma pequena falha em seu plano. Porém, ela precisava provar a ele que tinha munição para atacar e que usaria. Não lembrou de considerar mais cenários para as reações dele, jamais esperou que invadisse sua casa tomado por ira. Pelo jeito, Greenwood era mais complicado do que pensara.

— Pode ficar muito pior — lembrou ela, tentando intimidá-lo.

— Já está ruim o suficiente para o meu gosto. A condição é que nada afete Lady Lydia. Você e sua mãe vão falar bem dela, vão desmentir tudo que disseram. Se precisar, vão inventar coisas boas e desqualificar quem pode ter inventado tais boatos absurdos.

— Isso demandará alguns dias. E seu prazo acabou.

— Agora é *você* que tem um prazo. Como membro do tal grupo infame ao qual a senhorita se referiu, eu fico sabendo de tudo que dizem sobre os meus amigos. Saberei quando as histórias forem revertidas. É quando fecharemos negócio.

— Não funciona assim, Greenwood. Eu preciso resolver minha vida.

— Então trabalhe rápido.

— Não posso! — reagiu ela, dando um passo e batendo com o pé.

— Não me importo. Você cavou essa cova — respondeu sem paciência e indiferente à irritação dela.

— Não se importa com sua querida amiga? — arriscou ela, pois sabia ser o modo de conseguir alguma reação dele.

— Do jeito que está, só eu saio ganhando. Você mesma disse isso, lembra-se? No fim, só me acusarão de ser um libertino. Um desavergonhado. Não serei banido de lugar algum. A sociedade funciona assim. E Lydia odiará tudo. Ficará mal falada, triste, mas ainda terá a família para apoiá-la e continuará sendo uma herdeira rica. E quanto a você, Emilia? Disse que precisa se casar e sou sua única escolha lógica. Se eu deixar que ambas sejam arruinadas, quem terminará pior?

As sobrancelhas dela se elevaram e Ethan soube que havia acertado. Ele estava blefando. Nem morto que ia deixar Lydia ser arruinada e consequentemente prejudicar sua família. Porém, Emilia não sabia disso. Ela não o conhecia de verdade, não sabia do que ele era capaz. Não conhecia seu caráter a fundo. Ela não lhe contou tudo, mas o que disse foi suficiente. Falou que era ela ou Lydia. E foi isso que ele usou.

— Não tente me enganar — avisou ela.

— Faça o que eu preciso — determinou ele.

As portas se abriram, era o mordomo de novo. Só que, dessa vez, ele estava acompanhado de Lady Aldersey, mãe de Emilia, que ficou possessa ao ver que Ethan estava ali dentro e sua filha estava pálida. Antes que a viscondessa tivesse chance de dizer algo, ele se virou e passou por ela. O mordomo foi atrás para ter certeza de que o visitante estava partindo. Imagine o choque do pobre homem quando descobrisse que aquele homem que ele já classificara como ameaçador era o futuro marido de Emilia.

— Estou tão feliz com essa notícia maravilhosa, Greenwood! — exclamou tia Margaret.

— Inesperado. Não era isso que eu esperava — observou tia Eustatia.

— Tita... — Maggie lhe deu uma cutucada disfarçada.

— Mas é claro que estou feliz com a notícia — adicionou ela, sem o mesmo entusiasmo.

Ambas queriam que ele se casasse e estavam juntas nessa missão, mas era notório que Margaret era mais engajada e aberta a todas as possibilidades. Era ela quem conhecia a família de Emilia e iniciou o processo de apresentação, pensando que eram ótimas pessoas. Já Eustatia, era tia materna de Ethan e não tinha tanto apego pelo título dos Crompton. Por outro lado, concordava que Ethan não podia fugir de um dever tão importante e precisava cumpri-lo como um homem adulto responsável.

Por isso que tia Tita o instigava a procurar uma jovem que o encantasse. Lady Margaret, por diversos motivos, não era uma crédula em ambições românticas, contudo, não era contrária.

Nenhuma das duas imaginava a realidade. Elas só não eram desinformadas. Então, por que a filha mais velha dos Preston desapareceu da cena se as duas tinham certeza de que o sobrinho tinha sentimentos por ela? Ele era um ótimo partido, um rapaz saudável e bom caráter. Será possível que os dois iam conseguir ser apenas amigos eternamente?

Agora iam. Ethan ia se casar.

Mas quando foi que ele conseguiu tirar os olhos de cima da filha do vizinho e virou sua atenção para Emilia? As tias enxergavam mais do que parecia.

— Daremos um jantar de comemoração? — indagou tia Tita.

— Um baile de apresentação dos noivos? — A pergunta da tia Maggie soou mais como uma sugestão.

— Devemos nos preparar para receber? — continuou Eustatia, mais sóbria e notando que Ethan já estava terminando sua segunda xícara de café.

Ele contou a novidade no café da manhã, como se estivesse informando que teriam de consertar a carruagem familiar e usariam coches alugados pelo dia. Algo problemático assim, que tinha de ser avisado ao primeiro contato do dia. Ao mesmo tempo que era trivial.

— Não.

— Os Baillie se ofereceram para dar o jantar? Que interessante... — comentou Maggie, referindo-se à família da noiva.

— Não, acredito que Lady Emilia informará ao resto da família dela. Os pais já sabem.

As duas ficaram apopléticas. As sobrancelhas de Tita se elevaram e ficaram congeladas ali, mantendo-a em uma perpétua expressão de surpresa e assombro. Lady Margaret virou a xícara sobre o pires e se atrapalhou, tentando evitar que manchasse seu vestido matinal.

— Você não fez o pedido ao pai dela? — reagiu Maggie.

— Informei a decisão a Lorde Aldersey.

— Greenwood. — O tom de Tita ainda era tão incerto que não conseguiu ser uma crítica.

O choque delas deu tempo suficiente para ele terminar o que havia em sua xícara, pedir licença e se levantar, avisando que estaria ocupado o dia todo em reuniões de encerramento do Parlamento. As duas se olharam e nem tentaram correr atrás dele; era inútil.

— Algo não está certo. Ele pode até ser rude, às vezes, mas jamais um completo e absoluto crápula. Não o educamos assim. — Até tia Maggie estava preocupada, apesar de estar a ponto de acontecer exatamente o que ela tentava plantar desde o ano anterior.

As tias de Ethan não foram as únicas informadas de forma abrupta e chocante dos novos planos de vida do conde. Seus amigos sempre sabiam de tudo primeiro, incluindo motivações, consequências, histórico, pessoas envolvidas... Imagine o choque deles quando souberam que o casamento de Ethan aconteceria em breve.

— Você realmente vai se casar com ela? — Deeds continuava inconformado. Era, afinal, um romântico.

— Sim — respondeu Ethan, mais sucinto do que nunca.

— Tem de haver uma saída. — Glenfall se inclinou para mais perto.

— Minha "saída" não quer se casar e está fragilizada pelos últimos acontecimentos. Ela não precisa nem deseja uma proposta. Não disseram que eu estava à procura de uma esposa desde o ano passado? Acabei de me livrar desse problema.

— Preston? — perguntou Sprout. — Espere mais uns meses. Ela vai se curar e voltar a ser a dama destemida e obstinada que adoramos. De todas as formas.

— Não posso.

Ethan não tinha dito a verdade a todos, nem pretendia. Não por ora. Mas disse a Deeds. Por isso Pança parecia tão desiludido e, antes de comentar, bebeu uma dose a mais do que o seu habitual.

— Minha avó costuma dizer que todos temos direito a uma paixão de juventude, mas a maioria não vai vivê-la. Alguns terão sorte por uns dias e essa será a lembrança que levarão na memória para as vidas que precisam cumprir. — Ele fez sinal para lhe trazerem outra dose.

Deeds provavelmente era quem o entendia ao menos um pouco. Apesar de não ter chegado a viver um romance, ele gostava de Janet há algum tempo. Pelas últimas notícias que receberam, ele teria de procurar outra jovem que gostasse dele como era, que apreciasse sua predileção por doces e se divertisse com seu jeito de ser. Ao menos se quisesse acreditar em amor, pois sua avó dizia que era possível tudo isso em um bom acordo de casamento, com uma dama compatível. Essa história de casar por amor era tolice da juventude atual.

As notícias eram que Lorde Aston ia deixar a vida de libertino verdadeiro e propor. E Janet ia aceitar. *A qualquer momento.*

Keller também pretendia propor a Alexandra Burke e, se ela não o estivesse enganando por todas essas semanas, também iria aceitar. Assim que ele tomasse coragem para fazer o pedido. *A qualquer momento.*

Lydia continuava parada, ainda segurando Peteca, que estava recuperado e havia voltado a aprontar. Inclusive a tentar fugir de novo para ir atrás das pessoas da casa quando saíam. Dois dias atrás, Henrik e Caroline levaram as crianças ao parque e Peteca se jogou para dentro do veículo quando o lacaio se descuidou com a porta da frente. Era melhor do que se esconder na cesta de comida e ainda desfalcar o lanche.

— Está me escutando? Lydia? — chamou Janet.

— Sim...

— Estamos muito preocupados.

Ela estava chocada.

— Deeds está arrasado. Parece pensar que, depois que os amigos se casam, ele perde o contato. O que é absurdo, afinal, Eric e Bertha só não estão conosco nessa temporada porque acabaram de ter um bebê — divagava Janet.

Lydia ainda não havia conseguido dizer nada. Ela apertou Peteca sem querer, e ele pulou e escapuliu pela sala, indo investigar os sons que vinham da sala de música.

— Eu sei que eles estão agindo de forma estranha, mas não consegui que me dissessem nada comprometedor. Talvez não exista e seja... bem... apenas o que é. — Ela deu uma olhada na amiga, que tinha fechado as mãos sobre as saias.

— Eu tinha um pouco de ciúmes dela. E ele dizia que não havia nada entre eles. Agora vão se casar. — Lydia virou o rosto. — Ele devia estar em negação.

— Ele não parece exatamente um noivo em êxtase — observou Janet.

Lydia ficou quieta. Isso não fazia diferença, ela não conheceu muitos noivos felizes em sua vida. Era só mais um motivo para não querer se envolver nisso. Para que se casar com alguém que está contrariado e indo em frente para cumprir um dever? Que tipo de vida teria? Certamente, nada similar à que assistia entre seus pais e entre Bertha e Eric.

— Você está triste? — Janet perguntou baixinho.

Demorou um pouco, mas Lydia acabou admitindo:

— Sim. Não... Não sei descrever o que estou sentindo. — Ela ergueu o rosto e olhou para a amiga. — Ele foi o único homem com quem me relacionei.

Dessa vez, foi Janet que ficou em silêncio. Aquela alegação podia ter tantos significados, todos eles inapropriados.

— Nós nos beijamos mais de uma vez. Bem mais... — contou.

— Onde está Bertha quando precisamos dela? — Janet passou os dedos pela testa, subitamente sentindo que iria começar a suar.

— Diga que tivemos um envolvimento, se assim quiser. Eu queria saber como era. Queria viver a sensação. Nós temos de sair de casa e simplesmente nos casarmos sem jamais viver nada. Não me arrependo de ter estado com ele. Eu só... — Ela tornou a olhar as mãos. — Não venho me sentindo bem ultimamente. Quero voltar para casa.

Janet esticou o braço e apertou a mão dela.

— Não sou boa em verbalizar conselhos e consolar do jeito que Bertha faz, mas eu entendo. Não me arrependo também. Nem um pouco. Independentemente do que acontecer. Vou viver minhas consequências.

Lydia sabia que Janet era discreta e não tinha a mesma desenvoltura para assuntos íntimos, mas também sabia que ela se envolveu intimamente com Lorde Aston. Foi uma temporada de experiências para ambas.

— Fico feliz por você, Janet. Por não se arrepender. — Ela apertou a mão dela de volta.

— Vamos voltar para Devon. Como diz Deeds, foram emoções demais para um pobre coração aguentar em uma temporada.

Lydia franziu o cenho e deu um sorriso amarelo ao lembrar de seu outro amigo querido. Pobre Deeds, devia estar de coração partido e fechando sua casa para deixar a cidade alguns dias antes. Não era isso que esperavam quando fizeram planos na pré-temporada. Até Lydia achou que o amigo tinha chance de conquistar Janet.

— Sei que considera o casamento algo muito sério e perigoso e tem a história de seus pais antes de se encontrarem como um péssimo exemplo de dor, abuso e sofrimento nas mãos da pessoa com quem se casaram, mas veja Bertha e Eric. Eles estão felizes juntos e foi na primeira tentativa. Não precisou de nenhuma tragédia no caminho.

Janet ficou quieta, achou que não estava ajudando em nada, mas não sabia como a situação foi acabar assim. Ethan casando com aquela tal de Emilia. E Lydia ainda em casa se recuperando e, pelo jeito, fugindo de casamentos com mais afinco do que nunca. Agora então, que o único que tinha chance de mudar isso escolhera outra, duvidava que algo mudasse num futuro próximo.

238   LUCY VARGAS

CAPÍTULO 24

— Eu soube que a senhorita estava recuperada de um acidente e iria retornar a Devon essa semana — disse Lorde Wallace. — Sei que é pretensão de minha parte, mas imaginei se não gostaria de um pouco de ar puro antes de retornar ao campo.

Lydia não se encontrava com Wallace há um bom tempo. Costumava fugir dele e de suas intenções românticas e, em Londres, eles não frequentavam os mesmos eventos sociais. Especialmente depois que ela passou a comparecer como Prescott. Ela ficou surpresa por ele estar de volta e imaginou que pudesse ter encontrado um par nessa temporada.

— Sabe, não é má ideia — decidiu ela. Eram seus últimos dias na cidade e estava sem os pontos na boca.

Wallace ficou surpreso por ela ter aceitado. Quando soube que Greenwood iria se casar, resolveu tentar a sorte. Com ele fora do caminho, tinha mais chances com Lydia. E se chegasse primeiro, lembrando a ela de suas intenções antes que a pós-temporada começasse, ganharia uma vantagem sobre os outros pretendentes que ela certamente teria.

Os dois saíram para um passeio de caleche. Lydia aceitou, porém não pretendia demorar. Ainda mais se Wallace resolvesse usar o tempo para fazer avanços. Ela mentiu sobre o seu acidente, uma história mirabolante sobre aprender a esgrimar com uma espada de verdade. Ele caiu como um patinho, ocupando-se em dizer o quanto isso era perigoso e que a esgrima não era ensinada com armas verdadeiras. Ainda mais para uma dama. Lydia fingiu arrependimento.

Quanto retornaram, ela estava mais animada. Ele foi menos meloso. Já queria convidá-la para cavalgar e disse que não achava mais perigoso que ela participasse das corridas de cavalo de Devon.

— Contudo, se a senhorita permitir, eu adoraria estar presente —

arrematou Lorde Wallace, tentando dar seu sorriso mais galante.

Lydia já vira melhores, mas sorriu de volta e prometeu que apostariam.

— Eu ainda a acho a dama mais fascinante de Devon e, após uma temporada nessa cidade, incluirei Londres também — disse ele, já em seu plano para lembrá-la de seu interesse.

— O senhor me comove com sua atenção. — Ela moveu a cabeça, imitando a reação que já vira em outras moças ao serem cortejadas. Lydia continuava reagindo das formas mais descabidas a flertes.

Por isso Ethan nunca flertava com ela desse jeito.

Será que ele gastou seu tempo flertando com aquela tal de Emilia? Ela fez um escândalo tão grande naquele dia...

— A senhorita me escutou? — Wallace ficou aguardando quando ela não respondeu nada ao novo convite dele.

— Ah, eu tenho um compromisso com... o baile infantil dos meus irmãos. Até a volta, milorde! — Ela acenou e subiu os degraus, deixando-o plantado lá.

Ao entrar em casa, Lydia encontrou a marquesa viúva na sala. Ela estava com sua nova acompanhante de viagem, a jovem Sra. Debois, uma mulher de mais ou menos trinta anos, inteligente e educada. Contou que havia sido camareira e professora, mas cometeu o erro de se casar. Hilde até brincou que gostava de ajudar viúvas espertas, pois o marido da Sra. Debois havia falecido recentemente. "Felizmente", adicionou a mulher, o que fez Caroline rir e se identificar.

A Sra. Debois era bem qualificada para o cargo de acompanhante de uma "velha doida e excêntrica", como descreveu a marquesa viúva. E era um posto um tanto monótono, mas, como a acompanhante frisou, estava sendo bem paga e bem tratada. Algo não muito comum para a realidade de uma mulher negra e imigrante na Inglaterra.

— Foi um passeio rápido — disse a marquesa viúva.

— Ele quer se casar comigo — anunciou Lydia. — E conforme o tempo passava, eu me sentia cada vez mais desconfortável.

O jeito como ela deu a notícia, com um sorriso, deixou as duas mulheres confusas. Parecia estar feliz em contar, ao mesmo tempo em que seus ombros caíam, indicando cansaço.

— Em breve? — perguntou a Sra. Debois.

— Por ele, já teríamos filhos.

Sem tempo para mais problemas, Hilde ficou de pé a apontou para a neta.

— Não vou consertar mais nenhum de seus arroubos, Lydia Preston! Chame esse rapaz de volta e diga "não" antes que ele crie esperanças! Ele parece um porquinho rodando em volta de suas saias! Não se atreva!

A avó conseguiu arrancar uma risada dela. A chegada de Hilde a Londres definitivamente estava acelerando a melhora de Lydia. A marquesa viúva tinha esse poder.

— Não parece nada! Porquinhos são os animais mais fofos da fazenda. São inteligentes e adoráveis. Eles jamais seriam tão bobos a ponto de achar que poderiam se casar logo comigo. — Ela riu mais e foi saindo. — Venha, Peteca, venha!

A pequena bola de pelos foi correndo atrás dela. Lorde Wallace logo ia descobrir que Lydia era uma bela enganadora. Quem diria? Já que seu coração não estava mais em perigo, ela podia enrolar rapazes facilmente da forma mais desajeitada e despretensiosa. E funcionava.

Pós-temporada de 1818

O grupo de Devon se reencontrou para o primeiro casamento da pós-temporada. Deslocaram-se até Somerset, onde Eloisa disse "sim" a Eugene, o futuro duque de Betancourt. Ou, como ele era conhecido no grupo: *Herói de Guerra*. Foi um belo reencontro. Deu certo trabalho para se encaixar, mas que linda história de amor. Quem diria que os dois combinavam tanto? Foi um casamento cheio de convidados, muitos homens de uniforme que serviram com o noivo, oficiais de alta patente, o duque, todos os amigos de Eloisa, as Margaridas e diversas personalidades da sociedade. Foi grandioso.

— Eu sou uma manteiga derretida. Quando ele disse que voltou a andar pensando em poder dançar com ela, chorei como um bebê. — Janet já era conhecida por se emocionar em cenas românticas.

— Foi emocionante — concordou Lydia, feliz ao ver a amiga se realizando com a pessoa que ela escolheu.

— O chef do duque é divino — murmurou Pança, com seu prato repleto de quitutes que eram trazidos constantemente pelo batalhão de lacaios de Burton House.

O segundo casamento foi mais perto de casa e feito apenas para os mais próximos. Dessa vez, foi Eloisa que levou seu novo marido para Devon. E todo o grupo compareceu a outra união que também levou anos para se concretizar: Ruth e Huntley se acertaram. Ou, como o grupo diria: a Srta. Festeira e o Lorde Garboso estavam se casando.

A cerimônia foi na casa de Huntley e, para desagrado de Lydia, ela seria testemunha junto com Ethan, que era o melhor amigo do noivo. Ele nunca lhe disse nada sobre o próprio casamento. E ela não queria saber.

Então os dois não eram mais tão amigos. Porque amigos conversam. Mesmo que através de cartas. E até quando estavam implicando um com o outro, era pura amizade. Após o anúncio do casamento, Ethan mal conseguia olhá-la, e Lydia o ignorou desde que o viu chegar na casa de Huntley. Os amigos não podiam fazer nada. Até porque só Janet — e agora Bertha — sabia que os dois tiveram alguns encontros amorosos.

— É um dia tão feliz! — Bertha andava junto a Lydia no jardim do chafariz. — Eu fiquei esperançosa quando Ruth apareceu lá em casa. Porém, não esperava uma resolução tão rápida.

Lydia tinha um leve sorriso enquanto a acompanhava, mas não estava em seu humor costumeiro naquele dia. Geralmente não era tão quieta, mas, desde que retornara a Devon, saíra poucas vezes de Bright Hall. Os únicos eventos sociais foram os dois casamentos de suas amigas.

— Ir a tantos casamentos pode ser inspirador e um tanto complicado, não é? — Bertha virou o rosto, reparando no humor da amiga.

— Eu estou feliz por todos eles. Acho que ninguém se afastará, vamos todos continuar amigos. — Lydia seguia com seu vestido de crepe azul e seda branca balançando levemente em volta das pernas.

Bertha olhou por cima do ombro e viu que Greenwood estava sentado junto a uma das pequenas mesas e não participava da animação dos amigos. Por causa do bebê, ela ficou longe da cidade nos principais acontecimentos e ainda não entendera todos os detalhes da conclusão. Só sabia que Ethan tinha uma expressão melancólica enquanto as olhava de longe, e Lydia voltara diferente de Londres.

— Não, duvido que nos afastemos. Estaremos todos sempre por perto, envolvidos nos mesmos acontecimentos — opinou Bertha.

Ruth correu para elas quando voltaram, tão feliz que até as abraçou ao mesmo tempo.

— Fico tão feliz em tê-los todos aqui. — Ela apertou suas mãos. — Nunca esquecerei tudo que fizeram por mim e a amizade que compartilhamos.

— Nós estávamos lá exatamente pelo carinho que lhe dedicamos, é o que amigos fazem — disse Bertha.

— No fim, foi você que resolveu tudo. Ainda estou orgulhosa de sua fuga pela noite. — Lydia abriu um sorriso, finalmente soando mais como ela mesma.

— Mas tenho certeza de que nunca mais precisará lançar mão de algo tão radical — atalhou Bertha.

— Claro que não! — Ruth se divertia. — Agora tenho um par para me levar em fugas românticas!

As três ficaram sorrindo, contentes com os planos de Ruth e Graham, que pretendiam viajar assim que a temporada de casamentos dos amigos terminasse. Por enquanto, iam aproveitar a privacidade de Courtin Hill e passar todo o tempo juntos. Elas foram para perto dos outros aproveitar o tempo que ainda teriam com os amigos.

De 1816 até aquele momento, muito aconteceu com todos eles. Haviam amadurecido e vivido aventuras juntos, e era natural que estivessem mais interessados em encontrar um par para chamar de seu. Os casais que se formavam no grupo estavam servindo de inspiração até para os mais céticos sobre o amor. Mas, apaixonados ou não, sempre manteriam a fama de rebeldes.

O casamento de Ethan e Emilia não aconteceu em Crownhill Park, foi realizado quando ele buscou a noiva na casa dos pais. E teve poucos convidados. De fato, virou uma pequena fofoca nas redondezas de Devon, pois os vizinhos do noivo esperavam ser convidados. Ou ao menos saber de algo. Afinal, o conde de Greenwood estava se casando, e ele sempre foi amigável com seus vizinhos mais próximos.

E quanto aos seus amigos? O grupo de Devon não foi ao casamento?, indagavam os fofoqueiros locais.

Não, pois ele não os convidou. Ao menos não todos. Ethan era uma criatura complicada. Em sua mente, seus amigos representavam felicidade. Eles se reuniam em festas e eventos e lhe traziam conforto, identificação, apoio, amizade, carinho... Só que eles eram amigos verdadeiros e nunca deixavam de apoiar um dos amigos em momentos difíceis. Mesmo assim, ele não os convidou.

Apesar disso, ele informou aos seus amigos de infância que, coincidentemente, também eram parte do grupo. Por isso que, mesmo sem convite, Graham e Eric apareceram no casamento. E arrastaram Pança, pois ele era a testemunha oficial do grupo, e os três o conheceram no colégio. Ethan não podia mentir que não ficou feliz ao vê-los lá para apoiá-lo.

— Prometo que vamos nos entender bem, depois que isso passar e eu puder contar a verdade — disse Emilia, assim que conseguiu falar com ele após deixarem a capela.

Ela nem parecia a mesma chantagista. Ethan não conseguia acreditar em seu arrependimento, mas não sabia dizer se ela podia fingir tão bem. Ele queria saber o resto da história por trás da chantagem. Ela não era apaixonada por ele, tinha certeza disso. Também não se casou porque tinha uma grande ambição de conseguir o título de condessa. Tampouco parecia estar de olho em seu dinheiro, por mais que uma vida de conforto não fizesse mal a ninguém.

Como não era tolo, depois de ter tido tempo para pensar e baseando-se no que ela lhe disse até o momento, ele desconfiava. Ela teve um romance malsucedido. E ele achava que estava a ponto de receber péssimas notícias.

— Vou ser uma boa esposa. Tudo que suas tias e meus pais disseram quando estavam tentando nos casar era verdade. Sei cuidar de uma casa, vou cuidar bem das crianças e até de você. Assim que parar de me odiar.

— Não estou preocupado com nada disso, Emilia. Antes de terminarmos assim, eu acreditava em você. — Só não queria se casar com ela.

Ethan deu uma rápida olhada para suas tias. Lady Margaret estava mais contente do que tia Eustatia, mas ambas disfarçavam bem. Elas tentaram arrancar mais informações dele ao longo dessas semanas, sem sucesso. Do mesmo jeito que ficaram chocadas por não haver anúncio ou comemoração do noivado, ficaram abaladas pelo casamento não acontecer em Crownhill Park, como era a tradição desde que os condes de Greenwood existiam na propriedade.

Ou melhor, tia Maggie ficou abalada. Tia Tita só ficou intrigada.

Por incrível que pareça, Emilia preferiu já chegar casada a sua nova casa. Ela não estava preocupada com seu status inicial como condessa ou nada do tipo. Mais um motivo para dar força à teoria de Ethan.

Apesar de se casar com sua filha mais velha e ser um conde, Ethan não era mais bem-quisto pelos Baillie, mesmo que eles disfarçassem na frente das visitas. Lorde Aldersey achava que Ethan estava desonrando sua filha, fazendo pouco dela ao não lhe dar a devida pompa e recepção como nova condessa de Greenwood. Achava desrespeitoso. Já a mãe, Lady Aldersey — que sabia sobre a chantagem —, tinha de fingir pensar o mesmo.

No entanto, ela não gostava de Ethan por achá-lo um grosseiro. Na mente de Lady Aldersey, ele devia estar mais contente e conformado, já que estava em busca de uma esposa desde o ano anterior e sua Emilia era perfeita para o papel de condessa de Greenwood. Era bonita, cheia de qualidades, bem-educada e os dois já se conheciam o suficiente para firmar um compromisso. O que mais ele poderia querer?

— Ao menos a comida é boa — opinou Deeds no café da manhã após o casamento.

— A recepção é por parte dos Crompton, visto que o casamento é aqui — murmurou Eric, com um sorriso matreiro.

Huntley riu baixo e bebeu mais chocolate quente. Ethan só tinha as tias e os três amigos de seu lado, mas os Baillie tinham alguns convidados, entre familiares, vizinhos e amigos. No total, eram cerca de vinte pessoas. E o café da manhã era oferecido pela família do noivo. Trouxeram os mantimentos e o chef com os auxiliares de Crownhill.

— Logo vi que conhecia esse tempero. — Pança sorriu, pois já comera na casa de Ethan diversas vezes, e até conhecia seu chef.

Os três conseguiram distrair Ethan durante o café da manhã, ao menos nos momentos em que ele ficou na mesa deles, porque ele também fingiu para os convidados, sentou-se ao lado de Emilia e esperou que a manhã terminasse para poderem partir. Os Baillie eram de Devon, mas, enquanto Ethan e seus amigos moravam no lado leste do condado, estendendo-se por terras que iam desde o rio até a fronteira com Somerset e Dorset, a família da noiva era do centro do condado, próximo a Tiverton. Até o ano passado, eles não se conheciam.

Apesar da curiosidade, os vizinhos deixaram os recém-casados em paz na primeira semana. E as tias de Ethan partiram para resolverem suas vidas, afinal, ele havia se casado. De certa forma, sua missão estava completa e o sobrinho não estava mais sozinho. Havia feito sua parte, logo teriam herdeiros para continuar a família e manter o título vivo.

Tanto Lady Margaret quanto Eustatia tinham casas próprias, era só que passavam pelo menos metade do ano em Crownhill. Agora, ambas estavam reconsiderando essa rotina.

E isso deixou Ethan com sua nova esposa. No entanto, ele não precisou de uma semana para desvendar nada. Uma noite foi necessária. Quando ele fez duas perguntas, ao menos, dessa vez, ela cumpriu o que disse no dia do casamento e contou o que levou à chantagem.

— Mesmo que eu siga o óbvio e simplesmente me deite com você, quando eu fizer as contas, elas não vão bater, não é verdade? Em quanto tempo a criança vai nascer? — perguntou ele, no momento mais privado e inevitável, quando foram dormir.

— Não vão. Terá de confirmar a narrativa de que esteve tão encantado por mim que não conseguiu esperar o casamento. — Emilia virou o rosto e torceu a barra de seu robe.

Ela sabia que ele ia descobrir, só não esperava que já soubesse ao se casar com ela. Queria mais tempo. Não dava para notar mudanças em seu corpo. Se dormissem juntos nas núpcias, ele nem saberia. Mas as contas não bateriam do mesmo jeito. Era só que, ao menos, já teriam iniciado o inevitável. Estavam casados, que diferença faria agora?

Emilia teve tempo de armar um plano para se salvar, não estava se guardando para ninguém. Ano passado, ela quis se casar com ele. De verdade. Antes de se apaixonar por outro. Agora que estavam juntos, era mais fácil que Ethan resolvesse cumprir logo a parte do acordo em que teriam filhos.

— Você iniciou uma fofoca e pareceu julgar outra mulher por fazer algo similar ao que você fez. Foi cegamente ou tinha noção da hipocrisia da situação? — Ele não fez nada além de esperar, pois estavam dividindo o quarto para manter a história.

Emilia não sentiu apreensão, seguiu o plano como ele e o olhou ao se sentar na beira da cama.

— Eu precisava de você, minha motivação era verdadeira. Se descobrissem, eu estaria arruinada, causaria danos a minha família e, se estiver esperando uma menina, seria o fim dela. Não menti. Era eu ou ela.

248 LUCY VARGAS

CAPÍTULO 25

Entre o fim de 1818 e o início de 1819, certos acontecimentos esperados tomaram seu curso. E outros não saíram como o planejado. A boa notícia era que, assim que o inverno melhorou, o grupo de Devon se reencontrou para outro casamento. Juntaram-se aos Burke porque Alexandra disse "sim" a Keller.

Ele demorou um pouco mais do que devia para fazer o pedido. Quase perdeu sua chance, mas aconteceu. Estavam todos com saudade de uma nova comemoração. Desde os casamentos do ano passado que não tiveram muitos motivos. Ou melhor... foram motivos um tanto complexos.

Janet ficou noiva de Lorde Aston.

Deeds ficou tão arrasado que os amigos o levaram para viajar e espairecer.

Quando retornaram, algo havia dado muito errado, e Lydia havia saído de seu refúgio direto para se envolver em um problema, pois ela foi atrás de Aston para cortar a sua cabeça. Levou uma arma que roubou do pai e disse que ia arrancar os olhos dele por magoar uma das pessoas mais amáveis que conhecia. No entanto, alguém chegou antes dela.

Nesse ínterim, o filho de Ethan nasceu. Ou melhor... bem... Ninguém fez as contas porque não saberiam. A notícia que se espalhou foi: *Lorde Greenwood e sua nova esposa estavam tão encantados um pelo outro que se adiantaram ao casamento*. Deve ser por isso que tudo aconteceu de forma tão atípica. Quase secreta.

Ah, se eles soubessem.

Ethan não andava bem.

Janet estava inconsolável.

E Lydia... depois de dispensar todos os pretendentes que se apresentaram nesse tempo, no meio da missão para matar Lorde Aston, algo inesperado aconteceu. Ninguém no grupo de Devon sabia explicar como ou quando exatamente ocorreu. Mas...

Lydia tinha um novo pretendente.

Algo que já não era mais tão absurdo, pois veja só, a fofoca que corria por aquele lado de Devon era que, após os casamentos dos amigos, a filha mais velha do marquês participou da pós-temporada e, recentemente, da pré-temporada, e passou esse tempo quebrando corações de jovens tolos que cometeram a tolice de se encantar por seu jeito rebelde.

E ela sempre, *sempre*, negava um posto de exclusividade a eles. Eram sem graça. Não seguravam seu interesse. Conversavam sobre tópicos desinteressantes; isso quando conseguiam manter uma conversa. Cavalgavam mal e nem sabiam lidar com os animais das próprias casas. Nunca fizeram nada muito... *perigoso*. Não tinham ideias liberais. Eram pomposos e deveras retrógrados para seu gosto e para a forma como foi criada pela sua "família de selvagens".

Em resumo, eram entediantes.

Como manteriam o interesse de uma mulher como Lydia Preston?

Agora ela tinha vinte e um anos. Não era mais a debutante que chegou a Londres em 1816 e não sabia reagir a tudo que a envergonhava ou borbulhava seus sentimentos.

Só que, dessa vez, era verdade. O tal pretendente era alguém capaz de manter o posto.

E Ethan queria morrer.

Mesmo que não tivesse o direito.

Mesmo que tivesse se afastado. E decidido que jamais iria orbitar à volta dela.

Mesmo que isso tivesse custado sua saúde mental.

Não comandava seus pensamentos ou seu coração.

E por mais que estivesse em péssimo estado, jamais poderia faltar ao casamento de Keller. Ele era seu amigo. Todos do grupo estariam lá.

Ele teria que sobreviver a estar perto de Lydia.

— Uma arrasadora de corações! — reclamou Lydia. — Isso é ridículo. De onde as pessoas tiram essas histórias?

Seguiu na frente, segurando a lateral de suas saias desnecessariamente. Estava só contendo seu gênio.

— Em breve, dirão que eu a transformei em uma libertina — disse Rowan, seguindo calmante, uns dois passos atrás.

— Isso não está mais longe da verdade! — Ela girou e o encarou. — Eu não fiz nem um terço do que estão me acusando.

— Eu sei, o que é uma pena, pois é muito chato levar a fama sem ter ao menos se divertido. — Ele sorriu e passou por ela.

Lydia o alcançou na entrada, e Rowan só dobrou o braço e ela encaixou o dela, apoiando a mão enquanto andavam.

— Não vou voltar a me esconder em Bright Hall. Meu pai está certo. Ele já usou o lugar para se esconder. Refúgio e esconderijo são coisas diferentes.

— Seu pai está certo. — Ele diminuiu o passo para ela descer as escadas do jardim traseiro ao seu lado em seu vestido de cetim lavanda brilhante, ornamentado no pequeno corpete com fileiras diminutas de pérolas e contas e com finas tramas de seda branca na beira da saia.

— Mas não vou ser acusada de quebrar corações de palermas em quem sequer tenho interesse.

Rowan inclinou a cabeça para ela.

— Não quer quebrar corações, Lydia?

— Não, jamais. Dá muito trabalho.

— Nem o meu? — provocou.

Ela estreitou o olhar para ele.

— Segundo suas palavras, seu coração jamais será quebrado outra vez — lembrou ela.

— E segundo os seus delírios, o seu também não — devolveu ele.

— Estou certa do que disse — ela respondeu seriamente.

— Então case-se comigo, resolva seus problemas e livre-se das cobranças — ele disse simplesmente.

As sobrancelhas dela se ergueram.

— Não vou quebrar nada — explicou ele.

— Você não vale nada.

— Pensei que era seu novo grande amigo. Dê-me tempo e serei seu novo melhor amigo. Até seus companheiros de Devon já me adoram — ele completou a frase ao acenar para três dos rapazes com quem agora também mantinha proximidade.

Rowan era o novo "libertino de verdade" do grupo. Como dissera o Sr. Querido ainda no começo da temporada passada, eles não tinham um desses no grupo. Talvez Lorde Emerson não fosse de todo mal... na época, os outros odiaram a ideia. Cerca de um ano depois, Keller tinha convidado Emerson para seu casamento. E ele tinha passado os últimos meses se encontrando com Lydia e vários dos outros membros diversas vezes.

— Não. Já acham que vou me casar com você. Estamos passando tempo demais na companhia um do outro.

— Eu sei. — Um sorriso ergueu a lateral de seu rosto. — Eu já fiz um papel similar.

Ah, ela sabia. Há alguns anos, ele foi o porto seguro de Isabelle Bradford. Seu melhor amigo. Ela era tão absurdamente assediada que precisava dele para se manter segura. Até que o duque passou a mantê-la ainda mais segura. Lydia não precisava desse tipo de segurança, a situação era diferente.

Rowan *não* estava propondo porque a desejava com um amor desesperador.

E ela não estava entrelaçada com um temível duque que podia ser tudo, mas, na época, era solteiro.

Rowan a levou na direção dos amigos, e ela viu Ethan. Fazia tempo que não se encontravam. Sinceramente, seus sentimentos hostis em relação a ele suavizaram. Sobrou dor... mágoa, talvez? Apenas porque os sentimentos eram reais. Ele estava sozinho. A esposa devia estar em casa com o bebê.

Lydia também fez as contas. A menos que a criança tenha nascido antes do tempo... Não fazia o menor sentido ele ter tido um caso com Emilia quando também se aventurou com ela. Ethan não tinha esse tipo de caráter. Mesmo agora, ela tinha dificuldade em acreditar nisso.

— Não... vamos... eu quero falar com Janet primeiro. Não tinha certeza se ela viria. — Lydia apertou o braço dele, fazendo-o mudar de direção.

— Então vou deixá-la ir sozinha, não acredito que ela queira me ver agora.

Rowan era o melhor amigo de Lorde Aston e representava uma lembrança dolorosa para Janet. No entanto, ela não o culpava. Um dos motivos de Lydia ter gostado dele foi por ele ter ajudado as duas em vez de encobrir o amigo. Lorde Aston permanecia um mistério. Até para ele.

— Fico feliz que tenha vindo — Lydia a cumprimentou, segurando suas mãos afetuosamente.

— Queria ver Keller se casar e encontrar todos. Senti saudade. — Ela sorriu e devolveu o afeto. — Estou contente, Lydia. Melhorei muito. — Olhou rapidamente para onde Rowan estava conversando com Richmond e Glenfall. — E diga a Emerson que não precisa me evitar. Eu não o culpo por nada. Sei que tentou nos ajudar e também está sem respostas sobre o amigo.

Lydia não sabia se dizia a Janet que Rowan temia que o amigo estivesse morto. Não era por querer desculpá-lo, dizendo que ele só abandonaria a noiva por questão de morte. Havia outros indícios, mas Rowan era vago e mudava de assunto. Lydia sabia que ele continuava investigando o desaparecimento do amigo, mas não entrava em detalhes. E recentemente perdeu o rastro das pistas. Há pouco tempo, ele disse: *Aston tinha uma vida à parte, na qual nunca estive inteiramente incluído e temo que foi esse lado que o engoliu.*

Por enquanto, ela não ia falar disso com Janet, ainda mais agora que ela estava se divertindo novamente.

— Vamos nos sentar, acho que a noiva está vindo — apontou Janet.

A capela estava cheia. Os Burke tinham vários familiares. Keller, nem tanto, mas tinha muitos amigos e o grupo de Devon também tinha alguns membros novos. Eloisa trouxe Eugene, que era irmão mais velho de Agatha, que já não era relegada a segundo plano por ser jovem demais. Neville, primo de Deeds, finalmente tinha conseguido ser convidado mais vezes.

Lorde Latham trouxe sua noiva, ou seja, lá estavam eles se preparando para outro casamento em breve. E Alexandra Burke convidou a amiga Cecilia Miller, que também havia se aproximado dos membros do grupo de Devon e já estava sendo chamada de Srta. Perigo. Tudo porque ela possuía um péssimo gosto para homens devassos, másculos e perigosos. E morava com o mais famoso deles: *Lorde Wintry*.

Cecilia era prima de Dorothy, condessa de Wintry, que, por coincidência, era amiga de Caroline, marquesa de Bridington. Acontece que Lady Wintry também se tornara amiga de Isabelle, duquesa de Hayward, a mesma que ajudou Lydia naquele incidente. E veja só... foi ela que arrasou o coração de Rowan.

Se cavasse um pouco, ia descobrir que estavam todos mais relacionados do que gostariam.

— Ele... ele... Meu Deus, Lydia. — Janet gaguejava enquanto segurava um biscoito diminuto e seu olhar desviava para Lorde Emerson pela lateral do braço de Lydia.

— É por isso que não para de ser vista com ele? — Eloisa franziu o cenho e inclinou um pouco a cabeça, olhando para o mesmo homem.

Bertha virou o champanhe rápido demais, para poder falar.

— E desde quando passou a considerar um casamento com ele? Ou melhor, um casamento, de qualquer forma.

Lydia deu de ombros.

— Desde que nenhum outro sequer chegou perto de manter meu interesse, desde que eu amadureci e vi algumas coisas por outro ângulo, desde que tive um tempo em meu refúgio e superei o que ocorreu no ano passado. Comecei a ter desejos diferentes para o meu futuro. Quero viver essa experiência e criar os filhos que resultarão dela — resumiu e deu de ombros.

— Mas ele é tão bonito, eu também o consideraria. Mesmo ele sendo tão mal falado. — Agatha inclinou o corpo para admirá-lo e quase caiu da cadeira. Eloisa puxou a cunhada pela manga e tomou o seu champanhe, substituindo por suco.

— Lydia... — Bertha ficou olhando-a, dizendo umas dez frases com o olhar.

— Nós combinamos e nos damos bem. Vamos nos divertir juntos. Vou poder viver como gostaria com alguém leal, e as crianças serão uma bela mistura.

E não se amavam. Nem pretendiam. Mas gostavam um do outro. Se passassem mais tempo juntos, iam gostar ainda mais.

— E com certeza teremos uma paixão tórrida por alguns anos. Suficiente para uns três filhos. — Lydia bebeu o resto de seu champanhe depois de soltar essa bomba escandalosa.

Janet ficou paralisada. Eloisa desatou a rir. Bertha abriu as mãos e balançou a cabeça, e Agatha até entendeu, mas era a única que ainda não experimentara nenhum tipo de contato carnal, então corou e engasgou com o suco.

Quando os membros do antigo grupo conseguiram se reunir para brindar, o destino foi caprichoso e Ethan se viu entre Lydia e Glenfall. Todos queriam contar algo e combinar novos encontros agora que o clima estava agradável. E ninguém, com exceção de Lydia, deixou de reclamar do sumiço de Ethan.

Ela notou, é claro. Só não teve coragem de dizer. Não era assunto seu.

Afinal, também procurou se ocupar bastante. Nunca havia passado tanto tempo fora de Bright Hall nessa época do ano. A diferença era que seus amigos sabiam o que ela estava fazendo e até a encontravam, pois recebiam convites também. Ethan, por outro lado, estava passando por um período complicado.

Ainda assim, quando o bebê nasceu, ela enviou cumprimentos e um presente. E arrasou com ele ao escrever um bilhete à parte dizendo que lhe desejava felicidades e...

Não deixaremos de estar entre o mesmo grupo de amigos queridos.

Não quero que acontecimentos passados exterminem qualquer espécie de apreço entre nós.

Você foi o melhor amigo que tive. Odiaria perdê-lo para sempre.

E, no entanto, ela não lhe dirigia muita atenção. Graças aos céus. Ethan não nasceu com uma veia artística bem desenvolvida. Como fingiria?

— Tenho tido muito trabalho em Crownhill — revelou ele e completou, ao dizer a Lydia, pois já agradecera a todos, faltava ela. — Obrigado pelo presente e as felicitações.

Ele estava mentindo. Sobre tudo. Por isso, ela assentiu e seu olhar acompanhou a mão que ele baixou.

— Andou socando blocos de gelo? — Lydia ergueu o olhar para o rosto dele. — Não nevou tanto assim em Devon esse ano. De fato, faz tempo que a última neve caiu.

Ethan continuou olhando para ela, tentando não se perder ao reconhecer a sensação de ficar sob o seu olhar atento. Não nevou, a paisagem já revivera, o campo em volta de casa estava verde, quase tão claro e vivo quanto a cor dos olhos dela. Como ele fazia para desviar o olhar dela?

— Sacos de areia — resumiu ele, mentindo em parte.

— Cuidado com esses sacos de areia, Ethan. Da última vez que vi, eles batiam de volta. — Ela olhou para frente, mas deu uma olhada de soslaio. É claro que sabia da mentira.

A mentira foi ficando cada vez mais óbvia. Junto com o vício de Ethan. Desde que havia se casado, as notícias sobre ele eram escassas e, quando chegavam, não eram das melhores. Parecia que Eric e Graham tinham mais contato, pois sempre foram seus amigos mais próximos, além de vizinhos. Mas nem eles poderiam dar conta de suas andanças. Quando não estava em Crownhill, ninguém poderia afirmar nada.

Ou melhor...

Devon não era o local mais animado para pugilismo, então, quando uma boa luta ia acontecer, todo mundo sabia. Vinha gente de todo lado para assistir. E um bom lugar para encontrar Ethan era em alguma luta. Se um conde sabia lutar e estava disposto a levar uns socos de um trabalhador, todo mundo queria ver. Mesmo que ele vencesse. Ele era bom e costumava lutar sóbrio, algo que não se podia dizer de seus outros momentos.

Sobriedade não era mais um estado esperado de Lorde Greenwood. Como muitos de seus pares, ele havia sucumbido ao vício e podia ser visto bebendo além da conta em horários impróprios. Deeds também tinha notícias dele periodicamente, pois foi visto empurrando sua cabeça na água algumas vezes, já que não conseguia carregá-lo sozinho e precisava de sua colaboração.

Diziam que ele era visto constantemente machucado, não se sabe se por lutas ou por algum outro motivo. Suas tias tinham retornado para uma visita e não o viam há dois dias. Também não se sabia notícias de Lady Greenwood, pois, desde que deu à luz, ela só voltou a ser vista recentemente, sempre saindo em sua carruagem sabe-se lá para onde, pois não estava indo procurar pelo marido.

Ethan tinha trocado um esporte pelo outro. Não era mais visto em corridas e só caçava por motivos práticos; em geral, nem isso. Pagava guarda-caças para fazer esse trabalho. Só boxeava, nadava e bebia. Era o suficiente para mantê-lo em forma. Em sua nova concepção. Todas as outras atividades das quais participava também foram deixadas de lado, e seus amigos não só sentiam sua falta, como também estavam preocupados.

— Ele vai cair! — gritou alguém, na clareia atrás do pub perto de Red Leaves.

— Apostei uma fortuna em você, rapaz! — gritou outro homem, que tinha apostado a "fortuna" de duas libras, mas era uma quantia alta para ele.

É claro que o volume de apostas de Devon não se comparava ao que era visto nas lutas das proximidades de Londres. Contudo, o conde podia ser acusado de ter causado outro fenômeno local. Deixou vários homens com os bolsos leves por causa de suas lutas. Em compensação, também encheu o bolso de outros. Ethan não lutava por dinheiro, mas não tinha como impedir as apostas.

— Saia daí! Quer morrer, homem? — Huntley empurrou o moribundo para cima da multidão.

Eric cobriu a cabeça de Ethan com sua camisa, seu colete e seu casaco e o capturou. Eles o tinham procurado desde cedo, pois havia prometido não lutar. Assim como tinha prometido parar de beber durante o dia. Não estava cumprindo nada. Naquele dia, ele estava sóbrio, ou teria sido derrubado.

Tão sóbrio quanto uma pessoa com um vício recente e destrutivo podia estar. Durava pouco tempo, mas era suficiente para ele não ser surrado e para saber quando parar de bater no oponente ou para evitar quebrar o pescoço quando montava.

Seus administradores nunca tiveram de trabalhar tanto. Geralmente só tinham trabalho integral durante as curtas viagens de lazer do conde. Até quando estava em Londres para a temporada, Ethan mantinha correspondência constante com seus negócios. Nos últimos meses, essa parte estava um tanto precária. Seu advogado principal, o Sr. Elliott, havia se mudado temporariamente para um escritório em Crownhill, a fim de conter qualquer dano. A família dele trabalhava para os Crompton há décadas, e, quando veio investigar a anomalia no contato com o conde, acabou ficando.

— Você tem sorte de lutar tão bem, ou estaríamos preparando o seu enterro. — Eric o jogou para dentro da carruagem.

— Devolva o dinheiro desses homens e dê a luta como anulada — disse Huntley, antes de dar a volta para ir embora.

— Como? O pobre diabo está desacordado! Foi válida! — o dono da estalagem olhou o grande azarão que disse que faria o conde dormir por uma semana, mas só aguentou dez minutos de luta.

Ethan adoraria ter dormido por uma semana. O desafio o entreteve, para desagrado de seus amigos. A carruagem partiu e ele se debateu, enfiando os braços pela camisa e desarrumando ainda mais o cabelo escuro que estava usando num corte mais longo atualmente, tocando o colarinho.

— Já podem me largar. Não vou descer e bater no homem. Só bato até vencer — reclamou ele.

— Por que você veio? Queria morrer? — Eric jogou o paletó para cima dele.

— Estava entediado — respondeu.

— Mentira. Você tem trabalho acumulado.

Ethan cruzou os braços, abraçado ao seu colete e paletó, amassando ainda mais o tecido. Virou o rosto e não quis encarar os amigos. Não se opunha a resolver problemas de negócios, mas ia arrancar os cabelos de ter que retornar a Crownhill. Sinceramente, era melhor ele se mudar, ao menos por um tempo. Uns cinco anos. Ou até sua morte. Viria à propriedade duas vezes ao ano. Tinha outros locais para morar. Ainda não perdera nada material.

— Não foi tédio — disse Eric enquanto esfregava o rosto. — Você tem de parar com isso. Sou a última criatura com mérito para lhe dar esse conselho. Você estava lá para mim. Eu fugi, também bebi um pouco demais e me escondi por um tempo... Mas, pelos céus, seu desgraçado. Não tenho o seu potencial destrutivo.

— Ao menos, nós estaremos no seu caminho enquanto tenta se matar — reiterou Graham.

— Eu não estou tentando me matar, mas que diabos — praguejou Ethan.

Ele só queria um tempo. Dormência. Afastamento. Esquecimento. Cinco anos no futuro para tudo isso ficar no passado. Não estava procurando a morte. Estava arrasado. Queria ser deixado em paz.

— Ela vai embora, você sabe disso. — Eric abriu as mãos.

Ele não soube mais o que dizer, então soltou o ar com pesar.

Lydia ia se casar. Ainda não haviam marcado a data, mas seria em algum momento dos próximos meses. A dor que ele adormecia com álcool tinha acabado de ficar ensurdecedora. Nada iria calá-la.

— Espero que ela tenha encontrado algo especial — disse em um misto de sinceridade e amargor e desejando poder empurrar as palavras com álcool.

260 LUCY VARGAS

CAPÍTULO 26

— Peteca! — chamou Lydia quando o cachorro voou pelos degraus.

Ele caiu sobre as botas bem engraxadas da visita masculina. E por incrível que pareça, não começou a latir e tentar mastigar as tais botas. A bolinha de pelos havia parado de caçar os pés de Rowan. Ainda não era seu amigo, mas havia uma trégua. Ele se jogou sobre suas botas, rolou para ficar de pé e rodou em volta dele, cheirando o couro e abanando o rabo.

Rowan sorriu e se abaixou para cumprimentar o cachorro. Devia ser o mesmo sorriso convencido que dava por aí ao saber que conquistara mais uma criatura indefesa. Em breve, Peteca também estaria comendo em sua mão, como suas vinte namoradas. Ou ex-namoradas. Ele estava noivo.

Pelos céus. O que deu na cabeça de Lydia Preston para ficar noiva de um libertino de verdade? Essa pergunta foi repetida algumas vezes, assim que a fama de Lorde Emerson foi espalhada pela região por cortesia dos fofoqueiros que retornaram de Londres.

Diziam por Devon que Lydia voltou diferente da temporada de 1818. Agora que era adulta, tinha adquirido outros interesses e envolvia-se com esse tipo de cavalheiro. Porém, continuava rebelde e amiga daqueles sem-modos de seu grupo misto. Os rapazes estavam dizendo que ela tinha aquela imagem de anjo dourado, mas era terrível.

— Chegou a tempo do brunch! — cumprimentou ela.

Ele apontou para baixo.

— Pague logo nossa aposta. Seu cachorro minúsculo já me adora.

— Adorar é uma palavra muito forte. Ele parou de tentar comer todos os seus sapatos enquanto ainda estão nos seus pés.

— Só falta você me adorar.

— Isso nunca vai acontecer. Você não vale uma moeda torta de um centavo. Eu já gosto de você. É suficiente.

— Eu também gosto de você. Mesmo que seja terrivelmente insensível.

— E não quer mais do que gostar. É um convite para uma sina terrível. Já disse às minhas amigas que somos compatíveis — disse ela, ignorando que ele estava se divertindo enquanto ela falava. — Vamos ter uns três anos de paixão tórrida no casamento, que será quando faremos as crianças. Pelo menos duas, como acordamos.

Rowan estava realmente rindo, o que fez Peteca latir um pouco, só para participar.

— Depois, você certamente me trairá com metade do reino. E eu terei alguém em segredo. Você prometerá discrição. Farei com que assine um documento para garantir isso. Papai me ensinou a atirar, lembre-se disso. Mas seremos eternamente amigos e muito leais. E você será fiel nos tais três anos que citei — continuou ela, traçando o futuro deles.

Em vez de objetar a toda aquela história, Rowan olhou para os lados e depois se inclinou para perto dela. Lydia não ficava mais nervosa com isso, esse tempo passou. Especialmente com alguém com quem ela se sentia confortável. Então ele falou baixo, mesmo após ter certeza de que estavam sozinhos:

— Três anos de paixão tórrida?

— Sim. Parece bom — confirmou ela.

— Você tem ideia de tudo que dá para fazer em três anos?

Ela abriu a boca, mas, pelo jeito que ele inclinou a cabeça com aquele seu olhar sacana, compreendeu exatamente do que aquele desavergonhado estava falando. Lydia corou, porque era impossível.

— Eu disse um centavo torto? Na verdade, é um centavo furado! Furado, Rowan. Pois não pode sequer ser usado após algumas marteladas.

Ele a beijou. E ela permitiu. Não estava apaixonada por ele, mas gostava dele. E ele era bonito. *Extremamente atraente*. Desejável e... beijava bem. Ah, Rowan sabia muito bem o que fazer com os lábios. Ele podia passar os tais três anos de paixão tórrida fazendo barbaridades com aquela boca.

Peteca não gostou nada daquela intimidade. Começou a pular no espaço entre os pés deles e, como não lhe deram atenção imediata, emitiu latidos agudos. Eles riram do escândalo do pequeno animal. Estavam tentando evoluir de amigos com certo grau de atração para possíveis amantes com intimidade. Antes do casamento.

Mais tarde, um bilhete urgente foi enviado. Porém, apenas Lorde Deeds estava por perto para respondê-lo a tempo. O advogado que estava instalado em Crownhill desconfiava da condessa. E não era em vão. Tudo se confirmou naquela tarde fatídica. Ele rezou para ter avisado a tempo.

Ethan estava entre altos e baixos, envolvido em vício de álcool e lutas. Atualmente, mais o primeiro do que o segundo, depois que seus amigos passaram a atuar energicamente. Estavam preocupados, temiam que ele se ferisse de forma grave. Apesar disso, ninguém esperou que a situação escalaria para algo tão absurdo.

— Ethan levou um tiro! — gritou Deeds, apavorado.

Os Preston eram vizinhos de Ethan e foi exatamente onde Deeds passou dando essa notícia bombástica. Lydia nunca tinha visto Pança montar um cavalo com aquela destreza e velocidade; ninguém podia dizer que ele não passava de seus limites para ajudar os amigos. Ela nem sabia que Deeds podia galopar assim.

— Como ele pode ter levado um tiro?

— Foi a mensagem que recebi! Os outros estão longe daqui! Teremos de dar conta!

Só que Lydia não estava sozinha. Apesar de ter nascido de uma espécie de acordo, o noivado dela com Rowan era verdadeiro, e eles decidiram que era hora de passarem um tempo juntos. Apenas os dois, fora de eventos. Deeds chegou justamente quando eles estavam passeando a cavalo, e ela resolveu mostrar aquele lado da propriedade e tentar não sentir uma pedra enorme no estômago quando olhava a colina que separava as terras dos Preston e dos Crompton.

— É perto daqui? — indagou Rowan.

Deeds tomou um susto como se tivesse esquecido que Rowan também estava junto. Ele arregalou os olhos, mas estava tão tomado pela urgência que seu choque durou pouco.

— O advogado disse que ouviu tiros, e Ethan estava envolvido! É tudo que sei! — respondeu Deeds, como se isso fosse suficiente.

— Crownhill é daquele lado, só descobriremos indo lá — apontou Lydia. — Vamos!

— Eu disse tiros, Lydia! — lembrou Deeds.

Os dois o encararam, afinal, foi ele que chegou com tamanha urgência e com aquela notícia assustadora.

— Vamos — disse Rowan, instigando o cavalo e surpreendendo Pança.

Quando atravessaram para Crownhill e seguiram até perto da casa, não escutaram tiro algum, mas com certeza estava acontecendo algo, pois havia vários criados nas saídas, e as duas tias de Ethan estavam do lado de fora. Dirigiam-se para lá quando um estrondo vindo da direção do rio sobressaltou os animais.

— Isso foi um tiro? — gritou Deeds.

— É um tiro! — Rowan virou o cavalo e desceu pela estrada, seguindo Lydia rapidamente.

Eles passaram por criados que corriam naquela direção, mas eles pareciam amedrontados pelo que estivesse acontecendo. Desceram até o rio. Crownhill ficava no alto de uma colina, a descida rápida podia resultar em cavalos na água se a pessoa não soubesse onde ia parar e a propriedade ficava de frente para as partes mais largas do rio, que era onde ele fazia uma enorme curva e ia embora até chegar ao mar.

As docas de Crownhill aportavam os maiores barcos daquela região e havia uma garagem de barcos, além de uma casa à beira de água, que pertenciam à propriedade. Os sons pareciam vir dali. Lydia desmontou num pulo e correu sobre o piso de madeira que levava às docas. Ela chegou aos barcos e só viu um preparado para zarpar e testemunhou uma cena que não fez sentido algum. Um homem apontava uma arma para Ethan, que já sangrava através da camisa, e outros dois preparavam o barco.

Ela se aproximou e tudo fez menos sentido ainda com o que escutou e viu. Emilia, a condessa de Greenwood, estava dentro do barco.

— Então deixe a criança, ela não tem nada com isso — argumentou Ethan, claramente irado.

— Ele é meu filho! — disse o homem com a arma.

Lydia escutou passos rápidos vindos pelas tábuas de madeira; devia ser Rowan e logo depois Pança.

— Eles vão ver! Seremos caçados como cães! — falou o homem de dentro do barco, que usava um uniforme. — Não pode matá-lo, é um conde!

— Então partam logo daqui sem atirar em mais ninguém! — ordenou Ethan.

Emilia chamou pelo homem enquanto apertava a criança em seu colo, e o barco começou a sair. Ethan se moveu. O atirador deve ter achado que ele tentaria impedi-los, pois, antes que os outros se aproximassem, ele atirou.

— Largue essa arma, homem! — gritou o amigo dele, tomando-a.

O barco começou a se afastar, e o homem uniformizado que estava dentro da embarcação usou uma madeira robusta para empurrá-los mais rápido, como se Lydia e os outros fossem se dar ao trabalho de tentar pular no barco. Em vez disso, eles correram para Ethan, que havia caído ao ser baleado.

— Precisamos tirá-lo daqui — opinou Rowan. — Essa casa é mobiliada?

— Sim, mas não sei se tem provisões — respondeu Deeds.

— Ajude-me. — Rowan pegou Ethan pelo torso.

Eles carregaram Ethan, que não estava desacordado, mas precisava de ajuda para se locomover. Lydia os seguiu e, antes de virar na lateral da casa, tornou a olhar o rio e viu o barco se afastando cada vez mais. Ainda não sabia exatamente o que havia acontecido, nem se chamariam as autoridades. Porém, escutou quando o homem disse que a criança era dele. E Emilia partiu em sua companhia.

Eles entraram na casa e deixaram Ethan na cama do quarto que havia nos fundos do primeiro andar. Ele estava perdendo sangue de um ferimento que já tinha em seu braço e do tiro que acabara de levar.

— O médico vai demorar — lamentou Deeds.

— Chame um dos criados e peça para trazê-lo o mais rápido possível — disse Lydia, que agora sim estava nervosa. Ela não gostava de sangue, menos ainda se Ethan não parava de vazá-lo. — O Dr. Walters é cirurgião, traga-o!

— Preciso de água e álcool. — Rowan arrancou o paletó, jogando-o em uma cadeira. Ele foi até as cortinas e abriu tudo, depois procurou velas para acender.

Deeds saiu correndo para chamar criados, precisava que buscassem um médico e trouxessem mais provisões. Lydia correu e encontrou uma bacia e levou água. Ela viu Rowan dobrar as mangas, limpar as mãos na água, sacar um canivete e rasgar o colete e a camisa de Ethan, só para mais sangue e hematomas serem expostos.

— Consegue rasgar? — Rowan lhe entregou a camisa em frangalhos. — Preciso de tiras.

Lydia agarrou o tecido e começou a rasgar sem cerimônia. Rowan se ajoelhou sobre a cama. Ethan resmungou algo e ele respondeu:

— Vou ver onde foi parar. Não prometo nada. Você bebe?

Ethan riu amargamente. Rowan queria lhe dar álcool para aplacar a dor que estava a ponto de lhe infligir. Porém, ele já se considerava suficientemente dormente.

— Do que vocês estão falando? Você sabe o que está fazendo? — ela indagou a Rowan.

— Uma das coisas que adquiri em minhas viagens foi treinamento médico básico. — Ele encarou Ethan. — *Básico*. Não sou um cirurgião. Se essa bala penetrou fundo, é disso que precisará para esse sangue estancar. Dependendo do que acertou aí, pode matá-lo pela perda de sangue.

— Eu não quero que veja isso, Lydia... — Ethan falou baixo.

— Não é hora de me poupar quando está vazando sangue sobre uma cama! — reagiu ela.

Mas ela virou o rosto quando Rowan pressionou os dedos em volta do buraco redondo que a bala causou. Ethan grunhiu e trincou os dentes. Era melhor ter bebido.

— Não está fundo — observou Rowan.

— Eu já te odiava antes. Agora só odeio mais — reclamou Ethan, jogando qualquer gentileza no lixo. Se fosse morrer, ia dizer a verdade.

— Não é mútuo — Rowan falou entre os dentes, concentrado. — Preciso da caixa de remédios e instrumentos de sua casa. Tem uma, certo?

— Vou buscar — decidiu Lydia e saiu correndo do quarto.

Ethan fechou os olhos, mas não quis beber. Seu estado vinha se deteriorando a cada vez que consumia álcool. Deeds retornou com uma expressão nervosa, dizendo que Lydia partiu a galope e ele não sabia porquê.

— A caixa de remédios, primeiros socorros, seja lá o que tiverem na casa, eu preciso — avisou Rowan. — Mantenha-o imóvel.

Deeds foi segurar Ethan, mas este estava ficando zonzo pela perda de sangue, e a última coisa que pensava em fazer era se mover. Rowan deixou o quarto e, pelo barulho que fazia, estava vasculhando os armários da casa. Pouco depois, Lydia retornou com um criado. Ela trazia uma maleta e o homem de libré entrou depois com outra maleta grande, cheia de vidros que era o estoque de remédios de Crownhill.

— Tem algo aí que ajude? — indagou ela, ofegante e com o cabelo em desalinho, alguns fios grudados na testa.

Rowan encontrou um objeto pontudo na maleta dela e terebintina na outra. Ele voltou rapidamente para o quarto, e Lydia o seguiu. Deeds voltou a sair, para pedir suprimentos e ter certeza de que o médico viria. Rowan tornou a subir na cama e arrancou um grunhido de dor de Ethan ao tatear o ferimento e despejar mais álcool para ver direito o que ia fazer. Dessa vez, a dor foi tamanha que Ethan o xingou e praguejou. Foi quando Rowan sacou o instrumento e colocou um tecido na boca de Ethan antes de usá-lo.

Lydia realmente não quis ver essa parte e voltou à bacia de água, mas escutou o som da bala caindo no chão. Rowan pressionou o ferimento e disse:

— Preciso saber quando o cirurgião chegará, senão eu mesmo vou costurar esse desgraçado rabugento, antes que se esvaia em sangue. Pode pressionar o peito dele, Lydia? — Rowan saiu com as mãos sujas de sangue.

Ela foi até a cama com os pedaços de tecido que havia lavado e os apertou com força no peito de Ethan.

— Ai! — Ele abriu os olhos. — Ah, Preston. Logo vi.

— Suave como um coice de cavalo — completou ela. — Você ainda está vazando. Menos do que antes.

— Sinto muito.

— E está machucado.

— Um terrível azar.

— E foi deixado.

— Não fui.

— Eu assisti tudo.

— Não se pode ser deixado por alguém que nunca se quis ter.

— E levou um tiro por causa disso.

— Um foi de raspão.

— Só consigo pressionar um ferimento.

— Sorte a minha, não?

— Ethan...

— Não diga nada, estou miserável por conta própria. Espere até me costurarem. — Ele pausou e fechou os olhos. — Diga ao seu... noivo... que eu prefiro que ele arranje logo uma agulha e termine o trabalho.

Lydia não queria sair de onde estava, seu trabalho era pressionar para conter o sangramento. Também não desejava deixá-lo sozinho, nem agora nem até que parecesse melhor. E não estava falando de seu corpo machucado.

Passos rápidos a pouparam de ter que dizer qualquer coisa. Deeds entrou com um criado esbaforido que trouxe provisões. O empregado também sabia onde encontrar toalhas e outros itens necessários que estavam no segundo andar.

— Já foram buscar o médico, mas só Deus sabe quanto tempo levará — informou Pança, e só então viu os panos sujos de sangue no chão, notou que Ethan já não sangrava profusamente e Lydia estava sozinha o pressionando.

Rowan retornou. Lavara as mãos, mas havia manchas de sangue na sua calça e camisa. Ele inspecionou o que o criado trouxe e separou o material que precisaria para costurar o braço de Ethan, onde a bala pegou de raspão. Esperava que o cirurgião terminasse o trabalho no ferimento maior.

— Além de tudo, você ainda costura pessoas? — Deeds indagou ao vê-lo aprontar a agulha.

— Só nas horas vagas — respondeu Rowan e foi para a cama. Ele olhou para Lydia, que continuava na mesma posição, mas ela não quis assisti-lo costurar.

— O velho marquês sabe que seu único familiar vivo andou por campos de batalha em suas viagens? — Ethan perguntou baixo e desviou o olhar para ele. — Foi assim que aprendeu. Negue.

Pela rigidez na mandíbula de Rowan, não era um assunto que ele expunha. Mas também não afetou o jeito cuidadoso como costurava. Se ele andou mesmo por campos de batalha, não seria uma pergunta que o desconcentraria.

— Quando se viaja pelo continente em meio a conflitos, pode acabar sendo útil onde mais precisam — murmurou ele, sem negar nada, mas era só ler as entrelinhas.

Havia poucas coisas que davam nervoso em Lydia, e entre elas estavam ver alguém costurar a carne de outra pessoa, ver sangramento profuso e tudo que aconteceu naquele quarto. Rowan usou gaze no ferimento maior, criando uma espécie de tampão que conteve melhor o sangramento, e aproveitou para pedir a ela para levar a bacia com a água suja de sangue. Contente em ser útil, ela deixou o quarto, prometendo trazer água morna, assim poderiam limpar melhor o sangue da pele de Ethan.

Deeds foi falar com o segundo criado, que chegou com mais provisões. Pelo jeito, não sairiam dali tão cedo.

— Quantos dedos tem aqui? — Rowan perguntou a Ethan, mostrando três dedos bem perto de seu rosto.

— Eu não bati a cabeça. Sabe que estou com a mente no lugar.

— Acredito que bateu ao cair e ficou inconsciente por alguns segundos.

— Três.

— Que dia é hoje? — Rowan pressionou o tampão que fizera, mas era proposital, para contê-lo até o médico chegar.

— Dez — Ethan respondeu entre os dentes, por causa da pontada de dor.

— Quando Lydia saiu, ela dobrou para a esquerda ou foi direto?

— Foi direto.

Rowan o olhou com um leve sorriso, e Ethan notou o que ele tinha feito.

— Você é um bastardo maldito — resmungou.

— Você não consegue tirar os olhos dela nem por um segundo. Mesmo com a dor o consumindo, se ela se move, você sabe. — Rowan olhou para trás, para ter certeza de que continuavam sozinhos.

— Não vou lamentar, amigo. Ficarei devendo.

— Você ainda é apaixonado por ela. Depois desse tempo todo. — Seu tom era uma mistura de surpresa e interesse.

Ethan não tinha nem energia para perguntar desde quando Rowan achava que ele era apaixonado por Lydia; preferia não saber.

— O que estragou tudo para você?

— Eu sou um cabeça-dura, e ela não quer se casar. Ao menos, não *queria* — ele terminou com amargor. Lydia ia se casar com esse desgraçado que acabara de costurá-lo e o enxergara perfeitamente.

— O que aquela mulher com quem você se casou e acabou de ser parte de um plano que quase o matou tem contra você? Imagino que já sabia que não era o pai.

— Contra mim? Nada que irá arruinar a minha vida.

Rowan só assentiu. Pelo jeito, ele que leu bem as entrelinhas dessa vez. Ethan achava que, se Lydia o havia aceitado, era porque ele possuía algo que ela valorizava. Eles ouviram os passos se aproximando.

— Não a perca para algum desgraçado que vai magoá-la — murmurou Ethan e, com dor ou não, emendou: — E se você a machucar e eu estiver vivo, sua vida não vai valer um centavo.

Lydia voltou com a bacia cheia de água morna e deixou na mesinha ao lado da cama. Ethan ergueu o olhar para ela, e Rowan ficou de pé.

— Não posso fazer nada sobre a cicatriz — avisou Rowan ao terminar seu trabalho.

Ethan deu uma olhada no braço e nos pontos que ele dera. Eram bons, ele tinha a mão firme. Deeds entrou e se aproximou para ver como ficou o braço.

— Agradeço muito a sua ajuda. Se o médico for demorar, eu aceito que me feche por inteiro.

— Gostaria que ele visse o ferimento antes. Não se mexa para o tampão ficar no lugar e termos certeza de que você vai permanecer vivo por longos anos — completou Rowan e, pelo jeito que o olhava, Ethan sabia do que ele estava falando.

Deeds se ofereceu para tomar o lugar de Lydia em pressionar o ferimento com o tecido limpo, e Ethan viu quando os outros dois saíram.

— Obrigado por vir, Jeremy. Talvez aquele homem tivesse me matado se não houvesse testemunhas.

— Eu venho e trago reforços. Sempre, meu amigo.

Eles ficaram em silêncio por um tempo. Deeds deu uma olhada para a porta e, pelo silêncio na casa, Rowan e Lydia tinham ido para o lado de fora. Ele ficou um pouco sem jeito de tocar no assunto, mas viu como Ethan olhou quando os dois saíram juntos. Saber e ter de ver eram duas situações absolutamente diferentes. Pança sabia disso, pois viveu a mesma coisa. Ele sabia sobre Janet e Aston, mas ter de vê-los juntos o destruía.

— Eu não sabia que ele estava em Devon... — murmurou ele.

— É uma ironia bem-vinda. O maldito me salvou, não foi? Eu podia me esvair em sangue.

— Sim... Ele costura pessoas, eu jamais imaginaria que tinha mais essa habilidade.

— Eles vão se casar, é mais do que tempo para que eu aprenda a viver com isso. Ainda mais agora.

— Sim! Ainda mais agora! — Deeds tornou a olhar para a porta. — Sua esposa empreendeu fuga com outro homem! Ou melhor... com o pai do filho dela.

— Isso não muda nada.

— Você não tem mais uma esposa. Ela fugiu.

— Continuamos casados.

— Anule tudo.

— Não funciona assim.

— Ela conspirou para te matar, homem.

— Eu não tenho como provar nada disso. Só a fuga. Com várias testemunhas para nos arrastar pela lama num julgamento de anulação. Só que ela terá desaparecido, e eu continuarei aqui. E ainda serei obrigado a admitir que o menino não é nada meu, ou fingir que o estou procurando. Depois receberei a pena de todos por ter perdido a esposa e o herdeiro que acham que tive. Quem sabe acabem trazendo de volta a mulher que não quero ver nunca mais porque pensam que ela levou meu filho. Não. Se ela cumprir o que prometeu na carta, estarei livre.

— Só vai ser tarde demais. Terá perdido um longo tempo sendo um viúvo de mentira. — Deeds bufou, mais frustrado do que nunca.

Ethan ainda seria um viúvo jovem, apto a se casar e ter filhos. Não fazia mais diferença para ele. Sabe-se lá quanto tempo levaria para esquecer Lydia e confiar em outra pessoa. Depois do que Emilia lhe fez, seria mais uma questão de confiança do que de interesse, e menos ainda de paixão. Confiança e companheirismo eram a realidade dos casamentos no círculo deles. Essa história de ter um grande amor e ainda se casar com ele só funcionava para uma minoria.

Demorou um pouco mais do que o esperado e só perto do anoitecer foi que o médico chegou. Felizmente, era o Dr. Walters, o cirurgião local que eles trouxeram de Red Leaves. Ele tratou o ferimento, procurou resquícios no buraco da bala, fez um cataplasma e disse que voltaria para ver a evolução. Agora, o maior perigo para a vida de Ethan era a infecção. Algo não só comum, como esperado, para esse tipo de ferimento.

— Não seja ridículo, se você vai ser um rabugento e morar na sua casa de barcos, eu vou ficar por aqui. Tem mais um quarto lá em cima e seu mordomo disse que me enviará um banquete — decidiu Deeds.

Ethan não queria pensar em se levantar e ir para a casa principal, até porque, estava sonolento depois dos remédios aplicados pelo médico. Ele viu quando Lydia se aproximou da cama para se despedir. Se não fosse completamente apaixonado por ela, iria acordar e lhe contar a verdade. Porém, como daria um braço, uma perna e sabe-se Deus mais o quê para ficar com ela, não podia dizer nada.

Porque não faria diferença nenhuma.

— Obrigado, Lydia, obrigado por vir. Mesmo que eu tenha sido um terrível amigo nos últimos tempos.

Ele não conseguia nem olhar para ela. Era a pior tortura de sua vida. Era óbvio que não queria vê-la. E se o problema era ele, então tinha que ficar fora de seu caminho e dos encontros entre amigos onde ela pudesse estar.

— Amizades verdadeiras não mudam por causa de períodos turbulentos. Estamos sempre aqui. — Ela se inclinou e acariciou o dorso de sua mão. — Comporte-se. Virei visitá-lo.

Ele não queria. Ao mesmo tempo, queria desesperadamente. Lydia se virou e foi embora junto com Rowan e o Dr. Walters, pois, já que iam para o mesmo lado, partiriam juntos. Ethan nem sabia onde o noivo dela estava hospedado, mas, se estava em Bright Hall, então o casamento era iminente. Ele se sentiu mais doente do que na hora do tiro.

274 LUCY VARGAS

CAPÍTULO 27

A recuperação foi terrível para Ethan, pois Eric e Graham chegaram antes do sol nascer e liberaram Deeds de sua vigília. Só que eles não o deixaram beber, e óbvio que não estava em condições de lutar. Seus dois vícios autodestrutivos. Um pouco de álcool foi necessário, mas não era suficiente.

Ao fim do segundo dia, Ethan estava se sentindo um bagaço febril enquanto seus amigos se revezavam para impedi-lo de se mover e arrebentar os pontos. O médico voltou e cuidou do ferimento infeccionado.

No terceiro dia, Ethan acordou irritado após o efeito da pequena dose de láudano passar e queria matar todos. Suas tias foram vê-lo enquanto ele dormia; elas precisavam acalmar o coração. Os rapazes responderam muitos bilhetes indagando sobre o estado dele.

No quarto dia, Ethan estava menos fraco, a febre melhorou, mas começou a suar frio por abstinência. O Dr. Walters disse que era hora de fechar de vez o buraco. Eric e Graham o distraíam, fazendo as piores piadas sobre o buraco redondo e as cicatrizes que resultariam. Porém, o Dr. Walters acabou com a graça, pois disse que as cicatrizes seriam apenas linhas finas.

No quinto dia, a febre havia cedido e Ethan estava faminto.

— Lave essas partes direito com o braço que pode usar. Senão vamos chamar suas tias para esfregar o seu traseiro — ameaçou Huntley, despejando água morna na cabeça de Ethan enquanto Eric esfregava seu cabelo como se ele fosse uma criança que estava há um mês sem banho.

— Cinco dias sem ver um sabão e você desaprende a usar uma banheira — provocou Eric.

Eles escutaram a porta, e Pança entrou na casa junto com dois criados, que arrumaram várias travessas de comida sobre a mesa e partiram ao terminar.

— A comida chegou — avisou Deeds.

— Não vai ter comida até sair daqui brilhando — disse Graham.

— O homem parecia um peixe, não saía do lago. O que lhe aconteceu? — Eric nem lhe dava chance de responder, só mais sabão.

— Levei uns tiros. Até quando bebia, sabia o caminho da água. Será possível! — reclamou Ethan, deixando o sabão cair e tendo que tatear dentro da banheira só com uma mão.

A casa de barcos era o novo ponto de encontro deles enquanto Ethan estava se recuperando, assim ao menos conseguiam ver o amigo e tinham certeza de que ele estava intacto.

— Por que estão todos aqui? É meu aniversário, por acaso? — Ethan ficou de pé, nu, todo molhado, mas absolutamente limpo depois dos amigos o ajudarem, já que o médico deixou seu braço direito numa tipoia para impedi-lo de fazer esforço. E disse que podia mover o braço esquerdo, mas não era para pegar peso.

— É nosso aniversário. — Eric jogou uma toalha nele, mas não o soltou, pois ele parecia zonzo quando deixou a cama. — Ande, não vou te enxugar.

— Vocês são péssimas aias — reclamou Ethan, enrolando-se na toalha, o que não adiantou muito, pois continuava pingando.

Graham o ajudou a sair da banheira, pois, se caísse, aí mesmo que não ficariam livres daquele período de convalescência.

— Digam a verdade. — Ethan segurava a toalha com um braço. — Ela se casou, não foi? Esta manhã. É por isso que os três vieram ao mesmo tempo como se fosse o meu enterro.

Deeds já estava sentado à mesa com os talheres na mão e só franziu o cenho. Graham o olhou como se estivesse delirando, e Eric cruzou os braços.

— Você acha que qualquer um de nós teria faltado ao casamento de Lydia? — indagou Graham, abrindo as mãos para a obviedade da questão.

— Mesmo que tivesse sido com o libertino de verdade — adicionou Deeds.

— Ainda seria Lydia. E um banquete em Bright Hall. Olhe bem para as chances de eu vir te ensaboar em vez de comer a ótima comida dos Preston, homem — apontou Eric.

— Quando será, afinal? — quis saber Ethan.

— Não sabemos.

— Em breve — acrescentou Graham e foi respondido com silêncio. — Assim disse Ruth.

Eles olharam para Eric, pois se havia alguém que sabia tudo da vida de Lydia era Bertha, melhor amiga dela e esposa dele.

— Não olhem para mim, não sei de nada. O que eu gostaria de saber é o que você vai fazer sobre quase ter sido assassinado pelo amante de sua esposa que fugiu com o bebê.

— Depois que fizer a gentileza de cobrir o seu traseiro — lembrou Deeds, lá do fundo do cômodo, mandando a boa educação às favas e servindo-se logo, porque estava faminto.

Ethan entrou no quarto e, apesar de toda a brincadeira que faziam para aliviar os problemas, Graham foi ajudá-lo a se vestir. Quando se sentaram à mesa, Eric tinha cortado a carne de seu prato, e ele o olhou seriamente, pois achava que ao menos disso era capaz. Não era. O amigo apenas lhe deu um sorriso angelical e zombeteiro.

— Não vou fazer nada — anunciou Ethan. — Só faria se a quisesse de volta ou se a criança fosse minha.

— Como não? O homem invadiu suas terras, ameaçou seus criados e lhe deu dois tiros.

— Nós brigamos enquanto os amigos dele fugiam com Emilia e a criança. Sinceramente, só queria que deixassem o bebê. Não sei o que farão, nem para onde irão e em quais condições. Mas, na visão deles, eu sou o amante. E a criança é filha deles.

— Isso é absurdo homem, vocês se casaram.

— Com uma chantagem — lembrou Deeds, com tanta pressa de adicionar isso que nem tinha terminado de mastigar e bebeu um gole de cidra para engolir bem.

Eles sequer estavam bebendo vinho, pois estavam fazendo o possível para deixar Ethan longe de álcool, ao menos enquanto podiam. Ele estava tentando, não iria curar um problema que vinha se estendendo por meses em poucos dias. Cidra diluída vinha mantendo-o sob controle. Em sua sincera opinião, era horrível, mas necessário.

— Ela teve a coragem de deixar uma carta. Não foi exatamente um pedido de desculpas, pois não tinha caráter para isso, mas agradeceu o tempo que passou aqui e por não deixar que ela e o filho virassem párias da sociedade. E prometeu desaparecer para eu poder enviuvar. Ela pensou que eles não voltariam a ficar juntos. Acho que ele mudou de ideia, mas nunca saberei e não me importo.

— Se ela cumprir o que prometeu, em alguns anos, você poderá declará-la como morta e se tornar viúvo — disse Graham.

Ethan enfiou uma garfada de comida da boca. A perspectiva era desoladora. Ele estava preso em um limbo e não conseguia se importar. Havia sido empurrado para o casamento por precisar de herdeiros, casou-se e teve um filho que nem era seu. Paciência, teria de ter outros em algum momento. Mas a esposa desapareceu. Em algum tempo, teria de encontrar outra mulher para ter os tais filhos.

Parecia tudo tão sem significado quando encarava do local onde estava naquele momento. Seu título familiar era restrito à linhagem masculina direta. Se ele não tivesse filhos, o condado retornaria ao reino. Poderia deixar dinheiro e a propriedade para familiares, mas não haveria um próximo conde de Greenwood.

O Dr. Walters voltou para ver como estava a cicatrização de Ethan e ficou surpreso e satisfeito, dando o crédito aos amigos dele, o que só fez Ethan revirar os olhos. Apesar da vigília dos três mais assíduos, depois que foram informados de seu estado, todos do grupo passaram para breves visitas e comentaram variações da mesma frase:

— Ao menos agora sabemos onde encontrá-lo.

Não por muito tempo, pois ele não pretendia morar eternamente na casa de barcos. Em mais um momento de sobriedade forçada e desconfortável, deu-se conta de que estava se escondendo. Ou se refugiando. De certa forma, estava livre. Um pouco mais do que antes. Quando voltasse para a casa principal, iam lhe cobrar providências que não queria tomar. Não se importava com o destino de Emilia. Se ela fugiu com o pai da criança, então que fosse ser feliz com ele no quinto dos infernos.

— Continue sem exagerar e estará bom em pouco tempo. Você tem uma ótima cicatrização, milorde. — O Dr. Walters colocou o chapéu. Com os anos, ele estava cada vez mais parecido com o pai, que costumava ser o médico local, mas o filho era também formado como cirurgião e assim recebia mais. — Acho que um de seus guardiões trouxe o lanche.

O médico saiu, e Ethan se ajeitou, imaginando qual de seus amigos ia aparecer para dizer que estava certo em tudo que disse. Porém, pensou estar vendo coisas ao perceber que era alguém que não via há meses. Seu amigo parou na porta, mas estava um tanto diferente e nem tirou o chapéu ao entrar na casa.

— Eu lhe trouxe pão e bolo da Gardiner's — avisou.

Estava vendo coisas, tinha certeza. O Dr. Walter's lhe dera láudano sem ele perceber e havia adormecido e começado a sonhar. Contudo, como explicaria o visual atualizado do Sr. Prescott?

— Viajou de Dorset até aqui só porque fui baleado? Não é assim tão grave.

Ela entrou e se aproximou. Ethan tinha cada dia mais certeza de que era um tolo, pois como Lydia poderia ter ficado ainda mais fascinante do que sempre foi? E vestida novamente com as roupas masculinas de Prescott. Pelo jeito, ela havia ficado com elas. Estava usando um traje de montaria completo, com as botas altas. Porém, não usava os adornos que seu figurinista adicionava em Londres. Estava com o cabelo dourado trançado e preso apenas por uma fita escura e coberto pelo chapéu que ela usou para esconder o rosto. Só isso explicava a confusão do Dr. Walters.

— Pelas informações que recebi, tive certeza de que odiaria me ver enquanto ainda estava sangrando.

Ethan estava só com a camisa aberta cobrindo o torso e, felizmente, seus calções, meias e sapatos, pois o médico tinha trocado o curativo. Mas ele podia estar coberto da cabeça aos pés, que ela não deveria estar ali, e era por isso que estava trajada como Prescott. Ninguém viu Lydia Preston passar sozinha na estrada ou olhou de longe e a viu por perto da casa de barcos. No máximo, viram um jovem rapaz loiro.

Ele se abotoou e se apoiou para levantar, e ela ofereceu a mão. Ele conseguia ficar de pé por conta própria, mas aceitou porque havia enfiado seu orgulho no buraco de bala no alto de seu peito.

— Onde estão os outros ou, ao menos, um daqueles malditos?

— Eu sou sua companhia hoje, eles estão ocupados — informou ela, voltando para a pequena sala de jantar onde ele vinha fazendo as refeições.

Ele tinha provisões suficientes, pois estava conseguindo se manter longe das perguntas das tias, mas os criados iam até lá. Lydia, porém, trouxe presentes. Além de bolo e pão da Gardiner's, trouxe uma cesta de agrados da habilidosa cozinheira dos Preston.

— E o que mais eles lhe disseram? — Ele se aproximou da mesa.

Ela tirou o chapéu, sentou e abriu a cesta.

— O senhor já está banhado e vestido, não preciso fazer nenhum trabalho pesado. — Ela abriu um sorriso.

Ethan sentou-se de frente para ela e passou os olhos pelo seu cabelo claro, um tanto desarrumado em ondas em volta de seu rosto e preso atrás numa trança enrolada como um coque. Olhou a marca que partia da lateral direita de sua boca. Agora já estava suave, ele reparou, porque sabia exatamente o que aconteceu.

— Obrigado. — Ele esticou o braço esquerdo para tirar o que havia na cesta; não havia prendido o braço direito na tipoia.

— Fique quieto. — Ela deu um tapa nos dedos dele e virou a cesta, espalhando o conteúdo sobre a mesa.

— Eu como sozinho, sabe? — Ele se divertiu ao ver o jeito como ela virou tudo, sem um pingo de paciência para tirar cada item. — Meu braço esquerdo está ótimo.

— Você é destro — observou ela, dando um olhar para o braço que ele deixou descansando na beira da mesa.

— E minha mão direita está funcionando perfeitamente. — Moveu os dedos como prova.

— Eric disse que você deve poupar esse lado o máximo possível. — Ela se ocupou em servir pão, biscoitos e bolo. Então se levantou e foi colocar água para esquentar.

Ethan riu um pouco enquanto mordia o biscoito amanteigado.

— O que foi?

— Você está vestida de Prescott, esquentando água para o chá na minha casa de barcos. — Ele riu mais. — Perdão! — Então tornou a rir.

Lydia riu também e deixou a chaleira no fogo que o criado deixou pronto.

— A vida tem dado certas voltas. Quem mandou você levar um tiro, homem?

— Perdão, não planejei bem.

— Estão sentindo sua falta pelos ringues de Devon. — Ela balançou a cabeça para ele, voltou à mesa e tirou o paletó, deixando-o na cadeira. Recebeu um olhar curioso de Ethan, e não só por estar tirando uma peça de roupa na sua frente e isso ser absolutamente inapropriado. Agora era tarde demais para os dois manterem esse tipo de cerimônia, ele já a vira em trajes menores. O engraçado era que os amigos dele faziam exatamente o mesmo quando chegavam ali para lhe fazer companhia.

— Eu não vou lutar tão cedo... — Ele se recostou na cadeira e não saberia dizer se estava realmente desolado.

Boxe sempre foi uma de suas atividades preferidas, ele se divertia e se exercitava, e não se interessava pelo que mais chamava atenção nas lutas: as apostas e a violência. Até começar a beber e se destruir. Estragou o propósito do esporte. E agora não sabia se o ombro se recuperaria o suficiente para um dia lutar como antes, mesmo que por diversão. Estava querendo muito se curar, porque não podia correr o risco de não poder mais montar como fazia; isso sim seria como o último golpe em sua vida.

Lydia voltou para a mesa com o chá para eles e se sentou no mesmo lugar, serviu ambos e também comeu um biscoito.

— Talvez seja bom... descansar — comentou ela. Então bebeu um gole e colocou mais açúcar. Como ele não disse nada e também se ocupou em beber, ela descansou a xícara, desistindo daquela linha de conversa. — Estive preocupada com você. Assim como os outros. — Lydia prensou os lábios e desistiu de novo de se esconder por trás dessa alegação, por mais que fosse verdadeira. — Estive muito preocupada. E agora, isso. Não quero perdê-lo, por favor, não retome um caminho tão perigoso.

Ele manteve o olhar nela, acompanhando cada mudança e, quando percebeu, tinha bebido todo o conteúdo da xícara.

— Era tudo uma ilusão — confessou e descansou a xícara. Sentiu falta de álcool em seu organismo. Era um viciado tentando parar de se esconder. A necessidade vinha, especialmente em momentos de tensão e tristeza, e ele estava a ponto de fazer o que disse a si mesmo que não faria. Queria uma dose de algum de seus venenos alcoólicos.

— O quê? Tudo que se passou foi real. Meu Deus, eu o vi caído e coberto de sangue. — Ela virou o rosto. — Não quero falar disso. Sequer vim para isso, vim lhe fazer companhia. Vamos, vou... remar! Huntley disse que você precisa de ar puro. — Ela empurrou o pires e a xícara e fez menção de se levantar.

Ethan se desencostou e segurou a mão dela. Lydia paralisou no lugar e o olhou. Ela havia oferecido a mão para ajudá-lo a levantar, mas o efeito foi bem diferente.

— No fim, acabei como o vilão da história na visão deles, apesar de nunca ter sido amante dela. O menino era filho daquele homem. Ela se casou comigo para salvar sua reputação e da família, mas, por algum motivo, ele retornou. E eles armaram esse plano violento, como se fosse necessário libertá-la de uma prisão bem guardada. Até parece que eu a impediria de ir.

Lydia ficou olhando-o, desarmada por aquela história.

— Eu só gostaria muito de saber para quais condições eles levaram o bebê. Ele é inocente e nasceu aqui, estava acostumado ao que tinha conosco. — Ele deu de ombros, não havia mais nada que pudesse fazer.

Ethan sabia que não era o seu filho, mas o destino dele era a única coisa que o incomodava nesse desfecho, mas não mandou ninguém atrás deles. Apesar de não ter escolhido esse papel, ele que era o intruso. O rio desaguava no mar, e o barco que eles pegaram não fazia travessias além da costa, mas a rota comum saindo dali era parar no porto e pegar um navio.

A essa altura, eles já poderiam estar em alto-mar ou em qualquer lugar do país. Não iria atrás deles, mas não sabia o que os pais de Emilia fariam. Havia enviado uma carta tardia informando da fuga dela. Ou seja, seu ferimento deu tempo suficiente para desaparecerem. Porém, Emilia tinha uma modesta renda como herdeira. Ao desaparecer, ela perdia acesso. Então, o que fariam?

Se o pai da criança fosse um pretendente aceitável, ela não teria precisado fazer o que fez nem se casado com Ethan. Com certeza os pais dela não permitiram a união. E deu no que deu.

— Você sabia. Antes da criança nascer, você já sabia — constatou Lydia.

Ele só assentiu, mas estava bom até aí. Ela merecia saber essa verdade, o resto não importava mais. Ele ia dar um jeito de sair dessa situação, e ela ia embora. Subitamente, Ethan sentiu um desânimo terrível. Lydia iria embora de Devon. Ele não conseguiria vê-la passando como um raio em seu cavalo nem mesmo de longe. Não iam mais apostar corrida ou rir juntos. Nem poderia fingir ser um grande amigo, pronto para lhe emprestar um ombro e um apoio, do jeito que Deeds estava sendo obrigado a fazer com Janet.

Aliás, onde diabos Lorde Emerson morava? Com certeza não era em Devon. E ela iria morar com ele no raio que o parta. Ethan precisava de um gole de algo muito forte.

Também deviam ser seus últimos momentos com Prescott, seu novo amigo, apresentado por sua antiga e mais querida amiga... que ele amava.

— Você disse que remaria — iniciou ele. — Por nós dois? Tem certeza? Esse ato de cavalheirismo eu não poderei me oferecer para fazer no meu estado atual.

O olhar dela se iluminou, aquele verde brilhante e chamativo.

— Se me acompanhar, remo até o outro lado! — prometeu.

Ele não saía da casa de barco desde que foi carregado ali para dentro, nem pretendia ir para o rio em um futuro próximo. Contudo, se ela iria remar, então ele iria junto.

— Vamos. — Ele ficou de pé.

Eles deixaram a casa, e Ethan respirou o ar puro, procurando sentir-se revigorado para esquecer o sentimento de perda e os puxões de necessidade que queriam levá-lo de volta para o vício. Não podia ter dois refúgios: um prometia lhe curar e o outro ia destruí-lo.

— Entre logo, não está com medo de ser guiado em um barco por uma mulher, está? — provocou ela.

— Do que está falando, Prescott? Confio plenamente em você — devolveu ele.

Lydia riu baixo, mas se alguém estivesse perto ia descobrir seu disfarce, pois foi uma adorável risada feminina que ela nem se importou em esconder. Longe de Londres, seu disfarce não era tão sério. Ele se sentou no barco, e ela remou por perto da beira, até a parte em que pequenos barcos costumavam atravessar. Era o modo mais rápido de fazê-lo a partir daquele ponto, não havia uma ponte por perto. A travessia mais próxima era através da estrada.

Havia uma parte do rio, ainda nas terras dele, subindo o curso, que, dependendo do volume, ficava tão rasa que dava para atravessar com água nos joelhos. Por isso, os barcos maiores atracavam em Crownhill e dali voltavam a descer o rio. A parte baixa da propriedade de Ethan podia ser bem movimentada às vezes, mais um motivo para Lydia não se arriscar a fazer o percurso sem o disfarce.

Os dois se sentaram na margem oposta e absorveram a beleza da paisagem verde, aproveitando o dia limpo. O rio corria calmamente naquele pedaço, e dali era possível ver a casa principal de Crownhill no topo da vasta colina, de frente para o curso do rio.

— Acho que nunca vi a sua casa desse ângulo. É uma bela visão — comentou ela.

— É linda, a vista lá de cima é minha preferida. — Ele olhou para o braço na tipoia. — Ainda não voltei lá.

— Suas tias estão preocupadas. Expressaram isso para seus três cuidadores.

Ethan sorriu. Ele tinha três amigos deixando a própria vida de lado por horas para ajudá-lo a se recuperar e lhe proporcionar companhia. E quando precisaram se ausentar, tiveram certeza de que sua grande amiga e vizinha poderia vê-lo. Não sabia se os adorava cada dia mais ou se queria matá-los. Deixá-lo sozinho com Lydia era a ideia mais tola que qualquer um poderia ter. Tola e cruel.

— Elas sabem que estou me recuperando. Só estou ocupando outra casa dentro da propriedade, não é como se estivesse desaparecido.

— Minha família com certeza me consideraria desaparecida — divertiu-se ela. — Papai me levaria para casa sobre o ombro. E meus irmãos invadiriam a casa aos gritos e jogariam doces em mim, pois pensam que um bolinho de creme é capaz de curar tudo. Mas a verdade é que mamãe já teria acionado o meu bom senso antes de tudo isso precisar acontecer. Ela trabalha rápido e silenciosamente.

Lydia fez o sorriso ficar preso no rosto dele. Poderia ouvi-la contar as peripécias dos Preston por um dia todo. Eles eram ótimos, não era à toa que ela era fantástica. Sentia um pouco de inveja, pois não cresceu numa família tão cheia de amor, diversão e excentricidades. Porém, isso o fez lembrar que ela iria criar sua própria família aos moldes dos Preston. Em outro lugar.

— Quando vai partir? — perguntou ele, certo de que, a essa altura, não fazia diferença ser curioso.

— Partir? — Lydia franziu o cenho.

— Depois de seu...

— Ah, sim. — Ela se deu conta antes que ele explicasse. — Em breve.

Pensando com sinceridade, Ethan não queria se envolver nesse assunto. Era menos doloroso fingir que nada aconteceria. Só que ele não conseguia. Não quando Lydia estava ao seu lado vestida como Prescott, remando para entretê-lo e manter a amizade deles, enquanto ele continuava apaixonado por ela. E agora ainda nutria sentimentos conflituosos em relação ao seu noivo. Odiava Rowan por existir e era grato a ele porque achava que Lydia não teria se interessado por nenhum outro homem além dele. Como era possível?

— Onde vai morar?

— Sabe, nós temos outra propriedade, não muito longe daqui. É menor.

— Sim... — comentou ele. Era o tipo de fato conhecido na região que o marquês possuía uma propriedade menor ao norte. As pessoas até comentavam que a família possuía outra casa, mas foi vendida muitos anos atrás.

— Quero viver lá por alguns períodos do ano. Mesmo que por minha conta, assim estarei numa casa só minha e mais perto de minha família.

"Mesmo que por minha conta", notou Ethan, com divertimento. Lydia era exatamente assim. Se o marido não quisesse passar algum tempo em Devon, ela viria do mesmo jeito, aproveitando dos meios que possui.

— Rowan gosta de viajar, acho que ficaremos fora um tempo, depois voltaremos para Londres ou outro lugar. Então arranjarei as coisas nessa propriedade e virei visitar mais vezes.

Ethan limpou a garganta, sentindo um bolo de terra impedir sua respiração. Era verdade, Lorde Emerson costumava viajar muito. Lydia ficaria fora por longos meses. Ninguém sabia quando apareceria novamente em Devon se o maldito resolvesse levá-la para aventuras em outras paragens. Pronto, já o odiava inteiramente. O conflito interno estava resolvido.

Na verdade, depois do que aconteceu, Ethan estava pensando seriamente em viajar também, passar um tempo longe de tudo e todos. Só precisava se sentir mais seguro sem ingerir álcool, não queria se entregar ao vício, menos ainda em locais desconhecidos.

— Acho que a água já desceu o suficiente. Há quanto tempo não atravessa o rio a pé? — Ele se levantou e desceu para a margem.

— E se você tropeçar? Nunca conseguiria levantá-lo. — Ela deu uma olhada nele de cima a baixo, como se calculasse quanta força seria necessária, mas depois virou o rosto rapidamente e não quis voltar a encará-lo.

— Não vou tropeçar, Lydia, não fui ferido nas pernas — ele se divertiu.

Ethan se abaixou para pegar a corda do barco, e Lydia deu um tapa nele.

— Não ouse. É meu trabalho de cuidadora. — Ela pegou a corda.

Ela puxou o barco, que deslizou suavemente atrás deles. Os dois enfiaram as botas na parte mais rasa do rio; era o horário certo para atravessar sem surpresas. Lydia fez questão de que Ethan fosse na frente e aproveitou para chutar água no seu traseiro quando estavam chegando na margem.

— Preston, eu já tomei meu banho!

Mais respingos de água voaram nas costas dele, então Ethan se virou, ainda com as botas no rio.

— Você se aproveita por eu não ter braços disponíveis para revidar.

— E se levantar as pernas, corre o risco de perder o equilíbrio e não terá braços disponíveis para suavizar a queda! — Ela estava adorando.

— Eu vou me recuperar. Vai ter volta! — Ele subiu no degrau da lateral do deque.

Só que não ia, não é? Quando ele se recuperasse o suficiente para se lançar em brincadeiras extenuantes no rio, ela já estaria longe dali. E depois... não era apropriado se envolver em tal atividade com Lady Emerson. Só de pensar no novo título de Lydia, Ethan queria entrar e tomar uma dose de láudano.

Num ato impensado, quando Lydia o alcançou e parou a sua frente no deque, Ethan perguntou:

— Vou tornar a vê-la antes que parta?

Ela inclinou a cabeça e manteve o olhar nele. Sem sua caracterização, era ainda mais difícil para ele entrar no personagem junto com ela, como conseguira fazer em Londres. Era simplesmente Lydia a sua frente, usando roupas masculinas e desesperando-o.

— Eu quero conseguir vê-la antes que nos deixe? — corrigiu ele e adicionou: — Logo estarei em condições de fazer uma visita.

— Eu retornarei. Na outra semana. Irei me ausentar pelos próximos dias e você ficará relegado à companhia de seus cuidadores mais dedicados. — Ela sorriu ao citar os amigos dele. — Na próxima semana, trarei mais presentes da cozinha dos Preston.

Era uma promessa. Ethan esperava que ela cumprisse. O resto do mundo podia sumir em chamas depois disso. No momento, seu maior desejo era vê-la de novo.

288 LUCY VARGAS

CAPÍTULO 28

Apesar de seu humor ruim em alguns dias, com destaque para os momentos em que a abstinência parecia pior, Ethan manteve a constante recuperação física. As dores passaram quase por completo, a cicatriz tinha um aspecto bom e sua movimentação estava mais livre.

No início da semana seguinte, quase todos os amigos mais próximos do grupo de Devon haviam passado pela casa de barcos. Até Janet viera na companhia de Deeds, tomaram um chá e ela partiu em seu cavalo. Estava acostumada a cavalgar pela beira do rio e entrar nas terras do pai.

— Não tenho boas notícias para alegrá-lo. Ao menos, podemos dividir o fardo. — Deeds sorriu, sem que felicidade alguma chegasse aos seus olhos, e voltou para dentro da casa de barcos.

Ethan ainda olhou a silhueta de Janet se afastando rapidamente e entrou. A má notícia era que Lorde Pança continuava apaixonado pela amiga. E ainda era platônico. Ela estava melhor, sua personalidade discreta e amável retornara. Contudo, ainda não superara o suficiente a perda do noivo para se abrir a um novo interesse romântico.

E, para desespero de Pança, Janet se apegou ainda mais aos seus amigos próximos. Especialmente a ele. Era a única que o chamava carinhosamente de *Remy* em vez de Jere ou Jeremy. E ele escondeu por trás de mais portas o que sentia por ela. Era por isso que dizia que Ethan e eles podiam dividir o fardo, pois, enquanto Deeds estava fechando portas em volta de seus sentimentos, Ethan estava despejando camadas e mais camadas de areia sobre o que sentia, para poder ter a amiga por perto.

Através dos amigos, Ethan continuava inserido na rede de informações do grupo de Devon. E uma das notícias que escutou Eric comentando foi o retorno de Lydia a Bright Hall, depois de ir com Cecilia e as irmãs Burke a eventos campestres. Ele ficou ansioso. Ela aparecia sem aviso. Por isso, no dia seguinte, ele se viu sendo um completo tolo ao tomar banho e receber mais roupas da casa principal.

— Eu soube que seus dois braços estão livres agora — disse ela, encostada na lateral da casa.

Ele sentiu um arrepio subir pelo seu corpo ao escutar a voz dela e se virou para vê-la. É claro que ela iria aparecer quando ele estivesse ocupado com outras atividades e não bem composto como queria provar que ainda podia ser. Desde o retorno de Londres, Ethan não se achava nada apresentável, ainda mais pelo caminho que seguiu.

— E vejo que já começou a usá-los sem moderação. — Ela se desencostou e se aproximou.

Lydia estava outra vez com a roupa de Prescott, mas não colocou o traje de montaria. Usava uma mistura rústica de camisa branca, colete, um paletó esportivo, calças bege claro, botas e o chapéu bem enterrado na cabeça, fazendo um bom trabalho em esconder sua identidade de olhares.

Ela empurrou a aba do chapéu com as pontas dos dedos, e Ethan pôde ver diversão naqueles grandes olhos verdes como o campo no auge do verão.

— E quanto à tipoia? Tenho certeza de que o Dr. Walters, cauteloso como sempre foi, não disse para retirá-la e vir puxar uma corda.

— Mas ele retirou a tipoia. O que esperava? — respondeu ele, com um ar traquina, enquanto seu olhar passava pelas sardas no topo das maçãs do rosto dela. Prova de que ela estava aproveitando bastante o tempo ao sol.

— Mal comportamento, claro — concordou ela.

Ethan era uma pessoa ativa e foi obrigado a ficar de molho durante a recuperação. Portanto, estava inquieto e ansioso, apesar de o último sentimento ser atrelado à visita que estava esperando.

— Alguém mais vai visitá-lo? — indagou ela.

— Espero que não.

— Então esqueça essa corda e não contarei para os outros que você quase colocou um mês de cuidados no lixo. — Lydia pegou a cesta que tinha deixado no chão e se afastou.

Ethan a observou entrar na casa, pendurou a corda e a seguiu. Lydia deixou a cesta na mesa e tirou o chapéu. Ele observou o cabelo loiro cair quase todo solto como um véu dourado. Ela deixou o paletó na cadeira como fez da outra vez, mas ele não conseguia dar nem mais um passo para dentro do cômodo. Foi como iluminar toda a casa com uma luz cor de ouro. No topo de sua cabeça havia o remanescente de algum penteado intrincado que usou, mas todo o resto se soltou.

Ela não parecia se importar, enquanto os nervos dele vibravam.

Lydia abriu a janela perto da mesa e voltou para olhar a cesta. Isso significava que ficaria ao menos por algumas horas.

— Você disse que ninguém virá aqui hoje. Há algum barco agendado?

— Já chegou e partiu de volta, rio abaixo. — Ele finalmente se aproximou.

Lydia o olhou com animação transparecendo em seu semblante.

— Há quanto tempo você não participa de um piquenique?

— Meses, desde a temporada. Parece que foi há uma eternidade — admitiu ele.

Ela voltou a cobrir a cesta e agarrou a alça.

— Vamos!

E simplesmente saiu, sem o paletó e com o cabelo dourado ondulando atrás dela. Ethan pegou a toalha e a acompanhou. Afastaram-se alguns passos da casa, pois era na beira do rio. Ao passar para o gramado, não faltava espaço para sentar e armar um pequeno piquenique improvisado.

Os dois se sentaram, e Lydia remexeu na cesta. Antes que ela a virasse, para tirar tudo de uma vez, Ethan a pegou.

— Eu arrumo. — Ele retirou os pedaços de bolo, biscoitos, o pote de geleia e dispôs à frente deles.

Lydia se levantou, correu até a casa e voltou num piscar de olhos com duas facas e duas xícaras, sem os pires. Ethan riu dos itens que ela buscou e abriu o pote de geleia. Os dois passaram nos biscoitos e dividiram os rolinhos de creme branco, os preferidos dela. As xícaras eram para a cidra que ela levou de presente, feita com um toque de canela, para ser bebida fria. Durava uns dois dias, não era como a outra com álcool, que podia ser armazenada.

— Obrigado, é a melhor bebida que tomei em muito tempo. — Ele sorveu o conteúdo da xícara.

— Também gostei. — Ela bebeu mais um gole. — Vou pedir que enviem a receita. Você precisará de mais.

Os dois dividiram a comida, aproveitando a companhia, enquanto Lydia atualizava Ethan sobre os locais onde esteve.

— Eu tenho a impressão de que, sem você, os rapazes não tiveram a mesma animação para as viagens de verão — comentou ela.

— Foi uma enorme coincidência que nossos amigos mais próximos estivessem ocupados. Soube que outros puderam se divertir bastante.

— Sim, eu assisti a algumas regatas e fui a uma luta, mas não foi tão divertida assim. Os dois palermas caíram duros no chão.

— Não estava acompanhada de Prescott, imagino.

— Com o meu grupo de jovens damas rebeldes, quem mais? — brincou ela, mesmo que suas amigas só tivessem começado a ser chamadas assim por andarem com a "péssima" companhia que ela era.

Ethan a olhou quando Lydia lhe serviu mais cidra. A verdade é que não conseguia admirar mais nada. Nem o belo dia ou o rio correndo logo abaixo, apenas o jeito como a luz iluminava aquele véu dourado que a cobria, o jeito como seu nariz pequeno se franzia quando ela experimentava a bebida nova, seus movimentos rápidos ao passar geleia em outro biscoito e enfiá-lo todo na boca porque ficava com o lábio sujo quando tentava morder.

Foi por isso que ela o pegou no flagra, porque se sujou de geleia e checou para ver se ele tinha notado sua nova trapalhada.

— Esse biscoito vai sujar a sua calça — avisou ela, depois de engolir.

É claro que havia esquecido seu próprio biscoito cheio de geleia que estava a ponto de cair e embaraçá-lo. Ethan o colocou inteiro na boca, do mesmo jeito que ela, e bebeu um gole de cidra para engolir mais rápido. Mas não desviou o olhar. Tinha a vida inteira para ver aquela paisagem, mil e uma oportunidades de passar vergonha ou de se desculpar, e só aquele dia para se fartar de olhar para ela daquele jeito.

— Por que teve de desaparecer naquele tempo? Somos todos amigos desde o início. Você podia ter contato com todos, menos comigo. — Ela sabia que havia soado ressentida, mas não havia um jeito de mascarar.

— Realmente acha que eu teria suportado ser seu amigo?

— Poderia ter me dito antes...

— E você ainda seria próxima? Com sinceridade?

Lydia olhou para baixo, lembrando-se daquele pedaço de tempo entre a volta de Londres, o anúncio do casamento dele e as cerimônias de casamento de Eloisa e Ruth. Foi antes de ela e Rowan ficarem noivos, quando ela ainda estava se escondendo em Bright Hall. E uma das coisas que mais lhe doeu foi ter perdido Ethan. De todas as formas possíveis.

Afastando as mechas do cabelo dela, Ethan se aproximou e tocou a lateral de seu rosto, as pontas dos dedos roçando no início de seu pescoço, bem próximo à gola aberta da camisa. Uma sensação eletrizante de reconhecimento a percorreu junto com o toque dele, e Lydia fechou as mãos em punhos. A carícia suave seguiu pelo seu rosto, além de onde Ethan disse a si mesmo que pararia, só que era mais forte do que ele.

Aproximando-se ainda mais, ele experimentou tocá-la com os lábios, só para sentir mais uma vez aquela pele tão macia que vivia nas suas memórias.

— Não posso mais ser seu amigo, Lydia. Não suportaria naquela época. Não suportarei agora. Não possuo força de vontade suficiente para me manter longe de você e me comportar como um amigo. É por isso... — Ele beijou seu rosto.

Ela se afastou subitamente, como se tivesse levado uma picada, e se virou, juntou as mãos e tentou controlar sua respiração acelerada.

— Não, não seria... — murmurou ela.

— Perdoe-me, Lydia — pediu ele, ao vê-la se virar e continuar assim.

Lydia mordeu o lábio e manteve o olhar num ponto do rio.

— Não quero que vá, não ainda. Fique um pouco mais, eu serei seu amigo por esse tempo — pediu ele.

Ela levou mais um momento até se virar e olhá-lo.

— Eu quero que seja você. Sempre quis.

Ajoelhando-se, ela o beijou, o que não deu tempo suficiente a ele para compreender suas palavras. Num segundo, estava preocupado, achando que ela levantaria e partiria. Então demoraria muito até voltar a vê-la. E no outro... ela simplesmente lhe correspondeu com a intensidade do que sentia.

Lydia relaxou em seus braços, e Ethan a envolveu, apagando o mundo externo ao se entregar ao longo beijo que ansiava há tanto tempo. Sentiu os dedos dela apertando seu pescoço, junto ao toque suave de sua língua ao explorá-lo, e foi dominado pelo desejo de acariciá-la e beijá-la por inteiro. Ethan deslizou as mãos pelas mechas claras, afastando-as para as costas dela, e admirou seu rosto, emoldurado pelo cabelo dourado, antes de baixar o rosto, para tocar sua pele.

Um leve arrepio a sobressaltou com o toque dos lábios dele no pequeno espaço que a camisa expunha de seu pescoço.

— Você escondeu o mesmo perfume bem aqui. — Ele encostou o nariz, inebriando-se no cheiro dela. Não importava a fragrância que ela usava, era inesquecível para ele porque sempre a sentia na pele dela.

— Só você nota isso, Ethan. — Ela deslizou a mão pelos botões do colete dele, deixando que seus dedos se prendessem nos espaços. — Acho que nunca mais esqueci por sua causa.

Ele abriu os botões da camisa dela, beijando-a em cada pequeno pedaço de pele que desnudava, e acabou abrindo os primeiros botões do colete também.

— Eu não vou despi-la para a vista alheia, Lydia.

— Então dispa-me apenas para o seu olhar. Sabe tirar roupas masculinas melhor do que eu.

Ela se levantou e entrou na casa de barcos. Ethan a seguiu, deixando tudo para trás. Aos diabos com o piquenique, os animais podiam levar. Assim que alcançou a sala, ela se virou e o encarou, abriu os botões que faltavam do colete e o empurrou pelos ombros. Ele chegou até ela e a segurou pelos quadris, então disse num aviso:

— Eu vou abrir suas calças, Preston.

Lydia não ia recuar. Ela chegou ali por conta própria e tinha certeza do que desejava.

— E vai ter que fechá-las depois, Greenwood.

Ele a pegou pelo rosto e a beijou com tanto desejo e ardor que a deixou zonza. Lydia segurou sua cintura, e sua respiração saiu rápida contra os lábios dele, enquanto buscava ar. Excitação disparou pelo seu corpo ao sentir as mãos dele subindo pela sua camisa, tateando como já fizera antes, curioso com o que havia por baixo.

— Tem muito tempo que quero te tirar dessa camisa masculina — confessou ele.

Como se concordasse com a ideia, Lydia ergueu os braços, e ele soltou a camisa, passando-a pela cabeça dela. Assim que o encarou, ela viu seus olhos cheios de luxúria e anseio enquanto reparava no que usava por baixo.

— Eu já o vi com menos do que isso — apontou ela, empurrando o colete dele.

Ethan não tinha interesse algum em manter peças de roupas, então desabotoou o colete habilmente, deixando-o na cadeira, soltou a camisa da cintura da calça e a puxou pela cabeça, expondo-se para o olhar dela. Um leve sorriso travesso passou pelo rosto dela ao admirar seu peitoral coberto de pelos escuros.

— Tem luz lá em cima? — indagou ela.

— Sim.

— A porta fecha?

— Vai fechar.

Ela seguiu para a curta escada que levava ao quarto no segundo andar, onde teriam garantia de privacidade, caso um criado ou um dos amigos aparecesse. O trinco da porta funcionou e, se não o tivesse, ele teria arrastado um móvel para a frente dela.

— Deixe-me tirar. — Ethan se aproximou, seu olhar desceu pelo corset curto que Lydia usava e ele a segurou pela cintura. — Não era isso que usava em Londres.

— Não uso mais aquela coisa desconfortável, aqui ninguém vai ver. Apenas você.

Havia uma chemise fina por baixo do corset curto, e os dois não escondiam a curva suave dos seios dela, mas o volume da camisa, colete e paletó masculinos que ela esteve usando por cima tinham disfarçado bem. Lydia sentiu as mãos dele sobre o tecido fino da chemise, enquanto seus dedos iam em busca dos cordões.

Assim que o desamarrou, ele empurrou o corset dos ombros dela, libertando seus seios e deixando-os cobertos apenas por aquele tecido fino. A combinação tão encantadoramente feminina escondida debaixo daquelas roupas era só mais um dos segredos dela que Ethan iria guardar.

Lydia se inclinou para ele e foi recebida por seus lábios firmes, encaixando-se aos seus em um beijo longo e quente. Ethan esfregou os bicos sensíveis sob o tecido da chemise, e ela finalmente podia ser tocada ali sem a faixa e o espartilho desconfortável. As carícias suaves dispararam sensações pelo seu corpo, e ela descobriu ser sensível ao estímulo.

— Quero despi-la por inteiro, Lydia. Cada camada de todas as suas personalidades.

O desgraçado parou de beijá-la só para lhe dizer isso. Por um segundo de consciência, ela se lembrou — com humor — do porquê costumava odiá-lo. Não, ela ainda o odiava de certa forma. Só que, no momento, o queria mais. Ou talvez sempre o quisesse mais do que todo o resto. Então, ergueu os braços, deixando que ele deslizasse a chemise pela sua cabeça.

Ethan queria tirá-la de dentro de qualquer pano, porque, desde Londres, pensava em libertá-la do que estivesse usando por baixo de suas roupas, fossem as masculinas ou as femininas. Lydia baixou os braços, e ele pegou seus preciosos seios nas duas mãos, beijou um de cada vez, levantou o rosto e encontrou seus lábios outra vez. Só por um momento.

— Não machuque mais esses seios lindos, Lydia. Nem Prescott vale isso.

Em seguida, o maldito que ela ainda odiava um pouquinho de nada derramou beijos no seu colo e esfregou seus mamilos sensíveis, antes de obrigá-la a se segurar nele, quando tomou um deles na boca e o lambeu como um agrado, por todo o tempo que os seios dela passaram comprimidos naquelas faixas.

— Não vou mais apertá-los, odiei essa parte. — Ela pressionou os dedos em volta dos braços dele e fechou os olhos, um gemido baixo escapando de seus lábios.

Ethan virou a cabeça e esfregou a língua no outro mamilo, então o sugou, deixando-o úmido e quente. Exatamente como ela já estava. As mãos dele desceram, acariciando seu torso, e chegaram aos botões da calça. Ele a olhou e sorriu ao abri-los. Lydia sorriu de volta, presa na satisfação no rosto dele e no segredo deles.

Até que ele a pegou pelo traseiro, levantou um pouco e a colocou perto da cama.

— Não faça isso! Seu ombro!

Tudo que ele sentia no momento era desejo ardente e contentamento por estar com ela. Dor alguma estava presente.

— Não prometo me comportar. — Ethan se ajoelhou e soltou a bota dela.

— Vou obrigá-lo.

— Vou gostar de vê-la tentar — provocou.

Quando ficou descalça, Lydia empurrou a calça, que desceu pelas pernas. Ethan nem se deu ao trabalho de ficar de pé, só levantou o olhar porque dali a vista era ainda melhor. Ela estava com seus ousados calções curtos femininos e as meias presas nas coxas.

— Por acaso arrancou o vestido e fugiu com aquelas roupas por cima? — indagou ele, ao puxar o laço da meia esquerda.

— Aprecia?

— Aprecio tudo sobre você, *Preston*.

Ele soltou as duas meias e enfiou os dedos pela abertura frontal do calção, roçando os pelos loiros e percorrendo suavemente o topo dos lábios externos. Lydia colocou a mão sobre a dele. Não era a primeira vez que Ethan a tocava ali, mas ela não esteve nua na outra ocasião. Ele segurou a mão dela e descansou na sua cabeça, aproximou-se mais e encostou o rosto na forma de seu sexo.

Lydia sentiu uma mistura de embaraço, desejo e curiosidade. Ele soltou os cordões do calção, beijou e afagou sua barriga, causando um estremecimento ao brincar em volta de seu umbigo. Lydia se apoiou nele enquanto sua última peça de roupa ia ao chão.

— Deite na cama ou vou erguê-la outra vez — avisou ele, com as mãos agarrando perigosamente o traseiro dela, pronto para cumprir o que dizia.

— Eu vou ter de amarrá-lo, Ethan? — indagou, mas sentou-se na beira da cama. — Com aquela corda que você largou lá fora.

Ele sorriu e a segurou pelas coxas.

— Hoje não, amor. Vou me comportar mal de outro jeito.

A boca dele correu pelo interior da coxa dela, deixando um caminho de tremores e excitação até o seu sexo. Seus músculos latejaram em resposta, e ela sentiu um pico de excitação. Os lábios dele abriram caminho pelas dobras úmidas, e Ethan não resistiu a prová-la com a língua ao encontrá-la tão molhada. O choque de prazer e exposição levaram a mão dela ao próprio sexo. Ele a segurou e colocou no rosto.

— Não se esconda de mim agora, Lydia. Naquele dia, eu usei os dedos. Hoje, vou usar a boca e me fartar no seu corpo — avisou.

Ethan a expôs ainda mais ao apertar seu tornozelo e elevar sua perna, ajeitando-se entre eles, roçando seu rosto no espaço tão íntimo ao cobri-la com a boca. Lydia sentia os movimentos da boca dele lhe causando um prazer que estremecia seu corpo e podia sentir o que fazia sob a mão que estava em seu rosto. Ela gemeu e perdeu parte do equilíbrio, precisando se apoiar no colchão, o que só deu mais espaço para a exploração dele.

Contudo, o prazer era tão irresistível que ela terminou de se expor e esqueceu qualquer receio. A boca dele subiu para o clitóris tenso e inchado, e Ethan a chupou com delicadeza, arrancando sons insistentes dos lábios dela. Ele a penetrou lentamente com um dedo, deslizando tão facilmente que a pressão inicial lhe causou uma sensação nova.

Lydia ficou ofegante e se contraiu inteira, aquela sensação de calor e explosão que a tomou da outra vez a atingindo como o dobro da força. Ele foi gentil em suas carícias naquele ponto tão sensível, mas também foi absolutamente implacável até senti-la estremecer e latejar em sua boca. Ele a segurou quando ela tentou se fechar em volta de tantas sensações assolando seu corpo, e Lydia cerrou os olhos, rendendo-se.

Sons que ela nunca imaginou que produziria deixaram seus lábios, e Lydia se viu corada e deliciada demais para ficar chocada. Ela flutuou em prazer, contentamento e desejo, queimando sob sua pele e seus músculos, algo que ele mantinha aceso ao jamais deixar de tocá-la. Ethan beijou sua coxa, e ela tinha certeza de que ele podia sentir os tremores sob os lábios.

— Você vai se despir para mim agora? — Lydia se equilibrou novamente com as mãos no colchão.

— Se assim desejar — disse ele, erguendo-se e dando a ela a visão de seu corpo seminu.

Lydia soltou os botões que faltavam da braguilha dele e puxou os laços de suas ceroulas. Ethan desabotoou as laterais da calça e empurrou as roupas para o chão. Ela o admirou por um momento, ele continuava o homem que lhe despertava atração e, no momento, todo o desejo do mundo. Mesmo alguns quilos mais magro, sua constituição era naturalmente robusta, harmônica e musculosa, e ela não ia fingir que não era a primeira vez que se deparava com um homem completamente nu e excitado.

— Venha aqui. — Ela se moveu sobre a cama, atraindo-o para a armadilha na qual ele queria cair há anos.

Ethan subiu na cama, e Lydia se viu novamente em meio a pele nua e quente, músculos e pelos macios. Só que ela o pegou de surpresa e o empurrou contra a cabeceira da cama.

— Agora você vai se comportar — avisou, montando nele.

Em vez de reclamar, Ethan a segurou pelo traseiro e a ajeitou no seu colo, beijando-a com ardor. A necessidade de tê-la era tão absoluta que cumpriria qualquer promessa. Inclusive a de comportar-se. *Um pouco.*

Ao se afastar, Lydia moveu-se sobre ele, sentindo a ereção massiva entre suas pernas, pulsando conforme os movimentos dela. Pelo jeito que apertava seus quadris, ele também sentia.

— Isso é prazeroso para você, Ethan? — Lydia manteve o olhar nele.

— Isso é um sonho erótico para mim, Lydia. — Ele subiu a mão pelo seu colo e acariciou seu rosto, não resistindo àqueles lábios inchados por serem beijados, e tocou com suavidade. — Agora repita "Ethan" para mim.

Antes de qualquer coisa, ela mordeu o seu polegar, e só então disse:

— Ethan... — E sorriu do jeito mais travesso. — Agora eu gosto de chamá-lo pelo título porque ameaçou me beijar a cada vez que o fizesse. *Greenwood.*

Cumprindo a ameaça, ele a puxou e beijou, o que só causou mais movimentos dela e grunhidos dele. Podia senti-la quente, úmida e delineando seu membro com seu sexo.

— Não force o ombro, não quero vê-lo ferido. Quero vê-lo com essa expressão no rosto — pediu ela. Ethan ficava ainda mais apaixonante com o prazer anuviando sua face.

Ajeitando-se sob ela, Ethan guiou seus quadris e ergueu o olhar.

— Decida o quanto me quer por vez, Lydia. Você monta melhor do que eu, é como uma sela masculina.

Ela se inclinou para frente, o membro dele pressionou a entrada de seu corpo e deslizou por sua umidade. Lydia percebeu, então, o que ele queria dizer: o controle era dela, poderia decidir o quanto dele iria receber por vez.

— Deve estar louco para ter admitido que cavalgo melhor.

— Completamente louco. E é verdade — respondeu ele, semicerrando os olhos ao senti-la se mover.

Ao apoiar as mãos no peitoral rijo e afundar os dedos em músculos, Lydia sentiu o jeito como as mãos dele correspondiam, subindo pela sua cintura, entregando apoio e afagos eróticos. Tomada por coragem e lascívia, ela pressionou a pélvis contra ele, encarando a pressão inevitável, e fez com que ele a preenchesse aos poucos, fascinada pelo prazer que evocou no semblante dele.

— Respire. — Ethan mordeu a base do pescoço dela, como se assim ela não fosse ter escapatória.

Lydia respirou num arquejo, pois esteve retendo o ar e as reações. Sentiu o latejar insistente de seu corpo em volta do membro rígido e percebeu que o recebera quase por completo.

— Ethan... eu ainda...

Ele a capturou pelo rosto e inclinou mais, encontrando-a no meio do curto espaço que faltava para os seus lábios se colarem. A cada vez que se movia, Lydia sentia algo diferente: prazer, desconforto, latejar, excitação, surpresa, tudo de uma vez.

A doçura sensual e enlouquecedora do beijo dele fez com que ela se perdesse numa nuvem sensual. As carícias suaves de sua língua desencadearam choques de excitação para o centro de sua feminilidade. Como se soubesse, ele deslizou os dedos entre eles, esfregando o clitóris sensível e excitado. Lydia se moveu instintivamente, afastou os lábios e gemeu. O movimento abrupto fez com que ele a envolvesse pela cintura com o outro braço e enterrasse o rosto entre os seios dela. Então ele riu, daquele jeito masculino e sedutor, espalhando ar quente sobre os mamilos rijos.

Incapaz de se conter, Lydia se remexeu e, dessa vez, guiada pela firmeza do aperto dele, encontrou um ritmo suave e fechou os olhos, enquanto seu corpo aprendia a aceitá-lo e se dividia entre os estímulos prazerosos.

— Você pode me abraçar, Lydia. Não vai machucar.

Ela o envolveu pelo pescoço primeiro.

— São sensações demais de uma vez só — murmurou ela e inclinou a cabeça, deixando-se levar pelo que sentia. Estavam tão juntos, todo o corpo dele lhe causava arrepios e dificuldade de respirar por estar sob ondas de emoção.

Ethan assentiu, como se não pudesse falar naquele momento. Preso em seu próprio redemoinho de sensações, continuou a procurar a pele dela com os lábios e esfregar habilmente o clitóris rígido e inchado. Ela pulsava loucamente em volta dele, a ponto de ceder. Ele não ofegava assim nem em uma longa luta de boxe.

Tomada pela intensidade do que compartilhavam, Lydia o abraçou e escondeu o rosto no seu pescoço, mas só durou alguns segundos. Era como se tudo balançasse, mas era apenas seu corpo estremecendo violentamente em espasmos causados pelo clímax. Era o melhor e mais delicioso alívio que experimentara, mesmo com todo o descontrole e entrega que era necessário ocorrer.

Ela o escutou murmurar, mas estava aconchegada e subitamente sem energia. Por isso ele se comportou mal e a ergueu. Lydia apoiou as mãos nos ombros firmes e retesados e ainda viu o rosto dele dominado pelo próprio ápice de prazer. Ethan cerrou os olhos e sua cabeça descansou contra a cabeceira. Foram só alguns segundos, mas ela o beijou nos lábios porque adorou assisti-lo.

— Acho que sou uma péssima cuidadora. Era para todo o esforço ser meu.

Ethan riu e a beijou, a respiração alterada ainda se espalhando sobre a boca dela.

— Não preciso mais de cuidadores, Lydia.

— Claro que precisa, você não tem modos.

— *Eu* não tenho modos?

— Nenhum. Vai estragar todo esse tempo de recuperação.

— Eu vou me comportar... em outras oportunidades.

Ela ficou observando seu rosto e penteou seu cabelo escuro com os dedos.

— Prometa, Greenwood.

Ele a abraçou de novo, envolvendo-a em seus braços, e a beijou demoradamente, sem perder oportunidade alguma.

— Tudo que quiser, Preston.

Lydia riu, divertindo-se por ele ser um fingido, porque não era assim tão fácil de lidar. Era um cabeça-dura. Difícil como ela, mas, pensando bem, quando estavam juntos, Ethan fazia o que ela desejava. Ou o que ele desejava em prol do prazer dela.

Os dois deixaram a cama para uma rápida limpeza, mas ainda era cedo e acabaram lá outra vez, já que ninguém chegou para incomodar. Tinham um pouco mais de tempo para apreciar a sensação inédita de dividir um abraço sem preocupação.

Quando começou a ficar escuro, Lydia se levantou e procurou alguma privacidade atrás do pequeno biombo do quarto. Ao sair de lá, já estava com a calça masculina. Ela vestiu a camisa e a enfiou por dentro. Ethan ficou de pé e colocou suas roupas também.

— Para onde está indo?

— Para casa, não posso passar a noite fora — explicou, enquanto se abotoava.

Ele se limpou rapidamente e vestiu a camisa, dando uma olhada pela janela quando desceu as escadas.

— Você tem cavalgado sozinha após o pôr do sol? — indagou assim que chegaram ao piso inferior.

— Pensam que sou um homem — lembrou ela.

— Homens são assaltados.

— Nunca ouvi falar de um assalto entre as nossas propriedades. — Lydia puxou o paletó, vestindo-se habilmente, como se tivesse usado mais do que algumas vezes um traje masculino. — Somos vizinhos, lembra-se?

Ele percebeu a provocação e viu o pequeno sorriso na face dela. Anos atrás, ele teve de convencê-la de que eles realmente eram vizinhos, e ela até teimou que a pequena colina que os separava anulava isso. Porém, o atalho tornava tudo mais próximo. E era por lá que ela passava, cavalgando como um raio. Ainda mais em uma sela masculina, como usava quando estava trajada como Prescott.

— Foi por isso que preferiu passar o dia comigo?

— Prescott pode dormir onde quiser. Lydia Preston causará um grande problema se não aparecer em casa em... — Ela percebeu que estava sem relógio.

Ethan encontrou um de seus relógios presos no colete que estava no quarto do andar de baixo.

— São dez para as seis.

— É melhor que eu apareça lá até em torno de sete horas. Não falei nada sobre jantar fora. — Ela abotoou o paletó. — Se o marquês tiver de sair para me procurar, será um problema.

Sim, corria o risco de ele desconfiar que ela esteve com o vizinho. E como ficaria seu casamento?

— E isso será um segredo único, Lydia?

Ela parou com as mãos no cabelo enquanto o ajeitava para prender, mas foi só uma pausa, continuou seu trabalho de transformar o volume dourado em um coque que esconderia por baixo do chapéu.

— Sim, Ethan. Creio que será. — Ela o encarou.

Ele parou junto a ela e prometeu:

— Eu nunca vou contar e jamais vou esquecer.

Lydia balançou a cabeça para ele. Os dois sabiam que ela não ia esperá-lo por sete anos. Tampouco suspender sua vida. Ou rebaixar-se a uma vida como amante de seu grande amigo. Ela o quis e o teve. Do mesmo jeito que ele sempre a quis. Ambos terminaram aquele ciclo, responderam às perguntas em suas mentes e um segredo teria de ser suficiente para sempre. Assim como para o fim da tensão sexual e do desejo não alimentado.

Não estavam falando dos sentimentos. Esses seriam outra história.

— Ethan... — Ela balançou a cabeça.

Ele a beijou, abraçando-a, ignorando que já estivesse vestida para partir. Apertou-a contra seu peito, envolvendo-a em seus braços, sem aceitar pensar que ela poderia não voltar a permitir que fizesse isso. Apenas como amigos, eles jamais eram tão íntimos mesmo para um abraço. E, sinceramente, depois desse dia, como poderiam?

— Eu não vou esquecê-lo. — Ela tocou o rosto dele. — E nós não vamos desaparecer da vida um do outro.

— Não vamos... Mas jamais seremos amigos como antes. Não tenho como reunir esse tipo de força. Eu sempre a quis demais para fingir que ser mais um em meio ao nosso grupo é suficiente. Amo a todos eles, mas a amo mais.

Lydia o observou. Ele resolveu se afastar no ano anterior quando se casou porque era melhor para ambos. Estava certo. Ela deu um passo para trás e pegou o chapéu. Não ia lhe confessar seu amor agora. Era um sentimento que ela entendeu recentemente, a diferença entre estar apaixonada de verdade, entre amar uma pessoa e desejá-la com tudo que tem e amar seus amigos e familiares. Lydia levou um tempo para compreender.

Percebeu também que, infelizmente, um amor não podia cobrir o outro. Eram diferentes. Assim como o amor-próprio também era outro tipo. Ela teria de ir embora com os dois que possuía agora.

— Com a idade, eu aprendi o poder do tempo. E você precisa de tempo agora. Eu também, um bom tempo. — Ela colocou o chapéu e saiu.

Ele precisava de tempo, ela estava certa. Só não queria viver esse período, preferia passar por ele adormecido. Dormente. Esquecido. E quando desejava isso, acabava se sabotando. Lydia foi soltar seu cavalo, e ele saiu atrás dela.

— Por que você voltou e resolveu me deixar mais uma parte sua? Memórias são partes que ficam. Para sempre. E ninguém tem poder sobre elas. É incontrolável.

Ela soltou as rédeas e se virou para olhá-lo.

— Você preferia não ter nenhuma? Eu também carregarei as minhas lembranças. De todo esse tempo. E era uma escolha, não? Para mim, ainda era. Será sempre uma lembrança especial só porque foi com você.

Ethan apertou a mão dela, porém, Lydia já havia calçado as luvas de montaria. Foi ela que acariciou seu pulso com o polegar e depois soltou e voltou para o cavalo.

— Eu prefiro manter qualquer lembrança que puder de você, Lydia. Não vou exorcizá-la de minha mente e de meu coração. Só vou... deixá-la ir para a sua vida. Até eu me sentir de outra forma.

Se isso acontecesse, Ethan não estava em um momento otimista de sua vida. Mas foi como ela disse, precisava de tempo. Em vez de montar e partir num piscar de olhos, acabando logo com qualquer lembrança, Lydia mexeu em seu paletó e tirou algo da parte de dentro. Ela tirou uma das luvas e voltou até ele.

— Também prefiro manter minhas lembranças sobre você, Ethan. Elas são queridas demais para mim. Até me sentir de outra forma. — Ela deu um beijo suave nos lábios dele e colocou algo em sua mão. Era pequeno e, pelo formato pontudo, machucaria se ele fechasse o punho com força.

Lydia se afastou rapidamente para o seu cavalo, calçando novamente a luva de montaria. Ethan olhou o que estava em sua mão, mas depois ergueu o rosto e se aproximou.

— Prometa-me que não vai lhe acontecer nada. Sobre o seu casamento, eu prefiro saber.

Ele gostava de sofrer sabendo exatamente os motivos. Essa seria a frase correta. Era uma dor mais verdadeira. E, sim, ela podia tomar sua decisão. Porém, um casamento estava próximo, e a realidade era que poucas mulheres tinham a liberdade de escolha que Lydia havia tomado naquele dia. Ela estava se tornando ótima em viver plenamente através do que podia controlar na própria vida sem se arruinar e causar mais problemas para terceiros.

No entanto, um noivado desfeito podia arruinar uma mulher. Especialmente se o noivo alegasse um motivo tão grave. Ou um marido pedisse uma anulação por algo tão escandaloso. Haviam passado por isso com Ruth, ela quase foi destruída por causa de um noivado que jamais desejou. A marquesa, mãe de Lydia, foi obrigada a se casar com um homem que odiava para salvar sua reputação e de sua família. Lydia não podia passar por isso.

— Não se preocupe. Rowan e eu somos amigos. Ele sabe que você e eu já tivemos uma relação mais... íntima. Antes de seu casamento. Talvez pense que já aconteceu naquela época. E não se importa. — Ela montou e virou o cavalo para poder vê-lo antes de partir. — Não se preocupe comigo. Sou eu que preciso saber que você está bem e de volta às suas atividades assim que retornar.

E agora Lydia podia ir viver sua vida e ter experiências novas com seu noivo e futuro marido. Ethan esperava não ter de ver a esposa nunca mais. O pior é que a empreitada dela podia dar errado, e Emilia poderia retornar a qualquer momento. E como ele explicaria à sociedade se impedisse que à condessa — apesar de tê-lo deixado — não fosse permitido entrar em casa com o bebê que era seu filho? Poderia enviá-la para a casa dos pais e que ficasse lá, mas ainda existiria.

— Até logo, *Greenwood*. — Lydia sorriu para ele e bateu no chapéu antes de incitar o cavalo a partir.

Depois do ataque que Ethan sofreu e de o terem socorrido, Lydia contou a Rowan que o caso que tiveram foi único e íntimo. Ele era observador e notou que, apesar de Lydia tentar negar, ainda havia algo pairando entre os dois, mesmo enquanto o conde estava vazando sangue.

Rowan sabia que havia acabado de forma abrupta, sem que os dois se resolvessem sobre a questão. Porém, Lydia não esperava que ele dissesse que romances verdadeiros sempre deixam marcas, porque nem ela havia encarado o que teve com Ethan como um "romance".

Foi um caso. Foi... *algo*. Mas deixou marcas. Ela não sabia por que ele lhe dizia isso, mas tinha a impressão de que era proposital, pois, agora, Lydia encarava o fato de que viveu um romance e também odiava admitir que esteve apaixonada por Ethan. Ainda estava.

Sua mãe também disse algo parecido: não era possível matar o que sentia ao seu bel-prazer. Perdurava. E sufocar só te machucava e fazia demorar mais para passar. Caroline não sufocou, ela esperou o marquês. Rowan não sufocou, ele partiu e foi viver seu coração quebrado longe dali.

Ethan... bem, ele era comprometido. E Lydia tinha uma vida para conquistar. Ela seria independente longe dali. *Longe dele*. Era assim que superaria o seu primeiro amor. Em algum momento próximo e doloroso.

CAPÍTULO 29

Depois que Lydia deixou a casa de barcos, Ethan entrou e sentiu uma terrível vontade de beber a cidra horrível e aguada. Não aquela que Lydia lhe trouxe, mas a outra, que ainda continha álcool. Em vez disso, fez chá, sentou para beber e olhou o broche que ela deixou em sua mão antes de partir. Tinha o formato de uma pequena folha de ouro, decorada e pintada à mão, e dentro havia uma parte transparente que continha um pouco de perfume.

Era aquela mesma fragrância de lírio do vale, limão, tília e neroli que ele conhecia tão bem, e que ela adquiria em Londres.

Joias como essa geralmente eram usadas por damas ao andar pela cidade, pois ajudavam a impedir que fossem assaltadas pelos maus odores londrinos. Era só cheirar o pequeno invólucro — pingentes, broches e outras pequenas variações. Lydia lhe deu um pouco de seu perfume refrescante, já que Ethan nunca mais o sentiria na pele dela. Era doce e terrível. E ele jamais perderia aquele broche.

No outro dia, ele finalmente apareceu na casa principal sem a tipoia, o que acalmou os empregados e especialmente suas tias. Apesar de sua indisposição para conversas.

— Eu preciso falar com o Sr. Elliott. — Ele ergueu a mão esquerda, indiferente a tudo que as duas com certeza tinham para dizer e perguntar.

Ethan se reuniu com o administrador geral e o advogado. Não estava devendo a ninguém. No momento, seu foco estava prejudicado. Se estava lucrando, não devia e conseguia virar o ano assim, tinha assuntos mais urgentes.

— Sim, milorde. Acredito que, no seu retorno a Londres, uma reunião para checar seus investimentos e planejar novos também seja inteligente de sua parte — disse o Sr. Elliott, polido demais para o humor dele.

— Você me chamou — cortou Ethan.

O bilhete do advogado era de dois dias atrás, mas as notícias que ele queria dar tinham acabado de chegar.

— Receio que já tenho novas informações. Mais trágicas.

Ethan apoiou os cotovelos em sua mesa do escritório e passou as mãos pelo rosto. O que ele ia lhe dizer? Alguma plantação queimara? Uma carga afundara? O banco pegou fogo? Ele perdeu milhares de libras em ações? Uma das fábricas em que investiu virou cinzas?

— É sobre a condessa de Greenwood.

Ethan ergueu a cabeça imediatamente.

— Ela zarpou da ilha. Acredito que em companhia dos homens que a auxiliaram no motim que houve nessa propriedade — começou o homem.

— Ela só deixou a Inglaterra *agora*? — estranhou Ethan.

— Não, milorde. Já tem algumas semanas. Não sei precisar quantas. Porém, durante sua recuperação, tomei a liberdade de assumir as missivas sobre o assunto.

Ethan moveu a mão no ar, para o homem continuar e parar de dar voltas.

— Entendi que os pais sabiam do paradeiro dela por algum tempo. Ao menos até deixar a ilha e... houve um acidente, milorde.

Ele perdeu a paciência e ficou de pé, apoiando as mãos e olhando para o advogado seriamente.

— Em poucas palavras — ordenou.

— O navio afundou próximo à costa francesa.

Houve um momento de silêncio enquanto Ethan aceitava as implicações daquela notícia.

— Quão ruim foi?

— A família do pai dela foi reconhecer o corpo. Mandarão confirmação.

— Eles conseguiram recuperar os corpos?

— Alguns, sim.

— E o bebê?

O Sr. Elliot balançou a cabeça.

— Não sabemos dele, milorde. Sinto muito.

Ethan fechou os olhos. Depois do que aconteceu, o advogado desconfiava, porém só os amigos dele sabiam a verdade. Portanto, oficialmente, ele estava informando ao conde que ele havia acabado de perder a esposa e o filho.

Depois de receber notícias perturbadoras, Lydia resolveu voltar a Crownhill antes de partir para alguns compromissos longe de Bright Hall. Sabia que estava cometendo um erro. Não devia fazer isso. Porém, Janet lhe enviou um bilhete dizendo que soube através de Deeds que algo terrível acontecera. Parece que dariam a condessa e o bebê como mortos, mas não sabiam detalhes ainda. A família dela estava abafando o caso até terem certeza.

Nem os empregados da casa haviam sido informados sobre os detalhes.

Ela só estava preocupada com o estado de Ethan. Ele lhe disse que foi uma ilusão, mas não importava. Eles se casaram e tiveram aquele bebê. E ele se apegou à criança.

Como pretendia fazer uma visita, ela nem se deu ao trabalho de se disfarçar. Era Lydia Preston, uma amiga, passando para uma breve visita. E sequer montou, mas guiou seu faetonte. Porém, não o encontrou na casa principal e logo imaginou onde estava. Quando chegou à casa de barcos, viu dois cavalos e uma caleche na estrada que levava até lá. Ele não estava sozinho. Parou o veículo atrás da carruagem e caminhou com a cesta que levou.

Mesmo que Ethan não fosse dono de um grande pedaço de seu coração que ela insistia em tomar de volta, levaria um agrado a um de seus amigos nessas circunstâncias. No caso dele, estava morta de preocupação.

— Glenfall? Não o esperava aqui — disse Lydia ao entrar e dar de cara com o amigo.

— Eu que não a esperava — respondeu ele. — Recebi notícias perturbadoras.

— Janet me disse... Foi realmente uma tragédia?

— Ah, foi... — Ele balançou a cabeça.

Ela alcançou a mesa e só deixou a cesta que trouxe, mas sentiu algo ruim ao ter a notícia confirmada. Então escutaram algo se quebrando no quarto e ela lembrou que havia mais pessoas na casa. Glenfall se virou para ela e disse:

— É melhor que vá.

— Do que está tentando me poupar?

Eles escutaram Eric brigando com Ethan e, pelo som, uma bacia cheia de água havia acabado de ir ao chão. Glenfall tornou a pegar o balde que tinha descansado ao vê-la entrar e foi para o cômodo onde havia a banheira. A casa era pequena, mas bem dividida e mobiliada, como se esperassem que hóspedes ou uma viúva morasse ali. A banheira de louça, penico e outros itens de necessidade pessoal ficavam num cômodo anexo ao primeiro quarto.

Glenfall terminou de encher a banheira, e Lydia viu algo inesperado. Eric puxou Ethan pela porta e o mergulhou na água fria. Ethan tinha um físico mais avantajado do que o amigo, era forte e robusto, mas além de ter perdido peso nos últimos meses, ele estava fora de si. Então não foi tão difícil para Eric usar de determinação e jeito para mergulhá-lo completamente.

— Não é você que estou poupando dessa vez — respondeu Glenfall ao fechar a porta e deixar os dois para se resolverem.

— Onde arranjou aquilo? Você tinha prometido — resmungava Eric.

— Vá embora daqui e deixe-me em paz — vociferou Ethan.

— Jamais! E não estou sozinho!

— Por que ela está aqui? — perguntou Ethan.

Eric sequer tinha visto Lydia junto à mesa de jantar, estava ocupado demais. Porém, bêbado ou não, Ethan viu o vestido e sabia quem era. Nunca deixaria de saber.

— Ela está morta! Pare com isso! — brigou Eric, entendendo errado.

— Ela não está morta para mim! Nunca estará! — teimou Ethan.

— Homem, você não vai regredir. Não comigo! — rebateu Eric, determinado a ajudá-lo.

— Eu não quero mais vê-la. Nunca mais! Não quero! Chega! — gritou ele.

Escutaram sons que pareciam de sapatos batendo no chão. Talvez fosse

Eric despindo-o, pois enfiou o amigo na água totalmente vestido. Ethan estava cansado de cidra aguada, não era suficiente. A recaída para uma taça de vinho levou a mais. E a uísque, cerveja, e só não se machucou porque os amigos chegaram antes. Dessa vez, se lutasse, acabaria no chão. Mas só queria adormecer em meio ao vício que vinha lhe corroendo.

— Tire-a daqui! Diga-lhe que não quero vê-la! Vá lhe dizer! — gritou ele, empurrando Eric.

A porta abriu, e Eric só teve tempo de escutar os passos. Lydia estava correndo pelas tábuas de madeira do caminho que levava à casa de barcos. Ela sabia que Ethan estava arrasado e em um momento terrível, mas seus olhos se encheram de lágrimas do mesmo jeito e, enquanto fugia de volta para o faetonte, ela nem enxergava através das lágrimas.

— Ele não está louco. *Ela* estava aqui. E não era o fantasma — explicou Glenfall.

Eric arrancou Ethan da água gelada antes que ele adoecesse e o outro trouxe toalhas. Quando o arrastaram para fora, Ethan só teve mais certeza de que não estava delirando quando viu a cesta sobre a mesa.

— Eu não suportaria que ela me visse nesse estado. — Ele esfregou o rosto com as mãos machucadas por ter rolado da escada mais cedo. — Vou acabar com isso. Dessa vez, é verdade. Vou para aquele lugar que Eloisa conhece.

Eloisa escrevera sobre um local que seu marido conhecia. Uma propriedade na Cornualha, onde dependentes podiam se tratar. Tanto por álcool quanto por opiáceos. Por causa dos ferimentos da guerra, alguns homens que estiveram lutando acabaram se viciando em ópio, para mascarar a dor, e álcool, pelos mais diversos motivos e traumas.

O lugar já existia antes, mas, nos últimos anos, tinha se especializado em mais uma necessidade da sociedade com o retorno dos sobreviventes da guerra. Como era preciso pagar uma determinada quantia que mudava de acordo com o tempo de permanência, a maioria dos ocupantes era de famílias com posses e havia homens de famílias da alta sociedade, algo que ninguém comentava pelos eventos.

O vício em álcool era um problema recorrente, das classes mais altas às mais baixas. O que mudava era o tipo de bebida consumida e as consequências. Homens começavam a beber cedo, tanto na vida quanto no horário, e só paravam na hora de dormir ou de morrer. Muitos desenvolviam o vício bem jovens.

Os rapazes do grupo de Devon tinham em comum o fato de não beber como um vício. Porém, não eram novos na questão. O pai de Deeds foi alcoólatra. O irmão mais velho do Sr. Sprout bebia muito. Richmond tinha feito o seu irmão mais novo passar um tempo em casa quando começou a abusar e faltar à faculdade até que parasse de beber todo dia.

E Ethan sucumbira ao vício no ano anterior. De forma bastante destrutiva, porque, infelizmente, ele não fazia suas tarefas pela metade, mergulhava de cabeça.

— Então, vamos acompanhá-lo até lá — decidiu Eric.

Lydia partiu de Devon e encontrou Janet para participarem juntas de alguns eventos campestres de pré-temporada. Foi onde Eloisa lhes contou que, este ano, possivelmente seria ela que as abandonaria antes do fim da temporada.

— Nosso primeiro bebê — murmurou, com um sorriso de felicidade enquanto mantinha as mãos juntas.

As duas deram pulinhos de felicidades por ela, e as seis mãos se agarraram enquanto sorriam, tentando ser discretas. Estavam do lado de fora, mas qualquer um que olhasse notaria que uma grande notícia foi dada. A Lady Sem-Modos teria um bebê com o Herói de Guerra. Era melhor deixar para chamá-la de duquesa Sem-Modos depois, porque, um dia, Eugene teria de herdar o título do pai, algo para o qual ele não estava ansioso.

— Ao menos temos uma notícia boa para iniciar a temporada — disse Lydia.

— Mas quero participar enquanto me sentir bem. É a temporada oficial de debute de Agatha. Quero estar com ela — contou Eloisa, referindo-se à cunhada, irmã caçula de Eugene.

Agatha nem debutara oficialmente e já estava envolvida com o Grupo de Devon; começaria com uma fama e tanto. Não que ela se importasse. Quando as três entraram, encontraram a cunhada de Eloisa junto com Cecilia Miller, que era outra nova amiga recente de quem se aproximaram na temporada passada, a Srta. Libertina. Sempre que se aproximavam dela, davam uma olhada em volta. A possibilidade de subitamente estar do lado de Lorde Wintry era grande. E até as damas do Grupo de Devon preferiam não passar por essa surpresa.

— Minha prima me colocou para fora bem cedo esse ano — brincou Cecilia. — Disse que, dessa vez, eu vou abrir meu próprio caminho.

As outras sabiam do péssimo gosto que Cecilia tinha por cavalheiros másculos, perigosos e libertinos. Exatamente como o marido de sua prima, o mais famoso dessas criaturas perigosas. Por isso, não entenderam o que se passou com o boato sobre Cecilia e o Sr. Rice. O homem não se encaixava nesses quesitos, ou melhor, ele fingia encaixar.

Falando em libertinos verdadeiros, Rowan entrou no salão e olhou em volta. Quando avistou Lydia, abriu um sorriso lento e destruidor. O convencido. Ele fez um movimento com a cabeça, sem se dar ao trabalho de ser discreto ou preocupar-se em cumprimentar várias pessoas antes. Havia cumprimentado os donos da casa. Era suficiente por ora.

— Lydia, vá logo salvar o seu noivo libertino antes que ele seja atacado — pediu Janet e revirou os olhos num drama cômico.

Lydia teve vontade de rir. Suas amigas já não implicavam com seu *noivo desavergonhado*, ainda mais depois que ela saiu com aquela temerosa alegação sobre a relação tórrida que eles teriam nos três primeiros anos do casamento.

— Será que podemos conversar depois? — Cecilia perguntou subitamente, olhando de Lydia para a porta onde Rowan estava.

— Claro. — Lydia sorriu para ela.

— Ele já a beijou como dizem que homens descarados fazem? — indagou Agatha, num sussurro excitado.

Rowan tinha a capacidade de deixá-la um tanto atiçada, para dizer o mínimo. Tinham conseguido mantê-la longe desse tipo de assunto e rapazes, pelo menos até a temporada anterior, quando participou ativamente dos esforços do irmão para conquistar Eloisa.

As outras a olharam seriamente. Até Eloisa fez uma expressão severa. Agatha perguntava as coisas mais descabidas, e em público.

— Mas é óbvio — gracejou Lydia e saiu com um sorrisinho, sempre pronta para causar espanto.

Quando Lydia deu o braço a Rowan, e os dois se afastaram, Eloisa esperou ficar sozinha com Janet e questionou baixo:

— E quanto a Lorde Murro? Desde que escrevi, não tive mais notícias.

— Ele partiu para aquele local na Cornualha. — Ela balançou a cabeça. — Deeds disse não saber quando ele retorna.

— Imagino que não o veremos nesta temporada.

— Ah, não, de forma alguma. Não é um bom lugar para ele, além de atrapalhar sua recuperação... Lydia e Rowan vão se casar em Londres, e não em Devon.

CAPÍTULO 30

Cecilia chegou perto de Lydia e respirou fundo. Era agora ou nunca. Ia dizer de uma vez por todas, antes que fosse tarde demais. Mesmo que não tivesse um final feliz para ela, ao menos salvaria duas pessoas da infelicidade. Ora essa, a quem queria enganar? Claro que pretendia conseguir o que precisava, tudo no mundo tinha um limite, inclusive o altruísmo.

— Precisamos ter uma conversa séria, Preston — anunciou ela.

Lydia achou seu tom divertido, comparado a sua expressão grave, e resolveu entrar na brincadeira.

— Pois não, Miller. Diga do que precisa — respondeu ela.

— Eu quero o seu noivo — soltou Cecilia.

— Perdão? — reagiu Lydia, e a voz chegou a sair aguda.

— Seu noivo. Lorde Emerson.

— Você perdeu a razão?

— Não, eu tomei coragem.

Lydia abriu a boca, mas parou quando percebeu seu olhar incerto e temeroso. Cecilia olhou para os dois lados, então prosseguiu:

— Você só resolveu aceitá-lo por diversão e capricho.

— Isso é um insulto?

— De forma alguma, mas descobri que seu verdadeiro apreço é por Lorde Greenwood. Você não ama Rowan.

Lydia descruzou os braços e bufou, agarrou-a pela mão e puxou para um canto.

— Como pode dizer isso em público? Ele acabou de enviuvar de forma trágica. Não está bem de saúde.

— Só estou dizendo a você — defendeu-se Cecilia.

— Não repita isso, por favor.

— Mas é verdade. Você gosta de Rowan como amigo e, no máximo, o acha atraente e desafiador. Ele precisa de alguém que o ame, não que concorde com sua visão cínica e alquebrada sobre o amor.

— Será desleal comigo? Achei que poderíamos ser amigas.

— Eu não vou ser desleal. Só quero muito o seu noivo.

— Desde quando?

— Desde que o conheci. — Cecilia olhou para baixo, lamentando. — Foi um choque saber de seu noivado. Venho tentando esquecê-lo, sem sucesso. Juro que tentei, então descobri que não estão apaixonados. Achei que estivessem. Fiquei com inveja, mas até esperançosa que ele tivesse mudado de ideia e se aberto para um amor verdadeiro. Mas não, aquele cabeça-dura. — Ela revirou os olhos.

Lydia a observou, sentindo pena de sua aparente desilusão.

— Sim, ele é interessante — disse ela. Afinal, se tinha de se casar com alguém, que fosse um homem arrojado, garboso e divertido e de quem poderia gostar. — Não imaginei que gostasse dele. Eu sei que passaram algum tempo juntos e, em outras circunstâncias, eu ficaria enciumada.

Cecilia tornou a olhar em volta.

— Ele é o que podemos chamar de... libertino — ela falou a palavra num tom mais baixo, como se fosse um xingamento que jamais deveria ser dito por uma dama de estirpe. — Achei que não fossem de seu interesse.

— Não são, mas ele é um dos bons. Sabe, libertinagem mais discreta, não se compara a *você sabe quem*. O marido de sua prima.

— Ah, não. Mas para se comparar a Wintry, o cavalheiro teria de passar por uma vida de transgressão, perigos, festas, orgias e tantas damas de má reputação que a corte de um rei não cobriria.

Lydia a olhou com diversão. Não era o tipo de coisa que lhe diziam com frequência, mas Cecilia morava com Lorde Wintry. Imagine só tudo que ela sabia. Não era à toa que veio lhe dizer que queria o seu noivo libertino. Era por isso que podiam ser amigas. Lydia também dizia coisas que muitas pessoas não esperavam escutar dela.

— Não vou lhe dar o meu noivo, Miller, mesmo que sejamos amigas num futuro próximo. Isso é descabido até para nós. — Lydia foi andando na frente.

— Mesmo que eu esteja provando lealdade e tenha vindo lhe trazer de volta à razão? E quanto a Greenwood? — perguntou ela, ainda tendo dificuldade em se referir a eles apenas pelo apelido.

— Ele que queime nas profundezas do inferno! Ele não está disponível! Já disse! — declarou Lydia, irritada por ser lembrada de onde estavam seus sentimentos verdadeiros.

Cecilia parou de segui-la e ficou olhando para baixo. Não podia tentar roubar o noivo de Lydia, isso era traição. Também não podia fazer algo para convencer Rowan a desfazer o noivado. Podiam até taxá-lo por aquela temida palavra, mas ele era correto. Só que estava apaixonada por ele. O pior é que Lydia e ele até combinavam, só não se amavam. Então, o que seria de todos eles?

Ela queria Rowan, que estava preso num amor do passado e queria Lydia pelos motivos errados. Lydia também ficaria com Rowan pelos piores motivos, enquanto calava seus sentimentos por Ethan. E o último queria apenas Lydia, mas, no momento, não podia querer ninguém.

— Você não quer realmente que ele queime nas profundezas... nem mesmo no topo, tenho certeza — ela disse baixo. — Sei como é a sensação.

Lydia fechou os olhos e voltou até ela.

— Você terá um grande problema para conquistá-lo, sabe? Ele quer se casar comigo justamente porque gosta de mim e se sente atraído por mim. Somos divertidos e dizemos coisas que não devemos. Mas também me divirto e digo o que não devo com outros amigos, só não há atração alguma.

Cecilia levantou o rosto e suas sobrancelhas se elevaram enquanto ela procurava entender o que Lydia estava lhe dizendo.

— Eu sempre achei que ele estava fugindo de alguém, pelas coisas que me dizia.

— Fugindo? — Cecilia franziu o cenho. — Estaria ele fugindo de encontrar constantemente com a duquesa?

— Não, sua tola! — Lydia revirou os olhos. — Assim você atrapalha meu trabalho. Ele não está fugindo da esposa de outro homem. Acredito que sentiu que estava lhe acontecendo algo similar ao passado. Uma paixão!

— E acha que não é por você?

— Não! Não é por mim. Vamos, estou cansada de fazer todo o trabalho por vocês. Larguei meu posto de casamenteira na temporada passada.

Cecilia voltou a acompanhá-la, sua insegurança impedindo que acreditasse no que Lydia estava insinuando. Mas sim, ela e Rowan tiveram seus momentos.

— Ele não quer se apaixonar *por mim*?

— Você devia ter dito tudo isso a ele. — Lydia balançou a cabeça. — Precisamos de um plano.

— Um plano? Enquanto diz que continuará noiva? Olha, eu pensava que Dorothy era a pessoa mais doida que eu conhecia, mas você é outro tipo de insana.

— Se o plano der certo, ele pode até não admitir, mas logo descobrirá que está grato por termos voltado a ser apenas amigos.

Cecilia ficou paralisada, levou alguns segundos para voltar ao normal, então se apressou e pegou as mãos de Lydia.

— Você não vai se casar com ele?

— Se você realmente o quer tanto a ponto de ter tido coragem de me contar, então não posso fazer isso com ele. Vou tirar a chance de ficar com alguém que pode amá-lo de verdade. Se ele desejar o mesmo. Não vou enganá-lo ou sabotá-lo.

— Mas eu não quero que ele sofra outra decepção, não quero que pense que você também não o quer. Ele pediu aquela destruidora de corações em casamento mais de uma vez, e no fim... — comentou ela, referindo-se à antiga paixão de Rowan pela duquesa de Hayward.

— Ah, por favor. Ele não vai sofrer! Você é muito sentimental, acho que precisará lidar com isso, ou quem sabe será o lado emocional da relação? Deus sabe que pessoas como nós precisam de alguém que seja um contraponto. — Lydia revirou os olhos e foi saindo.

Cecilia riu um pouco de si mesma. No entanto, Lydia temia que a sua nova provável amiga saísse desiludida. Apesar do que disse, não sabia se a paixão da qual Rowan estava fugindo era Cecilia. Podia ser outra mulher ou ainda ser o seu passado. Ela lembrava do jeito que ele olhou para Isabelle naquele dia que os observou no evento dos Powell. A duquesa queria recuperar uma amizade, mas podia estar inadvertidamente mantendo um coração cativo.

Bertha subiu os degraus de Bright Hall e nem esperou que abrissem, cumprimentou o Sr. Robert ao passar por ele e subiu as escadas. Ele não fez caso, justamente por ser ela. Mesmo que agora fosse a viscondessa de Bourne.

— Diga que me pregou uma peça. Por favor, diga! — pediu ela, ao entrar no quarto da melhor amiga.

Lydia estava sentada perto da janela e só balançou a cabeça. Bertha trancou a porta e foi até lá, sentando-se na poltrona em frente.

— Conte-me.

— Você queimou o bilhete? — Foi a primeira pergunta de Lydia, não queria correr riscos.

— É claro que sim.

— Não há o que contar, eu estava aqui quando lhe aconteceu. Assisti tudo, você me contou. Na verdade, aprendi bastante com você e a mamãe. Só que comigo foi o contrário. E faz algum tempo...

— Você disse à sua mãe?

Lydia balançou a cabeça.

— Eu precisava dividir minha nova loucura com a pessoa que vem acompanhando todas elas desde que ambas éramos crianças. Mamãe vai me abraçar e me dar soluções. Eu só preciso de alguns momentos de medo e desespero em um abraço amigo.

— E eu vou esganá-la! — ralhou Bertha.

Porém, em vez disso, pulou para a poltrona dela e a abraçou, confortando-a em silêncio. Lydia escondeu o rosto contra ela, e as duas ficaram ali dividindo aquele segredo por algum tempo.

— O que pretende fazer? — indagou Bertha, quando Lydia se afastou e secou os olhos.

Não estava triste, a palavra mais próxima seria perdida em opções.

— Nesse caso, vou precisar de minha mãe.

— Qual dos dois é o pai?

— Não posso me casar.

— Tem certeza?

— Absoluta. Houve apenas *ele*.

CAPÍTULO 31

Desde que partiu para a Cornualha, Ethan só deixou a casa que era seu novo refúgio e porto seguro uma vez. Havia algo de extrema importância para resolver, por isso foi se encontrar com seu advogado e um convidado inesperado. Ou melhor, convidados.

O homem chamado Harper apareceu em Crownhill junto com uma mulher que disse ser sua irmã, e os dois estavam com o bebê de Emilia. Ele ajudou na fuga do amigo naquele dia fatídico e estava no barco.

— Eles tentaram fugir, mas fomos atacados. Não foi um acidente. Acontece que a dama não sabia nadar e a última coisa que fez foi entregar a criança. Mas não deu tempo de retirá-la com vida. Ele morreu antes, afundou nos destroços. — Ele olhou para baixo. De toda a história, a morte do amigo com certeza o afetava mais.

Ethan pegou o pequeno Andrew. Desde então, ele já crescera um pouco, mas era ele. Mesmo passando por dias ruins, antes da fuga, ele conviveu com a criança desde o seu nascimento. Só não esperava que o trouxessem de volta sem a mãe.

— Não temos condições de ficar com ele. — Dessa vez, foi a jovem mulher que falou. — O tolo do meu irmão ainda o manteve por um tempo, como se devesse algo àquele seu amigo encrenqueiro. Mas ele vai embora servir, e eu não vou ficar com um bebê que não me pertence.

Harper olhou atravessado para a irmã, e ficou óbvio que ela não dividia o mesmo apreço pelos amigos dele que morreram no naufrágio. Ele era um marinheiro da marinha real inglesa, nunca pretendeu fugir com Emilia, o filho e o pai da criança. Só iria conduzi-los até o continente.

— Nenhum deles nadava muito bem, foi uma lástima. Eu nadei para o bote com o bebê e voltei para a Inglaterra — contou ele, completando a história.

— Essa criança tem família, vai ter uma vida mil vezes melhor. Não temos posses. — A jovem se despediu de Andrew.

— Agradeço por salvá-lo.

— Eu fiquei no barco. Caso vá haver acusações, nunca deixei o barco. Não esperava que atirassem no senhor — completou Harper. Um dos motivos para ter demorado a fazer a viagem para Devon foi o medo de ser incriminado. Seu amigo atirou em um conde. Se fosse preso por isso, acabaria em Newgate.

Em vez de acusações, Ethan disse ao Sr. Elliott para lhes dar uma boa recompensa por salvar e manter o bebê durante esse tempo.

— Os pais dela sabem. Mandei uma carta, achei que era a atitude mais justa — contou Harper.

De fato, Lady e Lorde Aldersey chegaram a tempo de encontrar Harper e a irmã partindo; era sua chance de ver o conde pessoalmente. A mãe de Emilia ignorou a antiga rusga que teve com Ethan pela época do casamento e apressou-se para ele.

— É mesmo o nosso Andrew? Meu neto? — perguntou ela.

Ethan deixou que ela o segurasse, e Lorde Aldersey juntou-se a eles, observando o neto como se fosse a melhor notícia que poderiam receber. Ambos ficaram emocionados no reencontro. Por enquanto, era o único neto deles, pois o filho mais velho não havia se casado. E era também a última ligação com Emilia. Ethan podia pensar o que quisesse sobre ela, tinha seus motivos, porém, para os pais, era apenas a filha que perderam e sentiam que tinham culpa no fim trágico.

— Eu quero fazer uma proposta, Greenwood — anunciou o visconde, aproximando-se dele, enquanto a esposa se sentava com o neto.

Ethan aguardou com descrença. A história o tinha ensinado a não esperar boas propostas vindas dos Baillie.

— É claro que agora já sei de tudo. Inclusive do fato de que Andrew não é seu.

— Eu não sei como não desconfiou antes — comentou Ethan, cético.

— Deixe que ele fique conosco — pediu Lorde Aldersey. — Conversamos sobre isso, e Andrew é nossa última ligação com Emilia. Você não precisa fingir que se importa.

— Eu me importo com ele — limitou-se a dizer. Não queria ser insensível, mas Andrew foi a única preocupação que teve. Era um bebê, não tinha culpa de nada.

— Então deixe que fique conosco, ninguém sabe que ele foi trazido de volta. Para todos os efeitos, ele se foi junto com a nossa filha. Não precisará ter um herdeiro ilegítimo. Agora, é oficialmente um viúvo. Podemos deixar isso no passado.

Ethan ficou olhando para ele, surpreso por ser essa a proposta. Lady Aldersey se levantou com a criança no colo e se aproximou.

— Por favor, Greenwood. Eu sei que não tem motivos para ter consideração conosco, mas seja razoável. Ele é nosso neto — pediu ela, e seus olhos se encheram de lágrimas.

— Não precisa chorar, madame. Eu posso não acreditar em você por outros motivos, mas acredito no que sentem pela criança.

Lady Aldersey continuou segurando o bebê, mas ele virava o rosto para olhar para Ethan.

— Prometam que poderemos ser amigos. — Ele deu a mão ao bebê, que, em vez de só segurá-la, inclinou-se e foi para o seu colo.

Antes de ir embora, Andrew passou mais tempo convivendo com Ethan do que com os avós, que eram visitas recorrentes. Era natural que se sentisse mais confortável com ele.

— Quer ter alguma relação com ele? — Lorde Aldersey estava entre surpreso e incrédulo. Depois que descobriu a verdade, achou que o conde não ia querer nem saber da existência deles e, se lhes entregasse o bebê, também o esqueceria.

— Sim, é o que quero. Não sei qual desculpa arrumarão para a existência de um bebê, mas terão o meu apoio.

— Sei que pode não parecer, mas... eu ainda poderia ter um filho — disse Lady Aldersey, um tanto encabulada. Ela não parecia ter passado da idade para isso, mas, pela forma que falou, devia ser uma questão pessoal. De fato, eles só tiveram dois filhos.

Era comum que mulheres continuassem a ter filhos, mesmo quando as crianças mais velhas já estavam indo se casar e formar as próprias famílias. A maioria delas se casava e começava a ter filhos ainda jovens. Parecia o caso da mãe de Emilia, e as pessoas não duvidariam se ela dissesse ter tido um bebê.

— Podemos nos ausentar por um longo período e ter um bebê — concordou Lorde Aldersey.

Ele apertou a mão da esposa e olhou para Ethan.

— Vamos criá-lo como se fosse nosso. De toda forma, ele é. Um neto é sempre um pouco dos avós também. E se você quiser acompanhar seu crescimento, será bem-vindo. Dou minha palavra.

Ele ofereceu a mão para Ethan, que teve de passar Andrew para um lado e apertar.

— Eu também preciso continuar afastado por um tempo. Voltarei a vê-los quando retornarem. — Ele esfregou as costas do bebê numa forma de conforto e o devolveu para a avó. — Vejo-o em breve — prometeu a Andrew.

Depois de trocarem algumas cartas, Rowan retornou a Devon e esperou por Lydia no jardim lateral de Bright Hall. Ele sorriu ao vê-la se aproximando. Ela não costumava ficar nervosa perto dele, mas, nessa tarde, estava.

— Fico contente que tenha retornado, seria terrível se eu tivesse de caçá-lo.

— Eu até fugia de algumas coisas há anos, mas foi quando aprendi que é melhor resolver de uma vez — explicou ele.

— Sim...

— E acho melhor tratarmos disso antes que saia de nossas mãos.

Lydia respirou fundo. Se o mundo tivesse conspirado para algo tão fora do comum acontecer, ela teria certeza de que era amaldiçoada. Nunca um homem com o estilo de vida e costumes de Rowan ia querer se casar logo, assim como correr para o altar também não era do interesse dela. Por isso acertaram aquele noivado mais longo. Porém, parecia que, nesse pouco tempo, aconteceram várias reviravoltas nas vidas de ambos.

— Concordo — disse ela, curiosa para saber o que viria e ansiosa para descobrir como diria o que precisava.

— Não podemos nos casar. Creio que já sabe disso.

Lydia soltou o ar num profundo suspiro de alívio e até se sentou.

— Era para você ter iniciado a conversa com essa frase, Rowan! — Ela balançou a cabeça. — Poucas coisas me deixam nervosa como esse tipo de assunto.

Ele riu um pouco, divertindo-se com a reação dela, e provavelmente entendendo que os dois tinham o mesmo intento, ou não teria dito que ela sabia. Lydia o observou quando ele puxou a cadeira para mais perto dela.

— Por que tomou essa decisão?

— Quer que eu mude de ideia? Não vou me arrepender de novo — provocou ele, ainda mantendo um sorriso de canto naquele seu rosto bonito.

— Claro que vai se arrepender. Ou não teria vindo terminar o noivado.

— Era exatamente o que ia fazer comigo. Dava para ler nas entrelinhas de suas cartas e, na última, você me convocou. Acho que se esqueceu disso. Fui apenas um cavalheiro e tomei a iniciativa.

— Como se você se importasse.

— Eu me importo. De outra maneira. — Ele a olhou seriamente, do jeito que ela tinha certeza de que já seduzira facilmente dezenas de mulheres por onde passou. E nem era o que Rowan estava tentando fazer. — Era verdade, você sempre me fascinou e é uma das mulheres mais incríveis que conheço. Porém, como também tem amigos queridos, entenderá quando digo que é possível ser fascinado por uma grande amiga.

— Perfeitamente possível! — Ela abriu um sorriso radiante. — Não direi a ninguém que você me fascina, porque já há mulheres suficiente o bajulando. Direi que é de grande caráter e coração. Algo que ninguém acreditará, devido a sua reputação.

Ele inclinou a cabeça, rindo junto com ela. De longe, jamais pareceria que estavam terminando um noivado. Eles já haviam se beijado, mas iam manter isso como aventuras passadas. Beijar um amigo ou outro não fazia mal a ninguém, devia ser parte da experiência de vida. Se não fosse descoberto.

Isso significava que todos no grupo de Devon sabiam. E manteriam segredo.

— E como uma grande amiga por quem nutre certo fascínio...

— Essa é a última vez que direi isso, Lydia. Senão usará contra mim pelo resto de nossos dias — avisou ele.

— Sim, usarei. Como uma amiga, quero saber se por acaso também não está tomando essa decisão porque tem outra dama que o fascina de outra forma. Uma forma mais *romântica*.

Talvez houvesse alguém. Rowan não podia afirmar ou era teimoso demais para admitir, pois seu coração tinha sido bem guardado. A verdade é que ele teve sorte, pois poderia ter se apaixonado por Lydia. Só que o coração dela estava comprometido com outro homem, e ele não queria passar por essa decepção outra vez. Seria a segunda mulher incrível que passou pela sua vida. A primeira saiu por conta própria, completamente apaixonada por outro.

A situação com Lydia era diferente, eles escolheram a forma como ficariam juntos. Contudo, ele sentia que não seria difícil se apaixonar por ela. Amor também nascia e crescia em seu próprio tempo, não era sempre como um empurrão repentino e arrebatador. Assim, acabaria tendo que aceitar que o problema era ele. As mulheres que o cativavam verdadeiramente não o escolhiam.

De qualquer forma, teriam de terminar o noivado, não a aprisionaria, e um dos motivos de admirá-la é que ela não se privaria de terminar. Lydia não seria presa por nada nem ninguém. Rowan apenas achava que ela estava enganada, seu coração não estava fechado, e ela não seria feliz tentando viver assim.

— Sutileza, Preston. Inédito — ironizou ele.

— Eu vou tirar a parte em que direi que tem bom coração — ameaçou ela.

— E por acaso aquele seu amigo que eu costurei não vai ficar um tanto enciumado se continuar dizendo por aí que você me fascina? Ele é esquentado.

Lydia cruzou os braços assim que ele mencionou Ethan.

— Esqueça-o. Já lhe disse que é passado.

— Pensei que fôssemos amigos, não precisa mentir para mim.

— Quer tomar limonada?

— Tenho de dizer ao marquês que não vamos mais nos casar. Qual a probabilidade de ele me acertar com o copo de limonada?

— Nulas. Ele sabe o que estávamos fazendo, ou melhor, tentando fazer.

Eles percorreram o caminho entre as pedras e grupos de plantas que ornamentavam aquele lado do jardim.

— Eu não estava brincando, planejava ir embora com você. — Lydia virou o rosto e o olhou enquanto andavam. — Mas e se fôssemos infelizes? Até nossa amizade e apreço pelo outro acabariam.

— Não acredito que nos odiaríamos um dia, mas meu avô sempre diz que o maior desafio está na convivência. E nas consequências. Os anos passam e temos de encarar as decisões da juventude.

— Notei que estava sendo desleal comigo mesma. — Ela subiu o primeiro degrau da entrada. — Falei com Ethan sobre meus pais, sobre viver algo especial e tudo que eles passaram presos em relações ruins. Nunca saberíamos quão terrível poderíamos ser.

— Nunca saberíamos. — Ele assentiu, concordando.

Lydia segurou as mãos dele, e Rowan apertou de volta.

— Prometa que vai parar de fugir. Se é para nos separarmos, então prometa. Você é um tolo esquivo, Rowan. Depois de passar esse tempo com você, tenho certeza de que não está comprometido com o primeiro amor que teve. Não gosta mais da duquesa. É apenas um eco do que sentiu e nunca mais encontrou. Se permitir, vai sentir novamente, ainda mais forte do que antes. Permita-se. Prometa para mim.

— Fica impossível não lhe prometer qualquer coisa quando está me olhando com esses enormes olhos verdes e apertando minhas mãos como se fosse cair.

— Então prometa.

— Eu prometo, se você também jurar para mim que vai parar de se esconder do que sente. E que será corajosa quando tiver de tomar uma nova decisão importante. Vai parar de fugir desses sentimentos que a apavoram. É isso que tem feito. Precisa confiar. Assim não enxerga que pode ter tudo que precisa. Jure para mim.

— Eu não vou citar que também está apertando minha mão como se sua vida dependesse disso, Rowan. Tampouco falar sobre os seus lindos olhos. Eu me recuso. Você já escuta o suficiente disso.

— Então jure assim mesmo. — Ele sorriu.

— Eu juro.

Ele se inclinou e beijou seu rosto.

— Confesse que está até pensando em deixar de ser um libertino de verdade porque conheceu alguém — ela mudou de assunto bruscamente, esperando pegá-lo desprevenido.

Porém, Rowan só subiu o degrau para acompanhá-la e disse:

— E esse seu grupo aqui de Devon vai parar de me chamar de libertino de verdade?

— Nós o chamamos de Lorde Descarado.

— Ah, céus. Nunca mais vou escapar desse lugar. — Ele até tentou fingir estar insultado.

— O que estão tentando me dizer? Como ela pode estar esperando um bebê? — A marquesa viúva estava tão chocada que ficou de pé e derrubou a bengala.

— Eu não sei se gostaria de falar sobre como um bebê é concebido, mas como a senhora é minha mãe... — começou Henrik.

— Bridington! — exclamou Hilde e olhou para Caroline, o lado sensato e lógico do casal. — Mal digeri a notícia de que ela não vai mais se casar com aquele rapaz galante e rico! Eles... eles... então os dois reataram?

— Não — resumiu Caroline. — O noivado permanece desfeito.

— Ele não sabe sobre o bebê?

— Acredito que não deve ser ele a pessoa informada, por mais que Lydia se recuse a dizer o nome do outro cavalheiro muito atraente e rico que é o pai. — Pela expressão de Caroline, ela sabia perfeitamente quem era.

— Ele tem de assumir!

— Nem me diga, é o único motivo para ele continuar vivo. — Henrik cruzou os braços.

— Ela não quer — informou Caroline.

— Nunca me custou tanto respeitar uma decisão — resmungou o marquês.

— Ela não... *oh!* Acho que estou vendo tudo rodar. — Hilde se sentou de uma forma nada graciosa. Na verdade, ela desabou de volta na poltrona.

— Henrik! — Caroline deu um tapa no braço dele. — Acho que sua mãe está tendo um mal súbito.

Ele olhava fascinado para a mãe. Não lembrava de tê-la visto ter uma reação tão dramática, e olha que ele deu muitos motivos para tirá-la do sério. Porém, antes que Henrik conseguisse alcançá-la, a marquesa viúva agarrou a bengala e bateu no chão, lançando um olhar afiado para os dois.

— Como vamos esconder mais esse escândalo?

330 LUCY VARGAS

CAPÍTULO 32

Meses depois...

Quando retornou a Crownhill Park, Ethan foi recepcionado pelos seus empregados como se tivesse chegado de uma batalha pela sua vida. A cozinheira estava com o rosto banhado de lágrimas. Botson, o mordomo, estava com as mãos coladas como se tivesse rezado tanto que não conseguia mais soltá-las.

O único que estava pronto para mandar os companheiros tomarem chás calmantes era Dudley, o valete, pois ele se recusou a deixar o conde sem assistência por tanto tempo. Quando Eric avisou que precisaria da bagagem de Ethan para seu tempo em recuperação na Cornualha, Dudley se incluiu nas malas. E ele foi muito leal em cada fase que Ethan passou para poder retornar bem.

— Meu querido Ethan! — Tia Maggie estava tão emocionada que sequer o chamou pelo título, provavelmente algo inédito. Ele jurava nunca mais tê-la escutado falar seu nome de batismo desde que completara cinco anos.

— Estou tão feliz de vê-lo em boa saúde, meu sobrinho. Olha como está corado. — Tia Tita permitiu-se um abraço breve.

— É bom que tenham aceitado permanecer aqui. — Ele segurou uma mão de cada tia.

— E para onde pensou que iríamos? Ainda mais em sua ausência — alegou Maggie e depois riu com Tita, como se o sobrinho continuasse ingênuo.

As tias se mudaram para Crownhill durante o tempo que ele ficou em reabilitação e cuidaram da administração. O Sr. Elliott também tomou a liberdade de ficar, e só deixava a propriedade por alguns dias no mês. Os três uniram forças para manter os assuntos do conde em dia. Seus amigos também foram imprescindíveis, eram confiáveis e honestos, e resolveram questões financeiras para ele quando estiveram em Londres. Assim que melhorou, Ethan voltou a administrar sua correspondência.

Dessa forma, quando entrou em casa, o lugar estava bem-cuidado, arejado e ele tinha não só seus assuntos jurídicos, administrativos e financeiros em dia, como um círculo de amigos valiosos.

— Senti saudade de Devon. A Cornualha não é longe, mas é diferente — comentou Ethan, ao parar na janela da sala de estar do térreo e admirar a vista: o rio refletia o sol, as pequenas embarcações deslizavam lentamente e sua casa de barcos e os campos e colinas verdes ladeavam a água como uma pintura.

As tias andavam atrás dele, reparando em cada detalhe. Em suas roupas de viagem que, mesmo após as horas na carruagem, estavam ótimas, por mérito do ótimo trabalho de Dudley. Em seu cabelo escuro e cheio, que não estava sem corte, mas também não estava mais tão curto. Sua barba estava feita; era para isso que tinha um valete hábil. E recuperou o peso que perdeu meses atrás.

Elas não viram nenhum machucado, arroxeado ou marcas novas em suas mãos. Até as cicatrizes antigas que ele arrumou naquele período terrivelmente descontrolado estavam imperceptíveis de longe.

— As senhoras podem vir me observar de perto, se preferirem. Contudo, se forem me cheirar, acho melhor esperarem que eu me lave, pois estive na estrada por longas horas.

Ethan se virou e olhou para as duas, mas elas sorriram, pegas no flagra.

— Vamos comer juntos. Sentimos sua falta — convidou Tita. — Pode subir para se limpar e descansar depois.

Eles compartilharam um jantar ao pôr do sol e se demoraram à mesa. As duas tinham tanto para dizer e perguntar, e fazia tempo que Ethan não lhes dedicava tanta atenção. De fato, desde o final da temporada de Londres, e foi quando elas notaram que as coisas estavam desabando.

Pela manhã, Ethan levou Sharpie para um de seus passeios preferidos e que os dois não compartilhavam há meses. Ele contornou a colina e atravessou para a propriedade dos Preston. Além de passar pelas terras deles, cortar o bosque do marquês e ir por perto do rio para matar a saudade, ele iria bater lá e dizer que estava de volta. Teria de fazer visitas aos vizinhos. Por que não começar com eles?

A chance de ver Lydia era... baixa. Ninguém quis lhe falar sobre ela. Seus amigos mandaram cartas curtas, cheias de voltas ou evitando deliberadamente tocar no nome dela. E nem ela lhe contou nada. Tudo que sabia era que ela não foi vista na temporada. O paradeiro dele também se tornou uma incógnita. Apenas seus amigos mais próximos e suas tias sabiam a verdade.

A sociedade pensava que ele havia sumido em luto e dor por ter perdido a esposa e o herdeiro. Uma fofoca terrível se espalhou sobre os Crompton cortarem relações com os Baillie. E corria o boato por Devon de que não houve um enterro em Crownhill. Não enterraram a condessa onde estavam as outras condessas da família. A comunidade estava intrigada. Por meses, não se falou de outra coisa na saída da igreja e nos festivais locais: a tragédia com o conde de Greenwood e a morte de seu filho e esposa.

Ele nunca mais foi visto. E isso, depois daquele período em que esteve tão volátil. Assim que a notícia de seu retorno corresse, o burburinho sobre ele voltaria e novas teorias emergiriam.

Ao contornar a bela mansão campestre dos Preston, Ethan acenou para a governanta, que ficou paralisada ao vê-lo. Talvez não o tivesse reconhecido, mas ela o via ali há tantos anos. Ele parou, e um cavalariço se aproximou para receber o cavalo, caso a visita fosse ficar.

— Sabe se o marquês se encontra na casa?

— Eu o vi partir em seu faetonte na direção da vila, levando o pequeno lorde — comentou o garoto, referindo-se a Aaron.

Ele ia deixar um recado. Só que, de onde estava, era impossível não ver a expansão do jardim, com os bancos e as sebes. E o cabelo dourado. Só uma pessoa naquela casa tinha aquele cabelo. Ethan pensou em ir embora. De verdade, o pensamento passou pela mente dele como um raio. Só piscou e morreu, porque ele desmontou e deixou sua montaria com o cavalariço. Enfiou as luvas nos bolsos, tirou o chapéu e passou a mão pelo cabelo escuro, esperando não estar muito desarrumado.

Não faria diferença, só não queria se apresentar mal. Ele desceu pelo jardim e foi se aproximando. Ela estava sentada na sombra e sorria sozinha. Ao menos, Ethan pensou que estava sozinha. Só ao chegar mais perto foi que ele viu que ela estava segurando um bebê. As pernas dele falharam. Não deu tempo de ela e aquele seu noivo já terem...

Lydia o viu parado a poucos passos, e sua primeira reação foi apertar o bebê contra o peito. Só que a criança odiou a mudança súbita e reclamou. O som acordou os dois. Ethan voltou a se mover, e ela levantou a criança, antes que chorasse.

Ethan sabia o que o esperava e já devia estar preparado. Porém, ficou desesperado do mesmo jeito. Seus amigos não queriam falar dela, porque foi embora morar com Lorde Emerson. Talvez aquele desgraçado bem-intencionado e com mãos firmes, que sabia costurar gente, estivesse por ali. Ele só odiava o homem por inveja. Não havia nenhum outro motivo. Sem os seus sentimentos por Lydia entre eles, Ethan e ele poderiam ser amigos.

— Você retornou — disse ela, surpresa.

Ethan sentou perto dela, olhou para seu rosto e depois para o bebê. De perto, parecia se tratar de uma menina e tinha o cabelo dourado como o dela.

— Ontem, ao entardecer.

— Fico contente. — Ela segurou a menina, que emitiu alguns sons. Era um bebê bem pequeno e rechonchudo.

Ethan não fazia ideia de como calcular os meses de um bebê só de olhar para um, mas aquele com certeza estava no mundo há pouco tempo. E era adorável, envolvida em uma roupa branca e com pezinhos minúsculos que Lydia escondeu ao ajeitar sua manta.

— De verdade, é bom vê-lo de volta. — Ela ficou olhando-o, com aquela menininha loira no colo.

Ethan estava tão embasbacado que não sabia nem por onde começar a dizer tudo que precisava.

— Estou sóbrio há alguns meses. Resolvi permanecer para uma estadia longa. É um bom lugar, conheci ótimas pessoas. E tive certeza de que conseguiria me manter assim, voltar a me sentir mais comigo mesmo.

Ela sorriu enquanto o observava; achava que ele estava perfeito. Com as bochechas coradas, o rosto cheio novamente, o cabelo escuro brilhando sob a luz diurna. Seu típico cenho franzido com as sobrancelhas marcantes e tão escuras quanto o cabelo. Ela nem sabia como a pequena Marian foi nascer com o cabelo tão claro quanto o dela.

— Você me deixa muito feliz com essa notícia. Foi o que mais desejei que lhe acontecesse.

Houve outra pausa em que ela olhou o bebê, e Ethan continuou só respirando e admirando as duas. Não conseguiria fazer mais nada nesse instante.

— Eu não queria que me visse em meu pior estado. Tive uma recaída da qual não me orgulho. E você esteve lá. Eu não suportaria, temo que perderia qualquer respeito ou sentimento terno que ainda restasse — contou ele.

— Não, Ethan, isso não teria acontecido. — Ela virou a bebê, apoiando-a para carregá-la. — Tenho de alimentá-la. Vou levá-la para a minha mãe.

Lydia se levantou e foi voltando pelo jardim com o pequeno bebê acalentado em seus braços. Ethan a seguiu lentamente, um passo atrás.

— Você foi minha primeira visita. Se ainda estiver aqui, posso retornar?

Ela parou no topo do jardim e se virou, mantendo uma mão sobre a cabeça do bebê.

— Em breve? — indagou.

— Apesar de você odiar admitir, moro muito perto daqui — lembrou ele, enquanto girava o chapéu nas mãos.

Ela hesitou, e ele, ainda ansioso, não conseguiu aguardar em silêncio.

— A marquesa passa bem?

— Minha mãe?

— Sim, eu estava aqui da outra vez. Desejo muito que ela esteja em ótima saúde. — Ele desviou o olhar dela para o bebê em seu colo.

Lydia entendeu o que ele estava perguntando. No outro parto de Caroline, Ethan foi buscar a parteira para ajudar, justamente por ser muito rápido.

— Ela passa muito bem. Mas está tarde, prometi devolver o bebê logo. — Lydia voltou a andar.

— E qual é o nome dela? — Ele deu mais alguns passos, assim não precisava elevar o tom.

Lydia hesitou, mas voltou a olhá-lo e respondeu:

— Marian.

— É muito bonito. Por favor, dê minhas felicitações aos seus pais.

— Sim...

— E você continuará em Bright Hall?

— Sim, é onde estarei.

— Então, até breve.

Quando deixou Bright Hall, Ethan não conseguia pensar em mais nada além de Lydia e seu bebê de cabelo dourado. Ele nem passeou mais para matar a saudade da paisagem. Esqueceu-se de ir à vila. Na verdade, esqueceu de tudo que tinha planejado fazer em seu primeiro dia de volta a Devon. Em vez disso, rumou para casa e interrogou as tias sobre o que elas sabiam a respeito de Lydia e a gravidez da marquesa de Bridington.

— Lady Caroline? Nossa! Mas então é uma benção. Ah, a pobrezinha sofreu tanto no parto anterior — comentou Eustatia.

— Eu não ouvi ninguém falar que o marquês e a marquesa tinham recebido um novo bebê. Tudo bem que eles já têm herdeiros e é mais uma menina, contudo, eles adoram todas as crianças. Não são esse tipo de gente. — Maggie franzia o cenho e tinha até parado de costurar.

— Se não fomos informadas, sequer podemos fazer uma visita. É um recém-nascido? — Eustatia estava surpresa.

Ele podia não saber calcular bem os meses de pequenos bebês ao olhá-los, mas a menina parecia já ter mais do que um mês, talvez dois. Ele só podia comparar com os últimos bebês que viu tão pequenos: Andrew e também Roderick, o filho de Bertha e Eric.

Em vez de encher as mentes das tias de possíveis fofocas sobre os Preston, o primeiro compromisso de sua segunda manhã em Devon foi na casa dos amigos. A começar por seu querido Lorde Pança, que lhe escreveu pelo menos três vezes ao mês durante sua ausência.

— É tão bom falar com você pessoalmente, meu amigo robusto! E vê-lo saudável outra vez. — Deeds o abraçou. — Não conseguiria levantá-lo ou apertá-lo nem se tivesse me exercitado todo esse tempo.

— Havia muito o que fazer lá, Deeds.

— Ah, trabalho braçal. Deus me socorra, vocês são todos muito estranhos. — Ele o convidou para a sala. — Venha! Venha! Há tanto tempo não me visita.

Os dois gastaram um tempo bebendo chocolate quente e colocando a conversa em dia. Ethan até aceitou os biscoitos açucarados que Pança lhe ofereceu, e riram de acontecimentos cômicos do grupo. Até que Ethan aproveitou a deixa para perguntar:

— E quando foi a última vez que esteve com Lydia?

— Agora que perguntou, faz algum tempo. Ela não esteve em Devon nesses meses, pensei até que... — Ele parou e bebeu um longo gole.

— Pensou o quê?

— Ora, homem. Acabou de voltar e Lydia é sua primeira preocupação?

— Sim. O que pensou?

— Pensei que ela estivesse com Emerson, é claro! — soltou ele e olhou para a xícara, vendo que precisaria servir mais chocolate e adoçá-lo para acalmar seus nervos.

Ethan, ao contrário dele, descansou sua xícara e pires suavemente e olhou para o amigo da forma mais inquisidora.

— E ela *não* estava com Emerson? Onde mais estaria?

Deeds olhou para o amigo como se ele estivesse um tanto confuso.

— Claro que não, isso seria um bocado escandaloso, não acha? Quero dizer... Claro que você acha. Porém, os dois não reataram o noivado. Continuam amigos próximos. Mas acredito que não irá ocorrer, pois ele...

— *Eles não se casaram?* — Ethan ficou de pé. Se não tivesse descansado a xícara, com certeza a porcelana teria voado pelos ares, tamanha foi sua brusquidão ao levantar.

Deeds olhou nervosamente para o delicado conjunto de louça na mesa, mais uns centímetros e seu amigo teria virado a bandeja com tudo em cima.

— Não. — Deeds achou melhor descansar a xícara também. — Acabaram não se casando. Porém, como eu disse, não sabemos bem as circunstâncias. É Lydia. Você a conhece. E Emerson também não fica atrás em sua excentricidade. Eles ainda podem...

— Eles *não* vão reatar! Nem por cima do meu cadáver! — Ethan saiu a passos largos, e Deeds viu que era melhor se apressar e ir atrás.

Ainda bem que Pança foi junto, pois a próxima visita de Ethan foi Janet. E fazia tempo que Deeds queria uma desculpa para vê-la. Pois bem, seu amigo estava de volta a Devon há dois dias e já estava desarrumando tudo. Ou arrumando.

— É adorável vê-lo bem! Deixou meu dia tão feliz, Murro! — Janet o abraçou brevemente na privacidade do jardim de inverno. — É bom vê-lo também, Remy. Há dias não tenho notícias suas, fiquei preocupada. — Ela ofereceu a mão a Deeds.

Os três sentaram. Ethan não queria tomar chá, porém, aceitou limonada. Deeds experimentou os bolinhos e ficou como um tolo admirando Janet. Com ela, Ethan era sempre suave e também tinha acesso a outros assuntos e acontecimentos.

— Eu vi Lydia ontem — disse ele, logo depois de contar sobre seu período fora.

— É mesmo? — Ela desviou o olhar.

Ele notou que ela estava escondendo algo.

— Acredito que também esteve com ela recentemente — continuou ele.

— Sim, há pouco tempo. — Janet pegou a colher e mexeu suavemente seu chá.

— Porém, antes disso, ela esteve fora de Devon. Deeds me contou.

Janet não ia desmentir Pança, nem mentir. De fato, ela também passou alguns meses sem encontrar Lydia pessoalmente, mas diversas cartas foram trocadas entre elas nesse período.

— Fiquei bastante abalado ao saber que ela não estava na companhia de Emerson — confessou Ethan.

— Abalado? — indagou Janet, já começando a se compadecer.

— Diga-me, Janet, como amiga dela, acredita que posso ter retomado minha dignidade o suficiente para pleitear um lugar em sua vida?

— Ah, Ethan, pare com isso. — Ela descansou a xícara, se inclinou e cobriu a mão dele. — Todos passamos por períodos difíceis na vida, cada um à sua maneira. Olhe só para você, retornou para casa, para nós. E permita-me dizer que está melhor do que nunca. Todos o adoramos tanto e sentimos sua falta.

Ele cobriu a mão dela e agradeceu o apoio. Janet sempre foi tão amável. Apreciava sua amizade e podia entender por que Deeds continuava com aquele amor platônico, apesar de assegurar que estava conversando e passeando com outras moças. Nesse momento, ele tinha esquecido o doce e a olhava como um completo tolo. Ethan entendia o sentimento. Se alguém olhasse para ele perto de Lydia, provavelmente estaria pior.

— Acredito que Lydia não deixará Devon essa semana — concedeu ela, sendo leal à amiga e ajudando-o ao mesmo tempo. — Não precisa correr contra o tempo. Pode ir visitar um de seus melhores amigos, mesmo que ele tenha ido vê-lo algumas vezes nesse período. Acredito que precisará desses aliados na sua árdua missão.

Ele tinha certeza de que ela estava falando de Eric. Graham e ele o visitaram, mas ele foi mais vezes. Era como o informante de todos, e a visita que Ethan podia esperar de tempo em tempo. O problema de ir visitar Eric era sua esposa. Adorava Bertha, mas ela era como a irmã mais velha de Lydia e dificilmente ficaria do lado dele se, por acaso, o maior devaneio que ele teve nesse último dia fosse verdade.

340 LUCY VARGAS

CAPÍTULO 33

No primeiro horário aceitável para visitas matinais, Ethan apareceu em Sunbury Park, o grande chalé de frente para o lago onde Eric morava com Bertha e seus dois filhos, Sophia e Roderick. Sharpie mal tinha chegado à frente das portas, e Eric apareceu do lado de fora, como se o estivesse esperando. Cumprimentos não foram necessários, pois o Diabo Loiro foi logo dizendo:

— Eu sabia que você ia aparecer aqui.

— Para visitá-lo, é claro. — Ethan desmontou. Era verdade, o amigo teria sido sua segunda visita se não tivesse encontrado Lydia e perdido o rumo.

— Não precisa me agradar. Deeds me enviou um bilhete. Eu já sei que viu Lydia.

Dito isso, Ethan não precisou mais de delongas.

— Você sabe a verdade! — declarou.

Eric olhou por cima do ombro, para ver se Bertha estava por perto, então se aproximou do amigo e falou mais baixo:

— Eu só continuo lhe dirigindo a palavra em honra a nossa amizade e por achar que veio aqui corrigir isso.

— Eu sabia que isso não estava certo! — Ethan fechou a mão em punho e a moveu no ar, com o que achou ser um grande delírio virando verdade em um minuto.

— É muito mais do que isso, seu tolo!

— Eu não acredito que ela...

Depois que a verdade se infiltrou em sua mente, ele estava chocado e um tanto apavorado. Dezenas de teorias e possibilidades começaram a rodar e ele se viu até tonto.

— É Lydia. O que esperava? Ela jamais o procuraria. Ainda mais naquele momento e situação. Você tem sorte. Se ela estivesse com Rowan, você jamais poderia resolver isso.

Isso foi uma das possibilidades que rodou na mente dele naquele segundo, e sua pressão tinha ido parar no pé. Se eles tivessem se casado, Rowan assumiria sua filha exatamente como Ethan fez com o pequeno Andrew. E não haveria nada que ele pudesse fazer para reverter. Teria perdido as duas.

— Meu Deus, o que... e ela é minha! O nome dela é Marian e... eu vou até lá! — decidiu Ethan.

Eric não conseguiu não achar graça do tamanho do assombro e desespero do amigo.

— Vou com você — decidiu.

— Mesmo desapontado?

— Os dois são doidos. No estado em que estava, não deve ter se lembrado dessa pequena possibilidade, não é? Seu grandessíssimo idiota. E ela é a única mulher que eu conheço que teria a coragem de desistir de um ótimo casamento, além de esconder isso. Porém, vou mais para impedir o marquês de matá-lo. — Ele abriu um sorriso no final.

No entanto, quando deram a volta para pegar uma montaria para Eric, encontraram ninguém menos do que Lady Bourne.

— Você! — Bertha apontou para Ethan. — Como ousa vir aqui antes de consertar tudo? — vociferou ela.

Sem que ninguém pudesse impedi-la, Bertha foi até ele e o estapeou. Ethan fechou os olhos pela ardência e recobrou o discernimento. A notícia o tinha deixado perturbado. Ele a olhou e disse:

— Madame, eu apreciaria a ajuda.

— Ela não vai lhe aceitar só porque carregou o seu bebê no ventre. E ninguém vai obrigá-la. Nós guardamos segredos muito bem nessa família. Acredite, esse não é nem de perto o mais grave — declarou ela.

Ethan acreditava nela, porém, também tinha recuperado boa parte de sua confiança e esperança.

— Acha que ela ainda pode ter sentimentos por mim? — indagou ele.

Era tudo que lhe importava, não queria obrigá-la a nada. Tinham de resolver o destino da filha que produziram juntos, contudo, ela podia ter feito isso sem a ajuda dele. Seu amor havia amadurecido no tempo que ficou longe, não arrefeceu um centímetro. Ele voltou para Devon, imaginando como encararia esse desafio, pois, uma hora ou outra, teria de ver Lydia, e tudo poderia cair por terra no instante em que colocasse os olhos nela.

Em dois dias, seu desafio tinha mudado completamente. Era um misto de angústia, felicidade e medo.

— Se você tiver sorte — arrematou ela e empinou o nariz, voltando a entrar na casa. É claro que Bertha não ia ceder um centímetro. Ela não era amável como Janet, era bastante difícil.

Ethan olhou para Eric, que apenas deu de ombros e retomou o caminho para os estábulos. Só que Bertha não tinha entrado para deixá-los por conta própria, ela foi buscar seus pertences. E já voltou com chapéu, a bolsa e Sophia correndo em seus calcanhares, pedindo para ir junto.

— Vamos de carruagem. E se tivermos de carregá-lo desacordado? Certamente não espera que o façamos num cavalo. — Bertha abriu as mãos com as palmas para cima, como se dissesse o óbvio.

Em Bright Hall, Ethan avistou Lydia do lado de fora, só que, dessa vez, sem o bebê. Ela estava retornando com uma cesta de flores e usava um chapéu de aba larga para se proteger do sol. Ele fez um sinal para a carruagem continuar e virou o cavalo, indo ao encontro dela. Assim que o viu, ela pausou por um segundo, mas continuou em direção à casa.

Ethan até diminuiu o passo de Sharpie enquanto repetia mentalmente um mantra para calmaria e suavidade. Não podia agir como um tolo afobado. Era melhor não mostrar tão rápido o quanto já sabia. Ele desmontou e puxou Sharpie pelas rédeas.

Peteca correu e ficou latindo, rodando em volta dos pés dele.

— Você ainda lembra de mim, garoto? — Ethan se abaixou e estendeu a mão para o cachorro.

Depois de cheirá-lo, ele abanou o rabo e pulou, fazendo festa. Como continuava tão pequeno quanto um filhote, quando Ethan o pegava no colo, parecia menor ainda.

— Você não cresceu absolutamente nada, nem para os lados — brincou, acariciando o corpo peludo do pequeno bicho.

— É impossível que ele engorde, ainda mais aqui no campo. Quando não está atrás de mim, está perseguindo as crianças. — Ela olhou para o cachorro, achando-o um traidor.

Ethan depositou Peteca no chão e voltou a pegar as rédeas de Sharpie, acompanhando Lydia. O cachorro seguiu passando entre eles e por baixo da égua; não tinha medo dos animais grandes, estava acostumado.

— Eu soube que vai permanecer aqui com sua família por mais tempo — disse ele, arriscando-se na arte da sutileza.

— Sim. Por algum tempo... — resumiu ela.

— Soube também que não voltou a aceitar pretendentes — continuou ele. Depois da introdução, jogou a sutileza no chão e passou por cima.

A única reação dela foi fechar a expressão. Notou logo que ele esteve ocupado conversando com os amigos em comum.

— Estive muito ocupada durante esse tempo com eventos mais importantes do que pretendentes. — Ela andou mais rápido.

Eles alcançaram as proximidades da casa e um cavalariço foi se aproximando para receber Sharpie. Lydia mudou a cesta de mão e desconversou:

— Agora que voltou, por acaso precisará de auxílio? Reconsiderei a função de casamenteira, e viúvos jovens e ricos costumam receber ainda mais atenção. São considerados mais estáveis e confiáveis do que solteirões. — Ela o olhou, agarrando-se à cesta de ervas e flores.

Ethan umedeceu os lábios e manteve o olhar nela.

— Lydia...

Ela notou seu tom e aquele olhar tomado por mais sentimentos do que jamais poderia defrontar.

— Preciso ir. — Ela se virou rapidamente, seguindo para a porta traseira da casa.

— Eu não quero ajuda para me casar com qualquer outra mulher — esclareceu ele, seguindo-a.

Lydia parou antes de alcançar a porta, e a cesta tremeu em sua mão.

— Sempre foi você. *Sempre.* Lutar contra isso foi uma ilusão. A verdade é que eu estava te esperando. Era o que eu teria feito se o destino não interferido. Eu te esperaria por quanto tempo você precisasse. E vou esperar agora. Não posso te perder... Não vou perdê-la outra vez.

A cesta caiu e ela se abaixou rápido, recuperando as flores que pularam com o baque, mas ainda deixou algumas. Os dois entraram na casa, Lydia deixou a cesta na mesa do cômodo de serviço, pendurou seu avental e seguiu para o interior, sem respondê-lo, mas sabendo que ele estava logo atrás. Quando alcançaram o corredor principal, ela viu Bertha aguardando na entrada da sala de estar principal.

— Não acredito que contaram a ele — acusou ela.

— Não dissemos nada. Ele investigou. — Bertha revirou os olhos. — O homem pode ser tolo, mas não é burro, Lydia.

— Não o esperava agora. — Ela saiu, dizendo ter deixado Marian no seu quarto, mas era só uma desculpa para ter alguns minutos sozinha.

Antes que Ethan pudesse se defender, Henrik saiu do escritório, parou junto às visitas e perguntou:

— Mas que altercação é essa tão cedo?

— É ele, titio! O pai. — Bertha apontou para Ethan e depois cruzou os braços, nem um pouco arrependida. Pela primeira vez, ela que iria causar a explosão do inferno dentro da casa dos Preston.

— Milorde, acredito que... — Ethan disse rápido, mas foi pego desprevenido.

— Eu sabia! Seu salafrário! Até que enfim apareceu! — vociferou Henrik.

O marquês acertou um murro no rosto do pai da criança. Ethan tinha o apelido, mas Henrik sabia dar um belo soco. Não satisfeito, ele o agarrou pela frente do paletó de montaria antes que pudesse se levantar.

— Eu devia matá-lo!

Por um segundo, pareceu que o marquês desistiu da ideia, pois largou

Ethan e se afastou rapidamente. Só que ele voltou com uma pistola. O Sr. Roberts, o mordomo, empurrou a arrumadeira e pediu com urgência:

— Vá buscar a marquesa!

— Eu queria tê-lo matado há meses! — alegou Henrik.

Eric entrou correndo e foi para o meio da sala.

— O que lhe deu para entrar aqui sozinho, homem? — perguntou ele, alternando o olhar entre o amigo e o marquês.

— Asseguro que a situação não é como parece, milorde. — Ethan pensou em se levantar, mas a pistola estava apontada para ele. Se fosse outra pessoa, talvez não levasse tão a sério, mas o marquês era capaz de tamanha loucura.

— E como ela deve parecer para mim? — indagou Henrik.

— Sei que todo mau caráter diz isso, porém, eu não sabia. É claro que não me exime de...

Henrik engatilhou a pistola. Na opinião dele, não estava eximindo ninguém de nada. Caroline entrou correndo atrás da arrumadeira que foi buscá-la.

— Henrik! Saia de cima desse rapaz! — Ela se aproximou para olhar o rosto da vítima. — Você não pode matá-lo, está proibido.

— Então posso pelo menos arrancar os olhos — opinou o marido.

— Solte-o já. — Ela colocou as mãos na cintura e esperou Henrik se afastar das pernas de Ethan.

— Então passe-me a faca que vou cortar suas coisas. Ao menos ele produzirá apenas um filho.

— Ele não é um porco de sua fazenda, Henrik. Além disso, vai sujar o meu tapete. Sabe que não gosto de manchas no tapete.

Bertha continuava observando como se já tivesse visto situações parecidas. Eric não parecia preocupado. Pelo jeito, seu tempo na família já o habituara. Ethan ainda estava imaginando que tipo de família era aquela, mas aproveitou para se levantar e ajeitar a roupa.

Lydia voltou ao cômodo e atrás dela estavam seus irmãos e Sophia, assim como a babá, para quem ela entregou o bebê antes de se aproximar ao ver o pai com a pistola e a mãe com as mãos na cintura. O que poderia ter acontecido nos dois minutos que ela levou para retornar?

— Mãe? — Ela parou ao lado deles.

— Não se preocupe, eu já o proibi de matá-lo — explicou Caroline.

Lydia deu a volta e parou ao lado do pai.

— Papai... eu... ainda tenho apreço por ele. Até o deixaria matá-lo em outras circunstâncias, mas não é o caso.

Henrik lançou um olhar mal-humorado para Ethan e guardou a pistola, afastando-se e parando ao lado de Caroline. Ela aproveitou e lhe deu um tapinha no braço, murmurando:

— Não seja malcomportado.

Sophia viu aquilo e achou interessante, aproveitou que Aaron estava parado ao seu lado e também deu um tapa no seu braço. Só que ela não soube dosar a força e saiu um estalo, mesmo sobre a roupa dele.

— Ai! — reclamou ele, esfregando o local.

— É para que não seja malcomportado — informou ela, enquanto ele estreitava o olhar.

Ethan foi para perto de Lydia e, apesar de sua pose educada, com as mãos para trás, mantinha o olhar nela enquanto aguardava. Ela alternava o olhar entre ele e o grande quadro na parede direita da sala.

— Vamos fazer uma refeição diurna ao ar livre. Está um dia lindo — convidou Caroline, então se virou e olhou para os dois. — Vocês têm liberdade de usar a sala amarela.

Lydia seguiu na direção da sala particular da marquesa que ficava na parte frontal da casa. Antes de chegar à sala, Lydia assentiu para Bertha ao diminuir o passo, confirmando o que faria. A amiga balançou a cabeça em resposta. Lydia fez uma expressão cômica. Bertha apenas cruzou os braços e semicerrou os olhos, como se estivesse lhe mandando ter juízo. Lydia prensou os lábios em um sorriso e desapareceu no corredor.

Enquanto isso, Eric sussurrou para o amigo antes que ele saísse:

— Não abra muito a guarda, elas são impossíveis. Negocie — aconselhou, com alguma autoridade depois de ser o primeiro do grupo a se casar e conseguia se entender bem com Bertha.

Ao entrar na sala amarela, Lydia foi até a última janela e parou, seu olhar se fixou na paisagem verde, nos caminhos ladeados por pedras e no bosque. Ethan não demorou nem um minuto. Fechou a porta e a admirou de longe. Como o silêncio perdurou, ela finalmente se virou e foi quando ele chegou perto.

— Lydia, eu não quero saber por que escondeu de mim. — Pausou. — Na verdade, eu quero. Porém, não é o que me importa agora. Precisamos consertar o que fizemos.

— Não há exatamente um conserto.

— Não estou falando do bebê. Nossa filha. Vou me referir a ela dessa forma a partir de agora.

Lydia juntou as mãos, esfregou os dedos e permaneceu olhando-o. Ele acompanhou o movimento. Ela fazia isso quando queria esconder a tensão.

— É claro que, depois do incidente na sala, eu sei de tudo que é possível saber sem que você me conte.

Ela desviou o olhar, muito quieta para o seu normal. Se considerava o caso dele, Ethan estava pronto para continuar falando. Podia não ser sua melhor defesa nem o mais hábil plano, mas era o que se passava de mais real em seu íntimo.

— Tudo isso não deve ter sido fácil, mesmo com uma família incrível e amigos tão dispostos. Eu jamais vi tanto apoio e lealdade.

— Não foi — admitiu ela. — Tomei as decisões que podia pelos envolvidos.

— Eu parti porque precisava me recuperar e voltar a ser um homem estável. Sentia que havia perdido meu respeito e não era nada digno para lhe fazer uma proposta. Você é a mulher mais impressionante que já conheci. E ter tido uma filha sem precisar de mim só demonstra minha insignificância.

— Você jamais foi ou seria insignificante, Ethan. Mesmo quando queria acertá-lo com uma bandeja, ainda o achava incrível. Eu precisei de você. Apenas não... — Ela balançou a cabeça. — Não era o momento ou a situação certa.

— Não tenho certeza se já me considero o suficiente para lhe dizer o que preciso. Mas quero que saiba que eu a apoiaria de toda forma e que minha lealdade é jurada até a morte. Eu teria voltado, Lydia. Não importa onde estivesse.

— Acredito em você — assegurou ela, encarando-o. — Você passou por momentos ruins, porém, sempre foi correto.

Ethan se moveu, soltando a tensão dos ombros, ansioso com os rumos da conversa.

— Não sou correto, Lydia! — Ele pegou suas mãos e apertou entre as suas. — Eu quero você e a nossa filha! É tudo que mais preciso. Nada do que aconteceu nesse intervalo de tempo me importa se puder ter o que mais necessito agora: as duas.

Lydia soltou as mãos porque as apertou junto ao peito e se virou para a janela. Ela costumava tomar suas decisões mais sérias quando tinha visão ampla. Ethan parou ao lado dela na janela e olhou a mesma paisagem, os jardins frontais, o campo, a estrada principal e o bosque de Bright Hall como ponto principal.

Ele escutou um som baixo que nunca ouvira vindo dela, então achou ter ouvido um soluço. Subitamente, Lydia irrompeu em um choro. Ethan estava tão chocado que deu um pulo no lugar enquanto tateava em busca de um lenço.

— Lydia... Lydia... por favor, não faça assim... — Ele tentou secá-la.

Não eram poucas lágrimas, era um choro nervoso, como um rio arrebentando comportas velhas. Lydia cobriu o rosto e o deixou nervoso, enquanto via seus ombros se balançando. Ethan desistiu de todas as pequenas contenções e só a abraçou. Pouco depois, ela deixou de esconder o rosto nas palmas e o escondeu no tecido grosso do paletó de montaria que ele usava, bem no seu ombro.

— Está chorando porque eu a decepcionei tão profundamente que não suportou o pedido ou porque... era algo que queria ouvir? — A última parte da frase não saiu com a confiança habitual.

Ela se afastou e assim pôde enfim olhá-lo, tomou o lenço e assoou o nariz, tendo certeza de que estava limpa e em condições de falar.

— Estou chorando porque quero lhe dizer sim! E nunca tinha experimentado essa emoção. É a primeira vez que não sinto medo de imaginar toda a minha vida ao lado de um homem. Apenas por ser você, Ethan.

As mãos dele tremeram ao segurar os braços dela, mas estava certo do que escutara, não costumava precisar que repetissem. Ethan a segurou no lugar e a beijou. Pretendia que fosse rápido, mas assim que seus lábios se tocaram, ele sentiu o quanto esteve desesperado por esse momento. Passou o braço por trás do pescoço dela e continuou beijando-a, como se nada mais houvesse. Só parou para ter certeza de que não seria mais uma despedida.

— Aceite-me. Eu devia ter lhe pedido isso há muito tempo. Voltei para fazê-lo. Rezei para que não fosse tarde demais e a tivesse perdido para outro. Achei que poderia convencê-la lentamente, mas não temos esse tempo.

— Vou me casar com você — anunciou.

Ele se surpreendeu, esperava um "sim", contudo, a determinação com que ela disse a curta frase era típica dela.

— Não quero que Marian seja criada como minha irmã. Ela é minha e a amo como tal. Você disse que quer nós duas — continuou ela.

— E como poderia não querer? Desde que a vi novamente e notei o pequeno embrulho em seus braços e aquela ideia insana tomou minha mente, não há mais nada em que eu consiga pensar além de levar ambas comigo.

Lydia sorriu e seus dedos apertaram o tecido do paletó dele, sem ela nem perceber. Então sentiu algo espetar sua mão e franziu o cenho, mas voltou a olhá-lo.

— Eu sei que a amariam do jeito que me amaram, mas quero criar nossa filha conosco.

— Precisamos de um plano — decidiu ele.

Lydia pensou por um momento.

— Nós vamos nos casar e partir. Quando retornarmos, teremos um bebê. Ninguém sabe sua idade e, dessa vez, o boato de termos nos apressado será para o nosso bem. Ela ainda é tão pequena.

— Sim, ela é. — Ele sorriu.

Lydia soltou um breve riso nervoso.

— Ela é bem pequenina. — Ela levou a mão ao canto do olho e secou, pois os sentimentos haviam levado a melhor.

— Será que podemos ser apresentados agora? Eu quero conhecê-la.

— Ela vai adorar ter um colo novo — concordou ela, mas abriu o primeiro botão do paletó dele.

Ethan sorriu e disse:

— Você me descobriu? Assim tão cedo?

Na parte interna do lado esquerdo, ela encontrou o broche de folha que deu a ele quando se despediram, meses atrás. Lydia ficou olhando-o, pois permanecia intacto, inclusive com o pouco de perfume no fundo da parte transparente.

— Eu o levo para onde vou, mas não o uso, tenho medo de perder, de quebrar, de acontecer qualquer acidente que me prive de olhar para ele e poder sentir o seu perfume. Mas, hoje, achei que a sua folha me traria sorte.

Ela ficou com um sorriso enquanto olhava para o broche, então fechou as lapelas, voltando a escondê-lo junto ao coração dele.

— É seu, guarde-o com você. — Lydia sorriu enquanto fechava o botão e descansava as mãos no peito dele. — Mas eu ainda uso o mesmo perfume, nos mesmos locais.

Ethan a abraçou e escondeu o rosto em seu pescoço. Sabia exatamente onde ir para sentir a mistura do perfume com a pele dela; era perfeito. Ele a beijou bem ali, enquanto Lydia o envolvia pela cintura e fechava os olhos, sem conseguir que o sorriso se apagasse de seu rosto.

352 LUCY VARGAS

CAPÍTULO 34

Enquanto os dois estavam conversando, os outros comeram do lado de fora. Marian ficou um pouco frustrada, e Caroline a pegou. Ela achava divertido ser uma nova avó quando seu filho caçula era pouco mais velho e ainda precisava de colo. Tinha certeza de que Benjamin e Marian cresceriam juntos.

Antes de Ethan retornar, eles não sabiam exatamente o que seria do futuro. Até o momento, estavam mantendo o bebê apenas para eles. A principal possibilidade era que ela crescesse como filha do marquês e da marquesa para evitar um escândalo e proporcionar mais opções ao futuro de Lydia e Marian naquela sociedade cruel da qual faziam parte. Contudo, a decisão era de Lydia.

Ethan lhe deu um enorme susto ao aparecer subitamente em Bright Hall naquele dia. Ela voltou para casa e encarou as consequências mais cedo do que esperava. E disse isso somente à mãe. Por isso, ao vê-los saindo juntos, a marquesa já esperava que tivessem chegado a um acerto. Ela torcia por um final feliz para eles.

— Agora me sinto como as conhecidas da sociedade que se casam logo que debutam e tem filhos rapidamente. Anos depois, são avós enquanto ainda estão tendo bebês. — Ela sorriu, distraindo a pequena Marian, enquanto Ben estava sentado no colo de Bertha e mordia um biscoito.

Lydia e Ethan aproximaram-se da mesa onde todos comiam e ela anunciou:

— Nós já temos um plano.

— E este começa com a parte do casamento? — Henrik estreitou o olhar para Ethan.

— Sim, milorde. O mais rápido que puder conseguir a licença especial — contou ele.

— Depois teremos de partir — contou Lydia e suspirou.

Henrik olhou para Caroline e deu para vê-la suspirar igualmente, sentindo a dor da separação próxima. Ela olhou para a neta, levantou-se e a entregou para Lydia.

— Sentiremos muita saudade de ambas. — Ela acariciou levemente as costas de Marian, que se agarrou à roupa da mãe assim que percebeu com quem estava.

— Logo estarei aqui perto — Lydia disse rápido, sentindo um aperto por deixar seus pais, seus irmãos e sua avó.

— Claro que estará — assegurou a mãe e deu um beijo em seu rosto. — Ele é nosso vizinho. Uma colina e alguns hectares não são nada, não é? — Ela lançou um olhar divertido para Ethan.

— Depois que cuidarmos da história de Marian, estaremos sempre juntos. Tem um atalho, nem precisam se dar ao trabalho de subir a colina baixinha para nos encontrar — prometeu Ethan. Ele estava ansioso para ser parte daquele grupo familiar, não ia mais ser apenas um visitante.

Lydia ainda estava com os grandes olhos verdes alternando entre seus familiares enquanto apertava Marian. Não tinha medo ou receio, tinha planos. Precisava que dessem certo. E o apoio que recebia — além de saber que onde fosse, sempre teria todos eles — só a encorajava.

— Nós sempre estaremos juntos. — Caroline assentiu para eles.

Então, Lydia olhou para o pai e só o chamou:

— Papai?

— Eu já fiz o meu papel, e ele fez o dele. Sempre simpatizei com esse maldito que eu desconfiava há anos que tinha chances de levá-la embora. Ao menos, ele mora perto.

Apesar do que disse, enquanto Lydia o olhava, sua expressão era suave, mas difícil de ler. A verdade era que, se ela estava feliz, ele também estava. Os dois tinham uma ligação tão profunda. Nunca esqueceriam como só tiveram um ao outro nos primeiros cinco anos da vida dela. Caroline veio e teve de partir, e ambos sofreram juntos até ela voltar de vez.

Era uma longa história como pai e filha. Apesar da presença da marquesa viúva, por anos, eles se resolveram como puderam. E agora sua filha ia embora.

Logo Henrik se acostumaria. Visitas serviam para isso. Os dois sabiam que a vida tinha de progredir. Do contrário, nunca seriam a família que eram agora. E como dizia Caroline, justamente a pessoa que trouxe felicidade e evolução para sua porta: eles sempre estariam juntos.

— Venham, comam antes de começar seu novo plano. — Caroline apontou para as cadeiras vazias. — Não precisa se preocupar. Ele jamais atira em membros da família.

Assim que Lydia estava ajeitada na cadeira com Marian, Ethan sentou-se ao seu lado, e ela fez o que prometeu.

— Ethan, esta é Marian. — Ela segurava o bebê para que pudesse vê-lo. — Marian, este é Ethan Crompton.

— Quando ela aprender a falar, pode ser pai ou papai. O que ela preferir. — Ele sorriu, finalmente podendo ver os detalhes do bebê de perto. — Acredito que vamos registrar seu nascimento quando retornarmos.

— Sim. É parte do plano. — Ela o olhou seriamente. — Mas ela sempre será uma Preston também.

— Preston Crompton. Uma ótima combinação — concordou ele.

Lydia moveu a filha e o olhou.

— Quando me trouxe Peteca, ele era uma coisinha pequena e frágil, e você o protegeu bem dentro de seu paletó. Portanto, acredito que não terá problema em manter um bebê seguro em seus braços.

Ethan riu da comparação dela, e Lydia lhe passou Marian. Ele a pegou cuidadosamente e manteve-a segura e de forma que ela pudesse ver a mãe. Marian permaneceu muito bem no colo do pai enquanto a mãe se ocupava com o lanche. Ethan não conseguia parar de sorrir, até se esqueceu de comer. Só lembrou quando Bertha — que já havia voltado a ser uma amiga amável — se ofereceu para segurar a criança para ele poder comer também.

Um dia depois, quando Deeds recebeu um bilhete pedindo para visitar Bright Hall, sabia que receberia notícias, porém, não imaginou o choque que o esperava. Ele foi introduzido na sala amarela, onde o mordomo já o deixou com biscoitinhos variados. Logo depois, Lydia entrou e abriu um grande sorriso.

— Pança! Quanto tempo. Senti tanto a sua falta!

Ela o surpreendeu com um breve abraço. Realmente, Preston mexia com seus sentimentos. Deeds pegou a mão dela, apertou e deu um beijo forte no dorso. Como se isso fosse externar, melhor do que palavras, a felicidade em vê-la.

— Também senti sua falta. Nenhum encontro é o mesmo sem você.

— Desculpe-me por desaparecer. Foi preciso. — Ela se sentou para que ele pudesse acompanhá-la.

— Por sua saúde, eu soube.

— De certa forma.

— Está bem agora? Parece muito saudável.

— Sim, estou ótima, e o chamei aqui não apenas para matar a saudade, mas também porque preciso de sua ajuda.

— Sabe que pode contar comigo — assegurou ele.

— Preciso que inicie um boato. Sobre mim.

— Perdão? — Deeds se inclinou para trás e franziu o cenho.

— Sim. Preciso que comece uma grande fofoca.

— Logo eu? Sabe que não sou disso, guardo os segredos dos amigos a sete chaves.

— Exato. Então, se você disser, não será mentira.

— Sim, pois eu jamais diria maledicências sobre você.

— Sei que você saberá dizer de forma proveitosa. Os outros é que espalharão de forma maliciosa o que ouviram.

Para acalmá-lo, ela abriu o pote de biscoitos açucarados e ofereceu. Logo a porta se abriu novamente, e um lacaio entrou com uma bandeja com um serviço fresco de chá, seguido por Bertha.

— Ah, Lady Bourne, que prazer encontrá-la aqui também. — Deeds ficou de pé para cumprimentá-la.

— Eu sabia que viria aqui hoje. Como não nos encontramos há algumas semanas, não quis perder a oportunidade de vê-lo. — Ela apertou as mãos dele afetuosamente.

— Levando em conta o que Lydia está me pedindo, não é surpresa que também esteja envolvida.

Bertha abriu um pote e revelou confeitos iguais aos do primeiro encontro deles em Londres, quando ele acabou engasgando e foi salvo por Eric. Deeds hesitou antes de pegar. Estavam novamente os três sozinhos em uma sala. Esperava que os confeitos redondos e traiçoeiros não o envergonhassem dessa vez.

— Ah, Deeds, só você pode nos ajudar nessa questão.

— Por que estamos sempre envolvidos em confusões? — Ele colocou um confeito na boca e mastigou cuidadosamente.

— É o nosso talento. — Sorriu Bertha.

— Afinal, que boato preciso produzir?

Lydia achou melhor não lhe dar a xícara cheia ainda, poderia acontecer um acidente.

— Preciso que espalhe que me casei tão subitamente porque estava escondendo uma gravidez avançada — informou Lydia.

— O quê? — reagiu ele, perdendo todo o traquejo social e soltando a pergunta em um gritinho estridente.

Incapaz de se conter, Deeds olhou para baixo, na direção da cintura dela, e voltou a olhar para seu rosto rapidamente.

— E está? Digo... digo... perdão pela indiscrição, mas...

— Não, não estou. — Ela riu da confusão dele, ao mesmo tempo que ele ficava mortificado por ter de perguntar algo tão íntimo a uma mulher.

— Então que diabos! — praguejou, perdendo a calma. — Não posso afirmar algo tão temerário sobre uma dama. Ainda mais uma de meu profundo apreço.

— Mas precisa. Por mim. E por alguém mais.

Ele estava distintamente confuso, mas se acalmou e aceitou a xícara de chá que Lydia preparou como ele gostava: bem adoçado e com creme.

— E por quem mais seria?

Ela trocou um olhar com Bertha. Agora que ele parecia mais calmo, podiam revelar o segredo. Antes que Lydia saísse, Ethan entrou na sala e sorriu ao ver que o amigo já chegara.

— Você! Não é surpresa encontrá-lo aqui também — disse Deeds, assim que o viu.

— Estou contente em encontrá-lo de novo, Jere — cumprimentou Ethan.

Lydia tocou a mão de Lorde Pança e falou suavemente:

— Confio em você, Deeds.

— Fico lisonjeado.

— E como disse, você é o maior baú de segredos do nosso grupo. Leal como o melhor amigo que alguém poderia ter.

— Assim ficarei encabulado. — Ele bebeu o que ainda restava em sua xícara.

Lydia se levantou e, quando passou por Ethan, os dedos de suas mãos se entrelaçaram rapidamente antes de ela sair. Bertha distraiu Lorde Pança com assuntos comuns do grupo deles. Então Lydia retornou e estava com um bebê no colo. Ela se aproximou e a apresentou.

— Essa é Marian.

Deeds ficou de pé e se inclinou um pouco para ver a criança.

— Ora, mas que coisinha mais adorável. — Ele sorriu. — E tem o cabelo dourado como o seu.

Ele se deteve nessa frase e arregalou os olhos. Depois, alternou o olhar entre o rosto de Marian e o de Lydia, e olhou para Ethan, que tinha se aproximado delas e sorria para a filha. Deeds se afastou lentamente e andou até a janela, longe o suficiente para não assustar o bebê, e soltou um pouco de seus nervos em frangalhos. Era isso que seus amigos lhe causavam.

— Será possível que vocês não se cansam de se envolver em escândalos? — Ele levou a mão ao peito, sobre o coração. — Não podiam esperar para produzir a criança depois do casamento?

Lydia passou a filha para Ethan, que a balançou levemente, mais confortável na relação que tinha começado a desenvolver com Marian. Era pouco tempo, mas estava aproveitando as oportunidades.

— Obviamente não foi planejado — disse Lydia.

— E você! Seu grandessíssimo canalha! Como pôde? E deixou chegar a esse estágio? Ai, eu não tenho coração para isso.

Deeds tornou a se sentar; dessa vez, na poltrona perto da janela. Bertha lhe levou outra xícara de chá com creme, e Lydia estendeu o pote com doces, o que sempre ajudava a acalmá-lo.

— Então, é por ela — concluiu Lydia.

— Eu vou arranjar alguém bem forte para dar um soco nessa sua cara e deixá-la bem menos atraente. — Deeds segurava um biscoito em formato de flor enquanto ameaçava Ethan, então o efeito não foi exatamente o esperado.

— O marquês já cuidou disso pessoalmente — informou Ethan, tendo sucesso em manter a seriedade.

— Bem-feito.

— Nós vamos nos casar, Deeds. A mentira é para salvaguardar nossa filha.

Deeds terminou o chá, descansou a xícara e ficou de pé.

— É claro que me tornarei um fofoqueiro temporário e espalharei pelos quatro cantos de Devon até Londres que Greenwood não tem um pingo de decência e a seduziu bem debaixo de nossos narizes. E você, uma rebelde, criada por essa sua família de selvagens, não teve medo algum das consequências de uma gravidez precoce. E agora tiveram de correr para a capela de Bright Hall antes que a barriga ficasse aparente. Apesar disso, estão profundamente apaixonados. Por isso não conseguiram esperar.

Ninguém comentou o fato de que a fofoca os pintava de forma não tão lisonjeira, mas era exatamente nisso que todos acreditariam.

— O que vocês me pedem que eu não faço? Além disso, vocês são a animação de minha vida — concluiu ele, com um olhar afetuoso que incluiu todos eles.

— E você é um amigo incomparável. — Lydia o abraçou, dessa vez mais demoradamente.

Deeds iniciou sua missão no dia seguinte, porque ele era um amigo leal e efetivo. É claro que contariam com a ajuda de outros membros do grupo, conforme o segredo fosse gradualmente passado entre eles, mas o principal ativo seria ele. E começou dizendo que não era surpresa que a primeira parada do conde de Greenwood fosse Bright Hall. Afinal, ele estava viúvo há mais de seis meses e precisava de um herdeiro.

E a filha mais velha dos Preston era uma encantadora herdeira, eles eram amigos de longa data... Além disso, boatos sobre o envolvimento dos dois já haviam corrido por Londres há um tempo, caso as pessoas tivessem esquecido. Daí em diante, era fácil introduzir o resto da fofoca. Aliado ao fato de o casamento ser anunciado através de licença especial.

E, sim, aconteceria em Bright Hall.

CAPÍTULO 35

Henrik acordou mais cedo do que vinha sendo o habitual, mas toda a casa começou antes do raiar do dia. Fazia anos que desaparecer pela manhã depois de só pegar um pão na cozinha não era mais seu comportamento padrão. Contudo, ele ainda podia ser visto bem cedo pelo campo. Nesse dia, antes que Caroline chegasse na sala matinal, ele já estava de volta com uma cesta de palha bem cheia.

— Papai, papai! Dê-me uma! — pediu Nicole ao vê-lo passar pelo corredor.

— Por que já está fora da cama. Quer fugir? — Ele sorriu, enquanto ela o seguia.

— Lydia vai se casar, pai! — Ela usou seu tom mais óbvio, como se ele pudesse esquecer.

— Talvez Lydia ainda esteja dormindo. Noivas costumam descansar para o seu dia especial — comentou ele. — Vá calçar seus chinelos, o chão está frio.

— Mas Marian já acordou, eu fui lá. Vou sentir falta dela. — Nicole fez um bico.

— Ela vai morar aqui perto. Poderá vê-la com frequência. Vai ser uma tia cuidadosa? Vai levá-la para brincar? Apresentará suas bonecas?

— Claro, papai. Vou cuidar dela. — Assentiu, levantando o queixo ao aceitar a missão. E logo depois abriu a mão, esperando seu presente.

Henrik lhe deu uma flor da cesta, e ela correu de volta para o quarto. Ele bateu nos aposentos da filha mais velha. Lydia já estava de pé. Noivas descansavam, mas também ficavam nervosas. Ela tinha seus motivos.

— O que é isso, pai? — Lydia ficou olhando quando ele entrou em seu quarto e depositou a cesta de flores sobre a mesa perto da janela da direita.

— Flores frescas, da nossa casa, para o seu buquê. Já cortei os caules. — Ele ajeitou um pouco. — Cresceram no lugar que amamos e que nos protegeu quando precisamos. Leve-as com você, para florescer a nova fase de sua vida.

— Ah, pai... — Ela sentiu os olhos arderem, levantou-se e o abraçou. Só começou a chorar quando escondeu o rosto em seu peito, o que para Henrik era um típico comportamento da filha. Ela soltava seus sentimentos onde se sentia segura. Era assim desde criança.

— Tudo bem, tudo bem. — Ele a abraçou e balançou um pouco, como sempre fazia. Agora, bem menos do que quando precisava confortar uma criança.

Lydia se afastou o suficiente para poder ver seu rosto e indagou:

— Não ficou decepcionado? Vivi fora da curva e agora tenho de fazer consertos pelo caminho.

— Você viveu pelas suas próprias curvas, Lydia. Tentar viver em linha reta é um esforço que só serve para agradar aos outros. Um dia, as pessoas vão compreender isso.

Ele a beijou na têmpora e colocou as mãos em seus braços, encarando-a.

— Não tenho com o que me decepcionar. Para onde decidir ir, vou apoiar. Se achar melhor recuar, estarei bem aqui. Apenas não desista de si mesma. Eu desisti por um tempo, e não fez bem a ninguém.

— Eu te amo, pai. Como nada mais. — Ela o beijou no rosto. — É claro que sentirei saudades, mas serei sua vizinha. Ainda terá de sair em aventuras comigo. Vamos cavalgar juntos, caçar e nadar! O rio que passa aqui no seu bosque também passa pela minha nova casa. Pode até ir me ver de barco!

— Eu irei, vamos navegar juntos. Teremos de fugir vez ou outra, caso a ideia seja uma aventura a dois — brincou ele.

Ela riu um pouco. É claro que seus irmãos os seguiriam e fariam de tudo para embarcar. E como ela pretendia criar Marian exatamente como foi criada pelo marquês e por sua mãe, logo sua filha também seria rebelde.

— Ethan me conquistou porque é tão sem controle e noção de apropriado quanto nós — confessou ela.

— As flores também são para reafirmar que gosto de vê-la com o maldito vizinho.

— Eu também o amo. É por isso que disse sim para ele.

— Fico mais tranquilo que tenha me dito isso antes que eu a leve até a capela. É minha missão me assegurar que você escolha ir para onde será amada. E sei que precisa de segurança para expor seus sentimentos. Se escolheu ir para o outro lado da colina, então eu gosto ainda mais desse tal de Lorde Murro. — Ele sorriu.

Lydia tinha contado ao pai que seu noivado anterior havia sido combinado em cima de amizade e confiança, mas não de amor, algo que o deixou preocupado com seu futuro a longo prazo. Mesmo assim, escolheu não a proibir de tomar sua decisão, até porque, naquela época, Ethan era uma opção inviável.

— Esse apelido foi seu! — Ela abriu um grande sorriso, emocionada.

Os dois riram juntos. O marquês tinha começado os apelidos, mas ela tinha dado continuidade e depois o grupo colaborou.

— Volto mais tarde para buscá-la — despediu-se.

— Finalmente nos reunimos aqui para um casamento! Demorou, mas esse dia chegou! — Keller ofereceu o braço para sua esposa, Alexandra, descer da carruagem, e seguiu junto com os amigos.

— Eu admito que perdi as esperanças, fiquei até triste. Não é, querida? — contou Lorde Latham, que andava lentamente para Angela, sua esposa grávida, não ter de se esforçar.

— Quase o ofereci para casar com Greenwood e acabar com seu sofrimento. — Ela olhou para cima e balançou a cabeça, causando risadas nos outros.

Lorde Glenfall chegou cedo, acompanhado do Sr. Sprout. Eles não queriam perder nenhum momento desse dia. E veja só, eles trouxeram um convidado especial de Londres: La Revie. Deu tempo de esperá-lo chegar a Devon, pois deixaram os boatos correrem por uns dias, depois anunciaram oficialmente a data do casamento, mesmo que os convites dos amigos já tivessem sido enviados.

Eloisa tinha chegado um dia antes com o Herói de Guerra, o filho e

Agatha, e estavam hospedados com os Preston. Agora, Eloisa tinha ainda mais motivos para visitá-los.

Assim como Eloisa teve tempo de chegar, também tiveram as Margaridas, praticamente as únicas convidadas de fora do grupo de Devon. Todos os outros eram amigos próximos. Aliás, eles enviaram um convite a uma pessoa que participou da história deles e sabiam que jamais diria nada, pelo contrário, era capaz de obrigar as pessoas a ficarem bem quietas. Só não sabiam se ela viria.

Contudo, na manhã do casamento, a luxuosa carruagem de Hayward parou em frente a Bright Hall, surpreendendo quando a duquesa desceu, bela como se tivesse acabado de ser vestida e penteada. De fato, ela tinha pernoitado ali perto e não passado a noite na estrada. A mulher era cheia de cartas na manga. Mas a questão é que Caroline e ela estreitaram laços depois daquele episódio em Londres.

A marquesa nunca teve muitas amigas, então gostou de adicionar mais alguém aos seus contatos. As duas mantinham uma amiga em comum, a condessa de Wintry.

— Eu sempre soube que vocês terminariam juntos. Fico agradecida que tenham me estendido o convite para partilhar de um momento tão feliz — disse Isabelle, deixando um presente para Marian.

Como a mulher sabia sobre a criança, ninguém perguntou. Era uma linda caixa de música com um chocalho dentro.

Todo o grupo de Devon estava presente, incluindo os membros novos. E alguém que Lydia não deixou de convidar foi Rowan. Ao contrário do casamento da duquesa, para o qual ele também foi convidado e não compareceu, ele ficou contente em ser incluído nesse acontecimento.

— Ele foi um grande amigo quando precisei — resumiu Lydia.

Ethan queria não ficar enciumado. *Queria.* Mas o maldito continuava solteiro, e Lydia estava preocupada se ia causar algum problema por ter colocado na mesma pequena comemoração o seu amigo, a mulher que arrancou seu coração, o marido dela e a mulher que queria conquistar o tal coração que ele pensava não ter mais.

Ruth e Graham chegaram junto com Janet, e as duas correram para o interior da casa, mal podendo esperar para ver a noiva. As amigas de Lydia se reuniram nos aposentos dela antes do casamento e confabularam muito sobre tudo que aconteceu.

— Eu até gosto de você. Gostava mais antes de ter ficado noivo de minha esposa. — Ethan cruzou os braços, olhando Lorde Emerson, que, em resposta, o olhava de forma divertida.

— Então agora deve me adorar, já que não me casei com a sua esposa — apontou ele.

Ethan não pareceu nada convencido, mas moveu a cabeça, cedendo.

— Ela o adora. Eu só gosto. Principalmente de suas mãos firmes para costurar ferimentos.

— Eu disse que não era mútuo quando estava costurando esse seu couro duro e teimoso, e sabia muito bem que você queria a noiva que eu tinha na época — provocou Rowan.

— Queria mesmo. Fico contente que seja um sujeito atento — admitiu Ethan, e agora foi ele que abriu um sorriso.

— E sei o que vocês fizeram no verão passado.

— Águas passadas. — Ele ofereceu a mão para um aperto.

— Esquecidas. — Rowan apertou sua mão. — Procure não levar outro tiro, está bem? Não moro tão perto daqui, e esse seu médico é um tanto demorado.

Os convidados se sentaram na capela e esperaram a entrada da noiva. O último casamento em Bright Hall foi no inverno, fazia muito frio, Caroline estava fraca, o que preocupava o marquês e ainda estavam em luto. Mesmo assim, ficaram felizes por Bertha lhes proporcionar um momento de felicidade ao se unir a Eric.

Dessa vez, o dia estava fresco e limpo, todos estavam saudáveis e dispostos. As preocupações haviam ficado no passado. Muito aconteceu nesses poucos anos, outros membros do grupo se casaram, as crianças cresceram e Lydia se apaixonou. Agora era a vez dela de se casar na capela da casa dos Preston.

Ethan e Lydia encontraram-se no altar sob os olhares de seus amigos e familiares. Ele sentia o coração bater tão descompassado que podia explodir pela sua garganta; o ritmo só ficou suportável durante a cerimônia. E quando finalmente terminou, Ethan segurou as mãos dela e beijou o dorso de ambas, enquanto apertava-as demais. Porém, Lydia não se importou nem um pouco, não conseguia parar de sorrir enquanto o olhava. Ela nunca havia se deixado levar por sentimentos tantas vezes em sua vida adulta, a não ser em seus momentos com ele.

— Eu te amo há muito tempo — ele murmurou, ainda apertando as mãos dela, mantendo-as entre eles.

Os olhos dela arderam e se encheram de lágrimas pela segunda vez naquele dia.

— Eu também, muito antes de entender o que sentia — sussurrou ela.

— Ah, Lydia... — Ethan inclinou a cabeça. Na verdade, seu torso todo foi um pouco para trás, e ele parecia surpreso, como se não esperasse receber essa declaração como presente.

Ela sorriu e, antes que começasse a chorar na frente de todos, simplesmente o abraçou. Os amigos do grupo de Devon aplaudiram, como se estivessem assistindo à cena mais aguardada da temporada de teatro. E estavam. Todos eles participaram dessa história de alguma forma, e esse capítulo da história era o novo preferido.

Depois do brunch de casamento, os convidados foram se despedindo, e até aqueles que estavam hospedados também pegaram a estrada. O mesmo fizeram os noivos, para dar continuidade ao plano iniciado com a fofoca. Eles passariam a lua de mel fora de Devon, supostamente viajando para visitar outras propriedades das duas famílias e também o litoral sul.

Quando retornassem, trariam o bebê para Crownhill Park, confirmando, sem dizer nada, os boatos de que Lydia já se casou com uma gravidez avançada. Afinal, ninguém sabia onde ela esteve por alguns meses, e Ethan também esteve fora de Devon por quase o mesmo tempo. Quem poderia afirmar que eles não estiveram vivendo um romance secreto longe dali?

— Vou sentir saudade. Avise quando estiver para chegar, irei correndo visitá-la — pediu Bertha, despedindo-se de Lydia com um abraço.

Em seguida, Nicole abraçou a cintura da irmã, e Lydia se abaixou para se despedir dela e de Aaron.

— Promete que volta para nos visitar? — perguntou Nicole.

— Como vamos fazer sem você? — indagou Aaron.

Os dois a olhavam como filhotes magoados. Ela amava tanto aqueles pequenos rebeldes que, em breve, nem seriam mais tão pequenos.

— Não aprontem muito em minha ausência. Voltarei logo e vou ensiná-los a cavalgar pelo atalho para ir me ver — prometeu, para pavor de Caroline, que teria de destacar cavalariços para impedir que os dois fugissem como Lydia fazia quando era ainda menor do que eles.

Aaron ofereceu um aperto de mão para Ethan. Não queria contar, mas ele sempre foi seu favorito para se casar com sua irmã.

— Agora que somos da mesma família, não vou mais desafiá-lo para um duelo. Mas não pense que não o encontrarei se magoar a minha irmã. — Aaron se esforçou para soar sério e ameaçador.

Ethan apertou a mão dele, tentando manter a seriedade.

— Prometo que jamais a magoarei. E quando eu retornar, se ainda quiser, posso lhe ensinar a boxear.

— É claro que quero. Papai disse que posso! — reagiu o menino, animado.

Desde que soube do talento de seu novo cunhado para o boxe, Aaron estava ainda mais interessado nele. Ethan estava aposentado das lutas e voltara a usar o boxe como uma atividade saudável, só lutando e praticando nos clubes apropriados. Seu tempo de lutas clandestinas e apostas estava ligado ao vício e à autodestruição, e para isso ele jamais admitiria retornar. Levou meses para entender que podia se afastar do vício sem abrir mão do esporte de que tanto gostava. Foi quando voltou a se exercitar e a se sentir bem fisicamente.

Eles partiram, levando Marian e poucos empregados dos Preston. Incluindo Dudley, o fiel valete de Ethan, que cortaria a língua antes de revelar qualquer segredo.

368 LUCY VARGAS

CAPÍTULO 36

Quando ficaram por conta própria, Ethan teve muitas chances de se tornar uma presença fixa na mente de Marian. Logo, ela sabia que ele estaria no seu dia a dia. Primeiro, foram ao sudeste de Devon e passaram um tempo em uma casa menor, que pertencia aos Crompton. Depois, viajaram para o litoral, onde ficaram mais tempo em um chalé próximo ao mar que pertencia à família de Lorde Glenfall. Era mais fácil para manter sua privacidade.

Só então retornaram, e Ethan conheceu a outra propriedade dos Preston, onde Lydia passou os meses mais avançados da gravidez em companhia de Caroline, Nicole e Benjamin. Aaron estava no colégio, e o marquês visitava-as periodicamente, para não deixar Bright Hall sozinha e não chamar atenção. Foi onde Marian nasceu e passou suas primeiras semanas de vida.

Era uma casa de dois andares, adorável e nem se comparava em tamanho a Bright Hall. Contudo, era muito confortável. Henrik disse que era onde sua irmã moraria se ela quisesse e não tivesse ido embora da Inglaterra. Às vezes, ela passava meses sem se corresponder.

— Mamãe plantou essas flores e plantas novas enquanto estávamos aqui. Olha como estão agora. — Lydia acalentava Marian, que tinha ficado enjoada nessa última parte da viagem, provavelmente por causa do terreno. A viagem do sul passava por estradas acidentadas.

— É adorável. — Ele levou a bagagem do bebê, auxiliando o condutor da carruagem e o cavalariço da casa. — Não sabia que possuíam uma propriedade por essas bandas.

— Ela também foi negligenciada, então, quando mamãe voltou de vez, essa casa entrou em sua lista de reformas. Bem ao jeito dela, estava pronta rapidamente. — Lydia sorriu. Se algum dia tivesse que reformar ou construir qualquer coisa, ela queria ser determinada como Caroline. Se ela não tivesse tomado o controle de Bright Hall assim que chegou, nem teriam essa história.

Ethan gostou de conhecer o lugar onde a filha nasceu, viu o berçário onde ela ficou e aproveitou para colocá-la para dormir. Dessa vez, ela sequer lutou contra o sono, pois não tinha descansado nada na carruagem.

— Eu vou ficar com ela, milorde. A sua babá está um tanto indisposta, e já cuidamos dela — disse a arrumadeira. — Também fiquei um pouco com a pequena da outra vez. Olha como cresceu. — Ela se inclinou, admirando o bebê adormecido.

Ao entrar no quarto, Ethan encontrou Lydia atrás do biombo. A configuração ali era diferente, os cômodos eram grandes em vez de divididos por funções. O quarto principal escondia uma banheira atrás de um grande biombo, e os apetrechos de necessidades fisiológicas num armário com espelho na parede em frente. A escrivaninha ficava perto das janelas, e as portas do lado direito eram os armários.

— Acredita que a governanta me chamou de Lady Greenwood? Ela me conhece desde sempre. Estava me chamando de Lady Lydia até poucos meses atrás. *Lady Greenwood*. — Ela revirou os olhos e fez uma cara engraçada. — Ela pensa que cometemos essa enorme transgressão antes do casamento. E por isso escondemos o bebê. Mesmo assim, agora sou apenas *Lady Greenwood* para ela.

Ele riu porque ela não conseguia parar de implicar. Era seu novo título, não havia como mudar isso, porém Lydia estava com dificuldades de aceitar que agora ela também seria chamada de Greenwood, e não poderia mais usar o nome dele em tom de insulto jocoso.

De certa forma, nada mudou. A relação deles era preciosa. Por outro lado, estava absolutamente diferente. Eram só eles agora. E Marian, claro. Estavam tropeçando ao se ajustar nessa nova dinâmica. O tempo que passaram afastados por vezes ainda ficava entre eles, e esses poucos meses que estavam passando longe dos outros estavam agindo como um bálsamo. Eram apenas os três, fazendo vários planos para o futuro.

— Acredito, porque você é Lady Greenwood, meu amor. — Ele a beijou no rosto e se afastou com um sorriso.

Ethan se despiu despreocupadamente e aproveitou seu tempo do outro lado do biombo.

— Vou usar essa água que você deixou — avisou ele, adicionando o balde extra que o criado deixou.

— Está morna.

— Melhor do que um lago.

Lydia bufou.

— Às vezes, esqueço que você e papai podiam entrar num concurso de banhos ao natural — resmungou ela. Lydia apreciava mergulhar e nadar, mas seus banhos eram em banheiras com água aquecida. Disso, ela não abria mão.

Ela esperou até ouvir o som da água, então se sentou e puxou o robe sobre a camisola, mas retomou o assunto inicial:

— Sabe, você se casou com minhas duas facetas: Lydia Preston e o Sr. Prescott. Se sou Lady Greenwood, como devo chamá-lo em associação com meu outro eu? Você já tem um título por nascimento, então seria Lorde Ethan Prescott? Meu querido marido — disse ela, usando a forma correta de tratamento ao contrário e deixando de lado o fato de que ele era um conde, pois isso só se aplicava quando ela era Lydia, e não quando era Prescott.

Deu para ouvir a longa risada dele ecoando pelo quarto. Pouco depois, Ethan voltou usando seu roupão e a encontrou sentada na beira da cama. Lydia abriu um pequeno sorriso; o marido não era do tipo mais reservado em suas vestimentas. A parte de cima do roupão deixava entrever seu peitoral coberto pela pelugem escura, e ela achava isso muito íntimo e atraente. Além de divertido, pois era algo que veria com frequência, já que os dois combinaram de sempre dividir o quarto de dormir.

Ethan sentou-se junto a ela e afastou seu cabelo dourado. Ele achava que nunca se acostumaria a ter essa liberdade, mas não era verdade, aquele véu cor de ouro era feito para ser admirado e afastado com suavidade para que pudesse acariciá-la.

— Um bom tempo atrás, acho que há uns anos, você me disse que, se escolhesse alguém, seria aquele com quem descobrisse ter compatibilidade, como seus pais. — Ele começou a massagear seus ombros, aliviando a tensão das horas de viagem.

— Sim, e você entendeu errado e tentou me beijar. — Ela se moveu, mostrando que suas costas doloridas mereciam atenção também, e fechou os olhos quando as mãos dele desceram, apertando pontos sensíveis e aliviando em ondas prazerosas. — Mas eu o perdoo por ser um sedutor e por tudo... tudo... — Ela soltou um suspiro, bastante aliviada.

— Porque você estava falando de convivência, pois seus pais brigavam, mas conviviam. E se acertavam. E era assim que se descobriam. Acha que já tivemos tempo de conviver de forma madura?

Lydia se virou subitamente.

— Então era isso que estava fazendo ao ser exageradamente prestativo e exasperante?

Ethan ficou em dúvida se aquilo era um elogio, mas vindo de Lydia...

— Bem, sim. Isso também. E recuperando o tempo.

Ela inclinou a cabeça e gargalhou. Era por essas e outras que ele esperava tudo vindo dela.

— Nós já estamos casados, Ethan. Aquela conversa era sobre possíveis casamentos. — Ela tocou o rosto dele e sorriu. — Claro que sim. Há algum outro homem no mundo com quem eu possa ser mais compatível? Em todos os aspectos?

— Absolutamente — negou ele.

— Você está sendo presunçoso?

— Precavido. Você combina comigo, Preston. Apenas e unicamente comigo. — Ele a pegou pelo rosto e a beijou.

— Estou lhe dando confiança demais, Greenwood. — Ela sorriu e abriu o robe, empurrando-o pelos ombros, antes de se ajeitar na cama.

Contudo, Lydia não estava se aconchegando para dormir. Ethan havia lhe prometido "relaxá-la" da viagem. No momento, ele só conseguia olhar para o tecido fino da camisola que ela havia exposto.

— Você disse que estava exausta e que eu podia lhe fazer uma massagem relaxante, porque é para isso que maridos jovens servem. — Ele passou os dedos pela barra da camisola.

— Exatamente. — Lydia puxou o laço do roupão dele e deslizou a mão por dentro das lapelas abertas, afagando a pele quente.

Ele se inclinou, roçando os lábios nos dela, e avisou:

— Assim seu descanso vai demorar mais.

— Você é bom em me relaxar, vou deixá-lo fazer tudo.

Aconchegando-se melhor, Lydia acabou escorregando sob ele e o puxou, encaixando seus corpos e deturpando a ideia de deixá-lo fazer tudo. Concentrado no tecido fino, Ethan passou a mão pela camisola, subindo-a pela coxa dela, e continuou até soltar os laços do corpete.

— Parece que esta noite será entre Lady Greenwood e mim — provocou ele. — Também tenho uma terrível queda pelos seus trajes femininos.

Afastando a camisola, ele agraciou sua pele com a boca, cobrindo o topo dos seios e descendo pelo vale entre eles. Ethan queria prová-la e repuxou o tecido incômodo para tirá-lo do caminho.

— Vai rasgar minha camisola terrivelmente atraente. — Ela passou os dedos pelo cabelo escuro.

Ethan empurrou a camisola pelas coxas dela e passou sobre sua cabeça. Lydia ficou em dúvida se, no fim, ele não acabou rasgando a frente delicada. Ele voltou a cobrir o corpo dela com o seu peso, e ela sentiu uma onda de desejo. O roupão estava aberto e Lydia se viu num casulo de músculos cobertos por pele quente.

Abraçando-o para poder senti-lo, Lydia empurrou o roupão de seus ombros, Ethan se moveu o suficiente para se livrar da peça e voltou a beijá-la. Sua cabeça desceu sobre os seios dela, e ele a beijou suavemente em volta de seus mamilos sensíveis.

Lydia cumpriu o que disse. Tudo que desejava era entregar-se às sensações deliciosas que ele provocava e relaxar da viagem estressante da forma mais prazerosa. Já que Ethan queria lhe proporcionar isso, ela aceitava. Ele a tocou intimamente, deslizando os dedos pela sua umidade. Lydia deixou as coxas penderem para os lados, entregando-se ao deleite dos toques suaves. Ele sabia como causar choques inebriantes pelo seu corpo.

Ethan pegou-a pelas nádegas, apertando-a e ajeitando-a na cama.

— Meu traseiro está um tanto dormente de passar tanto tempo na carruagem — murmurou ela.

Em resposta, ele agarrou os dois montes carnudos, afundando os dedos, e Lydia se remexeu, então ele elevou suas coxas e deu um tapa na parte mais roliça de suas nádegas.

— Ethan!

— Ardeu? — Havia um sorriso divertido e sacana em seu rosto.

— Sim. — Ela ficou ainda mais rubra, porque não tinha do que reclamar ali, diria que era o contrário.

— Então não está mais dormente. — Ele baixou a cabeça e beijou sobre o seu sexo; a havia a distraído tanto que Lydia sequer notou o quanto estava exposta na posição que ele a colocou.

Ethan a ergueu com uma mão ainda segurando por baixo da nádega e a chupou devagar e com atenção. Lydia estremeceu e seu corpo correspondeu rápido, latejando a relaxando conforme ele a tocava. Ethan deslizou os dedos para dentro dela, estimulando-a numa lentidão sensual.

Com um gemido que soou como um aviso, ela se arqueou, com a respiração rasa e as mãos tentando segurá-lo. Dessa vez, ele não a fez esperar e puxou-a para o alívio do êxtase, ao fechar os lábios em volta do clitóris sensível e acariciá-la suavemente até ouvi-la suspirar de contentamento.

— Eu o quero assim, exatamente assim — sussurrou ela, assim que ele se elevou de novo.

Ethan moveu-se sobre ela, encaixando-se entre suas pernas e causando a sensação que ela adorava de ligação e intimidade.

— Mostre-me — pediu ele.

Ela desceu a mão entre eles e segurou o membro duro e cálido, e ouviu quando ele grunhiu de excitação. Ela o esfregou pela entrada de seu sexo ao alinhá-lo. Ethan a penetrou lentamente, apoiando-se enquanto Lydia o envolvia em seus braços e elevava os joelhos para recebê-lo plenamente. O olhar dele, tão repleto de desejo e paixão, a queimava, e ela jamais queria deixar de viver esse momento de puro vínculo com ele. Esperava que Ethan pudesse ver o mesmo em seus olhos.

Ele estava tão tenso sobre ela que, ao se mover, acabou quebrando o abraço, mas causou a fricção que precisavam. Ethan a segurou e se entregou à própria necessidade, cobrindo-a numa onda de força, prazer e beijos. Ele gozou em meio a uma sucessão de tremores e acabou levando-a a outro clímax.

Lydia fechou os olhos e não moveu nem mais um músculo, deixando as pulsações durarem. Ele cumpria o que prometia, ela ia dormir bem e relaxada, como se não tivesse passado horas na estrada acidentada.

Lydia manteve o sorriso enquanto segurava Marian e olhava a paisagem da casa principal em Crownhill Park, que ficava no topo de uma colina. Dali dava para avistar bem longe no percurso do rio. Era possível ver campos, copas de árvores e colinas menores. Assim como estradas que levavam para fora da propriedade e por caminhos internos, que dariam em atalhos para a casa de Bertha ou de Ruth. Ela conseguia até ver o bosque de Bright Hall. Era como sempre poder olhar para onde moravam as pessoas que ela amava.

— Sempre adorei a vista daqui — comentou ela, segurando a filha de forma que ela também pudesse ver. — Olha os barcos descendo o rio, Marian. Depois vamos levá-la para vê-los — prometeu, mesmo que o bebê não pudesse cobrar.

— É minha paisagem preferida — contou Ethan, parado ao lado dela.

— Vamos, suas tias estão ansiosas. — Ela foi para a casa onde Maggie e Tita aguardavam, animadas para poder passar mais tempo com Marian.

Eles escreveram, convidando-as de volta para Crownhill, agora que estavam retornando. As duas deram seu trabalho como concluído e partiram, mas os dois sabiam que elas seriam mais felizes sabendo que eram bem-vindas para continuar a se hospedar nas temporadas anuais. As duas passaram tanto tempo vivendo na casa, que já eram parte da comunidade local.

Na manhã seguinte, Crownhill estava com uma fila de pequenos veículos e carruagens para serem acomodados, pois os amigos de Devon vinham de perto em seus faetontes, caleches e carruagens abertas. As crianças invadiram a sala principal, do jeito que acontecia na casa dos Preston. Só que, agora, o número estava crescendo.

Não era mais apenas Nicole, Aaron e, recentemente, Sophia. Benjamin já aprontava muito com os irmãos. Roderick, filho de Bertha e Eric, também não parava quieto e recentemente ganhara um pônei, que ele ainda não tinha tamanho para andar sozinho. Alexandra deu à luz uma garotinha adorável que ao menos ainda era de colo.

De acordo com as notícias e cartas que foram trocadas, Lydia já sabia que alguns de seus amigos estavam se ajeitando. Contudo, agora que estava de volta, ela ia recolocar sua capa de casamenteira. Tinha alguns relacionamentos de amigos próximos que poderiam fazer uso de seus métodos nada usuais.

Logo a caleche dos Preston chegou, com os pais e irmãos de Lydia, que entregou Marian para Ethan carregar num passo mais moderado e desceu correndo para abraçá-los, com Peteca em seu encalço. Estava tudo se realizando como desejaram, nunca estariam separados. Amor, apoio e carinho iam longe e duravam uma vida.

EPÍLOGO

Cinco anos depois

O evento começou cedo. Ao raiar do dia, as tendas foram montadas e as mesas e cadeiras que faltavam foram arrumadas, assim como muitas almofadas e toalhas de piquenique onde as crianças costumavam ficar. Pois é, Bright Hall era mesmo um conhecido destino social da região. Não era fácil conseguir um convite, pois os Preston já tinham uma longa lista perpétua.

Afinal, convidar todo o grupo de Devon junto com as famílias que criaram já enchia o extenso jardim da propriedade. Mesmo na grande sala de jantar, não dava mais para sentar todos, então os jantares costumavam ser para os adultos. E dias como esse em que todas — até mesmo os bebês de colo — as crianças estavam presentes eram feitos nos jardins.

E olha que Bright Hall tinha a maior sala de jantar do grupo, por isso costumava oferecer os maiores eventos formais. Já os eventos externos eram revezados entre todos do grupo de Devon. Cada vez era numa propriedade, o que dava às crianças possibilidades intermináveis de entretenimento.

Caroline deu um beijo surpresa no rosto de Henrik, e ele abriu um grande sorriso.

— Terminaremos o dia exaustos, mas vale a pena — disse ela.

— Cada minuto. — Ele devolveu o beijo em sua têmpora e passou o braço pelas suas costas, acariciando-a suavemente.

— Quem diria que você se tornaria um marquês sociável? — provocou ela e desceu as escadas para o jardim na frente dele.

— Isso é um exagero, guardo minha energia somente para esses encontros especiais com as pessoas que estimo. — Ele foi descendo atrás dela e só escutava sua risada melódica, o que o deixava ainda mais feliz.

Agora, até as crianças tinham os próprios convidados. Aaron e Benjamin chamavam os amigos do colégio. Nicole se achava injustiçada, pois as únicas amigas que gostaria de convidar já seriam chamadas de qualquer forma. Sophia, sua melhor amiga, sempre estava em Bright Hall. E Julie, filha de Lady e Lorde Roberts, era sua vizinha. A família era convidada por Rebecca ser a amiga mais antiga de sua mãe. Visitavam com frequência.

— Marian, você tem de entrar na casa e atravessá-la. Nem eu corria por fora do jardim, tenha bom senso. — Lydia ofereceu a mão para a filha, antes que ela desaparecesse.

— Eu não ia, mãe! Quero ver a vovó e o vovô! E você disse que a bisa viria. Eu colhi essas flores para ela. — Marian levava um pequeno ramo de flores silvestres que ela arrancou e amarrou, do mesmo jeito que Lydia fazia quando tinha sua idade e levava as florezinhas coloridas para agradar a Caroline, pois já queria que ela fosse sua mãe naquela época. Só não sabia como tornar esse desejo realidade.

— A marquesa viúva prometeu que viria. Somente no horário da manhã, pois sua presença é muito cara para mais tempo — brincou Lydia.

A verdade é que, beirando os oitenta e um anos, Hilde só se deslocava para Bright Hall e para ver as amigas sobreviventes que moravam perto dela. Foi a Londres uma última vez há cerca de três anos e estava satisfeita.

— Bisa! — Marian soltou a mão de Lydia e correu com seu raminho de flores assim que viu onde Hilde estava sentada.

A marquesa viúva tinha uma tenda exclusiva, então todos que iam até lá era exatamente para visitá-la. Como ela fazia muito sucesso em suas aparições, tinham de se revezar.

Logo os veículos foram parando e deixando os convidados, pois o dia tinha uma agenda repleta de atividades para todos os gostos. Havia o café da manhã, a descida pelo rio, os jogos, os cavaletes de pintura, a caça ao tesouro, o brunch, o jogo de Raquete e Peteca, a corrida de cavalos dividida entre crianças e adultos, seguida pela refeição da tarde — horário em que vários dos mais novos tiravam uma soneca no berçário de Bright Hall e, quando começava a roda de música e então a despedida com doces, aqueles que não estivessem hospedados partiam.

— São crianças demais para uma só propriedade — comentou tia Maggie ao se deparar com babás, bebês e várias criaturinhas correndo pelo campo.

— Ora, vamos, Margaret! Já devia ter se acostumado. Estou feliz por termos sido convidadas.

— Tenho certeza de que vou tropeçar em uma criança dessas. Não quero pisar no pé de herdeiro de nenhum conde, barão ou o que for.

Tita ignorou a rabugice de Maggie e seguiu em direção à casa principal de Bright Hall. O bom de terem se tornado a família estendida dos Preston era que elas sempre eram bem-vindas.

— Tia Eustatia, Lady Maggie, fico feliz em vê-las de volta a Devon — cumprimentou Ethan, ao ir recebê-las.

Ele estava com um menino no colo, e este tinha o cabelo escuro e já podiam dizer que teria sobrancelhas fortes e um perfil bem esculpido como o do pai.

— Por que essa criança já está tão grande? — Maggie olhou o sobrinho-neto, e ele lhe ofereceu a mão.

— Porque os pais são altos. O que esperava? — Tita tomou o lugar dela e cumprimentou o menino primeiro.

— Ele caiu do tronco que escalou e ficou um pouco amuado, mas logo vai voltar a brincar, não é? — Ethan balançou o filho de quase três anos.

A idade era pouca, mas Lucien estava correndo e escalando lugares que não devia desde que aprendeu a andar. Depois que perdeu o medo de correr pelo campo, virou um perigo ambulante. Marian, sua irmã mais velha, não servia como exemplo, pois foi ela que o carregou para o lado de fora.

— Encontrei você! — disse um menino, aproximando-se deles e abrindo um sorriso ao ver Ethan e Lucien. — Venha, foi só um tombo. Vai ter caça ao tesouro!

O pequeno era Josiah Baillie, o filho mais novo de Lorde e Lady Aldersey, que veio como uma surpresa após o retorno deles de uma viagem. E também foi inesperado para todos saber da relação tão próxima do menino com Ethan, que podia ser encontrado com certa frequência visitando Crownhill e se tornou assíduo nos eventos, além de amigo das crianças. Ele adorava

Marian e Lucien. Lydia ficou tocada ao saber de sua verdadeira história e virou mais um segredo bem guardado, que caberia aos pais dele dizer ou não.

— Tesouro! — Lucien se animou imediatamente e pediu ao pai para ser colocado no chão, partindo junto com Josiah.

Eles seguiram para os jardins da propriedade. Era preciso planejamento para receber todos os amigos dos Preston, o que incluía o Grupo de Devon, que havia crescido de todas as formas ao longo dos últimos anos. Não só recebeu alguns membros novos, como todos eles se casaram e tinham ao menos um filho, que já corria por aí, ou um bebê, que precisava de atenção.

E, como as crianças gostavam de dizer, os Preston davam "bailes infantis". Mesmo quando não era um baile, os encontros onde os pequenos também eram convidados foram batizados com esse nome por Aaron e Nicole.

Os dois não eram mais crianças e até participavam de alguns eventos de adultos. Especialmente Aaron, que já completara dezessete anos e era o terror do colégio, porque era um pequeno selvagem. Bem, não era mais pequeno. Ele estava quase da altura do pai e se parecia muito com ele, só que tinha o cabelo mais claro. Com a idade, foi escurecendo e, em vez de ser dourado como o que Lydia herdou da família da marquesa viúva, era mesclado.

Ou, como diria Sophia quando implicava com ele: *Cabelo de duas cores.*

Ela se parecia com Eric e a falecida irmã dele. Tinha o cabelo claro, aquela perpétua expressão de quem estava planejando algo e era uma *desaforada, esnobe e soberba.* Essa era a descrição que Aaron fazia dela. Mesmo que fossem amigos desde a infância, nunca pararam de se alfinetar e, atualmente, fingiam se dar bem em eventos sociais, pois queriam ser tratados como adultos, e não mais como as outras crianças.

Era exatamente disso que Nicole reclamava, em especial porque era mais nova do que eles. Então frequentemente era deixada com os pequenos, apesar de já ter quinze anos.

— E a altura de uma criança de dez anos — completava o irmão mais velho, só para infernizá-la.

— Só se for uma criança gigante como vocês! Seus brutamontes — devolveu ela.

Nicole não puxou ao pai ou aos irmãos. Até Benjamin estava alto para os seus nove anos. Ela era uma miniatura da mãe, portanto, esperava alcançar ao menos o tamanho de Caroline. Em sua concepção, era muito injusto ser a única baixinha da família.

Segundo as marcas que o pai fazia para medi-los desde que ficaram em pé pela primeira vez, Nicole tinha ultrapassado um metro e meio no ano anterior, quando fez catorze anos. Apesar de não se enxergar assim, por ser mais tímida que os irmãos sem-modos, ela era esperta, criativa e determinada. Também era bela e adorável. Com dedicação aos estudos, conseguiu aprender e disfarçava as dificuldades que tinha em determinados tópicos. Era bom crescer numa família em que até o insuportável de seu irmão mais velho se aliou a ela para ajudá-la nos estudos.

— Vamos, vamos! Vai perder a corrida! — chamou Benjamin e pegou a mão da irmã, tentando fazer com que ela corresse com ele.

Nicole bufou. Estava num limbo e as crianças a incluíam em tudo, mesmo se estivesse usando um "vestido de dama adulta". Aaron tratou de dizer a ela que ainda era bastante infantil, mas Caroline lhe assegurou que estava na moda. É claro que acreditava na mãe, pois o irmão...

— Espero que caia do cavalo em uma poça de lama, para deixar de ser tão insuportável — disse Sophia, quando Nicole alcançou o exterior da casa.

— Se eu cair na lama, vou voltar e abraçá-la, para agradecer o desejo de boa sorte — gritou Aaron e montou em seu cavalo castanho.

— Você não ousaria. É absolutamente inapropriado — respondeu Sophia.

— Mas somos *quase* como irmãos, não é verdade? Quem se importaria? — provocou ele, inclinando a cabeça para olhá-la, antes de incitar o cavalo e partir atrás dos outros rapazes de sua idade.

Sophia resmungou algo sobre acertá-lo com um estilingue, segurou a lateral do vestido e desceu pelo caminho de pedras. Eric dizia que ela lembrava demais sua querida irmã. Nicole ficou dividida entre ir atrás de sua amiga e deixar Benjamin puxá-la pela mão. Acabaram todos na parte de baixo do jardim, onde os adultos estavam socializando.

O jogo da Raquete e Peteca havia acabado há alguns minutos, e os anos não mudaram absolutamente nada. Os integrantes do grupo continuavam competitivos e sem medir esforços para vencer. Não importava que agora tinham filhos, só ficavam de fora do jogo se estivessem machucados ou fosse caso de gravidez.

— Algo para beber, eu suplico. Doce e gelado, de preferência — pediu Lorde Pança, ao se jogar numa cadeira perto do bufê mais próximo.

Deeds tinha mantido seu objetivo de ser mais ativo e deu certo. Ainda participava das atividades com os amigos, incluindo aquelas que ele costumava chamar de perigosas. Remava, cavalgava, nadava... Com comedimento. Ele continuava sendo o juiz oficial e, desde que pediu a Ethan para lhe dar um soco de verdade, nunca mais quis lutar.

Era o amigo mais adorado do grupo. Sempre seria. Sua predileção por doces seguia intacta, era um equilíbrio. E um lado bom dos dois mundos era que agora que seu filho estava correndo e comendo coisas sólidas, ele conseguia participar de tudo. Além de acusar os padrinhos do menino de o influenciarem para o mal caminho, pois como podia o filho dele gostar de fazer toda sorte de traquinagem junto com Rod e Max, filho de Lorde Keller e Alexandra?

— Podem assistir à partida dos bancos, mas tentem não se sujar muito — Bertha pediu à filha de três anos que estava de mãos dadas com Marian.

— Mas, tia, vocês estão desarrumadas — acusou Marian.

Lydia cobriu a boca, tentando não expor a risada. Depois de jogar Raquete e Peteca, é claro que elas já não estavam em seu melhor estado.

— Não importa, Marian. Comporte-se e não solte a mão de Pamela. — Lydia apontou para ela.

Apesar de seu histórico, Lydia entendia que precisava ensinar às crianças, pelo bem de sua educação e de seu futuro convivendo em sociedade. Mas brincar um pouco era saudável, ela foi criada pelo marquês, não tinha como sair diferente. Sem contar que Ethan e ela formavam um casal bastante travesso. Ou melhor, eram ativos e aventureiros.

Aliás, o título de Lady Sem-modos continuava sendo de Eloisa. Não importava que ela e Eugene, o Herói de Guerra, tenham sido os mais dedicados em aumentar a família e tiveram três filhos em escadinha. Eloisa jamais parou de aprontar. Agora que seu filho mais novo já estava andando, nada podia detê-la, enquanto Eugene, que nem pensava em se casar e ter uma família grande, desenvolveu bastante seu humor depois das crianças. Eloisa até o provocava dizendo que ele não era mais estoico.

O último casamento que o grupo compareceu foi justamente o de Agatha, irmã mais nova de Eugene. Quando debutou, ela foi oficialmente acolhida pela rede de apoio que eram os amigos de Eloisa. Outro membro que ganhou os corações do grupo foi Rowan e já fazia cinco anos que tinham parado de chamá-lo de "antigo noivo libertino de Lydia".

Demorou alguns meses após o casamento dela para finalmente superarem o fato de que Preston quase se casou com um *libertino de verdade*. Não que eles considerassem Ethan um anjo, mas ele não chegava a esse ponto de periculosidade. Logo que soube de toda a história, Ethan focou na parte em que Rowan o costurou e impediu que ele sangrasse até a morte. Tinham até se tornado grandes amigos.

E ninguém mais tocava no assunto do motivo para o coração quebrado de Rowan, porque ele foi curado. Relutou bastante, foi teimoso, mas não teve jeito. Admitiu que o amor era inevitável e estava irrevogavelmente apaixonado. Tanto que também recuperou uma grande amiga, Isabelle, a duquesa de Hayward.

Os dois reataram a amizade. E ele não era o único que se tornara amigo da duquesa. Caroline ficou muito próxima dela ao longo desses anos, assim como ambas mantiveram a amizade de Dorothy, a condessa de Wintry.

Até porque, os filhos deles estudavam juntos. Benjamin era um dos melhores amigos de Adam, filho mais velho de Isabelle e Nathaniel, o duque de quem as pessoas ainda preferiam manter distância. E foi por causa de Adam que Ben esqueceu que havia arrastado a irmã para ver a corrida. Adam tinha preferência por fazer amizades com pessoas alguns anos mais velhas do que ele, então Benjamin era uma exceção; devia ser por isso que ele cismava em protegê-lo.

— Agora você vai me esperar, Benjamin! — brigou Nicole, quando o irmão correu na frente para encontrar Adam, que tinha descido mais cedo com os meninos mais velhos.

Ben estacou e bufou, mas esperou a irmã. Sinceramente, ela achava a amizade do irmão com o filho do duque um tanto inesperada. O menino tinha dez anos, mas parecia já ter cerca de treze. Mais uma irritação para Nicole, pois isso significava que ele era mais novo, porém maior do que ela. E o pior: tinha aquele olhar da cor do gelo igual ao do pai. Era preocupante. Benjamin era bastante infantil, de acordo com sua idade. Ao contrário de Adam.

— Madame... — Adam fez uma mesura para ela, já que era a primeira vez no dia que a encontrava. — Prometo que não vou deixar que ele se machuque perto dos cavalos.

Nicole cruzou os braços e franziu o cenho enquanto eles se afastavam. Ela tinha se esquecido dessa parte. Não era para os pequenos irem sozinhos para onde estavam todos aqueles cavalos nervosos.

Aparentemente, o duque e a duquesa achavam que o filho sabia se cuidar, pois o enviaram com seu valete, que mais parecia um guarda enorme, e na companhia do filho de Dorothy e Lorde Wintry, que estudava junto com eles em Eton. Ele era mais novo do que Ben, mas, pelo seu comportamento, nem parecia. Ao menos o menino era menos esquisito do que o filho do duque. Não se lembrava de Aaron ser assim na idade deles. Tinha de haver algo de errado com aquela gente.

— Por que está parada aí? Venha, vamos ver os meninos partirem na corrida. — Henrik colocou o braço em volta dos ombros da filha e a levou com ele.

Quem diria que o marquês, que costumava correr de qualquer evento social, acabaria adorando ver Bright Hall repleta de amigos e crianças? E não se limitava apenas a sua casa. Quando o encontro era na propriedade de algum dos convidados — algo corriqueiro entre eles —, Henrik comparecia e, se a ocasião permitisse, não deixava de levar as crianças.

Caroline voltou para onde suas convidadas estavam apreciando a brisa e comendo os quitutes preparados pela equipe das cozinhas de Bright Hall e Crownhill Park. Eram uma grande família que dividia não só amor, afeto e propriedades vizinhas, mas também os convidados. Quando ia ter um evento tão cheio, Lydia mandava sua equipe para auxiliar na cozinha de Bright Hall, e Caroline fazia o mesmo quando era a filha e o genro que receberiam esse batalhão de amigos.

— Pronto, já está limpa e pronta para ser uma pequena dama e tomar limonada conosco. — Caroline levou Annelise pela mão e a colocou numa cadeira.

— Quero biscoitos com creme, mamãe. — Ela abriu a mãozinha, já que não alcançava o suporte cheio de biscoitos.

Aconteceu algo inesperado, porém, não tão surpreendente assim: Caroline e o marquês tiveram mais um bebê. Ela descobriu a novidade quando Lydia ainda estava viajando com Ethan. Os outros diriam que não era surpresa alguma, era até esperado. No entanto, Caroline achou que, depois do que aconteceu no seu último parto, ela não teria mais filhos. Por anos, preferiu não ter, enquanto pensar nisso ainda lhe doía muito.

Então, foi com um misto de surpresa, medo e expectativa que ela encontrou o marquês em seu escritório do bosque e lhe contou que estava esperando. Ele ficou fascinado e esperançoso. Também achou que Ben seria o último e não pensou mais no assunto. Ficou encantado com outro bebê e tentou não voltar a temer pela saúde de Caroline, pois ainda lembrava como foram os dias depois da última vez.

Annelise nasceu sem maiores complicações e mantinha-se saudável. Diferente dos irmãos, tinha uma personalidade mais suave e demonstrava delicadeza. Também gostava de ser abraçada, o que lembrou o comportamento de Lydia quando era pequena. E os Preston não negavam afeto entre si. Annie, como eles a chamavam, tinha o cabelo escuro de Caroline e seu "nariz bonito demais para uma megera", como Henrik chamou tantos anos atrás e ainda riam disso juntos. Seus olhos eram grandes, expressivos e verdes, iguais aos do pai e os de Lydia.

Annie era muito amiga de Marian, apesar de ser tia dela. Elas nem entendiam sua relação familiar, achavam que podiam ser irmãs. Era a mesma família, certo? Era com ela que Marian passava seus momentos mais calmos e ia lá especialmente para brincarem de boneca e para influenciar a amável Annie e cometer algumas traquinagens. Bertha dizia que as duas a lembravam dela e de Lydia naquela idade.

— Eu amo passar o dia aqui, especialmente com vocês — comentou Lydia.

O entardecer se aproximava e os convidados estavam reunidos para o lanche e os doces de fim de dia. Ethan se sentou ao lado de Lydia, e ela encostou o ombro nele, descansando seu peso. Ele segurou sua mão e a observou com um sorriso caloroso. Estavam rodeados pelos amigos. No fim do dia sempre passavam um tempo conversando, dividindo a comida e estreitando os laços.

Na mesma roda, Janet estava sentada perto deles, segurando a filha mais nova sobre as saias, e ignorava que a menina, que amava doces, estava até com o nariz sujo de creme azul. Lorde Glenfall ria enquanto contava a última aventura da viagem com o Sr. Sprout, que vinha se saindo um exímio aventureiro, mas ainda corava ao ter seus feitos expostos. Lorde Latham fazia várias perguntas, e Lorde Hendon correu para ir pegar a filha, que tinha tropeçado e chorava porque seu lanche caiu.

Até as crianças, depois de aprontarem o dia todo, se não estavam tirando uma soneca, estavam sentadas ali, comendo e conversando entre si. Annie estava junto a Lydia nas almofadas. Ela mal sentia que era a única irmã a nascer depois que a mais velha se mudou, pois sempre conviviam. Lydia cuidava dela quando ia para Crownhill passar o dia brincando com Marian.

— Eu também quero bolinhos de creme. — Annie apoiou as mãos no chão, ficou de pé e foi se sentar na roda onde estavam Nicole e Marian, pois parecia ser o último lugar com os tais bolinhos.

Lydia riu. Bolinhos de creme eram seus preferidos também, desde a infância. Por isso tinha comido três durante o lanche. Marian preferia biscoitos cobertos, e Lucien comia os dois, um em cada mão, se permitissem.

Diferente deles, as "crianças mais velhas" estavam numa roda de música: alguns tocavam e outros dançavam sem seriedade alguma. Aaron, Sophia, Rod, Julie, Adam e mais alguns convidados estavam lá. Sophia convenceu Nicole a ir também e logo ela estava sorrindo e girando com os outros. Lydia ficou feliz em vê-la se divertindo e sentindo-se incluída. Era exatamente assim que seus amigos faziam com que sentisse: querida, compreendida e parte de um laço forte.

— Obrigada por nos receber mais uma vez, mãe. — Lydia abraçou Caroline, depois se aproximou de Henrik e recebeu um beijo na testa. — Até breve, papai.

Os veículos já ocupavam a estrada principal, distanciando-se da casa enquanto o sol baixava no horizonte.

— Diga até logo para os seus tios e para a vovó. — Ethan pegou Lucien no colo para ele se despedir.

As crianças se abraçaram e Marian ficou na ponta dos pés, pedindo atenção à avó. Depois, Aaron desceu com eles e colocou os dois para dentro da carruagem aberta, enquanto Ethan também se despedia.

Peteca pulou pelos degraus e não precisou de ajuda para se jogar dentro do veículo, mas o seu filhote, ainda desengonçado, ficou chorando do lado de fora, e Aaron o colocou no banco. O cachorro tinha ido morar com Lydia em Crownhill, porém a sobrinha de tia Tita foi visitar e levou seus dois cachorros, que eram da mesma família de Peteca. Um deles era um filhote e o outro, uma fêmea. E a cadela foi pega no flagra em um momento "delicado" com Peteca. Agora Lydia tinha um filhote e os seus pais ganharam o outro. Todos estavam felizes com um novo cachorro minúsculo, peludo e arteiro.

— Adoramos receber nossos encontros, mas ninguém falta quando é em Bright Hall, pois sabem que é o melhor de todos. — Lydia riu com os pais, abraçou os dois ao mesmo tempo como a sem-modos que era e só então desceu também.

Era uma despedida temporária. Dali a dois dias, Lydia iria a Red Leaves com a mãe. Ethan e o marquês tinham marcado de aproveitar o tempo bom para levar as crianças num passeio de barco, partindo de Crownhill, pois estavam prometendo isso há meses.

— De volta para casa, mais uma vez. — Ethan olhou para Lydia e depois se dirigiu aos filhos. — O banho espera!

Eles riram, pois tomar banho com auxílio dos pais acabava virando uma bagunça. Era água para todo lado, muito sabão no cabelo e risadas. Agora que estavam sozinhos, Lydia deitou a cabeça no ombro de Ethan e fechou os olhos por um momento, com um sorriso enorme. Se, anos atrás, ela tivesse acreditado que podia viver assim, não teria temido nada. Teria acreditado antes.

Mas não se arrependia de nada do que fez e viveu. Tudo se encaixou para construir o momento que viviam agora. Cheios de planos, perspectivas, expectativas, desejos e uma imensa vontade de viver.

A carruagem deles virou na estrada nova, que era o atalho que ligava Bright Hall a Crownhill Park e há anos foi alargado para veículos também poderem passar. As crianças dos Preston entraram, numa falação interminável, com Nicole na frente, levando Annie para irem se lavar, e Benjamin tagarelando enquanto Aaron entendia perfeitamente seus assuntos infantis.

Caroline e Henrik ainda ficaram até a carruagem de Lydia e Ethan sumir entre o caminho de árvores. O marquês apertou o braço em volta dela; eram raras as vezes em que ele ainda se lembrava daquele dia em que ela voltou a Bright Hall depois de passar meses em Londres com a marquesa viúva. E ele ficou de pé bem ali, destruído por vê-la ir embora. Nada do que viviam hoje teria acontecido se ele não tivesse pegado o mesmo caminho e ido até a casa dela, ou se Caroline tivesse decidido que não ia esperá-lo.

Notando que Henrik estava em silêncio, mas ainda a apertava junto a si, Caroline se virou um pouco e apoiou a mão no seu peito.

— Ainda bem que você gosta de cavalgar para longe e fazer visitas inesperadas.

Ele sorriu. Ela *sabia*. É claro que sabia.

— Eu jamais deixaria de ir atrás de você. — Ele a envolveu em seus braços e ela riu.

Os dois entraram. Ainda tinham tanto para fazer juntos. Tantas histórias para presenciar e viver no lado mais afortunado de Devon.

FIM

NOTA DA AUTORA

Querido leitor rebelde,

Se você chegou até aqui, tudo que tenho para fazer é agradecer e dizer algo que já deve saber: você é oficialmente um membro do Grupo de Devon! Como não seria? Vivemos diversas aventuras e escândalos juntas. Levaremos segredos para o resto de nossas vidas. Acredito que você deu algumas risadas ao longo dessas temporadas entre Devon e Londres. Espero que também tenha se emocionado e se apaixonado por esses rebeldes de época.

Apesar de geralmente deixar notas ao fim dos meus livros, não fiz isso muitas vezes na série dos Preston. Não vou conseguir resumir tudo que vivi ao começar essa série lá em *O Refúgio do Marquês*. Contudo, foi com os Preston que entrei para a editora Charme e conheci a Vê, Andrea, Ingrid e outras pessoas que estiveram diretamente conectadas a esses livros. O marquês e a Caroline ficaram um tempo morando na minha gaveta antes de ser o primeiro romance de época da Charme. E tenho orgulho de ter feito parte disso.

Escrever *A Dama Imperfeita* me salvou em um momento ruim. Não escondo que tenho altos e baixos e, quando escrevi esse livro, estava mergulhando em depressão de novo. Então, contar a história de Bertha e Eric me manteve bem e ajudou a me recuperar. Por isso, sempre digo o quanto esse livro significa para mim. Amo todas as histórias que contei, porém, algumas levam um pedaço maior do meu coração. Essa foi uma delas.

Encontre-me ao Entardecer foi um *spin-off* inesperado. Eu queria contar essa história há anos, mas não sabia que Eloisa seria a protagonista. Eugene também era apenas uma ideia, até conectar ambos com os Preston. Amei contar esse romance delicado, mais lento, com segunda chance e superações pessoais.

Um Amor Para Lady Ruth era para ser só um conto. Mas já contei a vocês que não sei escrever contos? Juro! Quando vejo, já desenvolvi demais e está maior do que deveria. Então, nasceu a história da Ruth e do Graham, que começou lá em *A Dama Imperfeita*. É uma leitura rápida que dá um quentinho no coração e, ao mesmo tempo, tornou-se um ponto de conexão entre três histórias da série, virando uma leitura necessária.

Depois de alguns anos enrolada, finalmente cheguei na Lydia. Demorei a decidir exatamente como queria contar a história dela com o Ethan e me encontrei ao me manter fiel aos personagens. Afinal, estamos criando a Lydia desde que ela tinha cinco anos! *risos* E conhecemos o Ethan há anos.

Fazia tempo que não escrevia um romance de época tão rápido. Decidi que era a vez da história deles, sentei, passei pelo NanoWrimo e cheguei ao fim. Era hora.

No decorrer da história, postei algumas curiosidades sobre a pesquisa desse livro, com destaque para Crownhill Park. A casa realmente existe, fica em Devon e é um lugar lindo. O rio, a paisagem e parte do que é descrito no livro são reais. Se vocês quiserem, podem até ir visitar, pois, nos dias atuais, a casa é de uma organização dedicada a ensinar artes. Há fotos atuais, pinturas antigas, plantas, história local... e tudo isso me inspirou na criação desse pedaço do livro.

Outro ponto que foquei em pesquisar para esse livro foi o problema de bebida da época. Pode ter aparecido de forma suave, com informações escondidas aqui e ali, mas é tudo baseado na vida de pessoas da época e em dados que pesquisei. Os homens bebiam muito, o alcoolismo ainda não era visto ou tratado como uma doença e, quando o governo enxergou como algo a ser controlado, ele só estava interessado em fazer com que a massa trabalhadora voltasse aos seus postos. Porque sim! O gin virou um problema de saúde pública.

No caso do Ethan, homens da classe dele podiam ser vistos em constante estado de embriaguez e, ao pesquisar mais a fundo, histórias de problemas com bebidas podem ser facilmente notadas. Às vezes, escondidos em famílias famosas, porque as pessoas simplesmente não contavam isso como algo tão relevante como vemos hoje. Na época em que esses personagens viviam, havia tratamento "particular", como o local para onde o Ethan foi, que também tratava de outro problema da época: o vício em ópio.

Por trás das decisões da Lydia, eu também usei outro dado de pesquisa: as pessoas não casavam tão cedo como parece. A idade média era acima dos vinte anos. Até fiz um post sobre esses dados. Ao mesmo tempo que havia noivas muito jovens, boa parte das garotas estava subindo ao altar após os vinte e um anos. E a Lydia, com a criação que teve e seus objetivos, certamente era uma das mulheres que queria estar nessa média. Ela queria mais tempo para viver.

Acredito que conseguiu. Mesmo que eu tenha colocado um bando de obstáculos e problemas no caminho. No fim, ela e o Ethan chegaram ao momento certo para ficarem juntos. Você não achou que eu ia deixar a história da filha do marquês com poucas emoções, não é?

Espero muito que tenha se divertido no epílogo. Falei sobre tanta gente. Tantas crianças! Espero ter deixado corações apertados de felicidade. E sei que deixei pulgas atrás de orelhas. Ah, bem... É agora que me despeço. Já falei demais.

Muito obrigada por fazer parte dessa saga. Por acompanhar os Preston, por me apoiar e por ser uma maravilhosa rebelde do Grupo de Devon.

Não esqueça de me seguir nas redes e me contar como foi a leitura. Adoro responder!

Até o próximo livro.

Entre em nosso site e viaje no nosso mundo literário.
Lá você vai encontrar todos os nossos
títulos, autores, lançamentos e novidades.
Acesse www.editoracharme.com.br

Você pode adquirir os nossos livros na loja virtual:
loja.editoracharme.com.br

Além do site, você pode nos encontrar em nossas redes sociais.

 https://www.facebook.com/editoracharme

 https://twitter.com/editoracharme

 http://instagram.com/editoracharme

 @editoracharme